DIE ZEIT
Politthriller

Jacques Berndorf

Bruderdienst

Roman

Mit einer Krimi-Analyse
der ZEIT-Redaktion

Zeitverlag Gerd Bucerius GmbH & Co. KG

Lizenzausgabe des Zeitverlag Gerd Bucerius GmbH & Co. KG, Hamburg,
für die ZEIT Edition »Politthriller« 2012

Copyright © 2007 by Wilhelm Heyne Verlag, München,
in der Verlagsgruppe Random House GmbH

ZEIT-Anhang: © Zeitverlag Gerd Bucerius GmbH & Co. KG, Hamburg 2012

Layout und Umschlaggestaltung: Ingrid Nündel
Satz und Repro: Buch-Werkstatt GmbH, Bad Aibling
Druck und Bindung: GGP Media GmbH, Pößneck

Printed in Germany

ISBN: 978-3-841-90163-7
Vertrieb Handel: Edel Germany GmbH

Bildnachweis Einband: [M] Thomas Bethge/Fotolia

Inhalt

BRUDERDIENST

ZEIT KRIMI-ANALYSE 341

Für meine Frau Geli,
die mich mit so viel Geduld trägt.

Für Thea und Günter
vom Kleinen Landcafé in Kerpen.

Für Heike und Hans
von der Dauner Kaffeerösterei.

»Er zog sich um und setzte sich wieder an den Schreibtisch, aber als Guillam auf Zehenspitzen hereinkam und ihm unaufgefordert Tee brachte, sah er zu seiner größten Verlegenheit seinen Herrn stocksteif vor einem alten Band deutscher Lyrik sitzen, die Fäuste auf der Tischplatte, und lautlos weinen.«

John Le Carré
Eine Art Held

Erstes Kapitel

Am Ende der chaotischen Tage, als sicher schien, dass der Planet morgen noch existieren würde, kam das große Aufatmen, und man machte sich daran, Bilanz zu ziehen. Dabei gelangte man zu sehr unterschiedlichen Ergebnissen. Im Wesentlichen gab es zwei Fraktionen. Die Gegner des Geheimdienstes behaupteten steif und fest, die Truppe des BND mit ihrem Chef Krause habe unendliches Glück gehabt, mit vollen Händen in den dicken Schlamm gegriffen und ausgerechnet das gefunden, was sie zu finden gehofft hatte. Die Befürworter des Dienstes waren dagegen der Meinung, dass allein die genialen Projektionen und Rückschlüsse der Profis die Katastrophe abgewendet hätten.

Diejenigen, die die nervtötende und zuweilen brutale Arbeit verrichtet hatten, schwiegen, was ihnen prompt als Arroganz ausgelegt wurde. Dabei wurde übersehen, dass Geheimdienstler niemals an die Öffentlichkeit treten. Übersehen wurde auch, dass den Opfern, die diese Affäre gekostet hatte, zu keinem Zeitpunkt die letzte Ehre erwiesen worden war.

Die ganze Geschichte begann an einem Montagmorgen, ziemlich exakt um 8.30 Uhr. Krause bereitete eine Konferenz vor, die am folgenden Morgen stattfinden sollte und bei der es um gewisse heikle Vernehmungen in Guantanamo gehen würde. Das ungesicherte grüne Telefon auf seinem Schreibtisch läutete.

»Ja, bitte?«, meldete er sich, verärgert über die Störung.

»Spreche ich mit Wiedemann?«, fragte eine männliche Stimme.

»So ist es. Und wer sind Sie?«, fragte Krause.

»Mein Name tut hier nichts zur Sache«, entgegnete der Anrufer. »Ich habe vorletztes Jahr auf einer Konferenz in Frankfurt einen Vortrag von Ihnen gehört. Es ging um Sicherheit im Bereich der Industrie, und Sie baten darum, angerufen zu werden, falls uns in unserem Tätigkeitsbereich irgendetwas Ungewöhnliches auffiele.«

»So formuliere ich das in der Regel«, bestätigte Krause. »Und worum genau geht es?«

»Um einen Auftrag aus Nordkorea«, sagte der Mann. »Also des Staates Nordkorea, genauer gesagt.«

»Oha!« Krause klang jetzt aufmerksamer. »Was wurde denn in Auftrag gegeben?«

»Also, bestellt wurden dreihundert Einheiten, um genau zu sein, dreihundert Autos. Und, ehrlich gesagt, haben wir uns erst einmal kaputtgelacht.«

Krause ließ zehn Sekunden vergehen, ehe er amüsiert reagierte: »Das Geld dafür werden Sie nie kriegen, das können Sie abschreiben. Und ich kann es Ihnen auch nicht beschaffen.«

»Ja, ja, das dachten wir anfangs auch. Aber seit gestern sind wir um einundzwanzig Millionen Euro reicher.«

»Wie meinen Sie das?«, fragte Krause interessiert.

»Nordkorea hat den Mengenrabatt gleich eingerechnet und für einen Wagen siebzigtausend Euro veranschlagt, mal dreihundert macht das einundzwanzig Millionen. Das heißt, die Ware wurde im Voraus bezahlt.«

»Ist das denn normal?« Krause wusste, dass die Frage von sträflicher Naivität war, aber er brauchte Zeit, um die Flut seiner Gedanken zu ordnen.

»Keineswegs, und schon gar nicht bei den Nordkoreanern. Der Staat ist doch pleite. Ich habe hier eine Liste der schwarzen Löcher, wie wir das nennen. Und Nordkorea gilt in Geschäftskreisen unbestritten als das schwärzeste Loch auf dem Globus.«

Krause brauchte noch mehr Zeit zum Nachdenken, also sagte er: »Sie sollten sich über das Geschäft freuen.«

Der Mann gluckste erheitert. »Das tun wir auch, Herr Wiedemann, das können Sie glauben. Die Frage ist nur: Woher stammt das Geld?«

»Eins nach dem anderen, bitte. Sie sagten, es gehe um dreihundert Autos, richtig? Was sind denn das für Autos?«

»Ausgesprochen gute. Die S-Klasse. Es geht um den S-420-CDI, ein Achtzylinder-Diesel mit 320 PS, langer Radstand. Da kostet einer ohne ein einziges Extra schon achtzigtausend Euro.«

»Von wem kamen denn die einundzwanzig Millionen?«

»Von der China-International«, sagte der Mann. »Aber die

Chinesen würden den Nordkoreanern doch keine einundzwanzig Millionen schenken, oder?«

»Sie nehmen also an, die Nordkoreaner haben plötzlich Cash?«, murmelte Krause.

»Genau das. Und deshalb rufe ich an.«

»Kann ich das Ganze schriftlich haben? Ohne Unterschrift natürlich. Auf einer Seite ohne Briefkopf?«

»Ja, das geht klar«, sagte der Mann nach kurzem Zögern.

»Und vielen Dank auch.« Nachdem Krause das Gespräch beendet hatte, sagte er laut in die Stille seines Büros: »Macht mir nicht das Hemd am Flattern!« Zuweilen fiel er haltlos in das Idiom seiner Vaterstadt zurück, aber nur, wenn er sicher war, allein zu sein. Er war Dortmunder.

Krause wählte den Apparat auf dem Tisch seines Präsidenten an und erklärte ohne Umschweife: »Wir haben hier Gefahr im Verzug. Nordkorea hat dreihundert Mercedes-Limousinen der S-Klasse bestellt und im Voraus bezahlt. Einundzwanzig Millionen Euro. Wir sollten uns fünf Minuten Zeit zum Nachdenken nehmen.«

»Dann kommen Sie her!«

Vor der Tür des Präsidenten kam es zu einem kurzen Stau, weil der Präsident eine Besuchergruppe abrupt und ohne jede Erklärung entlassen hatte. Die Leute standen jetzt führungslos und verunsichert im Dämmerlicht des Flurs herum. Krause murmelte gleich mehrere Male Guten Morgen, drängte sich an ihnen vorbei, glitt in den Raum und setzte sich unaufgefordert in einen der dunklen Ledersessel.

»Ich weiß, ich weiß«, sagte der Präsident lächelnd. »Sie haben immer schon vermutet, dass es eines Tages so kommen könnte. Und jetzt scheint es eingetreten. Was genau bedeutet das jetzt für uns?«

»Ein paar Tage konzentrierte Arbeit und die sofortige Bildung eines kleinen Apparates.«

»Eine heikle Sache, nicht wahr?«

»Das kann man wohl sagen.«

»Das Bundeskanzleramt?«

»In jedem Fall, wenn Sie mich fragen.«

»Okay.« Der Präsident drückte einen Knopf und sagte übergangslos: »Ich weiß, meine Liebe, dass ich dir auf den Wecker gehe, aber wir brauchen deine Chefin. Irgendwann heute, für zehn Minuten. Das muss sein und ist unaufschiebbar.« Er hörte ein paar Sekunden zu und sagte dann: »Ich liebe euch alle.« Zu Krause gewandt, flüsterte er: »Wir fahren in zehn Minuten los, sie ist nicht mehr lange zu fassen.« Der Präsident war ein Mann, der liebend gern mitten im Chaos stand, der aufblühte, sobald irgendwo massive Probleme auftraten. »Und ziehen Sie sich ein Jackett über«, schickte er Krause überflüssigerweise hinterher.

Zehn Minuten später saßen sie im Dienstwagen. Der Fahrer schaffte die Strecke zum Kanzleramt in weniger als zwanzig Minuten, wobei Krause still voraussetzte, dass der Mann das schon hundertmal geübt hatte. Im Wagen wurde kein Wort gesprochen, mit Ausnahme eines Statements des Präsidenten: »Ich wünschte, Sie hätten weniger häufig recht.«

Es gab den üblichen Einzug der Gladiatoren, bei dem im Foyer alle den Kopf hoben und gleich darauf wieder senkten, als sei es ihnen verboten, auch nur das Geringste zu bemerken.

Sie fuhren nach oben.

Die Kanzlerin saß hinter ihrem Schreibtisch und trug eine orangefarbene Jacke von dem Zuschnitt, den Krause immer als bedenklich einfallslos bezeichnete.

»Setzen Sie sich. Und bitte keine Katastrophen. Machen Sie es bitte kurz und übersichtlich.«

»Es ist etwas passiert, das Sie wissen sollten«, erklärte der Präsident forsch. »Nordkorea hat dreihundert Mercedes-Limousinen gekauft und sie umgehend im Voraus bezahlt. Einundzwanzig Millionen Euro.«

Die Kanzlerin zog fragend eine Augenbraue hoch. »Aber die sind doch total pleite.«

»Ganz richtig«, murmelte der Präsident.

»Sie wollen sagen, dass irgendjemand ihnen Geld gegeben hat.«

»So wird es sein«, bestätigte Krause.

»Was vermuten Sie denn?«

»Wir vermuten noch gar nichts«, antwortete der Präsident. »Aber wir müssen die Möglichkeit haben, zu recherchieren. International, meine ich, und verdammt schnell.«

»Und Sie sind auch pleite und brauchen von mir die Mittel?«, fragte sie tonlos.

»Nicht nötig, alles noch im grünen Bereich«, sagte der Präsident schnell. »Das kann ich über den laufenden Etat machen.«

»Drohen uns heikle Umstände? Oder werden Sie ein bisschen kriminell? Nun knautschen Sie doch nicht so.«

»Wir müssen einen Krisenstab bilden, klein, nicht mehr als sechs, sieben Leute höchstens.«

»Da haben Sie meine Einwilligung, falls Sie nicht gerade Fort Knox anbohren wollen.«

»Eher nein«, sagte Krause zahm. »Es könnte aber sein, dass es viel Lärm in den Medien geben wird. Und wir brauchen Ihre Unterstützung.«

»Männer!«, sagte die Kanzlerin mahnend. »Jetzt drückt euch doch endlich mal klar aus.«

»Im schlimmsten Fall haben die Nordkoreaner eine Atombombe verkauft«, sagte Krause.

Es war eine ganze Weile lang sehr still. Die Kanzlerin drehte sich auf ihrem Stuhl zum Fenster und starrte hinaus.

»Ach, du lieber Gott«, seufzte sie dann. Sie hatte gelernt, mit Kalamitäten umzugehen. »Ich betrachte mich als informiert, und Sie haben die Erlaubnis. Und machen Sie sich so schnell an den Fall, wie Sie können. Ich will sofort informiert werden, falls etwas dran ist. Und auch, falls nichts dran ist. Egal wo ich bin.«

»Selbstverständlich«, sagte der Präsident.

»Wir werden uns melden«, bekräftigte Krause.

Als sie wieder im Auto saßen, sagte der Präsident: »Machen Sie mir einen kurzen Schrieb, wen Sie alles brauchen. Und ich will täglich von Ihnen hören, wenn nötig auch zweimal.«

»Ja«, sagte Krause brav.

Im Büro stellte sich Krause ans Fenster. Als übergeordneter Leiter aller laufenden Operationen und nächster Mann nach dem Präsidenten der Behörde genoss er das Privileg eines geräumigen Büros mit drei großen Fenstern. Sein größter Luxus, wie er fand. Minutenlang starrte er hinaus auf die alten Bäume und das leuchtende Grün der Rasenflächen. Dann rief er Goldhändchen und sagte lapidar: »Herkommen, bitte. Jetzt.«

Goldhändchen erschien nach drei Minuten, schloss die Tür hinter sich und blieb davor stehen, als habe er die Befürchtung, einen Rüffel für irgendeinen verbockten Auftrag zu bekommen. Er bemerkte trocken:»Ich sage es lieber gleich: Ich habe überhaupt keine Zeit.«»Setzen Sie sich und hören Sie mir zu. Wir müssen eine heikle Kiste öffnen.« Mit knappen Worten informierte Krause seinen Spezialisten für elektronische Recherchen über die aktuelle Situation.»Nach allem, was geschehen ist«, schloss Krause,»interessiert mich jetzt brennend, wie viel Geld die Nordkoreaner auf einmal international gesehen zur Verfügung haben. Bei den Chinesen oder in Macau oder in Schanghai oder in Hongkong oder wo auch immer.«

Goldhändchen näherte sich dem Stuhl so vorsichtig, als sei der mit Starkstrom geladen. Er trug eine weiße Leinenhose zu leuchtend blauen Sportschuhen und darüber etwas glänzend Himmelblaues, was bei großzügiger Betrachtungsweise als Hemd durchgehen konnte. Keinen Schmuck, aber kiloweise Gel im Haar. Dazu gesellte sich der immerwährende Verdacht des ganzen Hauses, dass er sich schminkte, was ihn aber nicht im Geringsten interessierte. Er hatte einmal bei einer nicht genehmigten Sauferei in der Kantine geäußert, er sei Künstler und gebe immer sein Bestes. Dann hatte er unglaublich gut und ergreifend»Nur nicht aus Liebe weinen …« gesungen, und bei seinen ebenfalls betrunkenen Zuhörern waren reichlich Tränen geflossen, ehe er sich ein Taxi bestellte und wie eine Primadonna mit vielen kleinen Trippelschritten ins Freie eilte.

»Was ist?«, fragte Krause.»Können Sie feststellen, wie viel Geld Nordkorea in den letzten Wochen erhalten hat?«

»Haben wir irgendeine Vermutung, wer die Gelder angewiesen hat?«

»Haben wir nicht.«

»Verlief der ganze Vorgang in US-Dollar?«

»Nein, in Euro.«

Goldhändchen dachte eine Weile nach.

»Wie erledigen die Nordkoreaner ihren internationalen Zahlungsverkehr?«, fragte er.

»Eigentlich haben sie keinen internationalen Zahlungsverkehr. Sie haben eine windige Bank in Wien, aber bisher hat niemand herausgefunden, wozu diese Bank gut sein soll. Es ist ein Institut, in das nie jemand hineingeht und das demzufolge auch nie jemand verlässt. Die Chinesen haben ihnen, wenn ich recht informiert bin, ein paar Konten zur Verfügung gestellt, damit sie ihren Zahlungsverkehr abwickeln können. Mehr weiß ich nicht. Aber wir haben schließlich Fachleute für so etwas.«

»Haben sie die Autos gekauft, um die Entourage des Diktators ruhigzustellen?«

»Weiß ich doch nicht, Junge.«

»Ich müsste in jedem Fall maskiert vorgehen«, sagte er leise.

»Was immer das heißt, tun Sie es sofort.«

»Es ist ganz einfach«, murmelte Goldhändchen, der niemals eine Chance versäumte, sein Genie unter Beweis zu stellen. »In solchen Fällen gebe ich mich als Partnerbank der China-International aus.«

Krause lachte leise. »Ich schätze Ihre Arbeit, mein Lieber. Sie sind ein fantastischer Lügner und Täuscher. Aber machen Sie schnell.«

Und noch ehe Goldhändchen die Tür hinter sich geschlossen hatte, griff er erneut zum Telefon und sagte knapp: »Aus mit der goldenen Freiheit, mein Junge, wir haben um zwölf Uhr eine kleine Konferenz.«

»Ich komme«, sagte Karl Müller.

Krause drückte noch einmal eine Verbindung und sagte: »Tut mir leid, junge Frau, ich brauche Sie hier um zwölf Uhr.«

»Ich werde da sein«, bestätigte Svenja.

Sie lag auf ihrem Bett, den rechten Arm unterm Kopf, den Blick träge zur Decke gerichtet. »Wir haben also zu arbeiten.«

»Ja, sicher«, sagte Müller aus dem Bad. »So etwas soll vorkommen.« Er drehte sich zum Waschbecken um.

»Was machst du eigentlich, wenn er dich fragt, ob wir etwas miteinander haben?« Sie sprang auf und griff nach ihrer Unterwäsche.

»Dann werde ich versuchen, ihm auszuweichen.«

»Und wenn das nicht funktioniert?« Sie kam zu ihm ins Badezimmer und stellte sich unter die Dusche.

»Dann gestehe ich«, sagte er grinsend. »Ich neige mein Haupt und harre der Strafe.« Er wollte noch irgendetwas hinzusetzen, ließ es aber, weil das Wasser laut aus der Dusche prasselte. Stattdessen grölte er einen Schlager, der aus den Jugendtagen seines Vaters stammte. »Der alte Seemann kann nachts nicht schlafen …« Müller war glücklich und überlegte, ob er sich einen Bart wachsen lassen sollte.

»Und wenn ich behaupte, dass der Chef das schon lange weiß?«

Sie hatte ihre Stimme erhoben, um das Rauschen des Wassers zu übertönen.

»Dann werde ich sagen, dass du mich verführt hast«, brüllte er zurück.

Svenja drehte das Wasser ab, schob die Tür der Duschkabine auf und sagte mit einem verführerischen Lächeln:»Wir haben noch dreißig Minuten …«

Wenig später lagen sie eng umschlungen auf dem Bett, ihr Atem noch immer schwer und unregelmäßig. Er betrachtete ihr Gesicht und fuhr die Linien ihrer Wange sanft mit dem Zeigefinger nach.

»Was meinst du, wie unsere Kinder wohl aussehen würden?«

Sie hatte Mühe, nicht ärgerlich zu werden:»Wir leben vom Verrat. Und du sprichst von Kindern und von ewiger Liebe. Du bist ein Narr, Müller.«

»Ich weiß«, nickte er.»Aber kannst du mir nicht wenigstens ein paar Träumereien gönnen?«

»Doch, sicher. Aber am liebsten, wenn ich nicht dabei bin. Du machst mir Angst mit solchen Ideen.«

»Das wollte ich nicht«, sagte er schnell. Dann lächelte er.»Dein Vater war Japaner, deine Mutter stammte aus Kirgistan, ich bin ein stocktrockener preußischer Berliner. Das würde doch eine sehr interessante Mischung ergeben. Da wird man sich doch wohl ein Bild machen dürfen, oder?«

»Du bist und bleibst ein Träumer«, sagte sie jetzt sanft.

»Ja, manchmal. Wahrscheinlich brauche ich das zum Überleben.«

»Spring jetzt zum Überleben lieber mal in deine Jeans. Wann kommt eigentlich deine Tochter das nächste Mal?«

»Nächstes Wochenende, falls Krause das nicht gleich ändert.«

Sie fuhren wie immer getrennt. Und sie waren pünktlich.

Krause sah ihnen abwesend zu, wie sie hereinkamen, sich auf die Stühle setzten und ihn aufmerksam und erwartungsvoll anblickten. Er begrüßte sie nicht, sondern kam sofort zur Sache.

Nachdem er seine kurze Einführung über die jüngsten Vorkommnisse losgeworden war, lehnte er sich in seinem Stuhl sehr weit zurück und starrte aus dem Fenster.

»Dieser plötzliche Reichtum der Nordkoreaner beunruhigt mich sehr«, erklärte er.

»Wer kümmert sich eigentlich traditionell um Nordkorea?«, fragte Müller sachlich.

»Die Südkoreaner sind naturgemäß nicht schlecht, die Amerikaner agieren von Peking aus, aber niemand weiß, ob sie Agenten dort haben. Die Japaner sind ausreichend vertreten. Und vermutlich sind die Chinesen und die Russen auch ganz gut dabei, weil sie gemeinsame Grenzen haben.« Er legte beide Hände vor sich auf dem Schreibtisch ab. »Irgendjemand von der CIA hat einmal behauptet, geheimdienstlich gesehen sei Nordkorea ein schwarzes Loch. Tatsache ist, dass der Staat die Welt seit Jahren erpresst: Wir haben die Atombombe, und ihr müsst ganz ruhig sein, damit sie euch nicht um die Ohren fliegt. Der amerikanische Präsident hat das Land zu den Schurkenstaaten gezählt. Aber diesen texanischen Cowboy dürfen wir wohl bald vergessen. Gott sei Dank, denn wir müssen mit Staaten wie Nordkorea reden, anstatt ihnen Angst zu machen und sie an den Pranger zu stellen.«

»Warum ist das hier in Berlin überhaupt ein Thema?«, fragte Müller.

»Ich denke, diese Frage können Sie sich selbst beantworten. Sie wissen doch, was wir hinter dem überraschenden Reichtum Nordkoreas vermuten müssen. Sehr wahrscheinlich doch den Verkauf einer Atombombe. Reicht Ihnen das als Grund? Vorläufig habe ich nur die Meldung von Mercedes, aber ich denke, dass sich in den nächsten vierundzwanzig bis achtundvierzig Stunden noch einiges tun wird. Und dann erwarte ich so etwas wie eine Panik, weil sämtliche Geheimdienste aufgescheucht werden.« Krause starrte wieder aus dem Fenster.

Nach einer Weile sah er zu Svenja und Müller hinüber, die beide einen betroffenen Eindruck machten. Er lächelte.

»Leute, das kann euch doch nicht ernsthaft verwundern oder gar in Angst versetzen. Der Pakistani Abdul Qadeer Khan hat den Nordkoreanern seinerzeit alles an Technologie vermittelt und verkauft, was sie brauchten. Jetzt haben sie die Bomben, und sie verkaufen eine.«

»Und wir sollen herausfinden, wer der Käufer ist?«, fragte Svenja.

»So ist es«, nickte Krause.

»Und? Ist diese Bombe Ihrer Meinung nach bereits irgendwohin unterwegs?«, fragte Müller.

»Ich denke, ja.«

»Haben Sie ein Szenario?« Svenjas Gesichtszüge hatten sich plötzlich verhärtet, und ihre Augen waren nur noch dünne Striche. »Es ist alles noch zu frisch. Aber stellen Sie sich eine solche Bombe in New York vor. Manhattan, zum Beispiel. Da müssen wir mit Millionen Toten rechnen. Man muss wissen, wie so eine Bombe wirkt. Sie ist etwa so groß wie ein Fußball. Dann baut man um diesen Fußball herum ein paar Kammern mit herkömmlichem Plastiksprengstoff, die in einer genau festgelegten zeitlichen Abfolge von Millisekunden zur Explosion gebracht werden und damit die Atombombe selbst zünden. Sowinski hat mir das eben genau erklärt. Eine solche Bombe, auf der Erde gezündet, zerstört jedes Leben in einem Umkreis von etwa fünfundzwanzig bis dreißig Kilometern. In einem weiteren Kreis von etwa fünfzig Kilometern wird immer noch alles pulverisiert, und die Menschen sterben innerhalb kürzester Zeit an Rückenmarksschäden und allen möglichen Formen von Krebs. Das Gebiet um den Explosionsherd kann etwa fünfundzwanzig Jahre lang nicht mehr betreten werden.

Und wir müssen auch den Mut haben, uns ein derartiges Szenario für Israel auszumalen. Stellen Sie sich vor, die Bombe wird irgendwo auf der Strecke zwischen Jerusalem und Tel Aviv zur Explosion gebracht. Wir müssten dann von etlichen Millionen Sofortopfern ausgehen und noch einmal so vielen Verletzten, die sehr schnell dahinsiechen würden. Das würde Israel praktisch auslöschen.«

»Kann der Iran der Käufer sein?«, fragte Müller.

»Natürlich. Und wenn er der Käufer ist, könnten dadurch die Machtverhältnisse im Nahen Osten auf den Kopf gestellt werden – und auch die in Europa. Das Geld jedenfalls hätten sie. Ahmadinedschad hat in einem *Spiegel*-Gespräch ja ganz klar sämtliche historischen Tatsachen bezüglich des Holocausts angezweifelt. Er ist schrecklich ungebildet und ein extremer Hasser. Es wird zwar nicht darüber geredet, aber wenn wir die Israelis im Blick haben, muss uns klar sein, dass die in ihrem Kampf auf den Einsatz ihrer eigenen Atomwaffen nicht verzichten werden.

Aber wir sollten beim Nächstliegenden bleiben. Wir haben die ziemlich gut fundierte Hypothese, dass Nordkorea eine Atombombe verkauft hat. Für uns bedeutet das, dass wir sehr schnell arbeiten und so viel an Information zusammentragen müssen, wie nur irgend geht. Es existiert ab sofort eine Arbeitsgruppe unter meiner Leitung, die regelmäßig den Präsidenten informiert. Wir waren bei der Kanzlerin. Sie ist einverstanden und will schnell Ergebnisse sehen. Sie beide sind dabei. Außerdem Goldhändchen, Sowinski. Letzterer wird mein Stellvertreter und Leiter der Operation. Esser wird uns den Hintergrund liefern. Wenn Sie also laufende Arbeiten haben, geben Sie sie sofort ab. Ich möchte, dass alle Memos und Berichte in dieser Sache allen Mitgliedern der Arbeitsgruppe zur Kenntnis geschickt werden.«

»Müssen Sie nicht auch alle Freunde benachrichtigen?«, fragte Svenja.

»Ich warte noch bis morgen früh und hoffe, dass Goldhändchen bis dahin schon irgendetwas über den Zahlungsvorgang herausgefunden hat.«

»Und wie viel Geld bringt so eine Atombombe?«, fragte Müller.

»Ich habe erfahren, dass die Nordkoreaner für die Aufbereitungsanlage eine runde Milliarde Euro ausgegeben haben. Entsprechend werden sie für eine fertige Bombe eine Summe ab etwa fünfhundert Millionen aufwärts verlangen. Das heißt, es ist denkbar, dass sie achthundert Millionen Euro oder eine Milliarde verlangen und auch bekommen haben.«

»Wer hat denn so viel Geld?«, fragte Svenja.

»Viele Leute, glauben Sie mir. Denken Sie nur an die Hedgefonds, die mühelos jederzeit viele Milliarden Euro aus dem Hut ziehen können, wenn sie wollen. Ich frage mich aber in diesem Zusammenhang eher, wem würde so eine Bombe ins Konzept passen? Und bei den möglichen Antworten wird mir ganz schlecht.«

»Was können wir tun? Und was soll ich dabei?«, fragte Müller. Dann wurde er unsicher und versuchte, das hinter einem schiefen Grinsen zu verbergen. »Ich meine, Naher Osten ist okay, von mir aus auch Afrika, Afghanistan geht so gerade noch. Aber Fernost?«

»Kein besonderer Grund«, entgegnete Krause. »Ich brauche einfach Leute, auf die ich mich verlassen kann.«

»Sieh mal einer an«, murmelte Svenja und zeigte ihr Lausbubenlächeln.

»Sie machen sich reisefertig mit kleinem Gepäck und stehen zur

Verfügung – und zwar rund um die Uhr. Am besten wäre es, wenn Sie hierher umziehen würden. Das ist alles.«

»Wann haben Sie eigentlich zum ersten Mal daran gedacht, dass so eine Bombe verkauft werden könnte?«, wollte Müller unbedingt noch wissen.

»Von dem Zeitpunkt an, an dem wir erfuhren, dass sie eine haben. Das ist schon Jahre her.«

»Muss man für London auch ein Bombenszenario annehmen?«, fragte Svenja und sah Krause dabei nicht an. Es war bekannt, dass sie Familie und Freunde dort hatte.

»Das kommt darauf an, wer die Bombe gekauft hat. Bei einer Explosion in einer der Londoner U-Bahn-Röhren kann man auch ohne genaue Berechnungen von Millionen Toten ausgehen.« Krauses Blick wanderte zwischen Svenja und Müller hin und her. »Sie haben unruhige Zeiten vor sich, aber Sie können sich doch auch gegenseitig stärken, oder?«

Müller wurde innerhalb einer Sekunde so wütend, dass er mit hochrotem Kopf aufsprang und dabei den Stuhl mit seinen Kniekehlen umwarf. Gab es denn in diesem verdammten Verein überhaupt kein Privatleben?

»Lass es«, sagte Svenja leise. Dann wandte sie sich wieder an Krause. »Woher wissen Sie es denn?«

»Sie riechen beide völlig identisch«, erklärte er grinsend.

Müller war dabei, seinen Stuhl aufzuheben und wieder ordentlich hinzustellen, was überaus schwierig schien. Er rückte ihn mehrere Male zurecht, sodass die beiden Vorderbeine eine präzise Parallele zur Schreibtischkante bildeten. Dann setzte er sich wieder hin.

Krause amüsierte sich innerlich über Müllers Einlage und schob nach: »Aber ich bin nicht pingelig.« Seine Augen funkelten. »Was für ein Parfüm tragen Sie denn eigentlich? Riecht gut.«

»Laura Biagiotti«, antwortete Svenja. »Heißt das, dass ich möglicherweise wieder in Nordkorea zum Einsatz komme?«

»Eher nein. Ich schätze, gerade Nordkorea wird kein Gebiet sein, das infrage kommt.«

»Selbst wenn man die Bombe findet, ehe sie hochgeht, was wird aus Nordkorea werden?«, überlegte Svenja laut.

»Nicht unwahrscheinlich, dass es gewaltige Anstrengungen kosten wird, die Amerikaner davon abzuhalten, das Land umzupflügen und jeden einzelnen Einwohner zu töten. Jetzt raus mit Ihnen, ich habe zu arbeiten.«

»Er ist manchmal wirklich ein Arsch!«, bemerkte Müller wütend, als sie auf dem Flur standen.

»Er ist wie ein Vater«, korrigierte sie sanft. »Er achtet auf uns.«

Gegen vierzehn Uhr an diesem Tag meldete sich Goldhändchen bei Krause und bemerkte, er habe da was und es sei in diesem Fall besser, wenn Krause zu ihm komme statt umgekehrt. Also ging Krause in den ersten Stock hinunter in Goldhändchens Reich, einen großen fensterlosen Raum, in dem mehrere Bildschirme flackerten und eine Unzahl von durch Kabel miteinander verbundenen Apparaturen auf Tischen und Regalen herumstanden. Hinzu kamen etwa fünfzehn große Pflanzenkübel unter Speziallampen, in denen tropische Gewächse wucherten. Krause konnte sich in diesem Raum nicht länger als eine halbe Stunde aufhalten, weil er sonst unweigerlich Atemnot bekam. Er hasste das permanente Dämmerlicht.

»Setzen Sie sich«, sagte Goldhändchen und wies auf einen wuchtigen dunkelbraunen Ledersessel neben sich. Eine Betriebslegende besagte, dass Goldhändchen grundsätzlich niemals so etwas Profanes wie eine Besprechung oder Konferenz ansetzte, sondern diese Zusammenkünfte als Audienz bezeichnete. Und die bekam durchaus nicht jeder.

Krause versank in dem ledernen Ungetüm, das Goldhändchen in einem Gebrauchtmöbelmarkt im Wedding aufgetrieben hatte, und wie üblich empfand er das Teil als massive Behinderung. Er konnte nämlich die Arme nicht auf die Seitenpolster legen, weil er sie dann in Schulterhöhe hätte lagern müssen.

»Also, ich erkläre es Ihnen, damit Sie es verstehen.«

»Das wäre äußerst liebenswürdig«, entgegnete Krause sarkastisch.

»Ich habe mich maskiert an die China-International angeschlichen. Ich bin davon ausgegangen, dass Banken in Hongkong immer noch den direktesten Draht nach Peking haben. Also bekam die China-International Besuch von der Group-Miami, einem Konsortium, das in Hongkong mit einem Ableger vertreten ist. Meine

Anfrage lautete in etwa: Liebe Mädchen und Jungens, ich habe ein Problem. Ich müsste bei euch in das Haben der Nordkoreaner rein, um runde sechshunderttausend für ein paar Abwasserpumpen aus Deutschland zu kassieren. Da ich aber weiß, dass diese Leute grundsätzlich keine Mücken haben, frage ich freundlich an, ob die Abbuchung denn überhaupt möglich ist. Der Kollege in Peking, der heißt übrigens Hua Weng, muss am Platz gewesen sein, denn er antwortete sofort und schrieb: Kein Problem, mein Freund, die Nordkoreaner haben einen reichen Onkel aufgetrieben, denn hier stehen im Haben vierhundertzwanzig Millionen Euro. Wollen Sie, dass ich das ausdrucke?« Er sah Krause fragend an.

»Wie bitte?«, fragte der, weil er nicht gleich begriffen hatte, dass der letzte Satz ihm galt. »Ach so, natürlich hätte ich das gern ausgedruckt. Haben Sie denn auch sehen können, woher das Geld stammte und von wem?«

»Noch nicht, aber ich denke, dass ich das auch noch knacken kann – mit etwas Glück.« Seine Finger glitten mit geradezu wahnwitziger Geschwindigkeit über eine Tastatur. Dann meldete sich ein Drucker, der hinter Krauses Kopf auf einem Regal stand. »Ich mache es immer langsam und vorsichtig«, erklärte er nachsichtig, »damit ich niemanden aufschrecke.«

»Kommt es häufig vor, dass Sie mit Bankleuten zu tun haben?«

»Eigentlich schon. Es tut von Zeit zu Zeit gut, ein wenig privat mit ihnen zu verkehren – rein elektronisch versteht sich. Wenn sie merken, dass wir den gleichen stressigen Alltag wie sie selbst haben, sind sie handzahm, nett und umgänglich. Ich hatte mal einen mir persönlich nicht bekannten Kumpel im Pentagon, der mir die Leidensgeschichte mit seiner Frau berichtet hat. Ich musste sehr privat sein und sehr zartfühlend. Aber es lohnte sich, er schickte mir Daten über den Irak rüber.« Dann drehte er den Kopf zu Krause: »Sie können die Blätter dort mitnehmen.«

»Ja, ja, das ist nett«, sagte Krause und machte den Eindruck, als sei er schon kilometerweit entfernt.

»Es ist nämlich so«, erklärte Goldhändchen mit penetranter Arroganz. »Seit der Ostblock zusammenbrach, haben die Nordkoreaner überall in den sogenannten Bruderländern eine Menge Schulden gemacht. Denn die Bruderländer waren plötzlich nicht mehr kommunistisch und wollten für ihre Lieferungen bezahlt werden. Es ist passiert, dass Gelder, die eigentlich Nordkorea erreichen sollten, auf den Konten ehemaliger Ostblockbanken schlicht verloren gingen. Sozusagen eine perfide Methode, Schulden einzutreiben.«

»Ja«, nickte Krause wie ein gelehriger Schüler, »das leuchtet mir ein. Unter diesem Aspekt habe ich das noch nie betrachtet.« Dann räusperte er sich. »Heißt das jetzt, dass Sie auf irgendeinem Konto die sechshunderttausend Euro haben, ich meine, in Besitz genommen haben?«

»Nein, natürlich nicht. Ich könnte sie abbuchen und irgendwie einstreichen, aber das ist ja nicht mein Job hier, oder? Stattdessen schicke ich ein ›sorry‹ mit dem Vermerk, dass ich mich geirrt habe. Beim nächsten Besuch habe ich dann schon den besten Draht zur China-International, wenn Sie verstehen, was ich meine.«

Goldhändchen wirkte sehr zufrieden. Dann schien ihm noch etwas einzufallen, und er setzte zu einer weiteren Lektion an: »Sie müssen das Internet und seine viel gerühmten Sicherheitsschranken nicht so ernst nehmen, Chef. Ich gehe dort einfach spazieren wie in einer Landschaft. Neulich habe ich für Claude, einen meiner engsten Freunde, eine sehr exklusive Vorführung eingelegt. Er wollte nicht glauben, dass ich von seinem Bankkonto fünfhundert Euro abheben kann. Ohne seine Zustimmung, versteht sich, und ohne dass der Auftraggeber ersichtlich wird. Die meisten Leute haben keine Ahnung, dass ich ihre PIN für das Konto gar nicht brauche. Ich fingere mich an den Zwischenmodulen ihrer Nachrichten an ihre Bank ein, auf denen ihre Klartexte erscheinen. Claude war jedenfalls völlig von den Socken, als ich ihm seine fünfhundert auf meinem Konto zeigte. Jede deutsche Bank behauptet natürlich, dass ihre Netze sicher sind. Aber es gibt keine sichere Technik, Chef.« Er nickte ihm beinahe väterlich zu.

Krause stemmte sich aus den Tiefen des Ledersessels hoch, griff nach den Blättern im Drucker und brummte: »Sehen Sie zu, dass Sie diesen gottverdammten Sessel austauschen.«

»Oh, er ist doch himmlisch«, säuselte Goldhändchen. »Irgendwie fesselnd, nicht wahr?«

Auf dem Flur atmete Krause ein paarmal tief durch, rief dann in seinem Sekretariat an und teilte mit, dass er für die nächste halbe Stunde nicht erreichbar sei. Er ging auf den Gardeschützenweg hinaus und trieb wie ein welkes Blatt im November an der roten Backsteinfront entlang. Sein Gesicht wirkte faltig und grau, und unter seinen Augen lagen dunkle Ringe wie bei jemandem, der Probleme mit dem Herzen hat. Er dachte an seine Frau, und er dachte an die Möglichkeit, dass sie sterben könnte. Er dachte ihren Namen wie ein Stoßgebet, er dachte: Waltraud, Waltraud, Waltraud. Und er hörte sie antworten: Das kommt schon wieder in Ordnung, das kriegen wir in den Griff, mein Lieber. Wie immer.

Müller wusste nun, dass er Anna-Maria am Wochenende nicht würde sehen können, und wollte es so schnell wie möglich hinter sich bringen. Er rief seine Exfrau an und sagte:»Ich bin es, wie geht es bei euch?«

»Alles im grünen Bereich«, antwortete sie wie immer sehr neutral.

»Hör zu, ich habe ab sofort Bereitschaftsdienst, Anna-Maria kann also nicht herkommen. Ich muss rund um die Uhr verfügbar sein.«

Ihre Stimme wurde augenblicklich quengelig.»Das ist jetzt das dritte Mal, dass du absagst, und sie hat sich so gefreut.«

»Es geht nicht«, sagte er. Sie prügelte ihn häufig mit dem Satz: Sie hat sich so gefreut. Und es ärgerte ihn, dass es immer funktionierte.

»Vielleicht kann Volker etwas mit ihr unternehmen?« Volker war ihr Neuer, präzise: ihr dritter Neuer, seit sie geschieden waren.

»Also, Volker kann auch nicht immer, und wir wollten endlich mal an die Müritz. Und überhaupt kümmert Volker sich schon genug. Im Gegensatz zu dir.«

»Dann grüß ihn bitte und sag ihm, er sei ein feiner Kerl und ich wäre ihm von Herzen dankbar.« Damit beendete er das Gespräch.

Er ließ sich rücklings auf das Bett fallen und starrte an die Decke seiner Einraumwohnung. Hier ist nichts von mir, dachte er. Hier werde ich auf Dauer verrückt. Wieso habe ich nicht längst eine andere Wohnung, irgendetwas, das ich mir selbst einrichte? Er erinnerte sich, dass er vor Wochen Svenja mit hierher genommen hatte. Er wollte sich nur schnell ein anderes Hemd anziehen. Sie hatte in diesem Raum gestanden, sich umgeschaut und mit einem sichtbaren Schrecken begriffen … ja, was eigentlich? Dass er verluderte, dass er sozial abrutschte?

»Das war einmal eine sichere Wohnung des Dienstes«, hatte er ihr erklärt.»Das ist billig, und mehr brauche ich nicht.« Sie hatte mit bestürzender Offenheit erwidert:»Also, das hier … das könnte ich nicht ertragen.« Dann hatte sie sich zu ihm umgewandt und ruppig gesagt:»Mach schnell!« Der Zauber des Tages war auf einen Schlag zerstört gewesen, und in den Stunden danach hatte sie ihn immer wieder angesehen, als sei er ihr vollkommen fremd.»Ich verkomme«, sagte er in die Stille hinein.»Ich habe, verdammt noch mal, keine Bleibe.« Dann stand er auf und goss sich einen beachtlichen Schluck Whisky ein.

Er wollte Svenja anrufen, ließ es aber, weil sie abwehrend geäußert hatte, sie wolle Besorgungen machen, die Wohnung putzen, ihre Spesenabrechnungen nachholen und vielleicht etwas über Nordkorea lesen.

Der Ficus geriet in sein Blickfeld, ein besenartiges Gewächs, das er gekauft hatte, um dem Raum einen Hauch von Wohnlichkeit zu verleihen. Das war jetzt weit länger als ein Jahr her. Die Pflanze war inzwischen vertrocknet und ähnelte all den muffigen, verstaubten Rosensträußen, die manche Frauen auf ihren Schränken platzieren, um die Erinnerung an irgendein großartiges, vergangenes Ereignis zu bewahren. Er trat mit aller Wucht gegen den tönernen Topf, der mit einem leisen Knacken zerbarst. Der tote Ficus blieb stehen, als wäre er unbesiegbar. Er nahm die Pflanze und stellte sie auf den Balkon, der diesen Namen eigentlich nicht verdiente, weil nicht einmal eine Liege Platz darauf hatte und die Sonne den kleinen Fleck niemals erreichte.

Sein Telefon klingelte, und er hoffte insgeheim, dass er zu irgendeinem Einsatz gerufen wurde. Aber es war seine Mutter, die mit vor Aufregung schriller Stimme sagte:»Junge, wie schön, dass du zu Hause bist. Ich will mich nur mal melden.«

»Das ist aber eine Überraschung. Wie geht es dir denn, und wo bist du?«

»Ich bin auf Rügen, Junge, auf der Insel Rügen. Und wir haben herrliches Wetter.«

Er wollte fragen: Wer ist wir? Stattdessen fragte er:»Wie kommst du dorthin?«

»Aber das habe ich dir doch erzählt. Tante Gerlinde lebt in Rostock. Bei der war ich ein paar Tage. Dann bin ich losgefahren, mir Rügen anzusehen. Man muss was tun in meinem Alter.«

Er wusste nicht, wer diese Tante war, er erinnerte sich an keine Tante Gerlinde. »Und wie ist es dort so?«

»Fantastisch, sage ich dir, ganz fantastisch, Junge. Warst du auf dem Friedhof?«

»Ja, war ich. Am vergangenen Freitag. Ich habe eine Blumenschale auf Papas Grab gestellt. Sieht hübsch aus. Wann kommst du nach Berlin zurück?«

»Vorerst nicht«, jubelte sie freudetrunken. »Wir haben eine Pension mit akzeptablen Preisen gefunden und gehen jeden Tag am Strand spazieren.«

»Wer ist wir, Mama? Tante Gerlinde und du?«

»Ach, Tante Gerlinde doch nicht«, antwortete sie in leichter Empörung. »Ich rede von Harry.«

»Aha. Und wer ist Harry?«

Eine Sekunde für den Anlauf. »Einfach ein wunderbarer Mensch, Junge. Wirklich. Und so ungeheuer feinfühlig.«

»Das freut mich aber«, sagte Müller sehr zurückhaltend. »Ich nehme an, du hast ihn auf Rügen kennengelernt.«

»Nein, in Flensburg.« Dann wurde sie verschwörerisch. »Stell dir vor, er hat mich regelrecht verfolgt. Von Flensburg nach Rostock und dann bis auf die Insel. Aber ganz unaufdringlich, also kein bisschen vulgär. Er sagt, er ist aus dem Alter raus, in dem man wissen will, wie schnell man eine Frau ins Bett kriegt.« Sie kicherte wie ein Schulmädchen.

»Das ist ja wunderbar, Mama. Und wie alt ist er?«

»Stell dir vor, genauso alt wie ich. Zusammen sind wir einhundertzweiundvierzig, sagen wir immer.«

»Das freut mich für dich«, stellte er tonlos fest.

»Weshalb ich aber eigentlich anrufe, Junge, das ist das Haus. Ich meine unser Haus in Berlin. Harry hat gesagt, davon hätte ich doch nichts. Also, nichts von einem Haus in Berlin. Und ich finde, er hat eigentlich recht. Was meinst du, soll ich es verkaufen? Du willst es ja doch nicht haben. Hier an der Ostsee ist es so herrlich, und da könnte ich das Geld doch gut gebrauchen. Da reicht ja auch eine Eigentumswohnung hier auf Rügen oder so was in der Art.«

»Das Haus gehört dir«, äußerte Müller zurückhaltend. »Du kannst damit machen, was du willst, Mama.«

»Deswegen rufe ich dich ja an, Junge. Was meinst du, kannst

du dich mal mit einem Immobilienmakler in Verbindung setzen? Kannst du das für mich tun, mein Lieber?«

»Wenn du das willst, tue ich das, Mama.«

»Dass man mal einen ungefähren Anhaltspunkt hat, was so ein Haus bringen kann«, plapperte sie weiter. »Muss ja auch nicht heute sein, kann morgen oder übermorgen sein. Nur dass ich ungefähr weiß, womit ich rechnen kann. Du verstehst das schon, Junge.«

»Ja, das verstehe ich«, sagte Müller. »Aber wäre es nicht besser, du kommst mit diesem Harry zusammen hierher? Dann könnt ihr das doch viel gründlicher erledigen. Du weißt doch, ich habe wenig Zeit.«

»Ich bitte dich doch nun weiß Gott selten um irgendetwas.« Ihre Stimme wurde weinerlich. »Und Harry hat mir heute noch mal gesagt, er macht sich nichts aus Berlin, er will auf keinen Fall nach Berlin.«

»Ja«, murmelte er resigniert. »Ich frag mal bei der Bank nach.«

»Also, das ist aber lieb von dir, mein Junge.«

Er wollte noch sagen: »Viel Spaß mit Harry«, aber das kam ihm dann doch irgendwie komisch vor. Stattdessen sagte er: »Ich muss ins Amt, Mama. Mach es gut. Und melde dich wieder.«

Er versuchte, sich seine Mutter mit einem gewissen Harry im Bett vorzustellen. Es gelang ihm nicht, allein der Gedanke erschien ihm grotesk. Ihm fiel ein, was sein Vater vor langer Zeit einmal zu ihm gesagt hatte: »Deine Mutter lebt in einer ganz eigenen Welt.«

Als er den letzten Tropfen Whisky trank, wurde ihm auf einmal klar, dass er erschreckend wenig von seinen Eltern wusste. Er empfand einen Anflug von Trauer.

Zweites Kapitel

Es war Nachmittag, als Krause sich mit Klaus Esser zusammensetzte, der sich im BND wahrscheinlich am besten mit Nordkorea auskannte. Er war, wie auch Sowinski, längst über die Neuigkeiten informiert worden.

Esser, der Leiter eines ganzen Heeres unterschiedlicher Fachleute von Sprachspezialisten über Politologen bis hin zu Waffenexperten, war ein ruhiger Mann, der auch in hektischen Diskussionen niemals laut wurde. Seine stärkste Waffe war eine leise Bestimmtheit, mit der er jedermann zwang, ihm genau zuzuhören. Er hatte wie üblich keinerlei Unterlagen bei sich – er hatte Nordkorea im Kopf.

Und er scheute sich auch nicht, privat zu werden. »Ich höre, deiner Waltraud geht es nicht gut.«

»Nein«, antwortete Krause sehr steif. »Man hat Brustkrebs bei ihr festgestellt.«

Wahrscheinlich dachten sie in dem Augenblick beide an die seltenen privaten Treffen in irgendeiner Wohnung zurück, wenn ein Geburtstag oder eine silberne Hochzeit gefeiert worden waren. Selbstverständlich unter strikter Vermeidung aller Themen, die irgendwie mit dem Geheimdienst zu tun hatten. Es waren eindeutig rührende Treffen gewesen mit einem Hauch von Vertraulichkeit und der Betonung darauf, dass Geheimdienstler tatsächlich so etwas wie Privatleben hatten. Aber irgendwann hatten sie die Versuche aufgegeben, hatten nicht mehr gefeiert, weil Festefeiern zu Menschen wie ihnen einfach nicht passte.

»Ist er heilbar?«

»Wenn sie Metastasen finden, kaum. Das wird sich in diesen Tagen klären.«

»Schlimm«, sagte Esser. »Was willst du genau wissen?«

»Zunächst, für wie plausibel du unsere These vom Verkauf einer Bombe hältst.«

»Oh, das ist durchaus vorstellbar. Es ist das konsequente Durchziehen einer Politik, die zwischen extremer Arschkriecherei und penetranter Erpressung der Welt schwankt. Die herrschende Clique ist absolut skrupellos. Das gilt für den Diktator Kim Jong Il, der seinem Vater nachfolgte, ebenso wie fürs Militär und die gesamte Administration. Man kann von etwa siebenhundert herrschenden Männern ausgehen, Frauen kommen so gut wie nicht vor. Der Staat ist ein Überbleibsel aus dem Kalten Krieg. Er wird kommunistisch genannt, dabei ist es ein Land der Autokraten, ein unglaublich bizarres Gebilde. Der Vater des jetzigen Diktators hat immer noch den Posten des Präsidenten inne, obwohl er schon seit 1994 tot ist. Er wird der ewige Präsident genannt. Er ruht in einem Mausoleum, genauso wie Ho Chi Minh in Hanoi, für das sein Sohn zweihundert Millionen Dollar hingeblättert hat.«

»Also wieder mal ein Fall von massivem Personenkult. Erzähl mir noch ein bisschen davon«, bat Krause.

»Vater und Sohn nutzen aus, was in Korea zum guten Ton gehört: Die innige und fraglose Verehrung der Ahnen und lebenden Mächtigen. Gemessen an der Fläche des Landes, haben sie dort eine der größten Armeen dieses Planeten, Militarismus ist Alltag, Militärs sind absolute Götter. Und sie stellen sich gegenüber ihrem Volk ständig so dar, als lebten sie in einem Krieg. Sie spannen Fahnen über die Straße, auf denen steht: Fest zum Gedenken an den Sieg Nordkoreas über die Vereinigten Staaten am 27. Juli. Dabei gab es einen solchen Sieg im Koreakrieg nicht. Es gab nur bizarre Waffenstillstandsverhandlungen. 1953 war das.«

»Innenpolitisch galt die Lage doch als sehr stabil«, hakte Krause nach.

»Kein Wunder«, erklärte Esser.»Mit seinen dreiundzwanzig Millionen Einwohnern ist Nordkorea ein Staat, der sich weitgehend auf Lager und Straflager verlässt. Ein Staat voller geheimer Zuträger, eine wahnwitzige Zusammenballung von Spitzeln, weshalb ich nach Ende der Diktatur – wenn es jemals so weit kommt – dazu raten würde, die Türen zu schließen und das Völkchen allein zu lassen. Die werden sich ihr Chaos selbst schaffen. Derzeit lebt vermutlich weit mehr als eine Million Menschen in Straflagern, zum Teil wegen geradezu lächerlicher Vergehen. Da reicht schon die Lektüre einer veralteten westlichen Tageszeitung. Und nicht selten wird gleich die ganze Familie inhaftiert.«

»Was wissen wir noch, was nicht im Konversationslexikon steht?«, fragte Krause.

»Es gibt als einzige internationale Bank der Nordkoreaner die Golden Star Bank in Wien, die aber im Wesentlichen dadurch auffiel, dass sie gefälschte Hundertdollarnoten verbreitete und ständig Geld wäscht. Das Land lebt in Wirklichkeit vom Schwarzmarkt und vom schwarzen Geld, kann aber seine Einwohner nicht ernähren, muss also von der Welthungerhilfe Hunderttausende Tonnen Grundnahrungsmittel annehmen, fast jedes Jahr.

Der nordkoreanische Geheimdienst hat bei Diplomaten einen sehr schlechten Ruf, weil man glaubt, dass nicht einmal die wichtigsten Auslandsvertretungen ohne Wanzen sind, und weil dieser Geheimdienst nachweislich Flugzeugabstürze arrangierte und Attentate ausheckte. Und dieser Geheimdienst hat die Möglichkeit, jederzeit ohne Angabe von Gründen zu verhaften, wen auch immer. Kein Fremder kann sich in diesem Land frei bewegen, und die meisten Landschaften sind ohnehin verbotene Zonen. Und abends gehen die Lichter aus, es herrscht tiefste Finsternis, der Staat hat keinen Strom. Das dürfte so alles in allem das sein, was du zunächst einmal wissen solltest.«

»Was kannst du mir über das Transportwesen sagen?«

»Hoffnungslos veraltet. Eigentlich gibt es so etwas wie ein Transportwesen gar nicht. Die Eisenbahn ist in einem desolaten Zustand. Von Zeit zu Zeit fahren Lkw, die hinten auf der Ladefläche so viele Menschen mitnehmen wie möglich. Nordkorea ist das Land der leeren Straßen, ein durchfahrender Mercedes ist schon eine Sensation. Den meisten Verkehr erzeugen die Fußgänger. Um an Nahrungsmittel zu kommen, legen die Nordkoreaner unglaubliche Strecken zu Fuß zurück. Wir haben Berichte von Flüchtlingen darüber, wie die Menschen während der Hungerperioden dort Gras und Stroh gegessen und sich Suppen aus Baumrinde gekocht haben, ganz zu schweigen vom Verzehr von Ratten, Maulwürfen, Igeln und ähnlichem Getier. Und ganz zu schweigen davon, dass immer wieder über Kannibalismus gesprochen wird. Nordkoreanische Kinder sind so mager und kleinwüchsig, dass sie um drei bis vier Jahre hinter ihren gleichaltrigen Genossen in normalen Gesellschaften zurückbleiben.«

»Wenn du eine Atombombe aus dem Land bringen wolltest, wie würdest du das anstellen?«

»Weißt du, wie so ein Ding aussieht?«, fragte Esser zurück. »Bislang weiß ich nur so viel, dass eine Bombe etwa so groß wie ein Fußball ist, aber dafür unglaublich schwer. Sie hat, richtig verpackt, eine kaum wahrnehmbare Strahlung, ist also de facto ungefährlich. Das heißt, das Ding fällt kaum auf und hat möglicherweise nicht mehr Volumen als eine gut gefüllte Aktentasche.«

»Wenn diese Bombe wirklich so handlich ist, hast du ein Riesenproblem, mein Lieber. Es ist ja anzunehmen, dass der Käufer ein reicher Mensch ist oder eine reiche Institution – nehmen wir einen Staat –, dann verfügt er über ein Flugzeug. Das Flugzeug kann in diesem obskuren Staat landen, die Bombe wird unter den Sitz des Kopiloten geschoben, und los geht die Reise.« Er starrte aus dem Fenster.

»Mit Sicherheit könnte der nordkoreanische Staat die Landung eines solchen Flugzeuges geheim halten. Bekanntlich haben wir selbst ein Flugzeug mit wechselnden Kennungen um den ganzen Erdball geschickt, ohne dass ein einziger Mensch es gemerkt hat. Ich habe auch noch nicht genügend nachgedacht, es ist alles noch sehr frisch. Ich kann jede Hilfe brauchen. Melde dich, wenn dein Hirn die möglichen Wege für eine Atombombe ausgespuckt hat. Außerdem denke ich, wir müssen noch mehr über ihre Verpackung wissen.«

»Ich werde mich mühen«, versprach Esser. Er stand auf und reichte Krause über den Schreibtisch hinweg die Hand. »Und grüß mir deine liebe Frau ganz herzlich.«

»Ja, ja danke«, murmelte Krause verwirrt und sah Esser nach, wie er die Tür ganz sanft hinter sich schloss, als habe er gestört.

Krause informierte sein Vorzimmer, dass er etwas Privates zu erledigen habe und für zwei Stunden außer Haus sei – aber ständig erreichbar. »Wenn ich wieder zurück bin, werde ich voraussichtlich noch ein paar Stunden arbeiten. Und wir sollten ab morgen früh sieben Uhr Ortszeit Berlin unsere wichtigsten Leute in Südostasien an der Strippe haben. Keine Konferenzschaltung, sondern schön nacheinander. Und bestellen Sie mir bitte ein Taxi.«

Irgendwann hatten seine Frau und er die stillschweigende Vereinbarung getroffen, dass seine Arbeitszeiten nicht zur Diskussion standen, und im Lauf der Jahre hatte sich Wally daran gewöhnt, dass er phasenweise erst gegen Morgen zu Hause erschien und zuweilen für viele Tage und Nächte überhaupt nicht. Er erinnerte sich an ein denkwürdiges Wiedersehen nach drei Wochen totaler Funkstille, als er morgens gegen sechs Uhr vollkommen erschöpft vor der Tür stand und seine Frau kopfschüttelnd bemerkte:»Woher hast du denn diesen scheußlichen Anzug?« Er hatte verärgert geantwortet:»Aber ich war doch in Washington und Tokio!«, und sie hatte schnippisch erwidert:»Sieh mal an, was du nicht sagst!« Es hatte dreißig wortlose Sekunden gedauert, bis sie beide in lautes Gelächter ausgebrochen waren. Er hatte die nächsten drei Tage und Nächte fast nur geschlafen, und sie war auf Zehenspitzen durch die Wohnung geschlichen und hatte wütend vor sich hin geflüstert:»Dieser Scheißgeheimdienst macht mir noch meinen Mann kaputt!«

Krause ging durch den Park zum Haupteingang, stieg in das wartende Taxi und nannte dem Fahrer die Adresse des Krankenhauses. Er sagte:»Sie können sich Zeit lassen«, womit er im Grunde sich selbst meinte.

»Auch mal wieder da?«, fragte ihn eine Krankenschwester auf dem Flur, und er hob wortlos und linkisch die Schultern.

Dann nahm er hinter sich eine Bewegung wahr. Er drehte sich um und sah, wie sich die Krankenschwester zu einem Mann im weißen Kittel beugte. Er hörte sie flüstern:»Ich sollte Ihnen Bescheid geben, wenn er kommt. Das da ist er.«

Der Weißkittel nahm Tempo auf, näherte sich Krause mit ausgestrecktem Arm und sagte eifrig:»Haben Sie ein paar Minuten Zeit für mich?«

Krause dachte: So machen sie es immer, sie strahlen diese mitfühlende Herzlichkeit aus, erschlagen dich fast damit. Und dann sagen sie dir, dass leider alles zu spät ist.

»Selbstverständlich«, antwortete er.

»Dann darf ich Sie in mein Büro bitten.«

Krause wusste nicht einmal, wie der Arzt hieß.

Der Mann eilte mit ganz kleinen Schritten vor ihm her und wirkte dabei wie ein beflissener Oberkellner, der ihn an den richtigen Platz geleiten wollte.

»Es ist mir wirklich wichtig, ein paar Minuten Ihrer Zeit zu bekommen, Herr Doktor Krause.« Er öffnete eine Tür, auf der nur SAUER stand, ließ Krause vorgehen, schloss die Tür hinter sich und erklärte:»Wissen Sie, ich kriege die Daten meiner Patienten so einfach auf den Tisch geknallt und muss damit fertigwerden. Bei Ihnen fiel mir Ihr hoher militärischer Rang auf und dazu der Doktortitel. Und da frage ich mich doch: Was steckt dahinter?« Er wies auf einen Sessel vor dem Schreibtisch, trippelte selbst um den Schreibtisch herum und setzte sich. Er war um die fünfzig und vermutlich der Professor der Abteilung. Seinen runden Kopf zierte ein Kranz weißer Haare, er wirkte leicht unrasiert und trug eine kleine Wampe vor sich her.

»Haben Sie Metastasen gefunden?«, fragte Krause direkt.

Der Mann war augenblicklich fröhlich.»Oh, nein, nein, nein, mein Lieber. Wir haben sozusagen gar nichts gefunden. Aber das nur nebenbei. Sagen Sie, tun Sie Dienst in der Bundeswehr?«

»Nein«, antwortete Krause.

Sie hat Glück, sie hat unverschämtes Glück. Und ich natürlich auch. Und wenn dieses Arschloch mich nicht bald gehen lässt, werde ich handgreiflich. Wenn er noch einmal sagt: Das nur nebenbei, kriegt er von mir eins aufs Maul.

»Und woher und worüber dieser Doktor?«

»Über den Einfluss Hegels auf die philosophischen Denkweisen dieser Zeit. Aber das ist sehr lange her, das ist schon Geschichte. Wie geht es meiner Frau?«

»Ich würde sagen gut. Wir hatten sie heute in der Röhre. Sehr gründlich. Wie gesagt, keine Metastasen, nix. Wir werden ihr raten, die linke Brust zu amputieren, vorsichtshalber, aber damit müsste dann alles in Ordnung sein. Sie weiß es noch nicht, ich wollte erst mit Ihnen sprechen. Sagen Sie, das würde mich nun wirklich interessieren: Wie kommt man denn in Ihren Kreisen an Hegel?«

Krause war nahe dran, eine obszöne Bemerkung zu machen, hielt sich aber zurück.»Ich habe mich für den lieben Gott interessiert, da kommt man an Hegel nicht vorbei.« Er stand auf und reichte dem Mann über den Tisch hinweg die Hand.»Sie haben mich ausgesprochen glücklich gemacht«, sagte er, drehte sich herum und rannte fast zur Tür.

»Alles Gute, Herr Doktor!«, brüllte der Mediziner ihm nach.

Krause klopfte schüchtern, als wolle er sie nicht wecken, stieß dann die Tür auf und sagte mit ausgebreiteten Armen:»Es ist alles gut.

Keine Blumen, aber eine gute Nachricht. Sie haben nichts mehr gefunden.«

Sie hatte ein ganz kleines Gesichtchen und wirkte sehr zerbrechlich. Sie antwortete nicht, schniefte nur ein wenig und suchte unter ihrem Kissen nach einem Taschentuch.

»Setz dich hierher auf das Bett. Du siehst müde aus«, sagte sie nach einer Weile.

Bevor sie in das Krankenhaus eingeliefert worden war, hatte sie sich die Haare dunkelrot färben lassen, um – wie sie trocken erwähnte – dem Teufel Angst einzujagen. Jetzt wirkte es so, als habe sie einen sehr roten Igel auf dem Kopf.

Krause setzte sich in den Halbkreis, den ihr auf der Seite liegender Körper formte. Er sagte: »Ich habe eben mit jemandem gesprochen, der Ahnung zu haben scheint. Er sagte mir, es gebe keine Metastasen. Sie werden mit dir sprechen, und sie machen einen zufriedenen Eindruck. Mein Gott, Wally, ich bin so froh.«

»Ich habe gedacht: Nun geht es dahin«, sagte sie erstaunt.

»Keine Chance!«, erwiderte er schnell. Er hatte die Hände vor dem Bauch gefaltet und ließ es zu, dass sie eine Hand nahm und ihren Kopf hineinbettete.

»Hast du viel Arbeit?«

»Ja, leider. Und keine Besserung in Sicht. Hast du es gut hier? Kümmern sie sich?«

»Alles in Ordnung«, sagte sie leise und hielt die Augen geschlossen.

Sie schwiegen eine Weile miteinander, und Krause fragte sich, ob er ihr von der Brustamputation erzählen sollte. Aber die Ärzte würden besser erklären können, warum das nötig war.

»Was macht dir denn Arbeit?«, fragte sie schließlich.

»Nordkorea«, gab er Auskunft.

»So weit weg«, seufzte sie. »Ist es eine schwierige Sache?«

»Kann man sagen. Ich soll dich herzlich von Esser grüßen.«

»Mein Gott«, flüsterte sie nach einer Weile. »Wir gehen ganz schlecht mit alten Freunden um, wir sollten uns mehr kümmern. Meinst du, wir sollten die Essers einladen, wenn ich wieder daheim bin?«

»Das machen wir«, stimmte er zu. »Erinnerst du dich an diese Sommerfete im Garten? Ich habe mit Esser eine ganze Flasche

Birnengeist getrunken, und dann haben wir uns zusammen in den Goldfischteich gesetzt und ›Die Wirtin von der Lahn‹ gesungen. Alle dreiundzwanzig Strophen, und Esser war danach drei Tage lang todkrank. Wie lange ist das her?«

»Zwölf Jahre. Nein, dreizehn. Damals haben sie ihren Jungen verloren. Er ist mit seinem Motorrad verunglückt, weißt du noch?«

»Ja, scheußliche Sache. Wir müssen sie einladen.«

»Ich hatte damals noch ganz lange Haare, und du hast sie ständig in den Mund gekriegt. Es war so komisch, und du hast furchtbar husten müssen. Musst du dorthin, nach Nordkorea?«

»Ich hoffe nicht. Gibt es hier ein Blumengeschäft?«

»Gibt es. Unten in der Halle.«

Er stand auf und ging zum Fenster. »Ich habe dich immer vernachlässigt.«

»Das hast du nicht.«

»Doch, doch, doch. Meine Arbeit ist brutal. Sehr brutal sogar.«

Er setzte sich in den Sessel, der für Besucher dort stand. »Würdest du lieber in einem Zweibettzimmer liegen, damit du ein bisschen Gesellschaft hast?«

»Nein, ich glaube nicht.«

Dann sah sie, wie ihm der Kopf langsam auf die Brust sank und er einschlief.

Er wurde ungefähr eine Stunde später von seinem Handy geweckt, und sie beobachtete fasziniert, wie er von einer Sekunde zur anderen hellwach war.

»Ja, bitte?«

»Es tut mir leid, dass ich stören muss«, entschuldigte sich seine Sekretärin, »aber es ist so, dass Goldhändchen etwas hat. Ich soll ausrichten, er braucht eine Audienz, sofort.«

»Danke«, sagte er. »In einer halben Stunde. Und geh heim, du bist schon zehn Stunden da.« Er stand auf, ging zu seiner Frau, küsste sie und hielt einen Augenblick lang ihr Gesicht zwischen beiden Händen. »Ich habe so viel Glück mit dir«, sagte er. »Ich komme wieder.«

Es hatte zu regnen begonnen, und die Straßen schienen zu dampfen, die Sonne stand irgendwo hinter den Häusern und färbte die Welt golden. »Wir werden diese Truppe AB nennen, wie Atombombe«, dachte er. »Und jede Menge Leute werden sich den Kopf darüber zerbrechen, was, zum Teufel, dieses AB wohl zu bedeuten hat. Und es wird wie immer allerhand Gerede geben.«

Goldhändchen saß schon vor seinem Schreibtisch und beschäftigte sich mit dem Säubern seiner Fingernägel. Seine Haltung hatte etwas Vorwurfsvolles.

»Es ist so, dass ich Spuren gefunden habe, Chef.«

»Dann her mit den Spuren«, sagte Krause und setzte sich.

»Ich habe mit ein paar Leuten in Macau geredet. Bankleute. Nordkorea hat da ein paar Konten, auf denen sich bisher kaum etwas getan hat. Vor einer Woche haben diese Konten plötzlich Besuch bekommen. So an die vierzig Millionen Euro, somit wären wir jetzt bei vierhundertsechzig Millionen.«

»Was sind das für Banker?«

»Internationale, Sir, sehr internationale.«

»Hinweise darauf, woher die Gelder stammen?«

»Noch keine, aber ich denke, das wird sich klären lassen. Dazu kommt: Auf der Golden Star Bank in Wien sind plötzlich auch einhundertzwanzig Millionen. Damit wären wir bei fünfhundertachtzig.«

»Immer glatte Summen?«

»Scheint so, Sir. Stimmt, ist komisch. Jedenfalls einer dieser Bekannten in Macau hat mir folgende, haarsträubende Geschichte erzählt: Er behauptet, es sei Spielgeld. Also, es ist so, dass an den Spieltischen in Macau immer wieder Spieler aus Nordkorea auftauchen. Die machen beim Spielen aus ihren Drogen- und Waffengeldern ehrliches Geld. Siebzehn und vier, Poker, Roulette. Man hat sie auch schon erwischt, wie sie gefälschte US-Dollar einsetzten. Dann hat man sie mit Hausverbot belegt, aber es kamen jedes Mal sofort neue. Mein Bekannter sagt: Die sind geil auf Devisen, weil sie ja sonst nicht drankommen. Und er hat erzählt, dass der Geliebte Führer, dieser Kim Jong Il, seinem Bruder schon einmal eine Million Dollar nach Macau gebeamt hat, weil der im besoffenen Kopf jede Menge Schulden gemacht hat. Also ganz schön viel Familiensinn.«

»Gibt es eigentlich ein Konto, über das der Staatsführer persönlich verfügt?«

»Das weiß ich nicht. Aber vielleicht wissen unsere jüdischen Freunde da mehr.«

»Fragen Sie sie, aber ohne den kleinsten Hinweis auf unseren Hintergrund«, sagte Krause.

»In Ordnung. Chef, ich hab da noch was Abartiges. Von dem Konto bei der China-International wurden gestern zwei Millionen an einen Deutschen überwiesen. Der Mann heißt Karl-Friedrich Sollner, Import-Export, mit Sitz in Darmstadt. Er liefert Moselriesling an den Geliebten Führer, aber auch Cognac aus der Normandie, Rotwein aus dem französischen Rhônetal und von der Loire und Zigarren aus Kuba. Ich habe die Auftragsliste noch nicht, aber wenn, schicke ich sie Ihnen gleich vorbei. So viel zum süßen Leben in Nordkorea.«

»Ich will es gar nicht wirklich verstehen. Ich nehme aber an, dass Sie auf den Geschäftskonten dieses Sollner spazieren gegangen sind. Ist das richtig?«

»Richtig«, nickte Goldhändchen. »Brauchen Sie Ausdrucke?«

»Und er merkt tatsächlich nichts davon?«

»Das ist auch richtig. Er braucht seinen PC nicht mal eingeschaltet zu haben. Ich komme und gehe wie ein Geist.« Er grinste angriffslustig.

»Wir reden also bis jetzt über etwa fünfhundertachtzig Millionen Euro plus die einundzwanzig Millionen, die Mercedes bekommen hat. Haben Sie zufällig nachgeschaut, ob irgendwelche Meldungen in der Presse von morgen erscheinen, die sich darauf beziehen könnten?«

»Ich habe drei Leute drangesetzt. Bisher nichts. Aber meistens kommt so etwas plötzlich wie ein Wasserfall.« Dann blickte Goldhändchen zum Fenster hinaus und fügte hinzu: »Ich beneide Sie nicht um diesen Job. Das muss man sich einmal vorstellen. Da ist eine Atombombe irgendwohin unterwegs, um dort zu explodieren.«

»Es ist nur eine These«, sagte Krause vorsichtig. »Wir haben buchstäblich nichts außer diesen Geldern.«

Als Goldhändchen gegangen war, griff er zum Telefon, drückte einen Knopf und sagte ein wenig verlegen: »Ich möchte Sie bitten, mir zu helfen. Nur für ein paar Stunden.«

»Ich bin schon unterwegs«, erwiderte Svenja.

Sie trafen sich in einem kleinen Besprechungszimmer, weil das Krause als die sicherste Möglichkeit schien, eine Weile ungestört zu sein. Er hatte Kaffee und Tee bestellt und sagte entschuldigend: »Es ist ja eine barbarische Zeit«, ehe er ohne Umschweife zum Thema kam. »Ich habe natürlich damals Ihre Treffberichte gelesen und auch Ihre allgemeinen Berichte zu dem Monat, den Sie dort verbracht haben. Im Grunde war es ursprünglich doch nur als kurze Reise von ein paar Tagen geplant, oder?«

»Es wurde eine lange Reise mit vielen Hindernissen«, bestätigte Svenja mit einem Nicken.

Krause schaute sie einen Moment lang schweigend an. Ihre Jeans steckten in kniehohen braunen Schaftstiefeln, sie trug eine weiße Bluse über einem ebenfalls weißen T-Shirt und wirkte auf eine aggressive Art selbstsicher.

»Sie sind von China aus hineingegangen, wenn ich mich recht erinnere.«

»Ja. Aber nichts verlief wie geplant. Es ist eine merkwürdige Grenze. Die Chinesen nennen sie die Grenze der leichten Frauen oder die Grenze der Huren. Das hat etwas mit der Tatsache zu tun, dass sehr viele Nordkoreaner über diese Grenze nach China hinein flüchten und dass koreanische Frauen häufig gezwungen werden, in chinesischen Bordellen zu arbeiten. Natürlich gibt es offizielle Grenzübergänge, aber die Masse der Übertritte verläuft durch die Grenzflüsse in den Gebirgsregionen. Die Zahl dieser Flüchtlinge wird jährlich auf etwa einhunderttausend geschätzt, andere Schätzungen gehen von dreihunderttausend aus. Einige, aber nicht viele werden zurückgeschickt, weil China offiziell gegen die Flüchtlinge ist und mit Nordkorea eine Vereinbarung getroffen hat, sie zurückzuweisen. Die meisten aber bleiben in China und leben dort in der Illegalität.«

»Wie fühlt man sich denn in Nordkorea?«, fragte Krause. Er dachte, sie doziert nur so sachlich, um bestimmte Einzelheiten nicht erzählen zu müssen.

»Einsam«, antwortete sie zurückhaltend, »sehr einsam.« In ihrem Kopf hämmerte der Gedanke: Er will wieder rein, er will mich losschicken.

Krause konnte ihr die Befürchtung vom Gesicht ablesen und schenkte ihr ein schnelles Lächeln. »Nein, ich will Sie nicht wieder

hineinschicken. Ich war auch vor einem Jahr nicht derjenige, der Sie losgeschickt hat. Sie haben also einen Mann herausgeholt ...«
»Ja, einen nordkoreanischen Physiker, von dem wir anfangs nicht einmal einen brauchbaren Namen hatten. Ich habe ihn Cheng genannt, sein voller Name war Chen Jung Gen. Er war fünfundfünfzig Jahre alt und sehr freundlich. Wir taten so, als sei ich seine Tochter. Er war das Ziel. Ich war an seiner Auswertung später nicht beteiligt. Unsere Vettern in Amerika haben das gemacht. Er wohnte in der Gegend von Musan. Das ist ein kleines Städtchen hoch im Nordosten, im Gebirge. Er lebte dort allein in einem kleinen Holzhaus. Sein Job war getan, er hatte beim Aufbau der atomaren Anlage geholfen, er wusste alles über das Programm der Regierung, und er wurde natürlich ständig überwacht. Er saß wie ein Tier in der Falle. Ich weiß nicht genau, warum er bereit war, zu reden. Er erzählte mir, seine Frau sei gestorben und seine Tochter habe geheiratet. Er sei allein und habe keine Lust mehr zu leben. Es gab Phasen, da war er hoch depressiv. Nach ein paar Tagen nannte ich ihn für mich meinen Sancho Pansa, weil er sich so rührend bemühte, Witzchen zu machen und dem Leben trotz allem eine komische Seite abzugewinnen. Aber es war nicht komisch.«
»Ich habe gehört, er hat sich das Leben genommen.«
»Ja, das ist richtig, aber das geschah erst, nachdem ich ihn übergeben hatte und er eigentlich frei war. Von offizieller Seite habe ich nichts davon erfahren, es ging mich auch nichts an. Er hat sich in San Francisco vom Dach eines Hotels gestürzt. Er war so völlig ohne jede Hoffnung.«
»Es sollte wohl eine schnelle Aktion werden.«
»Ja, so war es gedacht. Aber so lief es nicht. Ich ging schwarz über die Grenze, erreichte erst nach fünf Tagen sein Haus ...«
»Wie geht man denn dort?«, fragte Krause. Dann fühlte er sich bemüßigt, den Hintergrund für dieses Gespräch zu erklären. »Ich habe überhaupt keinen Bezug zu diesem Land, ich kann mir nichts vorstellen, weil mir die Basis fehlt. Deshalb stelle ich diese ganzen Fragen. Also, noch einmal: Wie geht man dort?«
Sie dachte eine Weile nach. »Man muss alles vergessen, was man gelernt hat. Man hat kein Geld, weil man mit dem nordkoreanischen Won sowieso nichts kaufen kann. Jeder US-Dollar, jeder Euro würde einen verraten. Man zieht ohne Gepäck durch das Land, weil

Gepäck auffällt. Man hat nichts bei sich, kein Geld, keine Kleidung zum Wechseln, keine Seife, kein Handtuch, und wenn man seine Tage kriegt, muss man sehen, wie man ohne alles klarkommt. Ja, einen Kamm hatte ich. Im Müll gefunden.« Sie lächelte mit einem bitteren Zug um den Mund. »Es war April, und es war lausig kalt, und nach vier Tagen war ich dreckig wie ein Straßenköter. Man bewegt sich in Schleifen, macht Zickzackbewegungen, fährt zwanzig Kilometer in die falsche Richtung, bloß weil da ein Lastwagen verkehrt, der einen mitnimmt. Am schlimmsten sind die Leute in den abgelegenen kleinen Bauernhöfen. Sie sind einfach gierig auf jede Information, sie starren einen an, als wäre man eine unwirkliche Erscheinung, sie flüstern ständig hinterm Rücken, und weil man die Sprache bis auf ein paar Brocken nicht beherrscht, ist man ihnen völlig ausgeliefert. Wenn man Glück hat, darf man im Stall bei der Ziege schlafen, aber man schläft keine Sekunde, bis man am Morgen weiterzieht. Und niemals ist man sicher, ob sie einen nicht verraten. Und es passiert, dass der Bauer Lust hat und sagt: Wenn du dich weigerst, rede ich mit den Behörden. Und man kann die Straßen nur selten benutzen, Straßen sind Fallen, weil es da oben im Gebirge so wenige gibt. Man hat ständig Angst.«

Krause sagte sanft: »Aber unter solchen Bedingungen kann man doch gar nicht … gar nicht arbeiten.«

»Ja, ja, das ist richtig, das ist absolut richtig. Er … ich meine Cheng wäre auch leichter aus dem Land herausgekommen, wenn er einfach in Richtung Grenze gegangen wäre, allein, ohne mich. Die ganze Sache war schlecht vorbereitet, eigentlich überhaupt nicht, absolut unprofessionell … und wahrscheinlich habe ich nur überlebt, weil ich so wütend war.«

Dann riskierte sie die Frage, die sie noch niemals formuliert hatte: »Haben Sie damals zugestimmt, als ich loszog?«

»Ich war mit dieser Sache überhaupt nicht befasst«, erklärte er förmlich. »Das tut mir leid, aber es war damals so, dass wir interne Umstellungen im Dienst hatten. Als ich von Ihrem Einsatz erfuhr, waren Sie bereits unterwegs.« Er verschwieg ihr, dass er damals in heller Wut dem Präsidenten seinen Rücktritt angeboten hatte. Und er verschwieg ihr auch, dass er sich selbst die Schuld dafür gab, dass andere Leute Svenjas Leben aufs Spiel gesetzt hatten. »Wie Kinder, die Indianer spielen wollen!«, hatte er gebrüllt. Und seiner Frau hatte er später in tiefem Kummer offenbart: »Es fühlt sich an, als hätte ich eine Tochter im Stich gelassen.«

»Ich bin ja nur aufgrund meines Aussehens geschickt worden.« Sie sprach langsam und kontrolliert. »Sie sagten mir, Cheng sei wichtig und allein absolut nicht lebensfähig, ein Träumer, den man unbedingt herausholen müsse. So war es Wu, der den ersten Kontakt zu Cheng aufnahm.«

»Zu Wu komme ich später«, sagte Krause. »Noch Tee, meine Liebe?« Er wollte ihr eine Pause gönnen, er sah, dass ihr Gesicht ganz hart geworden war und dass sie unter Erinnerungen litt, über die sie vermutlich noch mit niemandem gesprochen hatte.

»Glauben Sie, dass tatsächlich eine Bombe verkauft wurde?«, fragte sie und starrte dabei in ihre Teetasse.

»Es wäre ein Albtraum«, sagte er, »aber es würde passen. Wir haben sechshundert Millionen festgestellt. Und die kommen ja nicht aus dem Nichts. Glauben Sie denn an so etwas?«

»Unbedingt«, sagte sie. »Seit ich dort war, lese ich alles über Nordkorea mit anderen Augen. Und es passt. Diese absolut skrupellose herrschende Clique, die das ganze Land in ein Gefängnis verwandelt hat, ist zu allem fähig. Wenn die CIA behauptet, dass die atomare Versuchsexplosion im Jahr 2006 lächerlich gering gewesen sei und dass man Nordkorea nicht mehr als Atomwaffenstaat betrachte, dann klingt das nach Pfeifen im dunklen Wald. Sie haben nach internationalen Berechnungen mindestens fünf Bomben.«

»Werden diese Führer, also toter Vater und Sohn, tatsächlich so verehrt?«, fragte Krause.

»Oh ja, das werden sie. Die Nordkoreaner glauben ernsthaft, dass Vater und Sohn zu den klügsten, ja genialsten Menschen auf dieser Erde zählen. Das glaubte sogar Cheng. Und die Nordkoreaner denken auch, dass es überall auf der Welt noch viel schlechter zugeht als in ihrem eigenen Land. Manches ist in den letzten Jahren etwas freier geworden. Wenigstens das Gemüse, das sie für den Eigenbedarf anbauen, gehört ihnen jetzt. Auf siebzig Quadratmetern. Hin und wieder gibt es sogar Gaststätten oder Bauernmärkte, auf denen man tatsächlich etwas kaufen kann. Aber sobald es um die Führungsclique geht, ist jeder Fortschritt undenkbar.«

»Sie waren also bei Cheng. Wie fanden Sie ihn vor?«

»Ich weiß nicht, was ich erwartet hatte, aber ich fand einen alten

Mann in einer abseits stehenden Hütte, der vor seinem Feuer hockte und Träume träumte, von denen ich keine Ahnung hatte. Ich hatte einen Code. Ich sollte einen bestimmten Satz auf Chinesisch sagen. Das tat ich. Er starrte mich an, als habe er mit so etwas niemals gerechnet. Ich war eine Störung. Er hatte es sich wohl inzwischen anders überlegt. Er wollte gar nicht mehr ausgeschleust werden, er wollte einfach bis an das Ende seiner Tage in dieser Hütte sitzen. Einmal sagte er sogar, er habe Lust, Kaninchen zu züchten. Es sei gutes Fleisch, und die Felle seien warm, und mehr brauche er ja nicht. Jetzt hatte er plötzlich ein Riesenproblem – und das war ich.«

»Hatte er Nachbarn?«

»Ja, die nächsten Hütten lagen vielleicht vierhundert Meter entfernt. Da lebten Menschen, deren Angehörige in einem nahen Lager inhaftiert gewesen waren. Sie bekamen nur ganz selten Nahrungsmittel. Sie lebten von der Hand in den Mund, sie waren Müllmenschen. Sie waren wirklich mies, Leute, die bereit gewesen wären, dir für ein paar Konserven den Schädel einzuschlagen. Cheng wollte mit ihnen nicht das Geringste zu tun haben.«

»Und wer versorgte Cheng?«

»Ein Polizist, immer derselbe. Auf einem Fahrrad. Manchmal brachte er Reis, manchmal Mais, aber nie Fleisch.«

»Ernährte er sich von Ratten?«

»Nein. Da gab es Kröten. Die tötete er, nahm sie aus und legte sie aufs Feuer.«

»Wie schmeckt Kröte?«

»Eigentlich gut, ein bisschen wie Kalbfleisch.«

»Also, Sie kamen an, klopften. Wie reagierte er?«

»Nicht sehr einladend. Sein zweiter Satz war, er lebe allein, er könne mich nicht bei sich aufnehmen, ich müsse mir eine andere Bleibe suchen. Dann sagte er noch: Ich gehe nicht aus diesem Land fort. Sag das Wu!«

Die Nacht kroch langsam in die großen Bäume vor den Fenstern.

»Aber Sie haben sich bei ihm festgesetzt.«

»Mir blieb nichts anderes übrig. Ich habe ihn angefaucht, ich müsse meine Kleidung waschen, ich müsse mich selbst waschen. Und er solle mir gefälligst nicht dabei zusehen. Höflichkeit sei das Mindeste, was ich von ihm verlangen könnte. Er war sehr erheitert. Er war immer sehr erheitert, wenn ich wütend war, bis …«

»Davon reden wir später«, sagte er schnell. »Ich nehme an, Sie sprachen englisch. Und ich denke, Sie mussten sicher erklären, wer Sie waren oder wer Sie sein könnten.«

»Ja. Wir hatten uns ausgedacht, dass ich seine Tochter aus einer Verbindung mit einer Chinesin bin. Er ist in China ausgebildet worden. Das war unsere Erklärung.«

»Ich nehme an, das funktionierte?«

»Ja. Es funktionierte. Aber natürlich spreche ich kein Chinesisch. Also machten wir aus, dass ich zurückgeblieben bin, kaum rede. Ich bin ein verwirrtes, geistig behindertes Kind, verstehen Sie? Allerdings schützte mich das nicht vor den Männern.

Jedenfalls lebte ich zwei Wochen mit ihm. Wir mussten uns aneinander gewöhnen, wir mussten ungefähr wissen, wie der andere dachte, was er wollte, wie er in Gefahr reagieren würde, wie man ihm am besten helfen konnte, wenn er Hilfe brauchte. Diese Dinge.«

»Und Sie hatten einen Plan?«

»Ja, den hatte ich. Wir würden nach Nordosten zur Grenze gehen, den Fluss überqueren und in China sein. Dann brauchte ich nur noch ein Telefon und konnte uns Hilfe holen.«

»Das klingt ja bestechend einfach«, bemerkte Krause mit viel Ironie.

»Nach Auskunft der Leute in der amerikanischen Botschaft in Peking war die ganze Unternehmung ein Kinderspiel, ein Sonntagsausflug.« Ihre Stimme wurde bitter.

»Und Cheng blieb widerspenstig?«

»Ja und nein. Es gab Momente, da sagte er: Lass uns losgehen. Dann wieder versank er tagelang in dumpfem Brüten. Nach zehn Tagen sagte ich: Wir gehen morgen! Und er akzeptierte das. Und wir gingen. Wir gingen am frühen Abend los, weil wir die Nacht nutzen wollten, aber wir waren kaum ein paar Hundert Meter weit gekommen, als dieser Polizist mit dem Fahrrad uns entgegenkam. Er brachte zwei Dosen mit Corned Beef und drei Dosen mit Mischgemüse. Und dann sagte er, er hätte zwei weitere Dosen mit Corned Beef, wenn ich bereit sei, mit ihm zu schlafen.«

»Praktisch betrachtet, sind Sie auch viel zu hübsch«, murmelte Krause mit leichtem Vorwurf. »Da kann Ihr Gesicht noch so schmutzig sein.«

Sie hatte es jetzt eilig fortzufahren. »Jedenfalls wurde Cheng sauer. So sauer, dass er richtig brüllte. Ich weiß noch, dass ich dachte: Sieh mal an, er reagiert tatsächlich wie mein Vater. Aber der Polizist ließ nicht locker. Und dann kamen die Panzer. Vier Stück, und sie fuhren direkt vor Chengs Hütte. Es handelte sich um ein achttägiges Manöver, und für uns bedeutete es ein absolutes Time-out, wir konnten uns nicht rühren. Und dann kam auch der General. Er war ein lächerlicher Mann.« Ihre Stimme wurde plötzlich monoton.

Ganz vorsichtig jetzt, dachte Krause. Verscheuch sie nicht. Er goss sich einen Schluck Kaffee ein und sagte: »Wir haben Zeit.«

Sie sah ihn an. »Eigentlich nicht«, widersprach sie trocken. »Der General wirkte auch deswegen so lächerlich, weil er in vollem Ornat auftrat. Also mit diesem albernen großen Armeehut und einer braunen Uniform, an der so viele Orden baumelten, dass er richtig schwer zu tragen hatte. Er kam in einem Mercedes Diesel angefahren und sagte, unsere Hütte wäre ideal für ihn, so könne er ständig in der Nähe seiner Truppen sein. Dann quartierte er sich ein, und wir sollten in einem Verschlag hinter der Hütte schlafen. Es war wie im Krieg, aber wir hatten erstklassiges Essen, weil der General erstklassig essen wollte, und er nannte mich die kleine chinesische Lotusblume. Er war ein lächerlicher kleiner Mann und er riskierte es, mir beim Essen unter den Rock zu fassen. Ich war ja die Verwirrte aus China, ich konnte nur stammeln und begriff nichts.«

»Wann sind Sie endgültig losgegangen?«, fragte Krause.

»Zehn Tage später. Von einem alten Bergwerksstollen aus, den wir für die erste Nacht unserer Flucht entdeckt hatten.«

»Aber da gab es auch noch Schwierigkeiten, oder?«

»Ja. Der General hatte ein paar seiner Leute auf uns angesetzt. Als sie uns gefunden hatten, schickte er alle weg und sagte, ich sei sein Besitz. Er war völlig verrückt, er fuchtelte dauernd mit einer großen Sig Sauer herum. Neun Millimeter. Es war ein Albtraum.«

»Sie sind nicht auf seine Forderungen eingegangen, nicht wahr?«

»Nein. Das konnte ich nicht. Ich flüsterte Cheng zu, er solle schon mal zu dem Mercedes des Generals laufen. Dann setzte ich den General matt und rannte hinter Cheng her. Wir sprangen in den Wagen, und ich gab Gas. Der Tank war voll, das war unser Glück. Wir fuhren in südwestliche Richtung, immer parallel zur chinesischen Grenze. Ungefähr dreihundert Kilometer in einem Stück.«

46

»Und dann?«

»Ließen wir den Wagen stehen und gingen zu Fuß weiter. Wir erreichten die Grenze und gingen nachts auf chinesisches Territorium. Dann telefonierte ich. Sie nahmen uns auf dem Weg nach Tonghua auf, einer chinesischen Stadt.«

»Im Protokoll unserer amerikanischen Freunde steht, dass Sie den General überwältigten und für eine Weile außer Gefecht setzten. Wissen Sie, was aus ihm geworden ist?«

»Nein.« Svenja stand auf und blieb vor dem Fenster stehen. Sie zitterte.

»Ich nehme an, Sie haben ihn getötet«, sagte Krause betont beiläufig. Er dachte: Du musst es nur sagen, Mädchen, sonst nichts!

»Ich habe ihm das Genick gebrochen«, sagte sie in die Stille hinein. Dann begann sie zu weinen.

Drittes Kapitel

Es war Sowinski, der anrief, und er benutzte eine offizielle Leitung. »Ich weiß, es ist noch sehr früh«, sagte er knapp. »Sie sollten bitte ohne Gepäck in fünfzig Minuten hier sein. Ich habe Sie auf einem Flug nach Zürich. Alles andere hier.« »Geht klar«, bestätigte Müller. Es war fünf Uhr.

Er sprang aus dem Bett, machte automatisch ein Dutzend schnelle Kniebeugen, stand dann breitbeinig vor dem Fenster, ließ die Schultern hängen und konzentrierte sich auf seinen Atem. Das dauerte fast fünf Minuten. Als die Luft ganz ruhig durch seine Nase aus- und einströmte, drehte er sich um und ging in das beängstigend kleine Bad, in dem in einigen Kachelfugen eindeutig Schimmel blühte, schwarz und grün. »Blöde Wohnung«, sagte er laut. »Es ist gar keine Wohnung, es ist ein Loch.«

Eine Viertelstunde später ging er hinunter in den Hof und setzte sich in seinen alten Golf. Er dachte flüchtig an seine Mutter und dass sie jetzt wahrscheinlich mit einem Mann im Bett lag, den er noch nie gesehen hatte und dem sie jetzt wahrscheinlich erzählte, dass sie bei ihrem Ehemann niemals irgendeine Freiheit gehabt habe. Oder vielleicht anderes, vielleicht variierte sie: dass sie glücklich gewesen sei, aber niemals wirklich frei. Irgendetwas in der Art. Plötzlich fürchtete er den Tag, an dem sie sagen würde: »Wir haben beschlossen, uns zu verloben, Junge!«

Sowinski sah aus, als hätte er die Nacht an seinem Schreibtisch verbracht.

»Setzen Sie sich«, sagte er. Und dann im Stakkato in einen Telefonhörer: »Okay, okay, lassen wir das. Genug der Worte, straffes Tempo bitte. Und sofort anrufen, wenn irgendetwas passiert.« Er legte den Hörer zurück, nahm die Brille ab und fuhr sich mit beiden Händen über das Gesicht, ehe er sich Müller zuwandte.

»Kurze Information zur Feier des Tages: Der Hase ist aus dem Zylinder. Tel Aviv hat vergangene Nacht offensichtlich die regierungsfreundliche Presse informiert. Wir wissen noch nicht, woher die Israelis es haben, aber das wird sich klären lassen. Hier stehen die Telefone nicht still, und *dpa* hat schon bei unserer Pressestelle angefragt, ob es stimmt, dass die Iraner die Bombe von den Nordkoreanern gekauft haben, weil es mit der eigenen noch nicht ganz klappt.«

»Und? Was haben Sie geantwortet?«

Sowinski grinste flüchtig. »Nichts. Auf solche Fragen antworte ich aus Prinzip nicht. Jetzt zu uns. Uns allen ist klar, dass einige Staaten liebend gern sechshundert Millionen Euro hinlegen würden, um eine A-Bombe zu kaufen. Aber natürlich würden sie sofort in gewaltige Schwierigkeiten geraten und am Pranger stehen. Nun kann es auch sein, dass Staaten sich hinter Einzelnen verstecken. Können Sie mir folgen?«

Müller nickte wortlos.

»Daneben gibt es sicher einige Privatleute, die einen derartigen Kauf finanziell stemmen könnten und die möglicherweise mit einer Atombombe in die Politik einsteigen wollen. Es sind nicht viele, eine Handvoll vielleicht, aber wir müssen sie kennenlernen, systematisch nachfragen, abtasten. Auch klar? Der Mann, den Sie in Zürich aufsuchen sollen, ist ein gewisser Ben Wadi. Ich bin mir sicher, dass Sie schon einiges über ihn gehört haben. Er ist achtundvierzig Jahre alt, und Ben Wadi ist natürlich nicht sein vollständiger Name. So kennt man ihn aber in der Geschäftswelt und in den Hochglanzmagazinen, wenn er wieder mal eine langbeinige Blondine an seiner Seite Gassi führt. Er residiert irgendwo an der Bahnhofstraße. Hintergründe, genaue Instruktionen und Ihr Ticket bekommen Sie im Sekretariat. Und nun ein paar Worte zu Ben Wadi.« Er goss sich einen Schluck Wasser in ein Glas und trank es langsam aus.

»Er wird Ihnen mit Sicherheit zu Beginn die Frage stellen, warum wir ausgerechnet zu ihm kommen. Sie werden antworten, das sei eigentlich logisch und die erste Adresse, denn er vertrete einen wirtschaftlich höchst bedeutsamen Pool an internationalen Anlegern, und deshalb könne er möglicherweise einen Verdacht haben, wer denn so etwas wie ein Atombömbchen kauft. Sie halten sich an Ihre sechste Legende, Sie sind Dr. Kai Dieckmann, Sicherheitsexperte der Bundesrepublik Deutschland. Und Sie haben das Bundeskanzleramt hinter sich. Natürlich sind Sie ganz locker und hören gut zu …«

»Ist er eine Heuschrecke?«, wollte Müller wissen.

»Genau das, mein Sohn. Er ist eine Heuschrecke so groß wie der Kölner Dom, ach was, so groß wie die Münchner Innenstadt. Und wir haben ihn im Visier, weil es in seiner Vita einen merkwürdigen Punkt gibt. Geboren ist er als Angehöriger dessen, was am Golf die Prinzengarde heißt und wenig mit dem Kölner Karneval zu tun hat. Also ein Adliger. Fragen Sie mich nicht nach den verwandtschaftlichen Hintergründen, das wissen unsere Königshäuser-Spezialisten. Wadi ist also ein Mann, der mit dem goldenen Löffel im Mund geboren wurde, und ich muss hinzufügen, dass der goldene Löffel bisher nicht entfernt wurde. Er ist im Rudel erzogen worden, wobei ich mir nicht vorstellen kann, was genau das heißt. Er studierte Wirtschaftswissenschaften in den Staaten und in England, hat einen beeindruckenden Doktortitel hingelegt, tauchte vor etwa zehn Jahren in Zürich auf und gründete eine Firma namens Gladius. Wenn mich meine Bildung nicht im Stich lässt, kommt das aus dem Lateinischen und bedeutet Schwert. Und er war sofort erfolgreich, was auf Deutsch heißt, dass er etliche Milliarden aus der Golfregion mitbrachte, die er verwaltete und mehrte. Sein persönliches Vermögen schätzt man auf etwa drei bis vier Milliarden plus Kleingeld. Interessanter ist schon, *was* er verwaltet. Es wird in Finanzkreisen geschätzt, dass er jederzeit etwa zwanzig bis dreißig Milliarden abrufen kann. Wir reden hier von Euro, und damit über einen Burschen, der im Bereich DaimlerChrysler oder BMW spielt, aber durchaus auch beim russischen Gold oder Erdgas mitmischen kann, wenn man ihn lässt. Kurz, er ist aggressiv, hochintelligent, ausgesprochen höflich, sehr zurückhaltend. Und er redet niemals über Geld.« Sowinski goss sich erneut Wasser ein und nahm einen Schluck. »Und damit das klar ist: Es war Krauses Idee, und ich halte sie für sehr gut. Sie haben einen Termin um elf Uhr. Und jetzt Gott befohlen. Und kommen Sie so schnell wie möglich zurück. Treffbericht an mich.« Damit war Müller entlassen.

»Moment«, wandte Müller ein. »Sie sagten doch, dass es in Ben Wadis Leben einen merkwürdigen Punkt gibt. Den haben Sie ausgelassen.«

»Tatsächlich? Du lieber Himmel, ich sollte mal eine Pause einlegen. Dieser merkwürdige Punkt liegt schon einige Jahre zurück. Er muss damals Ende zwanzig gewesen sein. Die Sache ist nur dann zu verstehen, wenn man auf einen alten Verdacht zurückgreift. Es ist immer wieder die Rede davon gewesen, dass die Saudis möglicherweise das atomare Programm der Pakistaner finanziert haben. Pakistan war pleite, hatte aber Dr. Abdul Qadeer Khan und besaß plötzlich ein edel ausgerüstetes Institut zur Erforschung atomarer Prozesse. Khan musste später zugeben, die Technik an Nordkorea und an den Iran weitergegeben zu haben. Man stellte ihn unter Hausarrest, er hatte dabei aber jahrelang im Edelhotel der Saudis eine Suite. In der Phase, in der er sein Institut aufbaute, tauchte in seinem Umfeld ein junger Saudi auf. Das war Ben Wadi. Und zumindest damals war er wohl, auch nach seinen eigenen Äußerungen zu schließen, ein ruppiger Gotteskrieger. Er benahm sich so, er handelte so und wurde dann gestoppt vom königlichen Clan. Von dem Punkt brillierte er wie ein königlicher Pantoffel und kompensierte seinen religiösen Eifer, indem er ein cleverer Wirtschaftsmanager wurde. Krause fragt sich nun, ob Wadi seine politischen Ideale möglicherweise nur verdeckt und heimlich weiterverfolgt hat.« Sowinski starrte einen Moment aus dem Fenster. »Krause hat seine Ideen für Sie aufgeschrieben. Das Memo liegt bei Ihren Papieren.«

»In Ordnung. Dann bis später«, verabschiedete sich Müller.

Seine Maschine ging um 7.35 Uhr, und er hatte noch Zeit, Svenja anzurufen.

»Hallo, ich bin's. Ich wollte dich gestern Abend eigentlich ins Kino einladen.«

»Oh«, erwiderte sie, »das ist schade, aber ich hätte auch keine Zeit gehabt. Ich war beim Chef, und es ist spät geworden. Was treibst du?«

»Kurze Tour. Bin heute Abend wieder da. Kann ich dich dann sehen?«

»Das dürfte gehen. Versuch es einfach mal.«

Es herrschte sonniges Wetter, der Flug war kurz. Müller las Krauses Notizen, grinste, als er bestimmte Formulierungen wiederfand, die typisch für Krause waren. Zum Beispiel: *Achtung! Aus der Fassung bringen! Er hat bei Barclays wahrscheinlich sechzehn Milliarden drin! Heiße Kiste!* Er zerriss das Papier und warf die Schnipsel in einen Mülleimer. Dann ließ er sich mit dem Taxi in die Zürcher

Innenstadt bringen und schlenderte dort die Bahnhofstraße entlang. Wadis Firmensitz war ein nichtssagender Bau, glatt, fantasielos, sechs Geschosse, Büros. Es gab nur eine schmale Messingtafel mit dem Wort *Gladius* in geschwungenen Buchstaben daran, viel zu verspielt für das Geschäft.

Er kaufte nebenan an einem Kiosk die *Neue Zürcher Zeitung* und die *Süddeutsche*. Der Aufmacher bei beiden war die Frage: *Atombombe verkauft?* Und schon ab dem dritten Satz begannen die Spekulationen und Gerüchte. Kein Fleisch, wie Journalisten sagen würden.

Als er endlich an dem Gebäude klingelte, war es 11.02 Uhr. Eine Frauenstimme fragte:»Dr. Dieckmann?«, und als er bestätigte, sagte sie:»Gehen Sie bitte geradeaus in den Lift. Willkommen und herzlichen Dank.«

Müller konnte nur in den Lift gehen, eine andere Möglichkeit gab es nicht. Direkt hinter der Eingangstür begann ein schmaler Flur, der geradewegs vor der Lifttür endete. Der Aufzug ließ sich nicht steuern, da es kein Bedienungsfeld gab. Die Tür schloss sich automatisch hinter ihm, der Lift setzte sich in Bewegung, und nach Müllers Empfinden brachte er ihn in den sechsten Stock.

Als die Tür sich öffnete, empfingen ihn zwei Securityleute in schwarzen Anzügen, aufdringlich massig mit kurz geschorenen Haaren. Sie nickten ihm zu, und der linke von beiden sagte freundlich:»Bitte zwei Schritte vor, Herr Doktor.«

Müller trat zwei Schritte vor, zog seinen Trenchcoat aus, steckte die Zeitungen in die Manteltasche und überlegte, was für Waffen sie wohl trugen.

Er wurde vorsichtig, aber gründlich abgetastet und für gut befunden.

Eine tiefe, seidenweiche Stimme sagte von irgendwoher in fließendem Englisch:»Tut mir leid, aber meine Versicherungen bestehen darauf.«

Der Raum war riesig und erstreckte sich über die ganze Etage. Der Mann stand zehn Meter entfernt an einer Sitzecke aus schwarzem Leder. Er war fast einen Kopf kleiner als Müller, sehr schmal, trug einen hellbraunen Sommeranzug über einem gelben, offenen Seidenhemd. Seine weißen Zähne leuchteten wie eine Waffe, und seine Haut hatte die Farbe von Milchkaffee.

»Guten Morgen«, sagte Müller und ging auf ihn zu.»Danke, dass Sie sich die Zeit nehmen.«

»Wenn ich helfen kann, gern.« Sein Händedruck war fest, seine Miene freundlich.»Setzen wir uns hierher? Was möchten Sie trinken?«

»Ein Wasser, bitte.« Müller nahm in einem der Sessel Platz. Der Raum war tatsächlich groß genug, um sich darin zu verlieren. Es gab fünf Sitzecken und ebenso viele große Fernsehschirme. Viel Leder, viel Messing und gebürsteten Stahl, unzweifelhaft die Handschrift eines guten Innenarchitekten. Die wenigen Möbel hatten eine rote Rosenholzmaserung, es gab keine Schränke. Und überall standen bunte Blumensträuße. Müller fragte sich flüchtig, wie viele Mikrofone in dem Raum eingebaut sein mochten.

Ben Wadi sorgte selbst für das Wasser, seine Bewegungen waren schnell und sicher, seine Hände auffallend elegant.»Ich bin erstaunt, dass Sie gerade auf mich gekommen sind.«

»Nicht verwunderlich«, antwortete Müller und dachte: Keine Koketterie, mein Lieber!»Sie vertreten viel Kapital, viele Anleger, Sie sind international tätig. Wenn Sie auf die Trommel schlagen, kommen schon mal zwanzig, dreißig Milliarden Euro zusammen, sagen meine Experten. Und ich habe gute Experten. Wenn wir fragen, dann gern bei der richtigen Adresse.«

Während der Ausbildung hatte ein Lehrer einmal gesagt: Verteilen Sie bei derartigen Befragungen reichlich und ohne Zögern die Wahrheit. Das verblüfft!

»Was in den Zeitungen steht, klingt dürftig«, sagte Ben Wadi zögerlich und setzte sich.»Das Fernsehen weiß anscheinend auch nicht mehr. Wenn ich das richtig verstehe, gibt es noch keine Bestätigung für den Verkauf einer Bombe. Wie ist denn der Verdacht überhaupt entstanden?«

»Durch Ausschluss der anderen Möglichkeiten. Die Nordkoreaner haben bei Mercedes für einundzwanzig Millionen Euro Autos gekauft.«

»Und Mercedes hat Lärm geschlagen?«

»Wer Lärm geschlagen hat, ist nicht bekannt, aber der Verkauf der Autos wurde bestätigt«, sagte Müller ohne jede Betonung.»Und der Mossad hat in der vergangenen Nacht die Öffentlichkeit informiert.«

»Was ist, wenn es nicht die Bombe ist, sondern die Schürfrechte für ihr Gold? Dort gibt es Gold.«

Müller war froh über das Hintergrunddossier, das ihm Sowinski auf den Flug mitgegeben hatte. »Halten wir für nicht stichhaltig. Dann müssten sie den Käufer der Schürfrechte ins Land lassen, denn ihre Industrie hat nur noch Schrottwert. Und das tun sie nicht, außer in den geplanten und bisher nicht zustande gekommenen Sonderwirtschaftszonen, bei denen sie sich immer so anstellen, als seien das Gnadenerweise für Investoren.«

»Wie viel Geld hat man denn festgestellt?«, fragte Ben Wadi betont sachlich.

»Das wissen wir nicht genau. Es geht wohl um ein paar Hundert Millionen Euro.«

»Und was würde eine Bombe kosten?«

Du bist ein ganz schöner Schlaumeier!, dachte Müller. »Da es ein seltenes Handelsgut ist, wie ich hoffe, ist der Preis nach oben hin offen. Wir wissen es nicht. Sie müssten eigentlich Menschen kennen, die so etwas kaufen möchten.«

»Nein! Wirklich nicht. Von so etwas würde ich auf jeden Fall die Finger lassen. Was könnte ich denn mit so etwas …«

»Israel ausradieren zum Beispiel«, sagte Müller lächelnd. »Und es wäre verdammt billig.«

»Trauen Sie mir das zu?«

Ben Wadi nahm ein Stück Würfelzucker und legte es sich auf die Zunge. Dann schloss er die Augen, und die Zunge zog sich in seine Mundhöhle zurück.

»Sie waren einmal ein ziemlicher Hitzkopf«, stellte Müller fest, ohne auf die Frage einzugehen. »Sie haben damals Khan in Pakistan besucht. Und irgendjemand hat Sie dann zurückgepfiffen. Wer war das?«

»Ja, ich war jung und wild«, sagte er vorsichtig. Die Finger seiner linken Hand bewegten sich auf der Lehne.

»Sie könnten immer noch wild sein.«

Es herrschte eine Weile Schweigen.

»Warum tue ich mir das hier an?«, fragte Ben Wadi plötzlich seltsam gepresst.

»Weil es Ihnen Spaß macht«, antwortete Müller grinsend. »Lassen Sie uns das durchspielen. Wir brauchen die Hilfe intelligenter

Menschen. Sie kaufen keinen Konzern oder begehrenswerte Teile davon, sondern eine Bombe.«

»Und wo sollte ich die dann explodieren lassen? Etwa in Washington? Oder in Tel Aviv?«

»Genau das hängt ausschließlich davon ab, was Sie wollen.«

»Bleiben wir doch bei den Fakten«, wandte Ben Wadi schnell ein. »Wir wissen doch noch gar nicht, ob sie die Bombe überhaupt verkauft haben. Wenn ich das richtig verstehe, gibt es für die Annahme nicht den geringsten Beweis. Außer den paar Millionen, wie Sie sagen.«

»Sie haben nicht auf meine Frage geantwortet, wer Sie damals zurückgepfiffen hat.«

»Es war einer meiner sehr zahlreichen Onkel. Und er hat mich nicht zurückgepfiffen, weil es um Glaubensfragen ging, sondern weil ein Mitglied des Clans so etwas grundsätzlich nicht tut. Das ist kein gutes Benehmen.« Er lächelte bei der Erinnerung an die Worte seines Onkels. Dann straffte er sich, die Schultern bildeten eine gerade Linie. »Wo ist denn diese angebliche Bombe jetzt?«

»Gute Frage. Wir wissen es nicht. Deswegen bin ich hier. Können Sie sich im weiten Reich der Muslime jemanden vorstellen, der etwas mit einer solchen Bombe anfangen könnte?«

»Sie meinen jemanden, der damit drohen würde?«

»Ja.«

»Da gibt es sicher zehn bis zwanzig«, antwortete Ben Wadi nach einer Weile. »Das stelle ich mir lieber nicht vor.«

»Sie haben recht. Aber wenn wir so lange warten wollen, bis irgendjemand es bestätigt, könnte es schon zu spät sein. Wir sollten davon ausgehen, dass jemand eine große Schweinerei im Kopf hat.«

»Du lieber Himmel, was sagt denn Nordkorea?«

»Bisher nichts. Aber es wäre ohnehin das erste Mal, dass Kim Jong Il Tacheles redet; er wird immer herumeiern, bis jemand ihn fragt: Wie viel willst du?

Die Sache ist doch auch deshalb so brisant, weil die sehr nervösen USA sämtliche Satelliten auf Nordkorea ausrichten und zuschlagen werden, sobald man glaubt, dass Zuschlagen richtig ist. Der Präsident in Washington ist leider aufrichtig davon überzeugt, dass der liebe Gott persönlich ihn gesandt hat. Deswegen ist von vornherein auszuschließen, dass er irgendwelche Fehler macht. Dabei macht er immer Fehler, wenn er nervös ist, ziemlich große sogar. Und deswegen sollten wir die Bombe möglichst schnell finden. Und aus dem Grund sitze ich hier und hoffe aufrichtig, dass nicht ein neuer Rumsfeld in Washington auftaucht und glaubt, er diene dem amerikanischen Volk durch Abwerfen der einen oder anderen Atombombe ...«

»Sie sind ja richtig giftig«, sagte Ben Wadi erfreut, als habe er endlich den lang ersehnten Bruder im Geiste gefunden.

»Wenn man sich überlegt, dass die Amerikaner im Irak bisher jeden nur denkbaren Fehler gemacht haben, wird mir einfach schlecht. Denn ich gehöre zu den Leuten, die nach dem Besuch der USA das Haus fegen müssen.« Müller grinste ihn an, versicherte ihm damit wortlos, dass er ein Bruder im Geiste sei und die Nase voll habe von amerikanischen Regierungen der Neuzeit.

Dann geschah etwas, was Müller mit höchstem Erstaunen immer wieder erlebte: der plötzliche Einbruch des Banalen in eine heikle Situation. Eine Frau sagte mit der kieksenden Stimme einer Zwölfjährigen von irgendwoher: »Darling, ich glaube, ich habe gestern Abend meinen Brillanten verloren.« Sie sprach französisch.

Müller dachte automatisch: Mein Gott, wie peinlich! Und er beobachtete, wie Ben Wadis Kopf herumfuhr, seine Gesichtsfarbe einen Ton dunkler wurde und seine Hände sich verkrampften.

»Ruf einfach in dem Restaurant an«, sagte er erstaunlich ruhig. Es war eine Ruhe, die dem anderen signalisierte: Noch ein Wort und du fliegst!

Aber die Zwölfjährige registrierte den Unmut ihres Herrn nicht, sondern stakste auf sehr langen, sehr dürren Beinen durch den Raum auf die beiden Männer zu und bemerkte quengelig: »Jemimah hat angerufen. Sie sind auf Barbados und schlagen vor, dass wir auch hinkommen.« Natürlich war sie blond, natürlich war sie irgendwo in der ersten Hälfte der Zwanziger, natürlich trug sie einen Minirock aus Jeansstoff, der so kurz war, dass ihn nichts von einem etwas breiteren Gürtel unterschied. Und natürlich war sie überirdisch schön.

Höchst erheitert dachte Müller: Die gibt es nicht!

»Ich bin gerade in einer Besprechung!«, stellte Ben Wadi fest. »Und wir fliegen nicht nach Barbados. Ich habe zu arbeiten.«

»Oh ja, sicher«, nickte sie. Dann drehte sie sich um und stolzierte wieder davon. Sie nahm sehr schnell Fahrt auf, sodass ihre blonde lange Mähne sich im Luftzug bewegte.

»Ich entschuldige mich«, murmelte Ben Wadi nach einer Weile. Dann setzte er erklärend hinzu: »Sie ist Schwedin.«

»Ich bitte Sie«, gab Müller zurück. Und jetzt, mein Freund, kommen wir endlich zum Eingemachten.

»Können wir kurz über die Übernahme der niederländischen ABN AMRO durch die Barclays Bank in London sprechen? Ich meine, wie lief das ab? Dieses Unternehmen hat vierzigtausend Beschäftigte, weltweit sind es einhundertfünftausend, hat in Brasilien, den USA sowie Italien eigene Banken, verfügt über viertausendfünfhundert Filialen; die Deutsche Bank wirkt dagegen wie ein Zwerg. Da kommt der Hedgefonds TCI und kauft den Koloss für etwas mehr als sechsundsiebzig Milliarden. Wir müssen uns hier nicht darüber streiten, mit wie vielen Milliarden Sie dabei sind. Nach unserem Kenntnisstand sind es sechzehn. Mir geht es um etwas anderes. Angesichts dieser Summen frage ich mich, ob, sagen wir mal, eine geschätzte Milliarde als Kaufpreis für eine Bombe im internationalen Finanzmarkt überhaupt auffallen würde. Wäre diese Milliarde für die Bombe irgendwo nachweisbar, bevor sie auf den Konten der Nordkoreaner landet? Könnten wir, indem wir den Absender des Geldes zurückverfolgen, überhaupt feststellen, wer die Bombe gekauft hat?«

Das Thema ABN AMRO war Wadi peinlich, und er hatte offensichtlich nicht damit gerechnet. Er sagte missmutig und ohne Müller dabei direkt anzusehen: »Sie wissen ziemlich viel.« Dann überlegte er einen Moment. »Nein, das könnten Sie kaum feststellen. Die Milliarde schwimmt in einem Strom anderer Milliarden, oder sie liegt irgendwo zusammen mit anderen Milliarden. Aber die Regel ist, dass keine einzige dieser Milliarden irgendwo als Milliarde existiert. Da setzt sich eine Milliarde durchaus aus Hunderten von Einzelmillionen zusammen. Die Milliarde kommt erst dadurch zustande, dass ich sie nach Absprache beim Anleger anfordere, weil er das so will. Bei dem Hochgeschwindigkeitskapitalismus von heute, bei dem internationale Großanleger Fonds wie meinem irrwitzige Summen andienen wollen, weil sie damit Geld machen können, ist eine einzelne Milliarde geradezu ein Staubkorn. Ich kann meinen Anlegern versichern, dass sie runde dreißig bis vierzig Prozent

Gewinn machen, wenn sie einsteigen. Das ist dermaßen viel Ertrag, dass niemand darauf verzichten möchte, auch wenn es sich um ein Risikogeschäft handelt. Sie sprachen von TCI, einer Gesellschaft meines Freundes Christopher Hohn. Sehen Sie, er und seine Frau sind enge Freunde, wir sehen einander oft. Christopher ist ein Finanzgenie. Harvard-Absolvent, genau wie ich. Seine Frau Jamie erhielt zuletzt für ihre Stiftung für die aidskranken Waisenkinder in Afrika und Indien eine Spende von einhundert Millionen Euro – von ihrem eigenen Mann. Schließlich heißt seine Gesellschaft ja *The Children's Investment Fund*.« Ben Wadi wirkte jetzt wie ein Missionar, der unbedingt seine Botschaft an den Mann bringen will. »Ist das nicht großartig?«, fragte er sehr direkt, wobei seine Augen eindeutig vor Begeisterung schimmerten.

»Das ist sicher großartig«, nickte Müller und konnte sich nicht verkneifen, sarkastisch hinzuzusetzen: »Gleich kommen mir die Tränen. Nehmen wir an, Sie verfügen über rund zwanzig bis dreißig Milliarden Euro. Sie arbeiten sehr aggressiv mit diesem Geld. Sie übernehmen zu Teilen eine Bank wie die niederländische ABN AMRO, filettieren sie, verkaufen die Edelteile, nehmen den Gewinn mit. Können Sie im Rahmen Ihrer Geschäfte eine Atombombe kaufen und so bezahlen, dass man den Käufer nicht entdeckt?«

Ben Wadi nickte. »Selbstverständlich kann ich das. Wenn ich das richtig verstehe, verknüpfen Sie jetzt in Ihrer Fantasie zwei Geschäfte miteinander: Ich gehe eine Beteiligung bei meinem Freund von der TCI ein, sage also eine genaue Summe an, stelle die zur Verfügung. Ich weiß natürlich, dass die niederländische AMRO wie ein schwerfälliges Schiff irgendwo dümpelt und ihre Manager arrogant der Meinung anhängen, sie sei so mächtig, dass niemand ihr etwas anhaben könne. Dann schlage ich zu. Und ganz nebenbei kaufe ich für eine Milliarde eine Atombombe. Kann man diese Geldströme so lenken, dass die Milliarde für die Bombe gewissermaßen nebenbei abfällt? Die Antwort lautet: ja.«

»Mich interessiert immer noch am meisten, wie Sie denn vermeiden können, dass man den Weg der Milliarde bis zu Ihnen zurückverfolgen kann.«

»Sie sind ein Sauhund!«, sagte Ben Wadi trocken. »Aber ein clevererer. Ich habe Ihnen keine Antwort versprochen, aber hier ist sie: Ich lasse aus sämtlichen Himmelsrichtungen die Millionen in

Richtung der Konten der Nordkoreaner tropfen. Zunächst auf international tätige Banken rund um den Erdball. Ich nehme an, die Nordkoreaner haben Konten bei den Chinesen, Japanern, in Macau und wo auch immer. Nicht einmal die Empfängerbanken dort können entschlüsseln, wer im Einzelnen die Gelder geschickt hat, denn diese Absender können sich hinter Hunderten von Firmen verbergen, über die absolut nichts bekannt ist und die möglicherweise nur einen Monat lang bestehen. Ihr Deutschen habt eine schreckliche Eigenschaft: Ihr wollt immer alles ganz genau wissen. Die meisten klugen Banker haben sich aber auf die Fahnen geschrieben, niemals alles wissen zu wollen. Mithilfe dieser Weisheit bleiben sie am Leben und ihre Bank im Geschäft.«

»Sie sind ein guter Mitspieler«, lobte Müller. »Nehmen wir an, Sie haben die Atombombe gekauft. Würden Sie das Ding selbst abholen? Oder es sich bringen lassen?«

»Ich würde den Transport auf keinen Fall den Nordkoreanern überlassen, denn die haben zwar sicher helle Köpfe, sind aber nur in geringem Maß auf die Möglichkeiten des modernen Planeten vorbereitet. Bis zur Landesgrenze werden sie es noch heimlich schaffen, aber danach wird es schwierig. Ich weiß nicht, wie das am besten zu bewerkstelligen ist. Ich würde sagen, ich habe Hunderte von Transportmöglichkeiten, und ich habe Spezialisten, die ich fragen kann und die anschließend nicht reden. Und dann muss ich ja noch entscheiden, wohin ich die Waffe bringen will. Das würde ich unter keinen Umständen diesen prähistorischen Kommunisten überlassen.«

»Was ist mit einem Flugzeug?«

»Viel zu auffällig. Gut, Sie wissen, dass ich ein Flugzeug habe. Aber so dämlich wäre ich nicht einmal im betrunkenen Zustand.« Er war plötzlich sehr erheitert. »Kennen Sie die Story mit dem nordkoreanischen Schiff? Man weiß nicht, wie es passierte, aber eines Tages kam tatsächlich ein Schiff aus Nordkorea im Hamburger Hafen an. Das Schiff war uralt und wurde noch mit Kohle befeuert. Es sah aus wie ein Schiff aus den Dreißigerjahren des vorigen Jahrhunderts. Und ganz Hamburg rannte in den Hafen, um dieses unglaubliche Ungetüm zu sehen. Es war ein touristisches Highlight. Und tatsächlich soll ein Hamburger Reeder versucht haben, das Ding als Antiquität zu erstehen.«

»Was ist mit normalen Containern?«

»Das ist so eine Sache. Zufällig kenne ich mich mit Containern ganz gut aus. Der Containerverkehr ab Nordkorea ist natürlich stark eingeschränkt, denn die exportieren ja nicht viel. Ich kann die Bombe also zusammen mit anderer Fracht in einem Container transportieren. Ich weiß nicht, welche Zahl Ihnen vorliegt, aber nach meinen Unterlagen befinden sich durchschnittlich ständig vierzig Millionen Container auf den Meeren, auf Lkw, auf Schienen. Wissen Sie, was ein Schiff pro Tag in einem großen Hafen an Liegegebühr kostet? Rund zweihundertfünfzigtausend Euro. Wie wollen Sie diese Menge jemals kontrollieren? Und, noch viel wichtiger: Wer bezahlt das? Dazu kommt Folgendes: Sie können einen Container mit genauen Anweisungen rund um die Erde schicken. Sie können diesen Container an jedem x-beliebigen Ort entleeren, neu packen und auf die Weiterreise schicken. Das heißt: Versuchen Sie bitte erst gar nicht, den einen Container zu finden, in dem die Bombe ist. Sie haben nicht die geringste Chance.« Ben Wadi lächelte charmant. »Stellen Sie sich vor, lieber Doktor Dieckmann, dass ich die Bombe habe. Ich habe sie bestellt, ich habe sie entgegengenommen. Und jetzt? Jetzt habe ich unglaublich viel Zeit. Ich weiß, wo die Bombe ist, und ich allein weiß, was ich damit machen will. Und genau das ist Ihr Problem.«

»Ich danke Ihnen sehr. Und ich möchte Sie bitten, mich anzurufen, wenn Ihnen irgendetwas Ungewöhnliches auffällt.« Müller legte eine Visitenkarte auf das Tischchen zwischen ihnen. »Und danke für Ihre Zeit.«

Als er wieder auf der Straße war, rief er über eine sichere Leitung in Berlin an. »Ich bin hier in Zürich. Über die Bankenseite kommen wir definitiv nicht weiter, weil die Verschleierungsmöglichkeiten aufseiten eines Käufers geradezu unbegrenzt sind. Wir müssen andere Wege suchen. Ben Wadi kann es sein, er ist klug genug, aber er muss es nicht sein.«

»Gut«, sagte Krause. »Kommen Sie heim.«

Archie Goodwin von der CIA rief um 13.25 Uhr über eine der sicheren Leitungen bei Krause an und sagte seidenweich mit einem stark vibrierenden Bass: »Hallo, mein Alter, wie geht es dir? Mein

Präsident will seit drei Stunden ununterbrochen die Nordkoreaner vom Erdball tilgen.«

»Das sollte er lieber bleiben lassen«, erwiderte Krause vorsichtig. »Er hat nach Afghanistan und dem Irak nicht mehr den geringsten Grund, seinen eigenen Entscheidungen zu trauen.«

Archie Goodwin war ein Mensch, der Krause schon seit Jahren regelmäßig in Unsicherheiten stürzte, weil er für sich selbst einfach nicht klären konnte, ob er Archie nun mögen oder schlicht ignorieren sollte. Es hieß, Goodwin sei ein mächtiger Mann in der CIA, er habe ständig bei nahezu allen Dingen mitzureden, sein Direktor müsse ihn bei jedem Furz fragen, und überdies hocke er beängstigend häufig im Oval Office und lausche seinem Präsidenten. Beängstigend war vor allem aber die Tatsache, dass Archie immer dann auftauchte, wenn irgendetwas Großes im Gang war, ganz gleich wo auf der Welt es passierte. Nur selten tauchte mal irgendwo ein Titel auf, aber wenn es der Fall war, dann lautete der *Chief of Operations*, was immer das genau bedeuten mochte. Bei Krause hatte sich der Eindruck verdichtet, es sei verdammt gut, die eigene Brieftasche festzuhalten, wenn Archie Goodwin aus dem Raum ging.

»Im Ernst«, fuhr Archie mit gesenkter Stimme fort, »habt ihr was?«

»Wir haben gar nichts«, entgegnete Krause trocken. »Weißt du denn schon, was die Anrainer machen?«

»Das weiß ich allerdings. Die Chinesen sind stinksauer, die haben schlicht ihren Botschafter zu dem kleinen Dicken geschickt und ihm eine Protestnote vorgelegt. Vor siebzig Minuten. Natürlich erst einmal vorsichtig formuliert. Oder habt ihr eine Bestätigung, dass es wirklich eine Bombe war, die sie verkauft haben? Dann haben die Japaner protestiert, danach hat die IAEO in Wien sofort Zutritt zu den Atomanlagen verlangt, die UNO spielt verrückt, und Putin hat in das Horn der Chinesen geblasen und klar verlauten lassen, er gehe auf keinen weiteren Erpressungsversuch des Dicken ein. Er hat seinen Botschafter zur Berichterstattung einbestellt. Die Südkoreaner haben gesagt, das sei typisch für den kleinen Dicken, aber sie selbst hätten noch keine eigene Meinung. Weißt du etwas anderes?«

»Nein. Ist mir alles bekannt. Habt ihr denn irgendeine Reaktion der Nordkoreaner?«

»Bis jetzt nicht. Wir warten darauf, dass man uns wie üblich mitteilt, wir dürften erst mal wieder aus dem Welternährungsprogramm ein paar Hunderttausend Tonnen Nahrungsmittel zusagen, ehe sie unsere Fragen beantworten. Und selbst dann werden sie lügen. Die Frage ist gegenwärtig, wie ich meinen höchsten Vorgesetzten beruhigen kann.«

»Hast du eine Quelle bei Kim Jong Il?«

»Nein, habe ich nicht.« Das kam ganz trocken und selbstverständlich daher, und Krause erinnerte sich der gleichen Antwort, damals den Irak und Saddam Hussein betreffend.

»Und was ist mit Wu?«

Es entstand eine Pause von einigen Sekunden. Krause sah Archie Goodwin vor sich: ein schlanker Mann, Jogger, grauer Anzug mit Weste und eine Krawatte mit Kriegsgerät, handgemalt von einem Soldaten mit kunstgewerblichen Talenten. Seine Krawatten waren international bekannt und gaben immer wieder Anlass zu spöttischen Randbemerkungen.

»Moment mal, was soll mit Wu sein?«

Irgendjemand hatte in London mal die Bemerkung fallen lassen, Archie Goodwin sei mittlerweile nicht mehr nur für Südostasien zuständig, sondern für ganz Fernost, und ein Leitender vom Londoner MI5 hatte bemerkt: Gott schütze alle Schlitzaugen!

»Ich muss mit dir über Wu sprechen.«

»Du willst jetzt mit mir über Wu sprechen? Heute? An diesem Tag? Über diesen Botenjungen?« Goodwins Empörung war über die Entfernung hinweg spürbar, aber er blieb gleichbleibend sanft, er schnurrte.

»Ja«, erwiderte Krause einfach.

»Moment mal, können wir die Mädels aus der Leitung schmeißen?«

»Das können wir«, sagte Krause und nahm das Gespräch mit einem Knopfdruck aus der automatischen Bandaufnahme. »Also, zu Wu. Habt ihr ihn noch?«

»Na sicher. Er fährt nach wie vor für unser Haus in Peking, er fährt für die Chinesen zur Botschaft in Nordkorea, er treibt sich im Norden des Landes rum, weil es da die besten Forellen gibt. Er ist mit seinem amerikanischen Lkw verheiratet. Was willst du von Wu, Junge?«

»Wir haben deinem Wu seinerzeit geholfen. Mit einer jungen Frau. Und die wäre bei der Aktion beinahe ums Leben gekommen. Und deswegen muss Wu ein rechtes Arschloch sein und dazu noch völlig unprofessionell.«

»Oh, oh, Papi ist richtig sauer, nicht wahr? Aber das ist doch schon länger als ein Jahr her. Und ich erinnere mich an die Kleine. Als sie uns den Wissenschaftler brachte. Einfach wunderhübsch. Aber sie wollte die Hilfe unserer Psychologen nicht in Anspruch nehmen, sie wollte einfach nur nach Hause. Wie hieß sie doch gleich?«

»Der Name spielt keine Rolle. Ich bin es einfach leid, jedes Mal nach einem Auftritt deiner Tanztruppe das ganze Theater renovieren zu müssen.«

»Willst du Wu etwa kontaktieren?« Das klang ungläubig. Nach einer kurzen Pause fragte Archie mit hörbarer Fassungslosigkeit: »Du glaubst doch nicht etwa, dass unser Wu in der Bombengeschichte mitmischt?«

»Ich beuge nur vor. Ich mag keine Kollateralschäden. Hast du eine Handakte von ihm?«

»Ja, habe ich. Willst du sie haben?«

»Oh ja, die will ich. Und bitte ungefiltert.«

»Ich werde sehen, was ich tun kann. Jetzt eine Bitte: Du hast doch da diesen Charlie, von dem du sagst, er wäre verdammt gut. Kannst du den nach Seoul schicken? Kann der einen Mann aus umstrittenen Gewässern westlich von Korea herausholen?«

»Wer ist der Mann?«

»Er weiß wahrscheinlich eine Menge über die Raketen der Nordkoreaner. Wir werden die Beute teilen, wenn es dir recht ist.«

»Und du bezahlst unseren Aufwand. Warum schickst du nicht einen von deinen eigenen Leuten?«

»Weil meine Leute in Seoul massive Schwierigkeiten haben, weil es da eine Riege gibt, die die Schnauze voll hat von den US-Amerikanern, weil da hinter jedem dicken Baum ein Agent steht. Ich bin, ehrlich gesagt, nicht sicher, ob wir da noch einen Mann haben, der nicht identifiziert wurde. Sieh es als Bruderdienst, mein Freund. Und sag deiner Kleinen da, es täte mir leid. Und wie geht es deiner Squaw? Elli sagt immer, wir sollten uns unbedingt mal treffen.« Er redete dauernd von Elli, aber kein Mensch hatte sie je zu Gesicht bekommen.

63

»Ein sehr schöner Vorschlag«, bemerkte Krause sarkastisch. Er überlegte eine Weile. »Also gut. Ich denke, wir werden dir Charlie ausleihen. Und du schickst mir die Handakte von Wu.«

»Dann noch etwas. Ihr habt doch jetzt in Berlin dieses Zentrum für Terrorismusbekämpfung. Zusammenarbeit der Sicherheitsbehörden und so. Die Jungs sollen gut sein. Haben die denn brauchbare Spuren?«

»Bisher nicht«, sagte Krause.

»Schade.«

Krause legte den Hörer auf und starrte zum Fenster hinaus. Archie Goodwin bescherte ihm umfassendes Unbehagen, und er brauchte ein paar Sekunden, ehe er bewusst die Blätter an den Bäumen wahrnehmen konnte.

Als Sowinski hereinkam, bewegte Krause seinen Kopf nicht um einen Millimeter. Er sagte tonlos und scheinbar ohne jeden Zusammenhang: »Möglicherweise müssen wir eine lange Rückpeilung machen.«

Dann drehte er sich zu seinem Chef der Operation um und setzte energisch hinzu: »Aber jetzt schicken wir wohl erst mal Müller nach Seoul. Archie Goodwin bittet um Hilfe. Und Svenja geht auch. Sie soll sich um das Dossier über die nordkoreanischen Raketen kümmern, das uns heute Vormittag angeboten wurde. Wir kaufen es für zwanzigtausend Dollar.«

»Und wie wird es bezahlt?«

»Bar natürlich.«

»Warum Müller?« Sowinski arbeitete die Fragen ab.

»Weil Goodwin unseren Charlie will. Und weil ich der Meinung bin, das könnte interessant werden.«

»Müller und Svenja zusammen?«

»Warum nicht? Sie haben was miteinander, das ist klar. Aber wenn wir sie gewaltsam trennen, kann das auch mit einem Scherbenhaufen enden. Svenja wird auf ihn achten, sie wird verhindern, dass er abhebt.«

»Dein Wort in Gottes Ohr. Warum braucht Archie Charlie denn?«

»Er sagt, seine eigenen Leute dort sind schon alle identifiziert, und ich glaube ihm ausnahmsweise mal. Sie sind mittlerweile richtige Stümper, wenn es um menschliche Quellen geht. Gibt es irgendetwas Neues?«

»Nicht die Spur«, antwortete Sowinski. »Aber Müller und Svenja am selben Einsatzort gefällt mir trotzdem nicht.«

»Sie werden aufeinander aufpassen. Und der Einsatz wird ein XXL.«

»Du lieber Himmel!«, seufzte Sowinski, verzichtete aber auf weitere Einwände. Er wusste, dass etwa einmal im Jahr bei Krause ein Punkt berührt wurde, an dem er gegen alle Logik vorging, aber meistens recht behielt. Und Sowinski war Pragmatiker.

Gegen sechzehn Uhr rief Krause Sowinski und Svenja zu sich. Der Gedanke an Svenjas Einsatz in Nordkorea vor über einem Jahr bereitete ihm Kopfzerbrechen. Da gab es noch zu viele offene Fragen.

Krause wandte sich Svenja zu, die ihm gegenüber Platz genommen hatte. »Ich muss noch einmal auf Ihre Zeit in Nordkorea zurückkommen. Sie haben so viele Tage mit Cheng verbracht, haben Sie eigentlich mit ihm auch über seine Arbeit gesprochen?«

»Nein, das habe ich immer vermieden. Ich wollte nicht, dass er in mir nur eine Agentin sieht, die ihn aushorchen will. Ich wollte eine persönliche Beziehung zu ihm aufbauen.«

»Weshalb war er eigentlich so wichtig für die Amerikaner?«, fragte Sowinski.

»Er hat den Nordkoreanern beim Bau der Uranaufbereitungsanlage geholfen«, gab Krause Auskunft. »Mit seinem Wissen konnten die Amis feststellen, über wie viele Atombomben die Nordkoreaner verfügen. Er hat die Anlage gebaut, er kannte ihre Laufzeiten, wusste, was sie leisten kann. Und natürlich kannte er ihren Standort. Er war verdammt wichtig. Als Augenzeuge war Cheng der erste Mensch, der uns in der Atomangelegenheit echte Gewissheit verschaffen konnte.«

»Sollten wir nicht von den Gesprächen mit ihm Aufzeichnungen bekommen? Im Gegenzug für die Leiharbeit von Svenja, meine ich.« Sowinski fragte in neutralem Ton, obwohl er Svenja eindeutig ängstlich betrachtete, als befürchte er, sie könne unliebsame Schlussfolgerungen ziehen.

»Wir sollten Kopien kriegen«, nickte Krause, »die wir natürlich nie erhalten haben. Das hing damit zusammen, dass dieser Cheng sich von einem Hoteldach in San Francisco in den Tod stürzte. Ich erinnere mich noch, wie Archie Goodwin anrief und sagte: Finito, der Schweinehund hat den Abgang gemacht. Das ist mir so gut im Gedächtnis geblieben, weil ich einen Informanten niemals einen Schweinehund nennen würde. Vor allem nicht, wenn er sich gerade umgebracht hat.«

»Also keine Ergebnisse, weil der Mann sich selbst tötete?«, fragte Sowinski, nicht bereit, die Sachebene zu verlassen, und ebenso wenig bereit, auf die Klärung auch noch so kleiner Details zu verzichten.

»Ganz richtig«, bestätigte Krause.

»In meinen Augen passt das hinten und vorn nicht zusammen«, warf Svenja ein. »Ich habe den Mann auf der Flugstrecke von Peking nach Los Angeles begleitet. Ach, mein armer melancholischer Cheng! Er hatte natürlich Angst vor seinem neuen Leben, aber zwischendrin war er auch wieder neugierig. Ich habe ihn dort an die Kollegen von der CIA übergeben. Sie sagten, sie hätten ein ganzes Team von Spezialisten für ihn einberufen. Und dann heißt es nach ein paar Tagen, der Mann habe sich in San Francisco das Leben genommen. Was ist in den Tagen zwischen meiner Ankunft in Los Angeles und seinem Tod denn passiert? Es handelt sich um eine knappe Woche. Nach meiner Rechnung hatte die CIA mindestens sechs Tage Zeit, mit ihm zu reden. Und das haben sie auch getan. Das Bild ist doch völlig klar, verdammt noch mal!« Sie begann unvermittelt zu schluchzen, das Gesicht gerötet vor Wut.

»Verdammt noch mal!«, sagte Sowinski heftig. »Sie haben ihn abgeschöpft, und wahrscheinlich haben sie ihm Ersatzpapiere auf irgendeinen Namen ausgehändigt. Und er hatte nicht einmal Zeit, seinen neuen Namen auswendig zu lernen. Er war einfach am Ende.«

»Rückpeilung, nichts als Rückpeilung«, murmelte Krause, erklärte aber nicht, was genau er damit meinte.

Nach einem langen Moment des Schweigens sagte Svenja mit belegter Stimme: »Nach allem, was ich bisher mit den Amerikanern erlebt habe, denke ich, sie wollten ihn nur aussaugen, wollten sich sein Wissen aneignen, danach war er ihnen scheißegal. Und ich kann mir gut vorstellen, dass er keineswegs aus eigenem Antrieb vom Dach gesprungen ist. Für die Amerikaner wäre es doch die einfachste Lösung gewesen.«

Krause empfand ein geradezu körperliches Unbehagen. Er hatte einen trockenen Mund, seine Gedärme krampften sich schmerzhaft zusammen, und er war maßlos wütend über sein eigenes Versagen. Und weil er dringend Luft brauchte und wieder richtig durchatmen wollte, griff er zurück auf seine bewährte Methode: Er wurde sachlich.

»Gab es diesen Selbstmord betreffend eine Meldung in einer Tageszeitung in San Francisco?«, fragte er.

»Nein«, antwortete Svenja bestimmt. »Ich habe das ganze Internet abgegrast.«

»Wie haben Sie dann davon erfahren?«

»Es gab einen jungen Kollegen bei den Amerikanern. Der sollte sich bis zu meinem Abflug um mich kümmern. Irgendwann rief er mich an, das war ziemlich genau eine Woche nachdem ich Cheng abgeliefert hatte. Er sagte: Stell dir vor, der arme Kerl ist tot!«

»Aber Sie haben keine Einzelheiten bekommen, oder?«, fragte Sowinski scharf.

»Was brauchte ich da noch für Einzelheiten? Sitzen wir etwa hier, um uns die Geschichte schönzureden?«

Müllers Maschine aus Zürich landete gegen siebzehn Uhr. Für den Treffbericht mit Ben Wadi brauchte er gute zwei Stunden. Er schrieb sehr ausführlich und ließ keinen Gedankengang aus. Irgendwie hatte er das Gefühl, noch genauer und unmissverständlicher als sonst sein zu müssen.

Als er den Bericht zu Sowinski brachte, hielt der ihm wortlos eine Blitzmeldung von *dpa* hin, die mit den Worten überschrieben war: *Bomber und Jets der USA rasen in dreihundert Metern Flughöhe über Pjöngjang.* Die Unterzeile lautete: *Der Präsident: ›Die Nordkoreaner sollen wissen, dass wir sie innerhalb von Minuten vernichten können.‹*

»Ich hoffe, es bleibt bei diesen Drohgebärden«, sagte Sowinski. »Die Nordkoreaner haben bei dem amerikanischen Überflug nicht einmal Alarm ausgelöst. Das bedeutet entweder, dass ihr Alarmsystem nichts taugt, dass sie gar kein Alarmsystem haben, dass ihnen der Sprit für ihre Jets ausgegangen ist oder aber dass sie einfach zugeben, Mist gebaut zu haben.«

»Da bin ich anderer Ansicht«, entgegnete Müller. »Sie haben ihrem Volk doch seit Jahrzehnten eingeimpft, dass der große Feind die elenden, faschistoiden Amerikaner sind. In deren Augen lebt Nordkorea im Kriegszustand mit den USA. Jetzt haben sie den Beweis.«

»Oder so!«, stimmte ihm Sowinski mit einem Kopfnicken zu. Dann stand er auf, ging um den Schreibtisch herum zu den Fenstern und starrte auf den Hof hinunter. »Aller Wahrscheinlichkeit nach werden Sie und Svenja morgen verreisen. Richten Sie sich auf ein paar Tage ein in warmem Klima. Svenja ist bereits informiert.«

»Gut«, sagte Müller tonlos.

»Dann noch etwas«, sagte Sowinski gegen das Fenster. »Unser Chef hat ein Problem, ein sehr privates Problem. Seine Frau hat Krebs. Ich möchte ganz einfach, dass Sie darüber Bescheid wissen.«

»Wird sie sterben?«

»Ich hoffe nicht«, antwortete Sowinski.

Müller war irritiert, dass er gerade jetzt an seine Mutter denken musste. »Ich werde es auch Svenja sagen.« Er war Krauses Frau noch nie begegnet, er kannte nicht einmal ihren Vornamen.

Als Müller seine Wohnung betrat, war es neun Uhr abends, draußen fiel ein milder Sommerregen. Er duschte, zog sich um und rief Svenja an.

»Sehen wir uns?«

»Aber ja«, sagte sie. »Es hat aufgehört zu regnen. Deshalb ist meine Bedingung ein Biergarten.«

»Dann bis gleich.«

Als er auf dem Weg zu Svenjas Wohnung war, rief seine Mutter an. Er bog bei der ersten Möglichkeit rechts in eine Einfahrt und brachte den Wagen dort zum Stehen, um in Ruhe mit ihr sprechen zu können.

»Also, Junge, ich glaube, ich komme doch erst mal nach Hause.«

»Du willst dich also selbst um das Haus kümmern«, sagte er. »Das ist gut. Wie geht es dir?«

»Nicht so gut, Junge«, antwortete sie. Dann atmete sie hörbar durch. »Und Harry ist weg.«

Er überlegte einen Moment und fragte dann: »Wie viel Geld hast du ihm gegeben?«

»Einen Scheck. Über zehntausend. Er hat gesagt, dass er gerade auf eine größere Überweisung wartet und mir alles zurückzahlt, sobald er das Geld hat. Aber jetzt ist er auf einmal verschwunden.«

Er hörte ihr verzweifeltes Weinen. Dann suchte sie offensichtlich nach einem Taschentuch und schnäuzte sich anschließend geräuschvoll. Es klang wie eine Explosion in seinem Ohr.

»Er war doch erst so nett, ich meine, er hat sich richtig gekümmert. Er war immer da, Tag und Nacht. Und er war ja ein gepflegter Mann, kein Herumtreiber, meine ich. Er kann doch nicht nur gelogen haben, oder?«

»Komm heim, Mama«, sagte Müller. »Nimm morgen den ersten Zug. Hier bist du schließlich zu Hause.«

»Ja, das werde ich wohl tun, Junge«, schniefte sie.

Müller lachte den ganzen Weg über bis zu Svenjas Wohnung leise vor sich hin. Es war unbeschreiblich, wie sie sich ihr ganzes Leben lang immer eine Parallelwelt zum wirklichen Leben gesucht und diese Welt zäh verteidigt hatte. Vielleicht wird sie ja irgendwann doch noch ihren Prinzen finden, dachte er. Er wartete vor dem Haus, bis Svenja herauskam, dann gingen sie zusammen in den Biergarten und ergatterten einen schönen Platz unter einer großen Kastanie.

»Morgen fahren wir also zusammen los. Das hat es doch noch nie gegeben, was ist da im Busch?«, sagte sie.

»Keine Ahnung«, murmelte er.

»Weißt du schon, wohin es geht?«

»Nein. Und da ist noch etwas. Krauses Frau hat Krebs. Sowinski hat mir das gesagt, er wollte, dass wir Bescheid wissen.«

Sie schwieg einen Moment betroffen. Während sie an der Kette aus bunten Steinen um ihren Hals nestelte, fragte sie: »Kann man das operieren?«

»Sowinski weiß auch nichts Genaues.«

»Jetzt kann ich mir denken, warum Krause so weich und fürsorglich war. Gestern, als wir bis in den Abend hinein miteinander geredet haben. Manchmal waren seine Augen vollkommen leer, als sei er ganz woanders, völlig abwesend. Obwohl er sich eigentlich immer ein bisschen so benimmt, als sei ich seine Tochter.«

»Hattet ihr was Ernstes zu besprechen?«, fragte er.

Sie lächelte flüchtig. »Wir reden nicht darüber«, erinnerte sie ihn. Und dann, als habe sie die eiserne Regel für Sekunden außer Kraft gesetzt: »Es ging um die Sache in Nordkorea. Vor mehr als einem Jahr. Als alle glaubten, es hätte mich erwischt, du weißt schon.«

»Ich war sehr … traurig damals«, sagte Müller. Dann grinste er. »Darüber darf ich wohl reden.«

»Es war wunderbar, nach der langen Zeit wieder hier zu sein. Ich weiß noch, wie ich in der Kantine saß und all die Leute vorbeikamen, die ich nur vom Sehen kenne, und sie nickten mir sehr freundlich zu. Es war ein schönes Gefühl, fast ein bisschen so wie Familie.«

»Hatte Krause keinen Einsatzbericht von dir?«

»Doch, doch. Aber er war für den Einsatz damals nicht zuständig, und er hat wohl geahnt, dass der Bericht, na ja … also sagen wir mal, ein bisschen geschönt war. Aber jetzt haben wir geredet, und es ist alles geklärt.«

Du schwindelst ein wenig, dachte er, hob sein Bierglas und nahm einen großen Schluck. Sie befanden sich auf unsicherem Terrain, sie konnten ausrutschen, und es würde ein schlechtes Gefühl bleiben.

Dann lachte sie plötzlich auf. »Scheiß drauf, ich sage dir, wie es wirklich war. Schließlich ist es vorbei, schon so lange her.« Und sie erzählte Müller ihre Geschichte. »Das Schlimmste war dieser General. Er hat uns tatsächlich in dem Bergwerk aufgespürt. Er bedrohte mich mit einer Sig Sauer. Ich schickte Cheng weg und zog mich aus, und der General zog sich auch aus. Er war vielleicht fünfzig oder so. Und er war ein schmächtiges Handtuch, er wirkte ohne Uniform fast lächerlich. Aber er war völlig besessen. Jedenfalls habe ich mich auf die Decken gelegt, und es war richtig saukalt.« Sie sprach immer leiser und immer schneller. Aber sie war nicht aufzuhalten. »Er hat sich auf mich gelegt, und ich habe ihm die Halswirbel gebrochen. Er war sofort tot. Du weißt schon, diese sehr scharfe Drehbewegung des Kopfes mit einem Drall nach links. Ich habe ihn gehasst. Und es hat mich monatelang verfolgt.

Erst als ich Krause wiedersah, sein Lächeln, und euch Kollegen in der Kantine, da habe ich mich wieder in Sicherheit gefühlt. Komisch, nicht wahr? Und jetzt hat seine Frau Krebs, und ich kenne sie gar nicht, ich weiß nicht mal, wie sie heißt, und ich kann keine Blumen schicken.« Sie schluchzte zweimal und führte ihre rechte Hand zum Gesicht. »Ich glaube, ich möchte das Bier nicht mehr austrinken und lieber heimgehen.«

»Aber ja«, sagte er schnell. Sie standen auf und verließen den Biergarten.

Hand in Hand schlenderten sie zu ihrer Wohnung. Sie sprachen nicht mehr miteinander, ließen sich Zeit.

»Du kannst gern mit nach oben kommen, aber ich glaube, ich …«

»Ist schon klar«, sagte er. »Schließlich müssen wir noch packen.«

Als er zurück in seine Wohnung kam, war es schon fast Mitternacht.

Sowinski saß todmüde an seinem Schreibtisch und fühlte sich unbehaglich.

Sie hatten Svenja an die amerikanischen Brüder ausgeliehen, nach dem Motto: Wir teilen das Ergebnis mit euch. Das war Alltag, ganz normal. Das passierte jeden Tag auf jedem Kontinent. Dass die Agentin dabei nur knapp dem Tod entronnen war, war eindeutig schlechtes Programm, konnte aber durchaus als unvorhergesehene Panne durchgehen. Trotzdem war die mangelnde Professionalität des Einsatzes augenfällig und das Ergebnis mehr als unbefriedigend. Irgendetwas stimmte nicht. Svenja ging sogar so weit zu vermuten, dass Cheng getötet worden sein könnte, nachdem er preisgegeben hatte, was er wusste. Das war ein glatter Mordverdacht.

Warum hatten sie Svenja überhaupt angefordert? Und warum sollte jetzt Karl Müller einen Mann aus dem Chinesischen Meer holen? Warum machte das nicht irgendein Mann von der CIA?

Der Zweifel war gesät. »Das kann man so nicht stehen lassen!«, entschied Sowinski in die Stille seines Zimmers. Wenn der Stress zunahm, sprach er zuweilen in kurzen Sätzen mit sich selbst.

Er wählte Krauses Nummer und sagte: »Wir können Svenjas Geschichte so nicht stehen lassen. Ich bitte um operative Zustimmung.«

»Was hast du vor?«

»Eine Reise nach San Francisco, wo dieser Cheng starb.«

»Das leuchtet ein. Wer soll hin?«

»Ich habe da einen Aspiranten, kam vom diplomatischen Dienst, weil er sich langweilte. Noch ohne Einsatz, ist aber ein cleveres Kerlchen.«

»Hol dir noch Esser dazu. Das ist genehmigt. Und mach schnell.«

»Danke«, sagte Sowinski.

Er rief seine Sekretärin zu sich und erklärte: »In einer Schulung vor sechs Wochen habe ich einen Mann vor mir gehabt, der Thomas hieß. Er saß in der ersten Reihe rechts außen, ungefähr Ende zwanzig, kam vom Diplomatischen Dienst. Stellen Sie fest, ob er Zeit hat, kurz in die Staaten zu fliegen. Wenn ja, lassen Sie ihn antanzen. Sofort.«

Dann rief er Esser an. »Du musst mir helfen, einen jungen Mann auf seine Premiere vorzubereiten.«

»Alles für das Vaterland«, versprach Esser gelassen.

Wenig später saßen Sowinski und Esser sich gegenüber.

»Wir schicken einen Mann nach San Francisco. Er soll sich um einen merkwürdigen Todesfall kümmern, auf den wir durch Svenja gestoßen sind.« Er berichtete kurz und präzise und schloss dann: »Der Kerl heißt Thomas und spricht Amerikanisch wie ein Muttersprachler. Er fiel mir in einer Schulung auf. Ich baute am Schluss meiner Stunde zwei schwere Fehler ein und wartete dann wie üblich, ob es jemand schnallte. Dieser Thomas kapierte sofort, saß da und feixte, ohne ein Wort zu sagen.«

»Ach Gott, du und deine feinen pädagogischen Miniaturen«, seufzte Esser in freundlichem Spott. »Und wo ist der Wunderknabe jetzt?«

»Kommt gleich, wenn wir Glück haben.«

Sie hatten Glück. Zuerst erschien auf dem Bildschirm von Sowinski ein kleines Feld. »THOMAS DEHNER; 29, BS, aus Berlin, zuerst Diplomatischer Dienst, jetzt BND, spezialisiert auf internationale Wirtschaftsfragen, Globalisierung, Amerikanisch perfekt, Französisch, Schwedisch. Bisher ohne Einsatz.«

Er griff zum Telefonhörer. »Ist er da?«

»Ja«, antwortete seine Vorzimmerdame lapidar. »Soll er reinkommen?«

»Ja, natürlich. Aber was, zum Teufel, heißt BS?«

»Bekennender Schwuler, Chef.«

»Oha!«, sagte Sowinski. Mit Homosexuellen beiderlei Geschlechts konnte man im Dienst immer noch nicht vernünftig umgehen, da galt in weiten Bereichen bis heute noch ein: »Lieber nicht!« Goldhändchen war da eindeutig eine Ausnahme. Ausgerechnet Krause hatte einmal geäußert: »Warum denn nicht, wenn sie klug sind und

72

uns weiterhelfen?« Dann hatte er grinsend und zum Entsetzen der Betonköpfe von den Konservativen hinzugesetzt: »Sie machen mindestens zwei Zehntel der zivilisierten Welt aus. Und wir müssen doch nicht mit denen ins Bett gehen, oder?« Er hatte langsam in die Runde geblickt und noch eins draufgesetzt. »Es gibt ja von Fachleuten die durchaus ernst zu nehmende Behauptung, dass Schwule selbst auf höchster Ebene etwas leisten können, was die sogenannten Heteros niemals zustande bringen.« Seine Aussage wurde im Sitzungsprotokoll als »nicht fachlich« eingestuft.

Der junge Mann, der wenig später das Zimmer betrat und sich freundlich grüßend auf den zweiten Besucherstuhl setzte, sagte matt: »Ich soll mich hier einfinden. Mein Name ist Thomas Dehner.« Dann erkannte er Sowinski und lächelte.

»Es ist schon recht spät«, erklärte Sowinski entschuldigend. »Aber wir wollen Ihnen eine schwierige Mission anvertrauen.« Er legte Dehner den Fall Cheng in allen bekannten Einzelheiten dar. »Wir möchten, dass Sie sich das Hotel ansehen, in dem Cheng wohnte und wo er zu Tode kam. Sie gehen als Tourist rüber, quartieren sich dort ein, vermeiden jeden Kontakt zu unseren US-amerikanischen Brüdern. Und erst recht jeden Kontakt zu deutschen Konsulaten, Botschaften, Vereinen, was weiß ich. Wir wollen wissen, was sich tatsächlich abgespielt hat. Sie bekommen alle verfügbaren Einzelheiten noch einmal schriftlich von uns. Sie haben zwei Tage zur Vorbereitung, wenn Sie die Informationen draufhaben, vernichten Sie die Unterlagen. Ihre Reisepapiere werden morgen fertig gemacht. Sie haben keinerlei Hilfe drüben, nur eine Telefonleitung auf einen sicheren Apparat hier auf diesem Schreibtisch. Aber Sie sollten sie tunlichst nicht benutzen. Sie müssen schnell sein. Ihr Flug ist für Freitag früh geplant, Sie fliegen mit einer Maschine der Bundeswehr nach Washington und von dort weiter per Linienflug.«

Dehner war ein kleiner, schmaler Mann mit einem fein geschnittenen Gesicht. Kinn und Wangen waren glatt rasiert, ließen aber dennoch den Schatten eines Bartes erahnen. Sein Haar war dunkel, kurz geschnitten, ohne Gel, seine Brille hatte große, randlose, leicht ins Gelbliche getönte Gläser. Er trug ein am Kragen offenes weißes Hemd zu einem dunkelgrauen Anzug. Seine Augen waren von einem auffallend hellen Blau, sie wirkten humorvoll und skeptisch zugleich.

»Das würde ich selbstverständlich gern erledigen«, sagte er. Nicht die Andeutung eines Zweifels. »Wir kennen den neuen amerikanischen Namen von Cheng nicht?«

»Wir kennen ihn nicht«, bestätigte Sowinski. »Können Sie das zeitlich einrichten?«

»Oh ja, das schaffe ich auf jeden Fall. Geht das Flugzeug von Tegel?«

»Ja.«

»Bekomme ich einen Spesenvorschuss?«

»Natürlich. Das macht die Leitstelle.« Sowinski grinste den Aspiranten an und fragte: »Sind Sie knapp bei Kasse?«

»Ja, durchaus«, nickte Dehner sehr ernst, führte es jedoch nicht weiter aus.

»Nehmen Sie reichlich Spesen mit«, riet Klaus Esser, ebenfalls grinsend. »Sie steigen schließlich in einem Hotel ab. Und da sind Gäste, die großzügige Trinkgelder geben, gut angesehen.«

Dehner verzog keine Miene, er fragte kühl: »Was verstehen Sie unter ›reichlich Spesen‹?«

Sowinski überlegte einen Augenblick und entschied dann: »Dreitausend Dollar. Sie werden Auskünfte bezahlen müssen, wenn Sie schnell sein wollen.«

»Kann ich diesen Cheng notfalls als einen alten Freund ausgeben oder so was in der Art?«

»Ich bitte Sie …«, sagte Esser mit leichtem Vorwurf in der Stimme.

»Der Mann kam aus Nordkorea, er hatte keine alten Freunde«, stellte Sowinski fest.

»Wenn Sie sich als alter Freund ausgeben, haben Sie die CIA so schnell auf dem Hals, dass Sie kaum Luft schnappen können. Sie können davon ausgehen, dass die CIA-Leute dieses Hotel in San Francisco bestens kennen, denn Cheng wurde wahrscheinlich von ihnen dort einquartiert. Sie sind also ein Fremder in einer großen, fremden Stadt.«

Dann kam die unvermeidliche Frage von Dehner: »Ist das nicht etwas befremdlich, dass wir auf US-amerikanischem Boden hinter der CIA her recherchieren?«

»Oh ja«, stimmte ihm Esser zu. »Da haben Sie recht, das ist für den Laien in der Tat sehr befremdlich. Sie wissen es nur noch nicht, aber so etwas geschieht dauernd, und es gab Zeiten, da hat die CIA in der Bundesrepublik völlig skrupellos gewildert. Und es gab leitende Figuren hier, die das wussten und geradezu leidenschaftlich gern übersahen. Dazu kommt, dass wir in diesem Fall auf eine offizielle Anfrage überhaupt keine befriedigende Antwort bekommen würden. Und zuweilen ist es lebenswichtig für uns, eine Antwort zu haben.«

»Ach ja?«

»Glauben Sie, Sie schaffen das?«, fragte Sowinski.

»Natürlich schaffe ich das«, antwortete Dehner selbstbewusst. »Kann aus solchen Recherchen eigentlich eine Gerichtsverhandlung erwachsen?«

»Absolut unmöglich«, sagte Sowinski. »Was können Sie eigentlich nach eigenem Dafürhalten am besten?«

»Mit Menschen reden«, antwortete Dehner, ohne zu zögern.

»Sehr schön«, lobte Esser. »Dann gute Reise, mein Freund.«

»Ja, natürlich. Danke schön.« Er stand auf, verbeugte sich leicht und ging hinaus.

»Geben wir unserem Misstrauen nach?«, fragte Sowinski.

»Sollten wir«, nickte Esser.

Sowinski drückte auf einen Knopf und sagte: »Ich brauche den familiären Hintergrund von Thomas Dehner. Beschleunigt, bitte.« Dann wartete er ein paar Sekunden. »Bist du bereit, hörst du zu?« Und als Esser nickte, las er vom Bildschirm: »Der Mann lebt in Marzahn zusammen mit seiner Mutter in einem Plattenbau. Die Mutter heißt Alice, ist fünfundsechzig Jahre alt, bekommt Sozialhilfe und ist HIV-positiv. Im Endstadium.«

VIERTES KAPITEL

Es war die Stimme einer Frau, sie klang schrill, nervös und überfordert. »Sie sollten ... vielleicht sollten Sie, ja also ... bitte kommen Sie her, Herr Doktor Krause.«

Er war augenblicklich wach. »Mein Gott, ist etwas mit meiner Frau geschehen?«

»Das ist es nicht. Nein, keine Schmerzen. Man hat ihr heute Nachmittag bei der Visite aber gesagt, dass ihre Brust amputiert werden muss. Sie schläft nicht, sie weint fast die ganze Zeit. Der Professor hat gesagt, ich soll Sie rufen, wenn ... wenn es nicht besser wird, und das geht jetzt schon seit Stunden so.«

»Natürlich«, sagte Krause rasch. »Ich komme.« Eigentlich war er erleichtert, dass sie endlich die Wahrheit kannte. Den ganzen Tag über hatte ihn die Tatsache gequält, dass er mehr über ihren Zustand wusste als sie selbst.

Es war vier Uhr morgens. Um 0.30 Uhr war er nach Hause gefahren und hatte Sowinski den Nachtdienst überlassen, um wenigstens fünf Stunden Schlaf zu finden.

Wenn Waltraud nicht im Haus war, fühlte er sich irgendwie unsicher. Er schwang die Beine aus dem Bett und blieb eine Weile sitzen, weil sein Kreislauf ein paar Sekunden lang verrückt spielte. Ihm war schwindlig. Etwas panisch dachte er: Bloß nicht umkippen! Dann erinnerte er sich daran, dass er vor zwei Jahren das letzte Mal bei einem Arzt gewesen war. Ich muss mich unbedingt mal durchchecken lassen, schoss es ihm durch den Kopf.

Er richtete sich ganz vorsichtig auf und hielt beide Arme weit vom Körper ab, um sich abstützen zu können, wenn er fiel. »Du bist ein ganz schöner Angsthase, mein Freund«, brummte er vor sich hin.

Er kämpfte sich umständlich aus dem Schlafanzug und ging unter die Dusche. Er stellte das Wasser auf dreißig Grad. Ihm war kalt. Noch triefend und hustend ging er zum Telefon und rief Sowinski an.

»Ich komme später, muss noch ins Krankenhaus.«

»Ist was passiert?«

»Es geht ihr wohl schlecht. Sie hat erfahren, dass ihre Brust amputiert wird.«

»Lass dir Zeit. Nimm nur das rote Handy mit, dann kann ich dich notfalls erreichen.«

»Gibt es irgendetwas Neues?«

»Wir haben eine erste Spur. Hast du Japan im Kopf?«

»Ich versuche es. Ja, okay, los.«

»Ungefähr dreihundert Kilometer westlich von Tokio, die Stadt heißt Kanazawa, liegt am Japanischen Meer, gegenüber von Korea. Dort gehen in der Regel viele Container an Land, die direkt aus Nordkorea kommen. Meistens haben sie billige Kleidung geladen, aber auch einfache Plastikteile, zum Beispiel für die Automobilproduktion. In diesem Hafen jedenfalls ist vor rund drei Wochen ein Container durchgegangen, der eine leicht erhöhte Strahlung aufwies, also eine harte Gammastrahlung, etwas höher als die natürliche.«

»Woher weiß man das?«, fragte Krause irritiert.

»Die haben eine digitale Aufzeichnung in den Ladekränen. Diese Geräte sind so angelegt, dass die erhöhte Strahlung erst nach Durchlaufen des Containers ersichtlich wird. Das heißt, die Kontrolleure können noch lange nach dem Durchlauf feststellen, dass da etwas war. Es lebe die moderne Technik.« Sowinskis Sarkasmus klang beißend. »Das Problem daran ist, dass so eine leicht erhöhte Strahlung immer wieder einmal vorkommt, sie kann ganz natürlich sein. Deshalb wird in der Regel nicht gleich Alarm geschlagen.«

»Und weiß man, wohin dieser spezielle Container gehen sollte?«, fragte Krause.

»Nein, weiß man noch nicht. Aber wir bleiben an der Spur dran.«

»Ich nehme einmal an, dass die Nordkoreaner über diese Strahlenmessgeräte überhaupt nicht verfügen?«

»Das ist richtig. Aber sie wissen selbstverständlich davon. Und deshalb glaube ich im Grunde genommen gar nicht daran, dass die Bombe per Container transportiert wurde, zumindest nicht über die hochtechnisierten Häfen Japans. Die Nordkoreaner sind nicht dumm.«

»Dann müssen wir herausfinden, wie sie es gemacht haben. Was ist mit der Grenze nach China?«

»Ja, das wäre noch einen Versuch wert«, bestätigte Sowinski.

»Gibt es irgendwelche Neuigkeiten von unseren Freunden?«

»Sie wissen nichts. Auch der Mossad weiß nichts. Ich habe mit Moshe gesprochen. Er hat die Nachricht rausgegeben, weil im Moment niemand so gut helfen kann wie die Medien.

Richtig beurteilt, wie ich sagen möchte. Moshe will sich noch einmal melden. Er hat sechs Leute rings um Nordkorea postiert, sagt aber selbst, dass die eigentlich nichts ausrichten können. Lass dir also wirklich Zeit. Und beste Grüße bitte an deine Frau.«

»Ja, danke.« Krause dachte: Er kennt Wally gar nicht, er hat sie noch nie gesehen.

Krause hatte sich auf den roten kleinen Samtsessel gesetzt, den Wally so gern mochte. Jetzt hatten sich dort seine klatschnassen Arschbacken abgezeichnet, und er musste grinsen. »So müssten mich meine Leute im Dienst mal sehen. Die würden vom Glauben abfallen.«

Er überlegte, dass ihm ein Kaffee jetzt guttäte, fand aber die Maschine, die Wally angeschafft hatte, viel zu kompliziert. Er seufzte: »Ich und die Technik. Vielleicht brüht mir die nervöse Krankenschwester einen.«

Er zog sich hastig an, rief ein Taxi und stellte sich vor das Haus. Es regnete wieder, ein warmer Sommerregen. Er überlegte kurz, ob er einen Schirm von drinnen holen sollte, entschied sich aber dagegen und fühlte schon nach kurzer Zeit, wie ihm das Wasser am Hinterkopf herunter in den Kragen lief. Das tat gut, er empfand es fast mit Dankbarkeit und dachte: Man müsste sich öfter in den Regen stellen! Als das Taxi heranrollte, spürte er, wie sein Anzug an den Schultern bereits feucht wurde. Und er registrierte, dass er die Krawatte vergessen hatte. Das würde im Dienst eine Sensation sein: Krause ohne Krawatte, zu besichtigen im dritten Stock.

Die nervöse Krankenschwester stellte sich als eine dralle, kleine Person heraus, die mitten im Gang stand und ohne jede Begrüßung sofort wild gestikulierend auf ihn einredete: »Herr Doktor Krause, es tut mir leid, dass ich Sie geweckt habe.«

»Das ist schon in Ordnung«, beruhigte Krause sie.

»Also, wissen Sie, wenn diese Entscheidungen den Patientinnen mitgeteilt werden, dann ist es natürlich immer ein Schock, wenn Sie verstehen, was ich meine. Also, eine Brust zu verlieren ist wirklich ganz schlimm. Man ... es ist so, dass Frauen das besonders schrecklich finden. Und es ist ja auch schrecklich. Und wenn wir es ihnen sagen, dann kommt erst mal so eine Art Starre, dann Schlaflosigkeit und dann ganz tiefe Verzweiflung. Und die beste Hilfe ist ...«

»Ich habe das verstanden«, unterbrach Krause sie freundlich. »Ist sie wach?«

»Ja.«

»Könnten Sie mir einen Kaffee machen?«

»Natürlich.«

»Ich bezahle ihn selbstverständlich auch. Kann ich jetzt zu meiner Frau?«

»Aber ja. Und den Kaffee bringe ich Ihnen.« Sie segelte scheinbar erleichtert davon.

Er blieb in der offenen Tür stehen und sagte mit trockenem Mund: »Wally, mein Schatz.« Das hatte er noch nie gesagt.

Dann setzte er sich zu ihr auf das Bett und zog ganz vorsichtig die Decke von ihrem Kopf. Ihr kleines Gesicht war völlig verheult, und sie hielt die Augen fest geschlossen.

»Sag mir, was ist.«

»Sie wollen mir die linke Brust abschneiden.«

»Ja, das haben sie mir gesagt. Das ist natürlich eine scheußliche Operation, aber du bleibst meine Frau wie alle die Jahre vorher.«

»Ach, rede doch nicht so einen Unsinn. Das ist wieder deine Priestermasche.«

Er fühlte sich elend, wusste nichts zu sagen, seine Argumente schienen ihm flach und inhaltslos. Aber er versuchte es noch einmal.

»Wenn es dir so elend ist, warum greifst du nicht zum Telefon und rufst mich an? Warum liegst du hier, ohne mir etwas zu sagen?«

Sie antwortete nicht, und er begriff, dass Worte nichts ändern konnten. Nicht jetzt.

Sie drehte sich auf den Bauch, sie wollte nichts mehr sehen. Auch ihn nicht. Sie war vollkommen eingehüllt in ihre Traurigkeit.

Es klopfte, und die Schwester kam mit einer Tasse Kaffee herein. Sie sagte nichts, stellte nur die Tasse auf ein kleines Tischchen und verschwand wieder.

»Trink deinen Kaffee«, sagte Waltraud. »Wie ich dich kenne, hast du dir zu Hause keinen gemacht.«

»Ja«, antwortete er. Er ging zu dem Sessel neben dem kleinen Tisch und trank einen Schluck. Er schnappte nach Luft, weil der Kaffee sehr heiß war. Er trank ihn ohne Milch und Zucker und fand, dass er fad schmeckte. Wahrscheinlich sparten sie hier am Kaffeepulver.

»Dein Bruder hat geschrieben«, sagte er in die Stille des Zimmers hinein. »Ich habe den Brief dabei. Soll ich ihn dir vorlesen?«

»Ja, bitte«, antwortete sie schniefend.

Er holte den Brief aus der Jacketttasche und faltete das Blatt auseinander.

»Liebste Wally! Ich hörte von deinem Mann, dass du ernsthaft erkrankt bist. Und ich habe ganz stumm vor dem Feuer in meinem Kamin gesessen und mich gefragt, wann mich das gleiche Los ereilt. Erst Mutters Krebs, jetzt das Gleiche bei dir. Nun ja, niemand entgeht seinem Schicksal.«

Krause hielt inne und bemerkte: »Das ist ja ein furchtbares Gewäsch.«

»Lies weiter«, sagte Wally krächzend.

»Nun ja, niemand entgeht seinem Schicksal. Aber die Medizin ist heute ja viel weiter, und so nehme ich an, dass die Ärzte dir helfen können. Ich erinnere mich an unseren Garten in Bremen. Weißt du noch, wie der aussah, wenn der Flieder blühte, und wie wir darin herumtollten? Wir hatten doch wirklich eine schöne Kindheit, auch wenn unser Vater sehr früh von uns ging.«

Krause machte wieder eine Pause und bemerkte trocken: »Mein Gott, das kann doch kein Mensch lesen, ohne die Nerven zu verlieren.«

Sie schwieg eine Weile, dann sagte sie: »Das stimmt, du hast recht! Aber er war immer schon so pomadig, er hätte Pfarrer werden sollen. Könntest du vielleicht bei der Reinigung vorbeigehen und deine Hemden holen? Und Krawatten sind auch noch da. Und dann noch drei von deinen furchtbaren grauen Anzügen. Und warum trägst du heute keine Krawatte?«

Er überlegte eine Weile und antwortete dann: »Wohl, weil ich es so eilig hatte, zu dir zu kommen.«

»Es steht dir«, stellte sie fest. »Es gibt nur einmal die Woche zwei Stunden, in denen du keine Krawatte trägst. Das ist sonntagmorgens zu Hause, wenn du Zeitung liest.«

»Ja, das stimmt. Macht der Gewohnheit.«

»Ich habe erfahren, dass der Mann einer früheren Schulfreundin von mir gestorben ist. Du kennst sie nicht, sie heißt Gretel und war in meiner Abiturklasse. Sie war die Erste, die heiratete, und sie war die Erste, die ein Kind kriegte. Ich möchte sie anrufen, ich möchte sie treffen.«

»Natürlich«, sagte er überrascht. »Wo wohnt sie denn?«

»Hier in Berlin. Sie war immer in Berlin. Früher war sie eine recht fesche Person. Während die Mädchen aus unserer Klasse noch darüber nachdachten, ob sie studieren oder besser gleich heiraten sollten, hatte sie sich bereits einen geangelt, einen Rechtsanwalt. Der vertrat ziemlich häufig Bordellbesitzer und solche Leute, und …«

»Was sind denn solche Leute?«, fragte er.

»Na ja, ich meine diese halbseidenen Typen, die genauso häufig in der Zeitung sind wie die Politiker. Promis eben. Gretel sagte damals schon: Du musst Männer an der langen Leine führen, darfst die Leine aber niemals abnehmen.«

»Ein sehr weises Vorgehen«, kommentierte er sarkastisch. »Und jetzt ist Gretel wahrscheinlich eine gold- und brillantenbehängte Ikone der Berliner Unterwelt.«

»Ja«, sagte sie. »Und sie hat einen Verein gegründet, der Essen an Arme austeilt. Das muss man sich mal vorstellen.«

»Woher weißt du das alles?«

»Aus der Zeitung, mein Lieber.«

Es klopfte. Ein junger Mann kam mit einem Tablett herein. »Das Frühstück!«, röhrte er, setzte das Tablett vor Wally auf dem schwenkbaren Tisch ab und verschwand wieder.

»Ich spendiere dir eine Schrippe mit Erdbeermarmelade«, sagte sie. »Manchmal denke ich, wir hätten Kinder haben sollen.«

»Ja«, nickte er. »Das denke ich manchmal auch.«

»Ich meine, wir hätten ein oder zwei adoptieren können.«

»Ja, schade.« Er trank von seinem Kaffee.

»Aber da gibt es einen Verein. In Neukölln. Die Leute kümmern sich um die benachteiligten Kinder von Immigranten. Solche, weißt du, die einfach keine Chance kriegen. Ich denke, da werde ich Mitglied.«

»Das hört sich gut an.«

Sie lächelte. »Dazu benötige ich aber etwas von deinem Geld.«

»Nimm einfach, was du brauchst, es gehört auch dir.«

»Wir haben immer zu wenig miteinander geredet.«

»Das ist wahr.«

»Also, ich denke, ich bringe diese Operation hinter mich und dann kümmere ich mich ein bisschen um die Kinder.«

»Wann ist die Operation?«

»Übermorgen. Sie wollen es schnell machen, damit sie nicht noch auf Überraschungen stoßen.« Sie drehte den Tisch mit dem Frühstückstablett zur Seite, stand auf und brachte ihm das Brötchen auf einem Teller. Dann setzte sie sich auf seinen Schoß.

»Du musst nur hier sein, wenn ich aufwache.«

»Ja«, versprach er.

Nach einer gründlichen Einweisung durch Krause und Sowinski flogen Müller und Svenja am Vormittag desselben Tages mit einem Hubschrauber der Bundeswehr nach Frankfurt/Main. Am Nachmittag startete ihre Maschine nach Hongkong, von wo aus es nach einem einstündigen Zwischenstopp nach Seoul weiterging. Zu ihrem großen Erstaunen flogen sie erster Klasse und ahnten, dass Krause da seine Finger im Spiel hatte.

Müller war sehr glücklich darüber, dass Svenja ihren Kopf an seine Schulter lehnte und schlief. Und als sie erwachte, berichtete er ihr kichernd von seiner Mutter, die wie eine Sechzehnjährige an ein Leben in Seligkeit geglaubt hatte und jetzt ganz zerstört von ihrem Harry nach Hause zurückkehrte.

»Du musst sie auffangen«, sagte Svenja, »für sie ist das alles doch ein furchtbarer Schock.«

»Ich mag sie wirklich sehr«, antwortete er vorsichtig, »aber irgendwie muss sie langsam mal begreifen, dass das Leben sehr rau sein kann. Das stelle man sich einmal vor: ein paar Nächte für zehntausend Euro!«

»Aber du musst sie doch nicht erziehen!«, protestierte Svenja.

»Ein wenig schon«, widersprach er. »Heute Nacht habe ich mir vorgestellt, ich suche diesen Harry und prügele ihn windelweich. Ich war richtig wütend.«

Sie waren im Sonnenschein gestartet, durchflogen eine finstere Nacht und landeten am Nachmittag wieder bei Sonnenschein.

Die Stadt war grell und laut und riesig und nahm nicht die geringste Notiz von ihnen. Sie checkten im Grand Hilton Seoul ein, belegten wie vorgeschrieben zwei Doppelzimmer und spürten sofort die sehr spezielle Art des Sowinski-Service. Das Hotel hatte über vierhundert Zimmer, lag inmitten eines Parks, und seine architektonisch einfache Gliederung war schnell zu durchschauen. Sie nahmen sich eine Dreiviertelstunde Zeit, um auszukundschaften, wo der nächste Lift lag, wie der schnellste Weg über Treppen in die Untergeschosse verlief, wie die einzelnen Ebenen der Parkgeschosse aussahen und auf welchen Wegen sie das Gebäude zu Fuß verlassen konnten, wenn es notwendig sein sollte. Krauses Anweisung hinsichtlich ihres Doppeleinsatzes war klar gewesen: »Jeder macht sein Ding. Wenn einer von Ihnen fertig ist, checkt er auf den nächsten erreichbaren Flug ein und kommt nach Hause. Sie warten nicht aufeinander, das wäre zu riskant.«

Sie richteten sich ein, duschten, wechselten die Jeans und trafen sich dann zum Abendessen in einem der drei Restaurants. Gegen neunzehn Uhr beschlossen sie, an die Arbeit zu gehen. Als Erstes mussten sie den örtlichen Mitarbeiter des BND treffen.

Über eine sichere Telefonleitung nahm Müller Kontakt zu dem Residenten auf.

Er sagte: »Wir warten auf Ihre Waren.«

»Ich werde da sein«, antwortete ein Mann. »Um halb neun vor dem Roxy, das ist ein Striplokal in der Altstadt. Rechts neben dem Haupteingang ist eine Einfahrt. Sie werden mich sehen, ein blauer Suzuki.«

Sie ließen sich mit dem Taxi unweit des Lokals absetzen, gingen noch ein Eis essen, kauften zwei Cola in Pappbechern und schlenderten durch die bunte, ungeheuer betriebsame Altstadt. Dabei unterhielten sie sich über Belangloses und berührten sich so häufig wie möglich, weil ihnen das ein Gefühl von Sicherheit gab.

Svenja sagte: »Ich habe noch nie einen so schönen Doppeleinsatz durchgezogen.«

»Ich auch nicht. Ich frage mich, was die in Berlin sich dabei gedacht haben.«

»Vielleicht gar nichts«, erklärte sie mit einem Lächeln.

Sie waren pünktlich und sahen den kleinen blauen Suzuki auf dem holperigen Pflaster herantanzen.

Er bog in die Einfahrt ein, hielt, der Fahrer stieg aus, machte die Heckklappe auf und nahm einen großen Kunststoffkoffer heraus. Den legte er auf den Boden, kniete sich davor und öffnete ihn. Er holte einen schweren Bohrer heraus und schraubte eine Weile an dem Gerät herum. Dann probierte er es ein paarmal aus, die Maschine jaulte los, wurde dann wieder angehalten. Anschließend beugte sich der Mann wieder in den Kofferraum hinein, stellte zwei weiße, undurchsichtige Plastiktaschen sorgfältig nebeneinander, nahm den schweren Bohrer, ging an dem kleinen Auto entlang und setzte den Bohrer an der Hauswand des Gebäudes an. Die Maschine machte einen Höllenlärm.

»Nicht schlecht«, sagte Müller anerkennend.

Sie näherten sich dem blauen Auto und nahmen je eine der Plastiktaschen an sich, drehten dann gemächlich um und schlenderten davon. Mit dem Taxi fuhren sie zurück zum Hotel. Dort angekommen, gingen sie in Müllers Zimmer.

Es waren zwei Neun-Millimeter-Glock mit jeweils drei kompletten Magazinen. Und es waren die zwanzigtausend Dollar, die Svenja für das Raketendossier brauchen würde.

Svenja hockte sich auf das Bett. Vor ihr lagen zehn kleine Bündel mit je zwanzig Hundertdollarscheinen.

»Ich kann diese Glocks nicht leiden«, sagte Müller. »Sie sind mir zu massig und zu ungenau. Und ich frage noch einmal, weshalb Krause das Ding hier bewaffnet angehen will. Irgendwie passt das nicht ins Bild, oder?«

»Er wird sich schon was dabei gedacht haben«, gab Svenja zurück. »Die Summe stimmt. Ich kontaktiere jetzt unsere Wissenschaftlerin, um die Übergabe abzusprechen.«

Sie verließ das Zimmer.

Müller nahm seine Waffe fest mit beiden Händen, ging in die Hocke und bewegte sie durch Körperdrehungen sehr schnell hin und her. Dann sagte er verächtlich »Zimmerflak!« und deponierte die Glock in einer kleinen Reisetasche. Er hatte Schwierigkeiten mit der tödlichen Gewalt von Waffen, schon seit Jahren, und wahrscheinlich würde er sich sein Leben lang nicht davon befreien können. Es war so einfach, präzise zu schießen, aber es war durchaus nicht einfach, auf einen Menschen zu schießen und zu beobachten, wie er fiel und starb. Wo lag bei dieser Sache das Risiko? Er wusste, wie lebenswichtig es war, seinen Einsatz richtig einzuschätzen.

Es klopfte an der Tür, und Svenja kam wieder herein. »Es gibt gewisse Schwierigkeiten«, erklärte sie tonlos. »Die Frau hat Angst bekommen. Sie sagt, dass sie ständig überwacht wird. Aber sie weiß nicht genau, von wem, und sie weiß auch nicht, wie sie ihre Bewacher abschütteln soll. Außerdem spricht sie ein schauderhaftes Englisch, ich konnte sie kaum verstehen.«

»Wie alt ist sie?«

»Zweiundfünfzig.«

»Warum verkauft sie?«

»Sie will das Land verlassen, sagt sie. Will nach Australien oder Neuseeland.«

»Und wer hat die Verbindung gemacht?«

»Jemand von der deutschen Residentur hier.«

»Wir könnten ein echtes Doppel durchziehen.«

»Sowohl Sowinski als auch Krause waren da eindeutig. Beim Briefing hieß es: Gemeinsam reisen okay, gemeinsam arbeiten nicht. Andererseits würde das das Risiko für die Frau erheblich vermindern. Der Verkauf darf auf keinen Fall öffentlich werden, sonst kommt sie nie mehr hier weg. Wann soll denn dein Einsatz frühestens beginnen?«

»Nicht vor morgen Nacht, das steht fest. Für wen hat die Frau gearbeitet?«

»Also gut, ich werde nachfragen.«

Sie rief über das Festnetz des Hotels eine sichere Leitung in Berlin an und bekam Sowinski an die Strippe, der muffig äußerte: »Ich wusste doch gleich, dass zwei Agenten auch genau doppelt so viel Schwierigkeiten machen wie einer.«

»Es geht um Folgendes«, erläuterte Svenja. »Wenn wir das hier im Doppel durchziehen, ist es schneller und ungefährlicher. Und vor allem schützen wir damit unsere Quelle.«

»Und wie sieht das Doppel aus?«

»Einer trifft die Wissenschaftlerin als alter Bekannter. Es gibt eine große Szene vor aller Augen, während sich der andere um das Dossier kümmert.«

»Und da kollidiert nichts?«

»Da kollidiert nichts.«

»Na gut. Aber anschließend umgehend Bestätigung an mich. Und dann kommen Sie sofort nach Hause.«

»Gut«, sagte Svenja und unterbrach die Verbindung. An Müller gewandt sagte sie: »Wir können es gemeinsam durchziehen. Also pass auf: Sie hat quasi freiberuflich für die Regierung und für die Armee Informationen über die nordkoreanischen Raketen zusammengetragen. Als die dort entdeckten, dass ihre Arbeit wirklich brillant ist, haben sie sämtliche Unterlagen und ihr eigenes Arbeitsexemplar aus der Wohnung geholt. Diese Frau kann sich nicht mehr frei bewegen, muss sich sogar abmelden, wenn sie einkaufen geht. Sie ist ein Sicherheitsrisiko geworden. Aber sie hat noch eine Kopie, von der ihr Auftraggeber nichts weiß. Sechshundert Seiten.«

»Das sind zwei Backsteine. Hat sie eine Ausweichnummer?«

»Ja. Bei einer Nachbarin in einer Wohnung im selben Haus. Ich kontaktiere sie jetzt gleich noch mal und erkläre ihr unseren neuen Plan. Ich hoffe, sie zieht mit.«

»Wo wohnt sie?«

»Im Viertel Seocho-gu am Han-Fluss. Es kann nicht weit sein. Wann, denkst du, sollten wir es machen?«

»Morgen in aller Früh«, schlug er vor und fügte grinsend hinzu: »Wenn alle Agenten schlafen.«

»Und wenn wir gleich hier fertig sind, gehst du dann noch mit mir tanzen?«

»Wenn es denn sein muss«, willigte er seufzend ein. Er konnte nicht tanzen, er fand Tanzen geradezu lächerlich. Seit seiner Pennälerzeit hatte er sich stets geweigert, sich dem Rhythmus der Musik einfach hinzugeben. Allein die Erinnerung an den Tanzkurs war ein Albtraum. Gleichzeitig liebte er Louis Armstrong und den rabenschwarzen Soul der Südstaaten. Karl Müller war sich oft selbst ein Rätsel.

»Komm, entspann dich ein bisschen«, flüsterte Svenja sanft, als sie sich vierzig Minuten später auf der winzigen Tanzfläche der Hausbar bewegten. Sie steuerten an einigen dicht besetzten Tischen vorbei, und Müller war es sehr peinlich, dass sie das einzige Paar waren, das tanzte.

Der schwarze Pianist schien zu dieser vorgerückten Stunde nur noch für sich selbst zu spielen, wie es alle wirklich guten Barpianisten taten. Er betrachtete sie wohlwollend, lächelte Müller zu und leitete dann über zu »September«, womit er wohl der Nacht einen melancholischen Anstrich geben wollte. Aber dann löste sich plötzlich ein sichtlich betrunkener Mann aus einer Runde, steuerte in schwankendem Gang den Flügel an, griff sich ein Mikrofon und versaute den Song mit seinem in hartem Englisch vorgetragenen Gesang, der exakt einen halben Ton danebenlag. Müller war ihm zutiefst dankbar, weil er jetzt einen Grund hatte, mit dem Tanzen aufzuhören, während die Clique des Betrunkenen begeistert johlte.

»Das ist Fernost«, stellte Svenja fest. »Na ja, vielleicht sollten wir auch besser schlafen gehen, es ist schon ziemlich spät.«

Es war zwei Uhr.

»Wir frühstücken um halb sieben«, sagte er im Lift und küsste zärtlich ihren Hals.

»Und du bringst mich nicht ins Bett. Sowinski is watching us.« Sie sah so aus, als täte ihr das außerordentlich leid.

»Vielleicht sollten wir die Branche wechseln«, sagte er lächelnd.

Als es später darum ging, die Affäre für die Eleven der Geheimen Künste aufzuarbeiten, schwappten immer wieder heftige Diskussionen hoch, ob Krause bereits zu diesem Zeitpunkt ahnte, wie der Hase lief. Und wie üblich gab es mehrere Lager, die sich wochenlang aufs Heftigste bekämpften. Die Krause-Partei äußerte: »Er muss zu diesem Zeitpunkt schon etwas geahnt haben.« Die Anti-Krause-Liga schäumte vor Empörung und erklärte: »Es ist ein Irrsinn, dem Mann ständig anzudichten, er habe magische Kräfte. Irgendwann wird noch behauptet werden, er habe den Bösewicht in seiner Kristallkugel gesehen und per Telepathie in sein Verderben geschickt.« Diejenigen aber, die wirklich um die Hintergründe wussten, hielten sich vornehm zurück, lächelten und beteiligten

sich nicht an der Diskussion, was ihnen prompt als Arroganz ausgelegt wurde.

Es war um zehn Uhr am Morgen des vierten Tages, am Donners-
tag, als Krause Sowinski und Esser zu sich rief und feststellte: »Unsere Spurenlage ist ziemlich dünn: Da ist dieser Container in der
japanischen Stadt Kanazawa, der aber keine Spur sein muss, da wir
von unseren Fachleuten wissen, dass die natürliche Strahlung an
Ort und Stelle vorübergehend erhöht gewesen sein kann auch ohne
Bombe. Sicher wissen wir nur, dass enorme Geldbeträge innerhalb
der letzten Woche auf nordkoreanischen Konten eingegangen sind.
Wir nehmen an, dass der Handel zu diesem Zeitpunkt bereits be-
siegelt war und sämtliche Modalitäten feststanden. Aber wann ging
die Atombombe auf die Reise? Vor wenigen Tagen, als die ersten
Gelder eintrudelten? Oder doch schon vor mehreren Wochen?«

Sowinski ergänzte: »Meiner Meinung nach haben die Nordkoreaner garantiert nichts unternommen, solange nicht die ersten Gelder
ankamen.«

Esser räusperte sich, lächelte, sagte mit leiser Stimme: »Ihr wirkt
ein wenig wie verunsicherte Schüler. Die ganze Sache bekommt
einen anderen Anstrich, wenn man mögliche andere Wege in Be-
tracht zieht. Ich gehe jetzt einmal davon aus, dass der Transport der
Waffe auf dem inländischen Teilstück nicht per Container lief, sondern zunächst auf anderem Weg, per Eisenbahn oder Truck. Ver-
gesst nicht, dass die Nordkoreaner schier endlos Zeit hatten, diesen
ersten Teil genau zu durchdenken. Der Handel war abgeschlossen,
die Nordkoreaner mussten die Bombe jetzt durch das eigene Land
fahren. Und im gleichen Moment, wo sie über die Grenze nach
China geschafft wurde, war der nordkoreanische Teil des Handels
abgeschlossen. Ab da flossen die Gelder.«

»Das ist nur eine Hypothese«, wandte Sowinski scharf ein.

»Natürlich ist das eine Hypothese«, lächelte Esser. »Wir haben
nur Hypothesen. Und ich gehe davon aus, dass sie die Bombe irgendwo dicht an der chinesischen Grenze in dem stark gebirgigen
Teil gelagert haben. In einem Bergwerksstollen zum Beispiel oder
in einem eigens dafür geschaffenen Bunker. Und jetzt stellt sich
die Frage, wie sie den Transport innerhalb Nordkoreas bewerkstel-

ligt haben. Die Nordkoreaner verfügen vielleicht nicht über diese ausgefeilten Strahlenmessgeräte, aber sie wissen ganz genau, dass es sie gibt, und zwar in den internationalen Häfen, also werden sie diese Häfen vermeiden. Der sicherste Weg raus aus dem Land wäre nicht über ein Containerschiff, sondern über den Landweg nach China. Und zwar über einen viel genutzten Grenzübergang. Also am besten Sinuiju-Dandong nördlich ihrer Hauptstadt Pjöngjang. Dort herrscht seit Jahren so etwas wie Wilder Westen. Natürlich haben beide Seiten Grenzposten aufgestellt und machen sich furchtbar wichtig. Tatsächlich aber wird an dieser Grenze niemand aufgehalten, der eine Bescheinigung bei sich trägt, dass er auf der anderen Seite etwas zu erledigen hat. Chinesische Händler zum Beispiel tauchen tief nach Nordkorea ein, um dort ihre Waren an den Mann zu bringen. Dasselbe gilt für Nordkoreaner in der umgekehrten Richtung. Und da beide Seiten unbegrenzt korrupt sind, läuft alles im mafiosen Stil. Da gibt es Cliquen und Banden. Wenn ich also eine Bombe verkauft habe und sie möglichst unauffällig außer Landes bringen will, dann an diesem Punkt – und in einem Fahrzeug, das jeder kennt, weil es dauernd hin- und herfährt. Ist klar, was ich meine?«

»Also im fließenden Grenzverkehr«, nickte Krause. »Das hat was für sich. Etwas Besseres habe ich noch nicht gehört. Und wo geht die Bombe auf ein Schiff?«

Esser nickte still und lächelte. »Gute Frage. Denn innerhalb von China, immer entlang an den Küsten dieses endlosen Landes am Gelben Meer, liegen etliche riesige Hafenstädte. Qingdao, Schanghai, Wenzhou, Fuzhou. Und da wir, wie gesagt, davon ausgehen müssen, dass die Nordkoreaner keinesfalls dumm vorgehen, werden sie einen chinesischen Hafen ansteuern, in dem Container ganz normal per Listenführung gelöscht und verladen werden.«

»Das leuchtet ein«, sagte Krause. »Haben wir denn aktuelle Fotos von Nordkorea und dem angrenzenden chinesischen Bereich?«

»Wir haben wie üblich zwei Sorten«, erklärte Sowinski. »Zum einen die ganz normalen Fotos von Google Earth, die ziemlich neu sind. Und dann ein paar Aufnahmen der amerikanischen Vettern von ihren Satelliten.«

»Kriegen wir da ein Muster zusammen?«, fragte Esser.

»Was wir haben, reicht nicht«, sagte Sowinski. »Sie geben die

Aufnahmen nur zögerlich weiter. Und sie tragen auch weder Datum noch Uhrzeit. Erschwerend kommt noch hinzu, dass wir natürlich auch nicht genau angeben können, an welchem Tag um welche Uhrzeit wir Nordkorea angucken wollen. Wir wissen es einfach nicht.«

»Wer könnte helfen?«, fragte Krause.

»Wenn wir annehmen, dass Israel wie üblich eines der wahrscheinlichsten Ziele ist, können wir davon ausgehen, dass sie von den Amerikanern Aufnahmen bekommen, die genauer sind.« Esser wandte sich zu Krause und setzte hinzu: »Also Moshe oder einer seiner Leute.«

»Wir brauchen eine Dateneinengung, vorher hat es keinen Sinn, mit Moshe zu sprechen«, sagte Krause und spielte mit einem Lineal. »Und noch etwas«, fügte er an Esser gewandt hinzu, »wir müssen endlich in Erfahrungen bringen, wie genau eine solche Bombe transportfähig gemacht werden kann.«

Später am selben Tag ging über eine der nicht gesicherten Leitungen ein Anruf ein, den die Sekretärin lapidar mit »Schanghai hier« ankündigte, weil sie den Anrufer nicht identifizieren konnte. Seit rund achtundvierzig Stunden hatte das Sekretariat Anweisung, alle aus Fernost stammenden Anrufe gründlich abzuklopfen und gegebenenfalls direkt auf Krauses oder Sowinskis Apparat zu legen.

Es war eine weibliche jugendliche Stimme am Telefon, Krause schätzte, dass die Anruferin in den Zwanzigern war. Er sagte freundlich: »Wer immer Sie sind, guten Tag, oder vielleicht besser: guten Abend.«

»Ich bin Hilary«, sagte die Stimme. »Es ist Abend. Wir kennen uns nicht. Ich arbeite in Schanghai bei einer deutschen Firma, wir stellen Profilstahl her.«

»Und Sie haben einen Grund anzurufen«, sagte Krause.

»Ja, aber ich möchte Ihnen nicht meinen vollständigen Namen nennen.«

»Das ist kein Problem«, sicherte er zu. »Was kann ich für Sie tun?« Krause drückte auf einen Knopf, um sicherzustellen, dass das Telefonat aufgezeichnet und gleichzeitig mit hoher Geschwindigkeit festgestellt wurde, von wo genau die junge Stimme anrief. Wahrscheinlich lief dieser Anruf entsprechend der Entfernung über vierzig bis fünfzig zwischengeschaltete Modems, und wahrscheinlich würde die Zeit knapp werden. Er schrieb nur den Namen Hilary auf.

»Zuerst möchte ich fragen, ob ich tatsächlich mit dem Bundesnachrichtendienst spreche. Es geht um eine ziemlich heikle Angelegenheit.«

»Da kann ich Sie beruhigen. Ich bin sozusagen hier in Berlin der Bundesnachrichtendienst persönlich.« Er dachte erheitert: Wenn du wüsstest, mit wem du sprichst, würdest du bestimmt ein Autogramm haben wollen. Der Gedanke belustigte ihn so stark, dass er leise lachte.

»Lachen Sie etwa über mich?«

»Ja«, erwiderte er einfach. »Sie sprechen mit der Abteilung, die den angeblichen Verkauf der Atombombe untersucht. Reicht Ihnen das?«

»Ja. Also, es geht darum: Ich habe einen Freund aus Nordkorea. Jetzt lebt er hier, und er ist mein Partner im Betrieb.

Vor etwa vier Wochen waren wir zusammen an der chinesisch-koreanischen Grenze. Mein Freund ist vor zwei Jahren aus Nordkorea geflüchtet. Seine Schwester ist ebenfalls geflüchtet, aber sie arbeitet als Prostituierte nahe der chinesischen Stadt Yanji, das ist noch Grenzgebiet zu Nordkorea, eine sehr bergige Gegend.«

In diesem Moment lief ein schmales Sprachband über den Bildschirm seines Computers. *Hilary Kaufmann, geb. 1980, Mannheim, studiert chinesische Sprachen, Deutsch, Spanisch, Englisch, Suaheli, jetzt Werbeabteilung Firma AMA, Profilstahl, Schanghai, Adresse bekannt.*

»Seine Schwester ist genau genommen die Chefin eines Freudenhauses namens Morgensonne. Sie hat es gekauft oder so.« Sie schwieg.

»Also dort waren Sie mit Ihrem Freund vor vier Wochen. Und was hat das mit der Bombe zu tun?«

»Als wir dort waren und seine Schwester trafen, erzählte die uns, drei Tage vorher wäre ein Chinese mit einem amerikanischen Truck durchgefahren, der an der Grenze nicht anhielt, sondern mit Vollgas durchzog, und die Grenzer auf beiden Seiten ließen ihn einfach durch, obwohl er zwei Schlagbäume kaputt fuhr. Sie sagte, dass der Truck oft die Grenze passiert, aber dass er die Schlagbäume umfährt, sei das erste Mal gewesen. Anscheinend waren aber alle Grenzbeamten auf beiden Seiten bestochen, sodass sie die Hände

91

gehoben haben und den Truck grüßten, als er durchbrauste. Und noch etwas möchte ich sagen. Normalerweise fährt dieser Chinese den Truck mit einem großen Anhänger. Und diesmal war es nur der reine Truck, kein Hänger. Die Schwester meines Freundes hat später noch erfahren, dass der Truck direkt auf die Schnellstraße nach Harbin und weiter zum dortigen Flughafen fuhr.«

»Und wahrscheinlich wollen Sie mir jetzt erzählen, dass der Fahrer des amerikanischen Trucks ein Chinese namens Wu ist.«

»Das wissen Sie? Das ist ja ein Ding. Die Chinesen oben an der Grenze sagen immer, das sei Wus Truckparade.«

»Wieso denn Parade?«

»Die Schwester meines Freundes sagt, Wu kennt jeder, und jeder weiß, dass er zwei dieser Dinger hat und damit alle möglichen Transporte macht. Wu gilt dort als einer, der alles möglich machen kann.«

»Ich danke Ihnen sehr für Ihre Mühe, Hilary; das war ein äußerst interessantes Gespräch. Wenn Ihnen noch mehr dazu einfällt, melden Sie sich bitte unbedingt.«

Krause schaltete ins Sekretariat und ordnete an: »Wenn diese junge Dame sich noch einmal meldet, bitte auf die Dringendliste setzen, egal wo ich gerade bin. Außerdem soll der Chef der Operation bitte zu mir kommen.«

Sowinski betrat die Bühne wie üblich mit geradezu erschreckender Geschwindigkeit, als habe er schon des Längeren vor der Tür gestanden und nur auf das Stichwort gewartet. Von der Tür bis zum ersten Besucherstuhl schien er zu fliegen, jedenfalls waren einzelne Schritte nicht festzustellen. Dann straffte er sich, konzentrierte seinen Blick und sagte: »Und?«

»Möglicherweise wissen wir jetzt, wann die Bombe aus Nordkorea herausgebracht wurde. Heute vor vier Wochen und drei Tagen.«

»Das wäre der 10. Juni«, sagte Sowinski.

»Richtig. Das haben wir auf Band. Hör es dir an.« Er ließ das Band laufen.

»Verstanden. Hältst du das für glaubwürdig? Wenn ja, hätten wir damit unsere Dateneinengung. Kümmerst du dich dann um Moshe?«

»Mach ich, wir sollten der Spur unbedingt nachgehen und uns anschauen, was da los war. Trotzdem hat Hilary das alles eine Spur zu präzise beschrieben. Ich denke, da muss man realistisch bleiben«, fügte Krause skeptisch an.

»**Und sie warten auf einen Chirurgen,** der erst übermorgen aus dem Urlaub wieder da ist?«, fragte Krause. Er saß auf dem Bett seiner Frau, und sie hielt seine linke Hand. Er war verblüfft, dass sie die Verschiebung der Operation so gelassen hinnahm, er hatte anderes erwartet.

»Ja.« Sie grinste verlegen. »Angeblich kann er gut mit Brüsten.«

»Und wie lange musst du anschließend noch hierbleiben?«

»Sie wissen es nicht genau.« Dann gluckste sie erheitert. »Ich bin außerdem Privatpatientin, und deshalb wollen sie wohl so lange auf mich aufpassen wie eben möglich. So sieht es aus, mein Lieber.«

Um zu demonstrieren, dass er über Zeit im Überfluss verfügte, hatte er sein Jackett ausgezogen und dann mit einer unwilligen Geste sogar die lästige Krawatte abgelegt.

»Gehen wir ein bisschen?«, fragte er.

»Oh ja, das wäre schön.« Sie schlüpfte erstaunlich behände aus dem Bett und streifte einen schreiend bunten Morgenmantel über, den Krause noch nie gesehen hatte.

Sie schien irgendwie geschrumpft, beinahe kindlich. Sie hatte erschreckend viel abgenommen. Mit ihren sehr roten kurzen Haaren sah sie aus wie ein Kobold.

»Na los!«, sagte sie burschikos.

Sie verließen gemeinsam das Zimmer und wanderten Hand in Hand den langen Flur auf und ab.

»Was glaubst du, wann du in Pension gehen wirst?«

Die unerwartete Frage erschreckte ihn. »Wally, ich bin erst sechzig. Ich nehme an, ich muss noch ein paar Jahre Dienst tun.«

»Und was machen wir dann?«, fragte sie. »Ich meine, wir sollten uns doch etwas vornehmen, oder? Auf jeden Fall sollten wir vermeiden, hilflos in ein schwarzes Loch zu fallen, wenn es so weit ist, was meinst du?«

»Wie kommst du denn darauf?«, murmelte er.

»Nun gut. Nehmen wir an, morgen scheidest du aus dem Dienst aus. Was würdest du dir am liebsten ansehen?«

»Ich nehme an, die Toskana«, sagte er ein wenig verwirrt. »Jedenfalls wolltest du immer mal für mindestens sechs Monate in die Toskana.«

»Dass du dich daran erinnerst.«

»Oh ja, das tue ich.« Sie umschifften eine Krankenschwester, die einen großen Wagen mit Wäsche vor sich her schob.

»Mich hat vor allem die Geschichte dieser Landschaft immer fasziniert. Da war diese Markgräfin Mathilde von Tuszien, die so mächtig und intrigant war, dass sich Papst und Kaiser hundert Jahre lang heftigst um die Toskana stritten. Da ging es zeitweise ziemlich blutig zu. Dabei kann ich mir Blut in dieser herrlichen Landschaft eigentlich gar nicht vorstellen.«

»Siehst du«, sagte sie, als habe sie einen Streit gewonnen, »und ich stelle mir jetzt vor, wir nehmen ein Auto und tuckern ganz gemütlich da hinunter.«

»Ich will eigentlich kein Auto mehr fahren«, erklärte er.

»Aber ich kann doch den Führerschein machen«, sagte sie in einem beinahe kindlichen Tonfall.

Sie plant ein Leben, dachte er verwirrt. Sie plant ein neues Leben. Mit mir.

»Oh ja, du solltest unbedingt den Führerschein machen«, bekräftigte er. Ihr Haus hatte eine geräumige Garage mit einem uralten Opel-Kapitän darin, der nur wenige Tausend Kilometer bewegt worden war. »Ein Nachbar hat mir neulich gesagt, dass unser Auto mittlerweile eine Menge wert ist. Und wie lange willst du in der Toskana bleiben?«

»Na, so lange wir wollen«, entgegnete sie, als sei das völlig selbstverständlich.

Ein junger Mann, der einen riesigen in durchsichtige Folie gehüllten Blumenstrauß trug, kam durch den dämmrigen Korridor auf sie zugesegelt. Er fragte keuchend: »Frau Krause?«

»Ja, bitte?«

»Der Strauß hier ist für Sie!«, erklärte er erleichtert.

Krause kramte nach seiner Geldbörse, fand sie aber nicht und fragte: »Hast du Kleingeld?«

»Nein«, antworteten seine Frau und der Junge unisono.

»Moment mal«, sagte er verwirrt. Dann holte er seine Brieftasche hervor, fummelte eine Weile darin herum, förderte dann endlich einen Zehneuroschein zutage und reichte ihn dem Jungen. »Wir danken sehr«, erklärte er förmlich.

Dann eilten sie zurück zu ihrem Zimmer, Waltraud voran, er mit dem Strauß in ihrem Kielwasser. »Lass mal sehen!«, forderte sie.

Sie ging recht ruppig mit der Folie um und angelte eine Karte aus der üppigen Blütenpracht. Sie öffnete das Kuvert und sagte erstaunt: »Von einer Svenja, ich denke, das ist deine Svenja.«

»Ja«, nickte er. »Das kann sein, das finde ich … ähem … ganz reizend.«

Sie stand am Fenster und strahlte ihn an. »Niemand, mein Lieber, der dir ganz unbefangen begegnet, käme auf die Idee, dass du ein Spion bist.«

»Das mag wohl sein«, sagte er, ein wenig verwirrt. »Aber vergiss nicht, dass mein Arbeitsthema sehr alt ist. Verrat.«

Sie setzte sich in den Sessel. »Also, wenn ich mich recht erinnere, waren wir gerade dabei, die Toskana wieder zu verlassen. Wir könnten in Richtung Rom fahren.«

»Ja, das könnten wir.«

»Und ich will unbedingt Venedig sehen. Bevor es untergeht. Ich habe da Alarmierendes gelesen.«

»Ja, mein Spatz.« Das hatte er seit vielen, vielen Jahren nicht mehr zu ihr gesagt.

»Oder können wir uns so etwas nicht erlauben?«

»Wie meinst du das?«, fragte er.

»Na ja, geldmäßig, meine ich.«

»Aber Wally! Wir haben doch keine Geldsorgen, und es wäre gut, wenn du dich endlich einmal damit beschäftigen würdest. Ich sage das seit mindestens dreißig Jahren, aber du stellst dich an dieser Stelle immer taub.«

»Ja, ich weiß«, antwortete sie seufzend. »Da bin ich hoffnungslos altmodisch. Bei mir zahlt immer noch ausschließlich der Herr.«

»Ach, was mache ich nur mit dir?«, fragte er.

Als Krause in den Dienst zurückkam, bat er das Sekretariat, seiner Frau Blumen zu schicken. »Am besten so kleine Sträußchen, man nennt sie Biedermeier. Und gleich sechs Stück, ganz bunt, sie braucht das jetzt.«

»Welches Krankenhaus ist es denn überhaupt?«, fragte seine Sekretärin mit vorwurfsvollem Unterton.

Er nannte die Adresse. »Und dann hol mir Moshe aus Tel Aviv ans Rohr.«

Krause säuselte vor Vergnügen, als Moshe sich meldete: »Mein Freund, wir sollten zusammen überlegen, was wir haben und was wir tun können. Sämtliche Medien bei uns spielen verrückt, das Bild wird immer trüber. Man kann vor lauter Fantastereien nicht mehr klar sehen. Also, wer kommt zu wem?«

»Ich zu dir«, antwortete Moshe muffig. »Meine Regierung spielt so konzentriert verrückt, dass ich ständig den Eindruck habe, in einer Versammlung von schwer Demenzkranken zu sitzen. Ich muss hier raus, sonst werde ich gemütskrank. Wie geht es bei dir?«

»Nicht so gut. Waltraud hat Krebs, die Ärzte wollen ihr eine Brust abnehmen.« Er wunderte sich, dass er in der Lage war, das zu erwähnen.

Moshe schwieg eine Weile, dann stieß er zum Kern der Dinge vor. »Ist es lebensbedrohlich?«

»Ich hoffe nicht.«

»Wann ist die Operation?«

»Übermorgen. Und wie geht es deiner Familie?«

»Nun ja, eigentlich nichts Besonderes. Wir leben halt so vor uns hin.«

Das klang wie eine enorme Untertreibung, aber Moshe klang immer nach enormer Untertreibung. Er kannte ihn jetzt schon dreißig Jahre, sie hatten viele Tiefschläge erlebt und nur gelegentlich Triumphe, und zumeist war das Leben unendlich viel Arbeit gewesen. Der Tod von Moshes zweiter Frau war Krause verborgen geblieben, ganze vier Jahre lang, obwohl sie mindestens einmal im Monat miteinander telefonierten.

»Also, kommst du her?«

»Ja«, sagte Moshe. »Es wäre vielleicht gut, wenn wir beide uns zusammen besaufen.« Das sagte er jedes Mal, und noch nie war es ihnen gelungen, es auch in die Tat umzusetzen.

»Das ist gut. Wir grillen auf der Terrasse. Das ist eine gute deutsch-israelische Idee. Aber da habe ich noch eine Frage. Habt ihr brauchbare Bilder von Nordkorea aus den letzten Wochen? Ich meine, die Amerikaner haben doch dauerhaft zwei Satelliten über dem Land stehen.«

»Wir haben Filme wie üblich, aber die sind streng ND, no distribution, mein Lieber. Haben uns unsere Beschützer gesagt.«

»Wir sind an den letzten fünf Wochen interessiert.«

»Das glaube ich dir gern.« Moshe lachte. »Da würde ich erhebliche Schwierigkeiten mit meiner Regierung kriegen, mit unseren Streitkräften, mit der US-Regierung, mit unseren Freunden dort, einfach mit jedem, verstehst du? Ja, natürlich verstehst du das. Also, ich rufe dich an, wenn ich da bin.«

»Was ist denn das schlimmste Szenario, das ihr vor Augen habt?«, fragte Krause sachlich.

»Ich habe hier einen Verrückten, der sich auf den Terror auf den Meeren versteift hat. Er sagt, es wäre denkbar, dass ein Kreuzfahrtschiff mit zweitausend Menschen an Bord und der Bombe stracks auf Tel Aviv zuhält und mit Volldampf so weit auf den Strand rauscht, wie es geht. Er sagt, wir haben dann drei Millionen Tote. Aber der Mann ist wirklich ein Spinner. Und in welche Richtung gehen deine Vorstellungen?«

»Es wird auf eine Erpressung hinauslaufen. Jemand wird sich melden und sagen: Tut dies und tut das, sonst macht es bumm!«

»Das könnte so ablaufen«, stimmte Moshe ihm zu. »Es wird natürlich die Zeit kommen, da werden einige Hassprediger so tun, als könnten sie die Bombe steuern, als hätten sie maßgeblichen Einfluss. Aber die wirklich Wichtigen werden nur lächeln, und das macht uns im Lauf der Zeit immer angreifbarer, weil wir dann keine Nerven mehr haben.«

»Wie ist denn deiner Meinung nach die Bombe aus dem Land gekommen?«

»Ganz einfach, wir denken, sie haben sie nach China hinein transportiert, um zunächst die Spur zu verwischen. Die Chinesen sind stinksauer und sie sagen klipp und klar, dass ihre Freundschaft zu Nordkorea beendet ist, wenn sie eine Bombe verkauft haben. Mein guter Freund Ho aus Peking sagte mir eben, sie haben dreitausend gute Leute drangesetzt, aber er ist gleichzeitig der Meinung, dass ihnen das nicht viel bringt. Der Spur mit der japanischen Küstenstadt traue ich nicht, sie ist zu offensichtlich und, gemessen an den Geldströmen, zu alt. Meine Fachleute hier sagen, dass wir derartige Spuren in der nächsten Zeit täglich präsentiert kriegen werden. Es kommt verdammt oft vor, dass die Strahlenmessgeräte leicht ausschlagen, ohne dass tatsächlich etwas vorliegt. Und wie seht ihr das?«

»Genauso«, bestätigte Krause seufzend. »Was nicht heißt, dass wir recht haben.«

»Irgendwelche an Personen gebundene Vermutungen?«, fragte Moshe.

»Bisher nichts, was halbwegs denkbar wäre. Was glaubt ihr, wie viel der Käufer gezahlt hat?«

»Wir denken an sechshundert Millionen bis eine Milliarde Euro«, antwortete der Israeli.

»Wir beide sind langweilig, wir haben keine neuen Ideen, wir denken kongruent, und bald wird uns niemand mehr zuhören. Alte Männer eben. Also gut, bring einfach Kopien der Filme mit, dann besorge ich die Kirmeswürste.«

Nachdem sie sich verabschiedet hatten, rief er erneut sein Sekretariat an und sagte: »Ich brauche einen Haufen Kirmeswürste. Das sind Bratwürste, die in Plastik verpackt sind und Sommertraum heißen oder Papis Wursttraum oder so. Sehen recht unappetitlich aus, wie fette Maden. Billiges Zeug. Nein, es reicht, wenn es morgen da ist.«

Thomas Dehner hieß jetzt Charles Cross, stammte aus Tulsa in Oklahoma und hatte eine der ersten Morgenmaschinen von Washington nach San Francisco gebucht. Von Beruf war er Controller im Management einer Bank, sein Pass wirkte neu und echt, sein Führerschein ebenfalls, die Plastikkarte mit der Versicherungsnummer auch. Er war unverheiratet, hatte das Ticket über das Internet gebucht und wusste noch nicht genau, welche Gegenden der USA ihn am meisten reizten. Er ließ sich treiben und würde das in eventuellen Aussagen auch so bestätigen. Seine Ferien dauerten vierzehn Tage, und heute war der zweite Tag.

Für den Fall einer schnellen Flucht besaß er einen Satz weiterer Papiere auf den Namen Bukowski, Manfred, Heimatstadt Memphis, Tennessee.

Er trug ein weißes Hemd zu einem leichten hellgrauen Anzug und die klassischen hellbraunen Slipper, unauffällig und sehr teuer. Sein Gepäck bestand aus einer einzigen dunkelblauen Tasche, in der nicht sonderlich viel verstaut war. Einen leichten Trenchcoat hatte er sich über den Arm gelegt.

Er ließ sich vom Flughafen direkt in das Hotel Martha's bringen, tauchte wie die gute Laune persönlich am Empfang auf und erklärte, er habe nicht gebucht, wolle aber ein großes Zimmer mit Blick aufs Meer. Wie lange er bleiben würde, wisse er noch nicht, aber er zahle bar und die ersten drei Tage im Voraus. Dann legte er kommentarlos hundert Dollar mehr hin als nötig. Er war auf der Stelle der beliebteste Gast des Hauses und ging leise pfeifend zu den Aufzügen. Sein Apartment lag im vierzehnten Stock.

Er rief den Roomservice an und orderte ein großes Steak, well done, dazu zwei Salzkartoffeln sowie ein halbes Pfund Spargel. Dann ging er duschen. Als das Essen gebracht wurde, saß er, nur mit einem Handtuch bekleidet, in einem Sessel und hatte die Füße auf die Fensterbank gelegt.

Die Frau, die den kleinen Servierwagen hereinrollte, war zwischen vierzig und fünfzig Jahre alt, ein wenig pummelig mit kräftigen Beinen und sagte: »Mein Name ist Edda.«

»Hallo, Edda«, begrüßte er sie strahlend und machte den Eindruck, als wolle er die ganze Welt umarmen. Er zahlte das Essen und legte noch zehn Dollar drauf. »Ich danke Ihnen sehr«, erklärte er etwas übertrieben.

Dann rief er seine Mutter an.

»Ich bin's. Wie geht es dir?«

»Gut, mein Lieber, gut. Und dir?«

»Na ja, in San Francisco muss es einem Schwulen einfach gut gehen.« Er lachte.

»Und was sollst du dort?«

»Ich soll etwas herausfinden, was schon eine Zeit lang zurückliegt. Routinekram. Wie wirkt das neue Medikament?«

»Ich merke noch keine Veränderung. Aber wahrscheinlich bin ich auch zu ungeduldig.«

»Trinkst du genug?«

»Ich trinke genug.«

»Und kein Fieber?«

»Nicht die Spur, Lieber. Solange du in den Staaten bist, kann ich ja nicht krank werden.«

»Gute Einstellung!«, lobte er. »Hast du auch alles, was du brauchst?«

»Alles«, antwortete sie einfach. »Und nun arbeite schön. Dann kommst du schneller heim, ich freue mich schon auf dich!«

Telefonieren mochte sie nicht, sie sagte immer: Das klingt so mechanisch, und die Gesichter fehlen mir. Er liebte seine Mutter sehr.

Nachdem er in aller Ruhe seine Mahlzeit genossen hatte, rief er erneut den Roomservice an. »Kann Edda mir noch ein Zitroneneis bringen?«

Als Edda kurz darauf gut gelaunt mit dem Zitroneneis vor seiner Tür stand, fragte er: »Kann man hier auf das Dach? Ich würde so gern von da oben fotografieren. Durch die Fenster zu fotografieren ist mir zu blöd. Und da kriege ich Spiegelungen rein.«

»Das wird sicher gehen«, sagte sie. »Ich besorge mal den Schlüssel. Einen Augenblick wird es aber dauern.«

Er hatte sich kein Drehbuch geschrieben, kein genaues Vorgehen geplant. Er wollte einfach zügig und zielsicher handeln, und er war ganz sicher: Wenn Cheng hier mithilfe der CIA einquartiert worden war, dann würde auch ein direkter Draht von hier zur CIA existieren, ganz kurz und sehr schnell heiß.

Er fand es nach wie vor idiotisch und gänzlich unglaubwürdig, dass niemand in Berlin einen so guten, persönlichen Draht zum amerikanischen Nachrichtendienst hatte, der es möglich machte, einfach anzurufen und zu fragen: Unter uns: Was ist damals mit Cheng passiert?

Edda war schon nach wenigen Minuten mit dem Schlüssel zurück. Also gingen sie fotografieren. Mit dem Lift fuhren sie bis in die sechzehnte Etage, dann folgte eine rohe, schmale Betontreppe, auf der es modrig feucht roch. Sie erreichten die Stahltür zum Dach. Edda schloss auf und sagte: »Bitte sehr, Herr Fotograf!«

»Warum setzt ihr hier kein Restaurant drauf?«, fragte er.

»Weil wir wahrscheinlich kein Geld haben«, antwortete sie. »Und gehen Sie bitte nicht so nah an den Rand, das macht mich nervös.«

»Keine Sorge, ich habe mir auch eine andere Todesart zugedacht. Auf keinen Fall zehn Sekunden freier Fall.«

Er stand am Rand und blickte senkrecht in die Tiefe, und Edda hinter ihm sagte leise und mit zittriger Stimme: »Um Gottes willen, Mister Cross, nicht so nah.«

»Ich bin schwindelfrei«, beruhigte er sie und schoss schnell hintereinander eine Reihe Fotos.

»Und das Hotel braucht doch keine Angst zu haben, wenn die Eisentür verschlossen ist. Oder hat es etwa Lebensmüde gegeben?«

»Einen«, sagte sie. »Im vorigen Jahr. Und niemand konnte sich erklären, wie er aufs Dach gekommen ist. Ein Koreaner oder so. Hatte einen amerikanischen Namen, sprach aber kaum Englisch.«

Dehner fotografierte sehr konzentriert, hüpfte hin und her, richtete die Kamera über die Dächer Richtung Meer, dann in eine der Straßenschluchten. Zuweilen sprach er dabei mit sich selbst: »Nein, da gehe ich besser auf ein Querformat« oder: »Fantastisch, die Straßenbahn da unten.« Dann beruhigte er Edda: »Moment noch, gleich bin ich fertig.« Und sie antwortete: »Wir haben Zeit, junger Mann, und ich muss nicht in fremde Zimmer stürzen und dabei Pommes frites verlieren.« Sie lachten beide und waren sich eindeutig sympathisch.

»Und dieser Koreaner? Hat dem jemand die Tür aufgeschlossen? Oder hat der auch gesagt, er wolle fotografieren?«

»Der doch nicht. Er hockte immer nur in seinem Zimmer. Ein einfaches Zimmer im Neunten. Er kam auch nicht zum Frühstück und ging nicht essen. Wir hatten eine Schale mit Äpfeln an der Rezeption stehen. Er nahm sich zwei, ging auf sein Zimmer und blieb da. Das war richtig unheimlich.«

»Wie lange war er denn bei euch?«

»Nur drei Tage. Aber das ist keine gute Erinnerung. Ich weiß noch, ich war eingeteilt im Restaurant Zwo im Dritten. Und dann schoss etwas am Fenster vorbei, und ich dachte, ich spinne. Einwandfrei ein Mensch. Da kann doch keiner vorbeifliegen. Es war richtig gruselig. Ja, und dann lag er da.«

»Und wie ist er auf das Dach gekommen?«

»Das weiß eben kein Mensch. Einen Schlüssel hat der Hausmeister, einer hängt unten am Brett im Dienstraum. Und beide Schlüssel waren da, niemand hatte sie ausgeliehen oder so. Aber die Tür stand auf. Das war schon merkwürdig.«

»Und wann war das?«

»Am 24. April vorigen Jahres. Ich weiß das noch so genau, weil ich mittags mit meinem jüngsten Sohn beim Arzt war. Da kriegte er dann die richtig beschissene Diagnose Leukämie. Wir haben die Cops angerufen, und die kamen auch schnell und fanden das alles sehr eigenartig. Sie haben sich richtig Mühe gegeben. Die haben sogar das Schloss von der Tür ausgebaut und untersuchen lassen. Aber da gab es nichts zu untersuchen, haben sie gesagt. Keine Fummelei am Schloss, alles in Ordnung.«

»So, jetzt bin ich aber fertig!«, stellte Dehner fest. »Wie alt war denn der Mann?«

»Zweiundfünfzig, glaube ich. Sein Name war Han Ho Smith, ziemlich komisch für einen Koreaner. Na ja, da steckt man ja nicht drin.«

»Kamen Angehörige?« Er fummelte an seiner Nikon herum, wechselte das Objektiv aus.

»Nein, es war niemand hier. Die Jungs von der Streife haben mir eine Woche später erzählt, der Fall würde nicht mehr untersucht, der Staatsanwalt hatte entschieden: Deckel drauf! Officer Stuart, der unser Haus- und Hofpolizist ist, hat mir im Vertrauen gesagt, dass Smith keine Verwandten hat und dass seine Rechnung von der Behörde bezahlt wird. So geht es manchmal.«

»Und welche Behörde war das?«

»Keine Ahnung.«

»Was ist mit Ihrem Sohn? Geht es ihm besser?«

»Ja«, sagte sie strahlend. »Stellen Sie sich vor, er hat es tatsächlich in den Griff gekriegt.«

»Das ist toll!«, sagte Dehner. Und da er sich mit ekelhaften Krankheiten wirklich auskannte, klang das auch sehr überzeugend.

Edda schloss die Stahltür hinter ihnen ab, und gemeinsam gingen sie hinunter, während Dehner aus der Hüfte nach vorn und hinten fotografierte, um die Treppe und die Stahltür zu dokumentieren.

»Was ist eigentlich hier im sechzehnten?«

»Zwei Konferenzräume, sonst nichts. Und sechs Übersetzerkabinen und eine kleine Bar, die nur bestückt wird, wenn wir Gruppen im Haus haben, die irgendwelche Konferenzen veranstalten.«

»Es ist komisch mit den Menschen«, sinnierte er. »Sie tauchen auf, fallen vom Dach, sind tot. Kein Mensch kann es erklären, irgendeine Behörde zahlt die Übernachtung – und das war's dann. Richtig komisch, finden Sie nicht?«

»Na ja, ich würde das eher richtig unheimlich nennen«, sagte Edda.

»Ich danke Ihnen sehr, und ich werde mich revanchieren«, versprach er.

»Schon in Ordnung«, sagte sie freundlich. »Habe ich gern getan.«

Er überlegte, ob er ihr ein großzügiges Trinkgeld geben sollte, ließ es dann aber sein, weil es ihm zu angeberisch erschien.

»Dann grüßen Sie Ihren mutigen Sohn von mir«, sagte er lächelnd und fügte nachdenklich hinzu: »Es ist ja wirklich merkwürdig, auf welche Todesfälle man stößt, wenn man in Hotels wohnt. Was machte er denn für einen Eindruck? Dieser Koreaner, meine ich.«

»Irgendwie völlig daneben«, antwortete sie. »Er passte einfach nicht in diese … in diese Welt, denke ich. Und das mit den Äpfeln an der Rezeption war ja richtig rührend. Als wenn er sich nichts zu essen kaufen könnte. Alle Klamotten, die er bei sich trug, waren neu. Ganz billig und ganz neu. Dabei hatte er genügend Geld.«

»Woher wissen Sie das?«, fragte Dehner.

»Ich habe es gesehen, ich brachte ihm einen Hamburger, und er wollte gleich bezahlen, so wie Sie. Er saß an dem kleinen Tisch und hatte Geld vor sich, ziemlich viel Geld. Und dann gab er mir einen Hunderter, und ich sagte: Nein, so viel kostet das doch nicht, und nahm mir einen Fünfer.«

»Und wie viel Geld war es, was er da auf dem Tisch hatte?«

Plötzlich verschloss sich ihr Gesicht, und da war nichts mehr von zugewandter Freundlichkeit. Sie wedelte ein wenig hilflos mit den Armen. »Nehmen Sie es nicht übel, Mister Cross, aber wir sollten nicht mehr darüber reden. Die Geschäftsleitung sagt, das ist nicht gut für den Ruf des Hauses.«

»Ich bitte Sie«, lenkte er lachend ein. »Habe ich jetzt zu indiskret gefragt? Oder war der Mann ein Milliardär, der sich hinter billigen Jeans verschanzte? Oh nein, Edda, Sie müssen mir diese Geschichte nicht erzählen. Lassen Sie es einfach, dann kommen Sie auch nicht in Schwierigkeiten. Und ich danke Ihnen für die Dachführung.«

Dann lächelten sie einander an, und Dehner stieg im Vierzehnten aus, wo er vorübergehend zu Hause war.

Er war zufrieden mit sich, er hatte für die ersten paar Stunden in San Francisco mit wenig Aufwand eine reiche Ernte eingefahren, und er fragte sich schon, ob das nicht reiche, ob Sowinski nicht sagen würde: »Okay, kommen Sie heim.«

Tatsächlich machte er sich Sorgen um seine Mutter, er wollte so schnell wie möglich nach Berlin zurück. Er wusste, sie würde bald sterben, und er konnte sich ein Leben ohne sie absolut nicht vorstellen. Der Arzt hatte bei ihrem letzten Gespräch gesagt: »Sie braucht sich nur eine Erkältung zu holen, dann ist es vorbei.« Er hatte einen Albtraum, der sich oft wiederholte. Seine tote Mutter lag kalt und wächsern auf ihrem Bett und sah sehr schön aus. Und er war zehn und konnte nicht weinen.

FÜNFTES KAPITEL

Müller war schon um sechs Uhr wach. Er räumte sich schnell auf, wie er das nannte, bewegte seine Glieder, machte einige Konzentrations- und Atemübungen, ließ sein Herz ganz langsam und gleichmäßig schlagen, machte dann einen Handstand an der Wand und lehnte seine Fersen dagegen. Er spürte, dass sein Kreislauf gut funktionierte, und zog sich an. Pünktlich saß er beim Frühstück, musste aber fünf Minuten warten, bis Svenja kam.

»Ich habe miserabel geschlafen«, sagte sie und küsste ihn flüchtig auf die Wange. »Ich hoffe, dir ging es besser.«

»Na ja«, lächelte er. »Ich kann es ja später nachholen. Lass uns jetzt den Ablauf noch mal durchgehen.«

»Okay. Ich klingle, warte unten auf der Straße, sie kommt runter, wir umarmen uns und kreischen dabei wie begeisterte Teenager. Dann gehen wir zu einem Bäcker um die Ecke, ein Stück weit entfernt von ihrem Haus, und bestellen uns eine Coke und ein Croissant. Und du bist dran.«

»Gut«, sagte er. Er aß nur eine Banane und trank dazu einen Kaffee. »Besteht die Möglichkeit, dass dort böse Männer sind?«

»Sie sagt Ja. Aber das will nichts heißen, sie ist nervös, und sie lebt allein. Aber keine Waffen bitte.«

»Natürlich nicht.«

Wenige Minuten nach sieben setzten sie sich in ein Taxi und ließen sich in das angegebene Viertel fahren. Nachdem sie ausgestiegen waren, hatten sie noch fünf Minuten zu gehen. Es herrschte dichter Verkehr, und viele Menschen waren auf dem Weg zur Arbeit. Pausenlos fuhren Busse an ihnen vorbei.

»Es ist das weiße Haus da drüben. Nach den Fotos ist es die Wohnung im ersten Stock links. Du sollst das Geld hinter einer Ausgabe von Shakespeares gesammelten Werken im Arbeitszimmer im ersten Regal links neben der Tür, dritte Reihe von oben deponieren. Bis dann.«

Sie ging los, wechselte die Straßenseite, schritt zielstrebig auf das

Haus zu, sah einen Moment auf die Klingelschilder, drückte einen Knopf und starrte dann an der Fassade herauf.

Die Frau, die aus der Haustür kam, machte einen leicht gestressten Eindruck. Sie sah Svenja, begann freudig zu lachen, breitete die Arme aus, und dann folgte eine wilde Begrüßung, wie sie uralten Freundinnen zustand.

Müller beobachtete die Straße und rührte sich nicht.

Zuerst entdeckte er zwei Männer, die sich miteinander unterhielten. Sie wandten eine unendliche Sekunde lang den beiden Frauen die Köpfe zu und starrten sie über die Fahrbahn hinweg an. Dann erschien eine junge Frau, die hastig aus einem kleinen roten Auto stieg, dicht an den beiden Männern vorbeiging und dabei deutlich erkennbar irgendetwas sagte. Danach verschwand sie wieder in ihrem Auto, und Müller sah, wie die zwei Männer den beiden Frauen folgten.

Müller setzte sich mit der weißen Plastiktasche in Bewegung und ging direkt über die Straße auf das Haus zu. Wie abgemacht, hatte die Wissenschaftlerin den Schlüssel stecken lassen, Müller klickte die Tür auf, zog den Schlüssel ab und drückte die Tür hinter sich zu. Im Treppenhaus war es kühl und still. Er stieg langsam in den ersten Stock und musste eine Weile probieren, ehe er den passenden Schlüssel fand.

Die Wohnung war hell und geräumig, und sämtliche Wände waren vom Boden bis zur Decke mit Bücherregalen ausgefüllt. In der Ecke stand ein Tritt, mit dem man die obersten Regalfächer erreichen konnte. Der größte Raum, der zur Straße hin lag, war wohl ihr Arbeitszimmer, ein chaotisches Durcheinander von Aktenordnern und Papierstapeln, von Büchern und Unterlagen in allen Farben. Auf vielen Papieren prangte das Wort SECRET. In einer Nische stand ein goldfarbener Buddha, umrankt von Efeu und roten Plastikrosen.

Das Geld zuerst.

Den Shakespeare zu entdecken war nicht schwer, allerdings brauchte Müller den Tritt, um zur dritten Reihe von oben langen zu können. Er nahm vier Bände heraus, damit er die kleinen Geldpakete dicht an der Wand unterbringen konnte, und stellte die Bücher anschließend wieder davor. Sicherheitshalber legte er aus einem benachbarten Regal noch ein sehr schweres Buch oben auf die Geldbündel, sodass man sie auf keinen Fall sehen konnte.

Es gab zwei komplette Computerstationen in dem Raum: Rechner, Bildschirme und Laserdrucker.

Das, was er suchte, lag neben dem zweiten Arbeitsplatz nahe dem Fenster. Das Dossier mit den wissenschaftlichen Erkenntnissen über die nordkoreanische Raketenproduktion war in einem großen grauen Aktenordner ohne Beschriftung. Müller schlug ihn auf, um sich noch einmal zu vergewissern, und hatte dann Mühe, den Ordner in der weißen Plastiktasche zu verstauen.

Er nahm das Handy und sagte: »Okay. Ich bin fertig. Hast du eure beiden Beschatter im Blick? Ich komme jetzt.«

Sie hatten eine stehende Verbindung.

Svenjas Stimme kam zischend: »Geht nicht. Ich glaube, einer ist wieder zurückgegangen. Vermutlich hat er sich am Haus in Position gebracht.«

»Alles klar. Könnt ihr in fünf Minuten zurück sein? Ich sorge für einen Aufruhr auf der Straße. Wenn ich dann runterkomme, nimmst du mir die Tasche ab. Sag deiner Wissenschaftlerin, sie soll sich nicht beunruhigen, sie soll sich einfach möglichst laut empören und rumlamentieren.«

»Ist in Ordnung, ich warte unten auf die Tasche«, sagte Svenja.

Müller wartete fünf Minuten, dann stellte er die Plastiktasche neben die Wohnungstür, ging in das Arbeitszimmer zurück, nahm einen kleinen roten Samtsessel, der unter einer Stehlampe stand, und rammte das Möbelstück mit aller Gewalt durch das geschlossene Fenster zur Straße. Er sah nicht hinterher, hörte aber Reifen quietschen und irgendwelche Blechteile aufeinanderprallen. Es war ein Heidenlärm. Und um noch eins draufzusetzen, nahm er einen der Schreibtischstühle und warf ihn hinterher.

Dann schnappte er sich die Plastiktasche, zog den Schlüssel aus der Wohnungstür, ließ die Tür angelehnt und trat hinaus in das Treppenhaus. Mit der Tasche in der Hand sprintete er die Treppen hinauf in den dritten Stock. Er konnte nicht sehen, was auf der Straße vor sich ging, weil es dort keine Fenster gab.

Plötzlich vernahm er ein scharfes, krachendes Geräusch – offensichtlich war die Haustür eingedrückt worden –, und schnelle Schritte hasteten die Treppe hinauf. Er hörte sie keuchen, hörte irgendwelche Sprachfetzen, schnelle, harte, gutturale Laute. Dann wurden die Stimmen gedämpfter. Wie geplant, waren die Männer in die offene Wohnung getreten. Müller wusste, dass er jetzt keine Zeit verlieren durfte. In Sekundenschnelle hetzte er so geräuschlos wie möglich die Treppe hinunter und drosselte sein Tempo im ersten Stock. Er wollte nicht auffallen, falls ihm jemand entgegenkäme.

Von der Straße her war die klagende Stimme einer Frau zu hören, die jammerte und drei- oder viermal hintereinander wütend dasselbe Wort ausstieß.

In der Haustür sah er Svenja neben der Frau stehen, die in stockendem Englisch fragte, wer um Himmels willen denn bei ihr eingebrochen sein könnte. Sie habe doch nichts, sie sei doch arm. Sie traue sich gar nicht nach oben.

»Okay, okay«, unterbrach Svenja sie, als sie Müller sah. »Geh rauf in die Wohnung, es ist alles gut.« Sie nahm Müller die weiße Plastiktasche ab, drehte sich um und verschwand.

Müller quetschte sich an der Frau vorbei, drückte ihr dabei den Schlüsselbund in die Hand und trat auf die Straße hinaus, wo er für einige Sekunden mit dem Gesicht zur Hausfassade stehen blieb.

Es herrschte Verunsicherung und großer Lärm, denn in beiden Richtungen wuchsen die Staus, und viele der Fahrer hupten ungeduldig. Die zwei Möbelstücke lagen mitten auf der Fahrbahn, von links kamen eilig zwei Polizisten angelaufen. Es standen eine Menge Leute herum, die neugierig zu dem Fenster hinaufsahen und immer wieder auf die beiden Möbel deuteten. Am Rinnstein saß ein Mann, und eine Frau kniete neben ihm und versuchte, mit einem weißen Tuch eine stark blutende Wunde an der Stirn des Mannes abzutupfen.

Müller begann sich nach links die Straße hinunterzubewegen. Die ersten Schritte tat er zögerlich, schaute sich immer wieder um, als wolle er ebenfalls noch einmal einen neugierigen Blick auf das Haus werfen. Erst nach ungefähr dreißig Metern wurde er schneller.

Gute zehn Minuten später erreichte er einen marktähnlichen, kreisrunden Platz, an dessen Seite drei Taxis warteten. »Grand Hilton«, sagte er, nachdem er in das vordere eingestiegen war.

Es war gut gelaufen. Ohne jede Komplikation, nicht zuletzt, weil die Jäger schlecht gewesen waren.

Als er zurück in sein Hotelzimmer kam, läutete das Telefon. Es war Svenja. »Kommst du her?«

Er ging hinüber in ihr Zimmer und fand sie auf dem Bett liegend, in die Lektüre des Dossiers vertieft.

»Unsere freiberufliche wissenschaftliche Mitarbeiterin war einfach klasse«, sagte sie. »Und du Held warst natürlich auch ganz einsame Spitze. Schmeißt du immer die Möbel auf die Straße, wenn du irgendwo zu Gast bist?«

Sie war fast nackt, trug nichts als die Winzigkeit eines dunkelblauen Höschens und ihre langen, schwarzen, seidigen Haare.

»Ich rebelliere noch immer gegen meine Eltern, wenn ich so etwas tue«, erklärte er. »Der Seelenklempner hat gesagt, es wird dann kritisch, wenn ich anfange, zuerst die Möbel und anschließend die Leute aus dem Fenster zu schmeißen. Ich habe also noch ein paar Versuche.«

»Ich fliege gegen vierzehn Uhr heimwärts, ich habe mich eben erkundigt. Kannst du meine Waffe der Residentur zurückgeben, bitte? Und jetzt möchte ich was essen.«

»Das trifft sich gut. Hier?«

»Hier«, nickte sie.

»Was willst du?«

»Ein großes Steak mit Pommes frites und jede Menge Eis.«

»Ich will Fisch. Hai, zum Beispiel, wäre gut. In Seoul isst man Fisch. Und dann auch jede Menge Eis. Du siehst wie eine Prinzessin aus.«

Svenja schlug den Aktenordner zu und legte ihn auf den Fußboden. »Sie schreibt über Raketen wie andere Frauen über Kochrezepte«, stellte sie fest und stand auf. Sie kam auf ihn zu und stieß ihm mit beiden Händen gegen die Brust, sodass er zwei Schritte zurückstolperte. Sie folgte ihm und schubste ihn noch einmal sanft, bis er gegen ein kleines Sesselchen mit geschwungenen Beinen stieß, dessen hölzerne Umrandungen golden belegt waren.

Er ließ sich in den Sessel fallen und sagte: »So behandelt man aber keinen Mann, der gerade von einer gefährlichen Mission nach Hause kommt und völlig entkräftet ist.«

»Angeber«, sagte sie und setzte sich rittlings auf seinen Schoß. Dann wurde sie ganz sanft und weich und flüsterte: »Ich mag dich schon sehr.«

Sie küssten sich lange und leidenschaftlich, und ihr Atem wurde schneller. Sie packte sein Poloshirt mit beiden Händen und riss es unterhalb der Knopfleiste auf, sodass seine Brust frei lag.

»Du bist sehr stark«, hauchte er.

»Stärker als Kriemhild«, versicherte sie. »Und könntest du bitte diese blöde Jeans ausziehen? Halt, nein, nein, nicht aufstehen. Das musst du irgendwie hinkriegen, ohne mich abzuwerfen.«

»Das geht nicht.«

»Doch, das geht. Und halt jetzt den Mund, bitte. Sei einfach still.« Er konnte ohnehin nicht mehr sprechen, er versuchte, das zerfetzte Poloshirt loszuwerden, und da ihr Mund nicht von ihm abließ, war das eine ausgesprochen schwierige Operation. Dann brach das Sesselchen unter ihnen vollkommen lautlos zusammen, und sie nahmen sich nicht einmal die Zeit, darüber zu lachen.

Es war der fünfte Tag der Affäre, und Krause saß an seinem Schreibtisch und blickte wieder einmal zu den Bäumen hinaus. In der Nacht war die Nachricht eingetroffen, dass Svenjas Einsatz erfolgreich verlaufen war. Vielleicht würde das Dossier irgendwelche Hinweise liefern. Oder Moshe mit den Filmen, falls er tatsächlich an diesem Tag noch kommen würde.

Das Telefon klingelte, und Goldhändchens aufgeregte Stimme verkündete: »Es könnte sein, dass ich einen Hinweis habe, Chef. Darf ich Ihnen das kurz darlegen?«

»Kommen Sie!«, befahl Krause. »Aber machen Sie's kurz, bitte.«

Er starrte missmutig auf eine pralle Plastiktüte, die bis obenhin gefüllt war mit weißlichen, in Zehnerpackungen eingeschweißten Bratwürsten. Angeekelt blickte er auf die Aufschrift »Genuss aus dem Bayernland!« und konnte sich nicht erinnern, jemals so eine konzentrierte Ansammlung deutscher Chemie gesehen zu haben. Unvorstellbar, dass das einer essen würde. Und weil er gegen sein Unbehagen unbedingt etwas unternehmen musste, rief er seine Frau an und sagte: »Ich bin's. Ich hoffe, es geht dir gut.«

»Die Warterei geht mir auf die Nerven. Aber anscheinend ist dieser Chirurg sie unbedingt wert. Die Schwestern hier führen sich auf wie verliebte Teenager, wenn sie von ihm reden. Und sie sagen, für die schönsten hängenden Gärten der Welt ist der Mann der einzig Richtige.«

»Das klingt ja großartig«, lächelte Krause. »Dann halte ich mich lieber raus.«

»Kommst du nicht?«, fragte sie erschrocken.

»Doch, natürlich«, sagte er. »Ich weiß nur nicht, wie spät es wird. Haben dich die Blumen erreicht?«

»Ich habe sechs Biedermeiersträuße, und sie stehen alle in kleinen Teekannen und sehen allerliebst aus«, antwortete sie.

»Du wirst wieder gesund«, versprach er. »Übrigens – Moshe kommt.«

»Wann?«

»Ich weiß es nicht genau, wie das so ist bei ihm. Aber ich nehme an, heute oder morgen.«

»Es ist diese Atombombengeschichte, nicht wahr?«

»Ja.«

»Moshe kann auch bei uns zu Hause schlafen.«

Daran hatte er nicht gedacht, auf so eine Idee kam er nie. »Warum nicht? Na klar, das ist gut. Wir wollen grillen. Kannst du dich noch an die furchtbaren weißen Bratwürste erinnern? So welche habe ich wieder gekauft.«

»Das war doch ganz scheußliches Zeug«, sagte sie glucksend. »Na gut, wenn ihr wollt. Und Moshe muss mich besuchen.«

»Sicher«, sagte er. »Ich muss jetzt Schluss machen. Bis bald.«

Als Goldhändchen hereinkam, versuchte Krause sich gerade an eine alte Melodie zu erinnern, nach der er einmal mit seiner Frau getanzt hatte. Sie fiel ihm nicht mehr ein.

»Also, es ist ganz einfach«, sagte Goldhändchen und ließ sich auf einen Stuhl fallen. Diese Eröffnung wählte er häufig, und sie bedeutete in der Regel, dass es nicht einfach war, sondern im Gegenteil höchst kompliziert.

Krause nickte.

»Wenn auf einer Bank Geld ankommt, dann gibt es mehrere Buchstaben- und Zahlenreihen, die dieses Geld begleiten. Das ist sozusagen der Absender, wenn Sie verstehen, was ich meine. Der Absender besagt, dass das Geld von einer gewissen Bank kommt, im Auftrag einer weiteren Bank, ferner im Auftrag eines Kunden, einer bestimmten Gesellschaft, einer Holding, im Namen des Aufsichtsrates einer großen Firma und so weiter und so fort.«

»Dass Geld unter bestimmten Umständen einen Absender haben sollte, ist mir schon klar.«

»Das ist schön«, sagte Goldhändchen. »Inzwischen belaufen sich die nordkoreanischen Gelder bei der China-International auf siebenhundertdreißig Millionen. Und für einen Teil dieser Gelder, genau für zweihundertachtzig Millionen, habe ich den Zahlen- und Buchstabencode knacken können. Sie stammen aus Luxemburg, kein Zweifel.«

»Aber wir wissen damit immer noch nicht, welche Person oder welche Organisation es geschickt hat. Richtig?«

»Richtig. Aber jetzt können Sie in diese Bank marschieren, den Bankern die Pistole auf die Brust setzen und fragen: Wem gehörte das Geld? Oder etwa nicht?«

»Das müsste möglich sein«, bestätigte Krause. »Aber die Banker können damit immer noch nicht gezwungen werden, zu sagen, dass das Geld für eine Atombombe bestimmt war.

Mich beschäftigt noch ein Punkt. Seit Sie mir vor vier Tagen eine Lektion in Sachen Sicherheit beim Geldtransfer erteilt haben, frage ich mich, ob nicht irgendwo auf dem Weg zwischen Luxemburg und Peking diverse Buchstaben- und Zahlengruppen eingefügt worden sein könnten, die uns auf die falsche Fährte locken und behaupten, das sei Geld aus Luxemburg, obwohl es vielleicht von den Seychellen kam. Wirklich wissen muss das doch nur der Besitzer, oder?«

Goldhändchen schnaufte kläglich und nickte.

»Lassen Sie sich nicht entmutigen«, sagte Krause tröstend. »Gehen Sie diesen Weg weiter, zapfen Sie Ihre Freunde an, holen Sie sich alles an Unterstützung, was Sie kriegen können. Nehmen Sie hemmungslos Bruderdienste in Anspruch. Und noch etwas, mein Junge: Das war eine verdammt gute Idee.«

Goldhändchen war Künstler, und er war abhängig von Menschen, die an ihn glaubten. Aber Krauses Lob war sogar für ihn zu durchsichtig. Diesmal war er einfach an irgendeiner Ecke zu naiv gewesen.

»Sehen Sie, mein Junge«, fuhr Krause fort und starrte in den Abendhimmel. »Sie haben einen Absender ausfindig gemacht. Machen Sie weitere ausfindig, finden Sie so viele Absender wie möglich. Und irgendwann ergibt sich ein Muster, denn auch der, der betrügt, hat ein Muster. Und dann haben wir des Rätsels Lösung. Sie sind wirklich gut.«

»Danke«, sagte Goldhändchen und war schon an der Tür. Auf dem Flur pfiff er ungeniert »Für mich soll's rote Rosen regnen«. Krause hatte die richtigen Worte gefunden.

Am Nachmittag sagte Krause im Sekretariat Bescheid, Svenja möge vom Flughafen direkt in den Dienst fahren. Wenig später erschien Sowinski bei ihm.

»Ich habe eine Nachricht aus Australien. Erinnerst du dich an Honkytonk?«

Krause beugte sich leicht vor. »Was ist das? Ein Känguru?«

»Nein, ein Mitglied des dortigen Bruderdienstes. Der Mann war mal hier in Berlin. War mit seiner Frau auf einem Europatrip unterwegs. Die schwärmte für diese Fiedelmusik, dieses entsetzliche appadappaduh, eben Honkytonk. Und manchmal ist da eine Gitarre drin, die so jault, mal nach unten, mal nach oben. Keine Erinnerung mehr?«

»Oh, natürlich, doch. Die kleine Rundliche mit dem Kussmaul, die mich gefragt hat, ob man in Europa noch Klaviere ohne Elektronik kaufen kann.«

Sie genossen beide diese kurzen Augenblicke heiterer Gelassenheit. Sie nannten sie ihre Tralalamomente – und sie waren lebenswichtig.

»Im Ernst, der Mann wirkte sehr gut, eine richtige Ulknudel zwar, aber auch einer von der Sorte, denen nichts entgeht. Er hat zufällig eine Uraltquelle in Japan aufgetan. Eine von meinen bezaubernden Geishas, wie er das auszudrücken beliebt. Und diese Geisha hat Verwandte, die in Nordkorea leben. Und die schreiben zuweilen Briefe, die nicht von der Zensur gelesen werden. Schiffsbesatzungen nehmen so etwas mit. Und im letzten Brief dieser Art stand, dass Kim Jong Il, der derzeitige und ewige Führer der Nation, seit etwa sechs Monaten unter ziemlichem Stress leidet. Er hat angeblich neue Gegner bekommen, und es sind nicht irgendwelche Gegner, sondern ausgerechnet Armeegeneräle. Einer von denen ist ausgerastet und hat bei einer feierlichen Fahnenweihe oder irgendetwas in der Art auf seinen Freund und Vater der Nation geschossen. In dem Brief steht, Kim Jong Il sei nur deswegen noch am Leben, weil ein anderer General den ausgeflippten Attentäter sofort und auf der Stelle erschossen habe. Innenpolitisch betrachtet, scheint eine Krisensituation zu herrschen. Die Briefschreiberin weiß das deshalb, weil die Frau des erschossenen Generals versucht hat, sich in eine der Hafenstädte am Japanischen Meer durchzuschlagen, und bei ihr Station gemacht hat. Die Frau hat es nicht geschafft, sie ist auf der letzten Etappe erwischt und erschossen worden. Vom Geheimdienst, mitten auf der Straße.«

»Ist das glaubhaft?«

Sowinski warf die Arme in die Luft. »Wir haben keine Meldungen aus Nordkorea, überhaupt keine Informationen. Wir haben nichts als dieses bizarre Zeug.«

»Und warum hat unser australischer Bruder dir das erzählt?«

»Er hat gesagt, weil es ihm noch nirgendwo auf der Welt so gut gefallen hat wie hier bei uns in Berlin.« Sowinski grinste.

»Ist da etwas gelaufen, wovon ich keine Kenntnis habe?«

»Nicht die Spur«, versicherte der Operationschef. »Sie haben nur bei mir zu Hause geschlafen.«

Müller hatte Svenja nicht zum Flugplatz gebracht. Sie wollte es nicht, weil sie nach eigener Aussage bei jedem Abschied hoffnungslos sentimental wurde. Stattdessen hatte er einen Mann von der deutschen Residentur getroffen und ihm Svenjas Waffe und Munition übergeben sowie das Dossier, um es mit dem nächsten diplomatischen Kurier nach Berlin zu schaffen. In seinen Instruktionen war unmissverständlich festgelegt worden, dass an diesem Tag, ebenso wie an den folgenden drei Tagen, der Einsatz beginnen könne. Müller sagte am Empfang Bescheid, dass er im Haus sei und man ihn bitte aufrufen möge, falls eine Nachricht käme.

Dann kaufte er einige englischsprachige Zeitungen und ging in das Hallenbad, in dem junge Familien mit ihren Kindern herumtollten. Er fand eine etwas stillere Ecke und legte sich auf seine Handtücher.

Die Bombe war nach wie vor Hauptthema auf Seite eins, und nach wie vor bestand offensichtlich ein hoher Bedarf an wilden Geschichten um mögliche Spuren oder Hinweise zu der Waffe. Nordkorea schwieg weiterhin eisern, gab nichts zu, dementierte nicht. Aus Washington kam die Nachricht, zwei Flugzeugträger seien unterwegs. Es gab ausführliche Vorstellungen von irgendwelchen obskuren Sehern und Schamanen, die ziemlich genau zu wissen schienen, wo die Bombe war, wenngleich sie sich doch lieber nicht festlegen mochten. Eine Seherin aus Hollywood, die ihr ganzes Leben lang all die Schönen und Reichen bedient hatte, verkündete in einem

Interview energisch, man werde noch an sie denken, denn es sei vollkommen klar, dass die Bombe längst im Keller des Weißen Hauses ihre vorläufige Ruhe gefunden habe und hochgehen würde, sobald der Präsident die nächste große amerikanische Illusion von sich gebe. Ein Hassprediger von den Philippinen wurde ausführlich zitiert. Er war der Meinung, dass so etwas wie der Verkauf der Bombe zwangsläufig geschehen musste, denn nun würden die Nationen der sogenannten freien westlichen Welt mit ihren uralten Todsünden der Kreuzzüge konfrontiert und hätten sich endlich zu verantworten. Ein alter Bauer aus der Toskana wusste zu berichten, dass er das Schlafzimmer des gegenwärtigen Papstes in einem Traum deutlich vor sich gesehen habe, woraus er schloss, dass man die Bombe benutzen wolle, um den Vatikanstaat in den Himmel zu blasen. Hier und da fand man auch einen Kommentar ganz normal arbeitender Journalisten, die es riskierten, daran zu zweifeln, dass man die Bombe überhaupt jemals finden würde, wo doch der Verkauf noch nicht einmal bewiesen war. Der amerikanische Präsident äußerte kurz angebunden, er sei in jeder Sekunde bereit, militärisch zu reagieren.

Müller schwamm ein paar Bahnen, tauchte lange Strecken, spielte ein wenig Ball mit zwei kleinen Jungen, kaufte ihnen ein Eis, plauderte über Belangloses mit den Eltern, legte sich dann wieder auf seine Handtücher, las weiter in den Zeitungen – und wartete. Einer seiner Ausbilder hatte einmal gesagt: Der vor Ort arbeitende Agent hat über lange Zeiträume hinweg nur einen wirklichen Feind: die Langeweile.

Später ging er in einem der Restaurants im Haus zum Essen, zog sich dann früh in sein Zimmer zurück und hockte sich an den kleinen Schreibtisch. Auf dem Briefpapier des Hotels schrieb er, wieder einmal, einen Brief an seine Tochter.

Liebe Anna-Maria,
ich versuche jetzt seit einem halben Jahr, Dir einen Brief zu schreiben. Aber jedes Mal, wenn ich ein paar Zeilen geschrieben habe, finde ich den Brief nicht gut und werfe ihn weg. Dabei schreibe ich Dir nicht einmal, um den Brief dann in den Postkasten zu werfen, damit Du ihn in ein paar Tagen hast. Vielmehr will ich die Briefe sammeln und sie Dir geben, wenn Du etwas älter bist, vielleicht vierzehn oder sechzehn.

Du bist jetzt sieben Jahre alt, gehst schon zur Schule, und ich finde, ich muss Dir einiges von mir erzählen, damit Du weißt, wer ich überhaupt bin, wo ich arbeite, was ich arbeite und wie meine Tage so verlaufen. Wir leben beide in derselben Stadt, aber wir leben nicht zusammen, weil Deine Mutter und ich uns getrennt haben und uns demnächst scheiden lassen. Ich möchte Dir das gern erklären, weil Du bestimmt oft darüber nachdenkst und nicht so richtig weißt, wie es dazu gekommen ist.

Wenn Du oben auf diesen Briefbogen schaust, wirst Du sehen, dass ich Dir aus Seoul in Südkorea schreibe, dass ich in diesem Moment also viele Tausende von Kilometern von Dir entfernt bin. Ich warte in diesem Hotel auf einen Mann, den ich nach Berlin begleiten soll, weil er wichtige Informationen für unsere Regierung hat. So etwas ist ein Teil meiner Arbeit. Ich bin sozusagen ein Jäger von Informationen. Aber davon später.

Wir, Deine Mutter und ich, haben uns getrennt, weil unsere Liebe zueinander irgendwann nicht mehr da war, wir haben sie verloren. So etwas stellt man mit sehr großem Erschrecken fest, aber daran ändern kann man nichts. Die Menschen wollen ewige Liebe, sie wollen, dass die Liebe niemals aufhört, aber sehr viele müssen erleben, dass ihre Liebe nicht von Dauer ist. Sie kommt und geht. Es ist ein schrecklicher Gedanke für mich, dass Du als unser Kind zwischen uns stehst und nicht weißt, was da geschehen ist. Mama und ich haben uns also getrennt, wir haben gesagt: Wir leben nicht mehr zusammen, keiner steht dem anderen im Weg, keiner redet Böses über den anderen, jeder lebt sein Leben und bleibt trotzdem auch für den anderen da. Vielleicht hast Du mal von jemandem gehört, dass bei einer Scheidung immer die Kinder leiden. Das ist leider richtig. Und das liegt auch daran, dass sie auf viele Fragen keine Antworten bekommen. Ich weiß genau, dass Dir die Entscheidung von Mama und mir sehr wehtut, aber sei ganz sicher, dass auch mir das große Schmerzen bereitet.

Es kommt noch hinzu, dass ich einen merkwürdigen Beruf habe. Wenn ich sage, dass ich ein Jäger von Informationen bin, dann bedeutet das auch, dass ich sehr viel unterwegs bin, in anderen Ländern, in großen Städten, weit entfernt. Und ich weiß nie, wann ich wieder zu Hause bin. Deine Mama arbeitet in einer Bank, sie hat dort einen genau festgelegten Rahmen. Sie muss

morgens zu einer bestimmten Zeit zu ihrer Arbeit fahren, aber sie
weiß genau, wann sie wieder zu Hause ist. Ich weiß das nie, und
manchmal macht mich das ganz elend, denn ich kann Dich nicht
treffen, wann ich das will, ich kann nie anrufen und sagen: Komm,
wir gehen ein Eis essen, oder so was. Jetzt liege ich zum Beispiel
hier im Hotel herum. Ich weiß nicht genau, wann sich der Mann
meldet, ich weiß nicht genau, ob ich morgen heimfliegen kann
oder erst übermorgen. Und es kommt noch hinzu, dass ich den
Mann in einem kleinen Schiff abholen muss, von irgendeiner Insel
aus dem Chinesischen Meer. Und was mich genau erwartet, weiß
ich nicht zu sagen …

Er brach ab, fand den Brief hohl, aufdringlich. Er hatte sich im Verdacht, einen Freispruch erster Klasse damit erwirken zu wollen. Für Sekunden war er so wütend, dass er die Seiten zusammenknüllte und in den Papierkorb warf. Dann holte er sie wieder heraus, glättete sie und zerriss sie sehr sorgfältig in kleine Streifen. Die Macht der Gewohnheit.

Er zog sich aus und legte sich auf das Bett, schaltete den Fernseher ein. Er starrte auf den Bildschirm, zappte sich durch die Programme und fand sie noch furchtbarer als in Deutschland. Er schaltete den Apparat wieder aus. Irgendwann schlief er ein.

Als das Telefon wenige Stunden später klingelte, war es halb vier in der Nacht. Müller meldete sich verschlafen, und eine Frauenstimme sagte: »Hier wartet ein Besucher auf Sie, Mister Dieckmann.«

»Ja, ich komme«, antwortete er.

Der Mann, der in der Hotelhalle auf ihn wartete, war ein kleiner Koreaner, ungefähr vierzig Jahre alt. Er trug einen bunten Pullover, Jeans, weiße Nikes und kam mit ausgestrecktem Arm auf Müller zu. Mit starrer Miene sagte er: »Ich freue mich, Sie zu sehen. Und ich hoffe, es geht Ihrer Familie gut.«

»Es geht uns gut«, erwiderte Müller. »Hat die Großmutter die Krankheit überstanden?«

»Ja, ja«, sagte der Koreaner. »Sie ist aus dem Krankenhaus entlassen worden.« Dann wies er auf eine lederne Sitzgruppe, und sie setzten sich dort einander gegenüber. Die Halle war leer bis auf drei Hotelangestellte hinter dem Empfangstresen und zwei offensichtlich völlig betrunkene europäische Gäste um die dreißig, die in einer anderen Sitzecke hockten und sich nicht zwischen einem letzten Glas oder ihrem Bett entscheiden konnten.

»Der Chef würde gern um sechs Uhr auslaufen«, sagte der Mann.

»Wer ist denn der Chef?«, fragte Müller.

»Das ist der Chef des Bootes«, antwortete der Koreaner. »Also, wir nennen ihn den Chef. Er hat schon oft für uns gearbeitet, er ist völlig okay.«

»Was habe ich jetzt zu tun?«, fragte Müller sachlich. Er fand die Bemerkung, der Chef habe schon oft für irgendjemanden gearbeitet, völlig unprofessionell und unangebracht.

»Sie nehmen ein Taxi und geben als Ziel den alten Fischereihafen an. Die Fahrt dauert eine gute Stunde. Dort gehen Sie auf ein Boot, das am Bug zwei rote Lichter nebeneinander zeigt. Dieses Boot liegt am zweiten Anleger von links in einer Reihe von Fischerbooten.« Der Koreaner sah auf seine Uhr und setzte lächelnd hinzu: »Viel Zeit haben Sie nicht mehr, Sir.«

»Ich werde da sein«, sagte Müller, stand auf, reichte dem Mann die Hand, um den Anschein zu wahren, sie wären gute Bekannte, und ging langsam zum Lift. Dann drehte er sich noch einmal um, sah den Koreaner auf den Ausgang zugehen und in den strömenden Regen hinaustreten. Erst dann beeilte er sich.

Er entschied sich für eine Weste, die man gemeinhin Anglerweste nennt und die genügend Taschen besitzt, um alles am Körper zu tragen, was möglicherweise gebraucht werden könnte. Sie hatte zwar einen paramilitärischen Touch, was er grundsätzlich nicht leiden konnte, aber warum sollte ein Gast auf einem Fischerboot eine solch praktische Weste nicht tragen? Ich halte mich mit unwesentlichen Einzelheiten auf, dachte er seufzend.

Dann die Frage der Waffe. Krauses Kommentar, dass möglicherweise Waffen nötig sein könnten, bereitete ihm immer noch Kopfzerbrechen. Bisher gab es nicht den Hauch einer Gefahr. Die Aufpasser im Fall der Raketenwissenschaftlerin hatten jedenfalls keine wirkliche Bedrohung dargestellt. Auf der anderen Seite waren Krauses Bedenken in jeder Hinsicht ernst zu nehmen. Also packte er die Waffe in eine Rückentasche und die drei Ersatzmagazine in zwei längliche Taschen hoch an der Brust.

Dann der Kontrollanruf. Er ging auf eine sichere Leitung, die alle zwanzig Minuten geprüft wurde, und sprach seinen Text. »Hier ist Nummer dreizehn mit dem Start des Einsatzes um Ortszeit 4.15 Uhr. Es geht zum alten Fischereihafen. Ablegen des Bootes in das Chinesische Meer um ungefähr sechs Uhr. Dauer der Operation unbestimmt.«

Kurz darauf meldete sich sein Handy, und Svenja fragte: »Kommst du klar?«

»Ich hoffe doch«, erwiderte er. »Wann bist du gelandet?«

Sie führten ein nicht geduldetes und ungesichertes Telefonat, daher sprachen sie nur in Andeutungen.

»Gerade eben«, antwortete sie. »Pass auf dich auf. Ich hab gehört, dass die Gewässer, in denen du fischen gehen willst, nicht ungefährlich sind.«

»Ich denke, mein Skipper kennt sich da ganz gut aus. Wie kommst du darauf?«

»Weil ich weiß, dass da überall Haie rumschwimmen und arme Fischer erschrecken.«

»Sie wissen ja nicht, dass ich komme.«

Sie lachte etwas gekünstelt und sagte dann plötzlich ernst: »Jedenfalls sollst du aufpassen, ich brauche dich noch.«

»Ich bemühe mich.« Einen Moment lang war er von einer tiefen Zärtlichkeit erfüllt, die ihn verwirrte.

Er nahm nicht den Lift, sondern lief die sechs Stockwerke zu Fuß hinunter, um seinen Kreislauf in Schwung zu bringen. Mehrere Taxis standen in einer Reihe vor dem Hotel, und alle Fahrer schliefen. Er wählte einen Mercedes und war sich bewusst, dass das typisch war für ihn. Nicht irgendein Auto, sondern einen original deutschen Mercedes. Der Fahrer war noch sehr jung und trug eine lange Mähne.

Kaum hatte Müller seinen Zielort genannt, bemerkte er grinsend und mit verwaschener Stimme: »Sie haben zwei Möglichkeiten, Mister. Entweder wir fahren langsam, und ich halte bei dieser oder jener wirklich guten Nutte an. Oder wir fahren schnell.«

»Aha«, murmelte Müller. »Hasch oder Pillen?«

»Nicht doch, nicht doch. Oder wollen Sie was wirklich Gutes rauchen?«

»Fahren Sie schnell«, sagte Müller. »Einfach nur schnell.«

Die Stadt war riesig, sie hatte einfach kein Ende. Mal war sie dunkel wie ein hingeducktes Tier, dann wieder gleißend hell wie in einem Rauschzustand. Müller schloss die Augen.

Nach anderthalb Stunden Fahrt bremste der Fahrer plötzlich scharf und sagte: »Okay, Mister. Da vorn beginnt der Hafen. Weiterfahren darf ich nicht. Es macht hundert Dollar, weil Sie es sind.«

Müller zahlte, ohne zu handeln, er wollte nicht, dass er sich jemandem einprägte, er wollte nur transportiert und sofort wieder vergessen werden.

Rechts vor ihm lag ein taghell erleuchteter Containerhafen in vollem Betrieb, die Schiffe waren hoch wie Wolkenkratzer und wirkten bedrohlich. Links wurde der Hafen enger, familiärer, die Schiffe rührend klein. Zwischen den Containern war kein Mensch zu sehen, alles lief automatisch ab. Im Fischereihafen dagegen waren viele Männer und Frauen unterwegs, die schwere, hochrädrige und mit Kisten bepackte Karren zogen und laut miteinander sprachen und lachten. Er hatte nur einen vagen Anhaltspunkt: Fischerboot mit zwei roten Lichtern am Bug.

Er war schon eine gute halbe Stunde unterwegs, als er auf ein Hafenbecken stieß, in dem Boote still an der Leine lagen und vor sich hin dümpelten. Und da war auch das Boot mit den zwei roten Lichtern. Müller ging über ein Brett an Bord und sagte laut auf Englisch: »Guten Morgen, hier bin ich!« Er wartete auf irgendeine Antwort. Aber alles blieb still.

Er hatte nicht sonderlich viel Ahnung von Booten, aber dies hier war ein Schrotthaufen, und offensichtlich gab es keine Menschenseele an Bord. Er sah einen Steuerstand mit einem Steuerrad darin. Also öffnete er den Stand und entdeckte einen Mann, der mit weit ausgebreiteten Beinen am Boden saß, den Rücken am Steuerrad und in der rechten Hand eine Flasche mit wässrigem Inhalt. Der Kopf des Mannes pendelte hin und her.

»Fluch der Karibik«, murmelte Müller.

»Mister«, sagte der Mann sehr laut und sehr deutlich. »Ich brauche nur einen Kaffee!«

»Sicher doch«, nickte Müller. »Doppelten Espresso? Oder lieber Latte macchiato?«

»Da!«, sagte der Mann und deutete mit der Schnapsflasche auf einen Topf mit einem Tauchsieder.

»Wir Deutschen sind berühmt für unseren Service«, versicherte

Müller, während er den Betrunkenen wie ein seltenes Insekt anstarrte.

Noch viele Monate später erinnerte sich Müller an seinen allerersten Gedanken beim Anblick des vollkommen betrunkenen Skippers. »Das Ding geht schief, das muss einfach schiefgehen!«

SECHSTES KAPITEL

Das Sekretariat meldete, Svenja sei jetzt im Haus.

»Rein mit ihr. Und du bleib bitte auch da«, bat Krause Sowinski, der gerade wieder bei ihm saß. »Ich möchte noch ein paar heikle Kleinigkeiten klären.«

Svenja war auch völlig ungeschminkt eine betörend schöne Frau. Weil sie immer ein wenig wie ein Cowgirl gekleidet war, wirkte sie burschikos, kumpelhaft, wie die ewige beste Freundin der besten Freundin, mit der man Pferde stehlen konnte. Und auch ein bisschen naiv. Das war ihr völlig bewusst, und sie wollte es auch so.

»Nehmen Sie Platz. Es geht noch mal um Ihr Erinnerungsvermögen, meine Liebe. Wir haben neulich ja schon über Ihre Reise nach Nordkorea gesprochen. Wir wollen keine Einzelheiten erläutert haben, es geht vielmehr um ein paar Minuten oder Stunden, die Sie in der US-amerikanischen Botschaft in Peking verbracht haben. Einmal direkt nach Ihrer Ankunft, dann, als Sie nach der Operation dort wieder eintrafen. Können Sie das bitte einmal genau schildern? Ich weiß, dass Sie keine guten Erinnerungen an diesen Einsatz haben, aber es muss sein, und bei nächster Gelegenheit werden Sie von mir auch erfahren, warum.«

Svenja beugte sich vor, den rechten Ellenbogen auf dem rechten Oberschenkel abgestützt, die Hand mit den langen, eleganten Fingern an ihrer Stirn. »Geht es um Menschen, geht es um Verwaltungsdinge, Rituale, Zuständigkeiten? Also, ich meine, auf was wollen Sie denn hinaus?« In ihrer Stimme lag Abwehr.

»Keine Konzentration auf irgendetwas Bestimmtes«, erklärte Krause sanft. »Wann kamen Sie an? Tageszeit, bitte. Wie war das Wetter? Wer begrüßte Sie? Wer servierte die erste Coke? Wer kümmerte sich um Sie? Wer war der zweite Mann, wer der dritte? Einfach alles eben.«

»Ich hoffe, ich enttäusche Sie nicht. Also, es war der 24. April. Ich kam gegen Mittag an, ja, es war Mittag. Ich kam mit einer Legende der amerikanischen Brüder mit einem Direktflug aus Los Angeles.

Als Sissy Pistor, Botschaftsangehörige, der Rest steht im Operationsbericht. Ich musste nicht durch den Zoll, die Chinesen waren sehr höflich und zuvorkommend. Ein Wagen der Botschaft holte mich ab, um das Gepäck kümmerte sich jemand, ich weiß nicht, wer. Da gab es einen jungen Botschaftsbeamten, der sich um mich kümmerte, Shawn. Ein reizender junger Mann, wirkte wie ein Praktikant. Ich glaube nicht, dass er irgendeine Bedeutung hatte, und ich sah ihn auch nicht mehr wieder, nachdem er mich in der Botschaft abgeliefert hatte. Man gab mir ein Zimmer, und ich konnte eine Nacht ausschlafen. Es regnete ununterbrochen, der Smog hing in einer dicken Wolke über der Stadt, ich hatte die ganze Zeit das Gefühl, nicht richtig atmen zu können.«

»Wer kümmerte sich als Nächstes um Sie?«, fragte Krause.

»Zunächst eine Frau, sie hieß Margret. Sie war eine füllige Blondine um die vierzig und sie sagte dauernd Schätzchen zu mir, Darling hier, Darling dort, Sweety, Love, den ganzen Honig. Sie erfüllte sämtliche Klischees einer lebenslang unterdrückten Amerikanerin, sie war naiv, wenn nicht gar wirklich dumm, das habe ich nicht herausbekommen, aber immer lustig und lebensfroh, na, Sie wissen schon.«

»Nein, ich weiß es nicht«, erwiderte Krause. Er war unerbittlich.

»Sie hatte nicht wirklich das Sagen, sie war nur zuständig für meinen Kaffee und meine gute Laune, für Schätzchens Valium zur Nacht und notfalls auch für meine Frisur. Sie gehörte zu den Menschen, die immer geschäftig durch die Korridore flattern und die einem das Gefühl geben, dass es keine Probleme auf der Welt gibt, solange sie nur da sind.« Sie lächelte leicht in der Erinnerung. »Und wenn sie dann plötzlich nicht mehr da sind, dann fehlt einem was.«

»Kannte diese Margret Ihren Einsatz, wusste sie, wohin und worum es ging, wo es stattfinden und wie es enden sollte?«

»Ich glaub nicht. An den wichtigen Einsatzbesprechungen nahm sie nicht teil, sie ließen sie einfach nicht rein. Irgendwann sagte sie zu mir: Vorsicht, Schätzchen, achten Sie auf Larry, Larry ist der wichtige Mann! Ja, der, der wirklich Bescheid wusste, und der, der hinter der Sache stand, war eben dieser Larry. Der war so Mitte, Ende vierzig, war immer dabei, sprach aber nie ein einziges Wort. Er saß nur da und sah mich an und lächelte. Ich hatte das Gefühl, wir wären auf dem Sklavenmarkt und er müsse mich kaufen. Es war peinlich.«

»Und war er ein Mann der CIA?«

»Nicht einmal das weiß ich mit Sicherheit. Ich nehme natürlich an, dass er der amerikanische Resident in der Botschaft in Peking war, denn mit dem übrigen Botschaftspersonal hatte ich nie etwas zu tun. Die CIA-Leute hatten sogar einen separaten Eingang zur Botschaft, also wie immer und überall.«

»Beschreiben Sie diese Besprechungen mit Larry so genau wie möglich.«

»Also zunächst war da die Einsatzbesprechung.«

»War Wu auch dabei?«

»Nein, war er nicht. Wu war zu dem Zeitpunkt nur ein Name, mehr nicht, aber alle redeten über Wu, erwähnten ihn ständig, machten Witze über ihn.« Sie beugte sich vor und legte beide Hände auf die Knie. Dann schoss ihr Kopf unvermittelt hoch, und sie sah Krause durchdringend an. »Also, Wu ist wohl so was wie ein Maskottchen für alle. Er hat ganz spezielle Aufgaben. Sie haben ihm einen echten GMC-Truck gegeben, so ein bulliges Ding, hoch wie ein Haus, mit jeder Menge PS unter der Haube ...«

»Was heißt sie, Svenja? Wer hat Wu diesen Truck gegeben?«

»Die US-Amerikaner, vermute ich, oder vielleicht die CIA. Ich lernte Wu am dritten Tag kennen. Er nahm mich in seinem Truck mit zur nordkoreanischen Grenze. Wu ist ein riesiger Südchinese, bestimmt an die zwei Meter groß. Ich würde sein Alter auf etwa dreißig schätzen, und er sieht aus wie der ewige Student, keinesfalls wie ein Truckfahrer. Das ist das Verblüffende an Wu, er wirkt wie ein Intellektueller, randlose Brille auf der Nase, oft ein ironisches Grinsen im Gesicht, dabei richtig sympathisch, kein Schwätzer, mag Beethoven ...«

»Wie bitte?«, fragte Sowinski erstaunt.

»Ja. Er hatte ja sämtliche amerikanischen Errungenschaften in seinem Truck, inklusive CD- und MP3-Player. Als wir zusammen unterwegs waren, legte er einmal Beethoven mit den Wiener Sinfonikern ein. Er lauschte völlig versunken der Musik, und ich hatte das Gefühl, gleich fährt er vor lauter Begeisterung seinen kostbaren Truck in die nächste Schlucht. Irgendwie ein Irrer, aber auf seine Art gut. Also, ich meine im Vergleich zu all den Amerikanern, denen ich im Grund völlig gleichgültig war.

Er war auch der Einzige, der mich warnte. Er sagte mir ganz

deutlich: Du musst das allein durchziehen, jeder von denen kocht sein eigenes Süppchen.«

»Können wir noch einmal zurückgehen zum zweiten Tag, dem Tag der Einsatzbesprechung?«, bat Krause.

Es war deutlich zu sehen, dass sie das nicht wollte, denn sie presste plötzlich die Lippen aufeinander und machte eine unwillige, abweisende Geste mit beiden Händen.

»Ich weiß«, sagte Krause, »dass das ein schmerzlicher Punkt für Sie ist, aber Sie sind für einige Dinge unsere einzige Zeugin.«

»Für was für Dinge denn?«, fragte sie unwirsch.

Eine Weile herrschte Schweigen.

»Für Ihre Auftraggeber und für Wu«, sagte Krause nachdrücklich. »Wir müssen das wirklich wissen.«

»Verdammt, wir suchen eine Atombombe, wir suchen doch nicht Wu.« Sie hatte dichtgemacht, zeigte keine Bereitschaft mehr zu kooperieren, sie wollte schnellstmöglich aus diesem Gespräch aussteigen.

»Vielleicht hat Wu etwas mit der Atombombe zu tun«, äußerte Sowinski. »Vielleicht haben wir ja Erkenntnisse darüber.« Dann wandte er sich an Krause und bat: »Wir sollten ihr den Hinweis einspielen.«

»Ja«, nickte Krause. »Tun wir das.«

Also spielten sie ihr das Telefonat mit der jungen Deutschen in Peking vor, wobei Svenja an manchen Stellen nickte, an anderen misstrauisch die Augenbrauen nach oben zog, manchmal den Kopf schüttelte.

Schließlich sagte sie: »Da könnte etwas dran sein.«

»Trauen Sie Wu so eine Operation zu?«, fragte Sowinski.

»Durchaus«, nickte sie. »Das würde passen. Er schwebte irgendwie über den Dingen, und manchmal dachte ich: Er lacht Schwierigkeiten einfach weg. Aber es ist ebenso gut möglich, dass Wu in Nordkorea einfach Flusskrebse aufgetrieben hat und die nach Peking zum amerikanischen Botschafter brachte, weil der nordkoreanische Flusskrebse so liebt.«

Das mochten sie beide an ihr, das machte sie stolz auf diese Frau: Die Fähigkeit, sich nicht verblüffen zu lassen und genau zu erkennen, wo auch noch andere Sichtweisen zu finden waren.

»Könnte sein«, nickte Krause lächelnd. »Das mit den Flusskrebsen ist ein schöner Vergleich und wahrscheinlich alltagstauglich. Also: der Tag der Einsatzbesprechung, bitte. Wer genau war dabei?«

»Also, da war Larry, natürlich, dann war da noch ein Mann namens Silverman, um die fünfzig, und eine Frau namens Nancy, ebenfalls um die fünfzig. Die drei.« Svenja griff unbewusst nach ihrer langen silbernen Halskette, als wollte sie sich daran festhalten.

»Sie mochten keinen von denen«, stellte Sowinski fest.

»Nein, wirklich nicht. Vor allem Nancy nicht, eine hagere Frau mit kiloweise Rouge im Gesicht und den steinharten Augen einer Puffmutter.«

Wieder Stille, wieder der spürbare Rückzug bei Svenja.

»Diese Nancy«, fragte Krause ruhig, »war die spezialisiert in diesem Fall? Hatten Sie das Gefühl, dass sie die genaue Zielrichtung der Operation kannte?«

»Eher nicht, aber genau weiß ich das nicht. Aber sie musste in der Hierarchie verdammt weit oben stehen, denn sie konnte Larry ungestraft widersprechen. Sie war mindestens so taff wie dieser Silverman, und der war weiß Gott ein harter Bursche. Bei dem hatte ich das Gefühl, dass er genau wusste, dass ich Cheng herausholen würde, dass es ihm aber absolut gleichgültig war, ob ich die Aktion überlebte.«

»Bitte einmal ganz sachlich«, erklärte Sowinski in die Stille. »Sie sagen, diese Nancy war steinhart. Woran genau machen Sie das fest? Hat sie irgendetwas Bestimmtes geäußert?«

»Das hat sie«, bestätigte Svenja. »Es war klar, dass ich schwarz über die Grenze nach Nordkorea hineingehen würde. Das habe ich ja schon alles erzählt. Um nicht aufzufallen, musste ich wie alle Leute in Nordkorea zu Fuß vorwärtskommen. Also fragte ich: Wie soll ich mich verhalten, wenn ich irgendwo festsitze, wenn mich jemand anmacht, bedroht? Da antwortete Nancy: Dann vögeln Sie eben eine Runde mit dem, und das Problem ist erledigt. Vögeln können Sie doch, oder?«

Für Krause war es längst nicht mehr nur Svenjas Problem, er sah die Probleme sich haushoch auftürmen. Krause war sich sicher, an einem ganz entscheidenden Punkt zu stehen. Er ruderte zurück, musste die Szene ein wenig entschärfen.

»Ich habe Sie nicht geschickt, Herr Sowinski hat Sie nicht geschickt. Das wissen Sie. Wir waren mit der Operation nicht befasst. Aber wir müssen sie aufarbeiten«, sagte Krause unnachgiebig.

Sie wich aus, fragte: »Ist das Dossier über die nordkoreanischen Raketen schon im Haus?«

»Ist da«, sagte Sowinski. »Eine wirklich gute Arbeit. Danke Ihnen.«

»Gibt es Nachrichten von Karl Müller?«

»Die übliche Meldung vor Einsatzbeginn«, sagte Krause. »Er ist jetzt auf dem Chinesischen Meer. Alles sieht gut aus.«

»Ich mache mir Sorgen«, sagte sie einfach. »Also, ich mache mir Sorgen um Müller.«

»Warum denn?«, fragte Krause schnell.

Sie antwortete nicht, starrte nur auf den Teppichboden.

Stattdessen sagte Sowinski in die Stille: »Weil der Bruderdienst uns um Müller gebeten hat und weil Sie Angst haben, dass Müller verheizt wird. Genau wie Sie damals, oder?«

»Ja«, nickte sie. »Die haben mich verheizt, also könnten sie ebenso gut auch Karl verheizen.«

Sowinski machte eine hektische Bewegung, als habe er einen Stromstoß erhalten. »Unser Haus stellte Sie den Brüdern zur Verfügung und wusste somit genau – oder hätte zumindest genau wissen müssen –, was passieren würde. Meinen Sie das?«

»Dieses Haus hat mich im Stich gelassen«, sagte sie leise. »Weil ich so aussehe, wie ich eben aussehe, bin ich ausgeliehen worden. Wie ein Fußballer an einen billigen Provinzverein.« Sie hielt die Augen geschlossen. »Ich möchte die Sache jetzt ein für alle Mal hinter mich bringen und einmal sagen, was ich denke. Ich kann mir nicht vorstellen, dass unsere Brüder nicht eine Agentin gehabt hätten, die ähnliche Qualitäten hat wie ich. Warum wollten sie ausgerechnet mich?«

»Wir sind doch hier unter uns«, sagte Krause leise und voller Erstaunen. »Mein Gott. Natürlich dürfen Sie das fragen.« Er senkte den Kopf, schwieg, die Finger seiner linken Hand trommelten kurz auf der Schreibtischplatte.

»Ich komme gegen dieses Gefühl nicht an«, erklärte sie tonlos. »Das hat mit Ihnen beiden nichts zu tun. Was ist, wenn Karl Müller stirbt?«

»Ich begreife Ihre Angst jetzt, Svenja«, sagte Krause. »Ich begreife sie nur zu gut. Und ich weiß im Moment noch nicht, was ich gegen unsere Hilflosigkeit unternehmen soll.«

Das Schiff war definitiv ein Schrotthaufen, aber jetzt brannte in dem kleinen Steuerhaus zumindest eine matte Funzel, und Müller konnte ein paar Dinge in seiner unmittelbaren Umgebung erkennen. Da gab es zu seinen Füßen diesen total betrunkenen Mann, der zuweilen ein paar Silben lallte.

Er war vielleicht fünfzig Jahre alt, ein Koreaner, klein und dicklich, unrasiert und ungewaschen. Er stank unbeschreiblich und versuchte beharrlich immer wieder, sich eine Zigarette anzuzünden. Er konnte seine Bewegungen nicht mehr koordinieren. Nach dem vierten gescheiterten Versuch nahm Müller ihm die Schachtel ab, zündete eine Zigarette an und gab sie dem Mann vorsichtig in die rechte Hand. Der verbrannte sich augenblicklich die Finger, er fluchte und warf die Zigarette einfach auf den Boden neben sich.

Müller trat sie aus.

Er sah einen uralten, dreibeinigen Schemel, auf dem der Skipper wohl gewöhnlich saß. Daneben stand eine vollgepackte Leinentasche auf dem Boden. Es gab noch ein kleines Regal, auf dem alle möglichen Dinge lagen, die irgendwie mit dem Schiff zu tun hatten. Dann war da ein Haken an der hinteren Wand, an dem schrillgelbes Ölzeug hing. Die Scheiben des Steuerstandes waren so verschmiert und dreckig, dass es unmöglich schien, irgendetwas durch sie hindurch zu erkennen.

»Kaffee«, forderte der Mann herrisch.

»Gut, mein Freund. Und Wasser?«, sagte Müller auf Englisch.

Der Betrunkene deutete vage in eine Richtung.

Müller entdeckte die Plastikflasche mit Wasser auf dem Boden und goss etwas davon in den Topf mit dem Tauchsieder. Aber er fand keine Steckdose. Stattdessen entdeckte er ein Verlängerungskabel, das aus dem Nichts zu kommen schien. Er nahm dem Mann die Schnapsflasche ab und stellte sie in eine Ecke.

»Kaffee? Wo ist denn der Kaffee?«

»Da«, sagte der Mann und deutete wieder mit einer unkontrollierten Bewegung irgendwo in den Raum.

Müller sah ein zweites kleines Regal, nur zwei Bretter, und darauf ein Glas mit Pulverkaffee und ein paar Porzellanbecher, nicht gespült und offensichtlich schon ewig in Gebrauch.

»Wenn du die Speerspitze der hiesigen Spionageliga bist, dann seid ihr echt arm dran«, murmelte er und schaufelte vier gehäufte

Teelöffel Kaffeepulver in einen Becher. »Und wenn du einen Herzfehler hast, ist das hier dein Tod.«

Das Wasser kochte schnell, aber der kleine, billige Topf war so heiß, dass Müller ihn nicht mit bloßen Händen anfassen konnte. Er sah weder ein Tuch noch Arbeitshandschuhe in der Nähe. Stattdessen fand er eine Zange, die in dem kleinen Regal neben einem Hammer lag. Er setzte die Zange so lange an, bis er den richtigen Winkel herausfand und den Topf zum Ausgießen kippen konnte.

Das machte großen Eindruck auf den Kapitän. Er nuschelte: »Ah, gut so!«, und es war zweifellos Englisch, was er sprach. Dann griff er nach dem ebenfalls heißen Becher, aber er schien sich nicht zu verbrennen. Er schlürfte ein wenig von der kochend heißen Brühe, es schien ihn zu beleben. Er nahm noch ein paar Schlucke, dann stellte er fest: »Wir müssen raus!«

»Das denke ich auch«, stimmte ihm Müller zu. Er versuchte, sich auf seinen Job zu konzentrieren, und sagte: »Ich brauche vierzig Sardinen.«

Der Betrunkene merkte auf und antwortete prompt: »Die holen wir uns aus dem Meer.«

Zumindest war das der Mann, den er treffen sollte, und Müller fragte sich wieder einmal, wer in Berlin sich wohl diese dämlichen Codes ausdachte und ob sie wirklich notwendig waren.

»Wir brauchen diese Codes«, pflegte Sowinski immer wieder zu betonen. »Sie machen ein Unternehmen erst sicher, sie sind quasi eine Lebensversicherung.«

Müller verließ das Steuerhaus und ließ die Tür hinter sich weit offen.

Das kleine Schiff war sehr breit und sehr kurz, und es war unvorstellbar, dass damit überhaupt ein Meer befahren werden konnte. Es hatte zwei Netzbäume, an denen die Reste von Netzen baumelten, die sicher seit einer Generation nicht mehr benutzt worden waren. An Deck ein Durcheinander an alten rostenden Gegenständen, deren Zweck nicht mehr festzustellen war. Des Weiteren Seile, Kabeltrommeln, leere Ölkannen, dubiose Behälter aller Art, alles verrottet.

Der Tag war hereingebrochen, das Licht wurde zusehends heller, von See her zog Nebel in sanften Schleiern auf.

Der Mann im Steuerhaus versuchte offensichtlich, sich aufzurappeln. Die ersten Versuche misslangen, wie Müller seinem Fluchen entnahm. Dann übergab er sich ausgiebig und schimpfte gleichzeitig dabei.

Müller konzentrierte sich auf die anderen Boote in dem Becken und sah viele Leute auf den kleinen Schiffen arbeiten, ein Motor nach dem anderen wurde angelassen, und die Kähne lösten sich langsam von der Mauer und glitten tuckernd auf den Ausgang des Beckens zu. Das war gar nicht gut, weil die Leute neugierig waren und zu ihm herblickten und weil er hier sehr fremd wirkte und gänzlich im falschen Film.

Er sah einen grünen Plastikeimer mit einem kurzen Stück Seil ganz vorn im Bug liegen. Er ging dorthin, holte den Eimer, füllte ihn mit dem brackigen, dunkelbraunen und übel riechenden Wasser, trug ihn dann zum Steuerhaus und goss die Brühe über seinen betrunkenen Kapitän.

Der schien das nicht übel zu nehmen, im Gegenteil, er grinste matt.

»Komm endlich hoch, verdammt!«, schimpfte Müller.

»Gleich«, sagte der Kapitän undeutlich.

Dann meldete sich sein Handy, und Müller sah im Display, dass der Ruf über eine sichere Leitung kam.

»Hallo, mein Junge«, dröhnte Sowinski. »Ich wollte nur mal hören, wie die Geschichte so läuft.«

»Gut«, antwortete Müller leichthin. »Alles klar, ich bin an Bord, wir sind unterwegs.«

»Das ist gut. Und melden Sie sich nach Vollzug.«

»Wie immer«, antwortete Müller.

Dann wurde er unversehens ärgerlich. Was sollte diese Fragerei? Das machten sie doch sonst nicht. Gab es vielleicht etwas, was sie ihm in Berlin verschwiegen hatten?

Er nahm den grünen Plastikeimer und füllte ihn erneut mit Wasser. Er kippte den ganzen Schwall in das Steuerhaus. Dann noch einen Eimer und noch einen.

»Starten Sie jetzt, und zwar sofort!«, brüllte er und wusste im gleichen Augenblick, dass das Brüllen nichts nutzte.

Der Skipper antwortete irgendetwas, was er nicht verstand. Dann stieg ein hohes Winseln aus dem Schiffsleib auf, und die Maschine lief an.

»Na also!«, schnaubte Müller.

Es war bereits nach sieben, als sie durch die Einfahrt des Beckens glitten. Müller ließ sich auf dem rostigen Deck nieder und ließ den Kopf hängen. Er fror, es war saukalt. Er stand wieder auf, ging in das Steuerhäuschen, griff nach der Schnapsflasche und nahm einen Schluck. Der Schnaps schmeckte billig, scharf und irgendwie gnadenlos. Der Skipper grinste, sagte aber kein Wort.

Nach zwei Stunden gleichmäßiger Fahrt in kabbeliger See erschien Müller erneut im Steuerhaus. Er fand weder einen Kompass noch eine Seekarte, er sah absolut nichts, woran er sich hätte orientieren können. Ringsum kein anderes Boot, nur Nebelschleier, über ihnen ein paar schreiende Möwen. Und – das war wirklich erschreckend: Sein Skipper hatte keine Hand am Steuerrad. Das war vielmehr blockiert durch einen Holzstab, und es sah so aus, als sei das ziemlich häufig so.

»Was soll das?«, fragte er. »Wohin bist du denn unterwegs?«

»Nach Topo«, antwortete der Skipper seelenruhig. »Noch zwei Stunden geradeaus, dann nach Norden.«

»Geradeaus!«, zischte Müller verächtlich und dachte wütend an mögliche Driften und Winde und Strömungen und ähnlich Unberechenbares. Sie hätten ihm wirklich gleich ein Tretboot zur Verfügung stellen können.

Es war schon spät am Abend des fünften Tages, als Esser bei Sowinski anklopfte und fragte: »Hast du einen Augenblick Zeit?«

»Natürlich, setz dich. Gibt es was Neues?«

»Es scheint zu stimmen, dass Kim Jong Il innenpolitisch in einer Krise steckt. Seine Generäle wollen angeblich mehr Sold für die Soldaten und natürlich mehr Geld für sich selbst sowie eine Beteiligung an allen bäuerlichen Märkten. Klingt wie Pipifax, aber diese Märkte sind etwas, was der Herrscher nicht mehr unterdrücken kann, erste Einstiege in kleine persönliche Freiheiten. Jeder Nordkoreaner darf sein eigenes Obst und Gemüse anbauen und den Überschuss auf diesen Märkten verkaufen. Die Märkte sind immens wichtig, und jetzt sollen die Händler für ihre Stände Miete zahlen – an die Generäle.

Aber da gibt es eine weitere komische Sache, die ich dir mitteilen muss. Bei Krause war ich schon. Also, ich habe einen Verbindungsmann im südlichsten Florida sitzen. Der ist in der Regel bei allen politisch wichtigen Dingen in Mittelamerika zu befragen. Guter Mann, hat mal angefangen als Mittelamerika-Korrespondent der ARD. Und der hat die Meldung, dass möglicherweise ein Hedgefonds die Bombe gekauft haben könnte, der im Wesentlichen unter Einfluss von Ben Wadi steht, den Müller in Zürich besucht hat. Aber noch etwas ist an diesem Heuschreckenverein merkwürdig. Der US-Amerikaner Glen Marshall, Ölmagnat, auf allen Ölmärkten vertreten, soll sechs Milliarden Dollar in diesem Hedgefonds halten.«

»Und was davon ist beweisbar?«, fragte Sowinski schnell.

»Leider nichts«, seufzte Esser leise. »Wie immer! Nur Klatsch und Tratsch. Es ist so hoffnungslos, weißt du. Da sagt die Kanzlerin, sie will auf dem G8-Gipfel in Heiligendamm auch über die Hedgefonds reden, dass die ungeheuren Summen transparenter werden, dass man im Zweifelsfall erfahren kann, wer dahintersteckt. Aber wer winkt denn sonst noch mit einer Gewinnspanne von dreißig bis vierzig Prozent? Da ist die Forderung nach Durchsichtigkeit doch eine geradezu lächerliche Geste. Bei dieser Art von Geschäften ist dermaßen viel Macht im Spiel, dass auch Politiker sicherheitshalber den Mund halten. Ich rede hier von den Regierungsmitgliedern von todsicher fünfzig rein kapitalistischen Staaten, inklusive Deutschland. Und ausgerechnet die Deutschen wollen nun den gläsernen Hedgefonds durchsetzen. Dass ich nicht lache.« Er durchschnitt die Luft vor seinem Gesicht mit einer scharfen Handbewegung. »Das macht mich verrückt, verstehst du? Da schwimmt eine Atombombe irgendwo herum, und es muss jemanden geben, der sie gekauft hat – und wir haben nichts, aber auch gar nichts in der Hand.«

»Also keine Spur von der Bombe?«

»Bisher nicht. Aber die UNO hat vor drei Stunden im Sicherheitsrat beschlossen, den Nordkoreanern erst einmal sämtliche Konten zu sperren. Sie kommen ab sofort an keinen einzigen Euro mehr ran, diesmal sogar mit Zustimmung der Chinesen und der Russen.«

»Glen Marshall – der Name sagt mir was. Ist das nicht dieser Typ, der einen Film für CNN gedreht hat, in dem er Alligatoren in Floridas Sümpfen jagt?«

»Genau der.«

»Und was soll der mit einer Atombombe anfangen?«

»Das weiß kein Mensch. Außerdem ist es nur ein Gerücht.«

Es war 23.40 Uhr, als die Nachricht kam, die Staatsführung des Iran habe gesagt, es sei an der Zeit, Israel vom Boden des Nahen Ostens zu wischen – und zwar bald.

Drei Minuten später klingelte eines der roten Telefone auf Krauses Schreibtisch, und der Präsident fragte: »Hat das einen ernsten Hintergrund? Wissen wir Genaueres? Die Kanzlerin will informiert werden.«

»Nein, das hat es meines Wissens nach nicht.«

»Wie weit sind wir generell?«

»Wir haben noch immer keine offizielle Bestätigung des Verkaufs. Und die Bombe haben wir selbstverständlich auch nicht.«

»Was ist, wenn das alles eine Luftnummer war?«

»Dann bin ich ehrlich gesagt froh.«

»Nordkorea wird mit einem Statement kommen«, sagte der Präsident. »Dahingehend, dass sie ein unabhängiger Staat sind, der niemandem gegenüber zu einer Auskunft verpflichtet ist. Sagt der russische Botschafter in Pjöngjang. Die Amerikaner haben einen Bomber über Nordkorea geschickt. Der hat drei Millionen Flugblätter mit einem koreanischen Text über der Hauptstadt abgeworfen. Kommt gleich auf CNN. Der amerikanische Präsident will nicht länger warten. Er hat angeblich die Briten aufgefordert, ihn zu unterstützen. Uns natürlich nicht.«

»Das ist auch gut so«, sagte Krause. »Wir kriegen hier jede Stunde die absurdesten Gerüchte geliefert. Gibt es Neues von der Wiener Atomenergieorganisation?«

»Nichts Neues«, sagte der Präsident. »Was sagt unser neues Terrorismusabwehrzentrum?«

»Sie haben nichts Konkretes, niemand hat etwas Konkretes. Ich nenne diese kleine Truppe hier AB. Nur, damit Sie wissen, wohin Sie sich zu wenden haben.« Er lachte leise.

»Bis später«, sagte der Präsident.

Krause rief Sowinski an und erklärte: »Ich würde mir gern die Arbeitsgebiete von Wu anhören. Holen wir uns die Dame?«

»Svenja ist ohnehin im Dienst geblieben. Ich rufe sie.«

Eine halbe Stunde später erschien Svenja, sie sah müde aus, verlor aber kein Wort darüber, sondern sagte stattdessen: »Auf N24 hieß es vor ein paar Minuten, dass es einen Überläufer gibt, einen General. Stimmt das?«

»Haben wir noch nicht«, sagte Sowinski. »Kommt aber noch, wenn etwas dran ist.«

Krause fragte: »Kaffee?«, und als sie nickte, bestellte er welchen im Sekretariat.

»Wir möchten noch einmal kurz auf Wu zurückkommen, der Sie damals fuhr. Da gibt es noch Lücken. Wir fragen uns, wie jemand wie Wu, der für die Amerikaner tätig ist, auch die chinesische Botschaft in Pjöngjang beliefern kann, und das alles mit einem GMC-Truck, den ihm die amerikanischen Brüder spendierten. Sie müssen zugeben, dass das äußerst ungewöhnlich ist.«

»Aber wir kennen doch ähnliche Beispiele aus der Zeit des Kalten Krieges in Moskau. Es hat vermutlich damit angefangen, dass der chinesische Botschafter in Nordkorea feststellte, dass die Lebensmittel der Nordkoreaner schlecht sind. Also hat er sich welche liefern lassen. Manchmal kamen die nicht, weil ein Lkw schrottreif war oder weil es in Nordkorea keinen Sprit gab. Und da kamen die Amerikaner ins Spiel und machten den Vorschlag, einen schnellen amerikanischen Truck zur Verfügung zu stellen. Und sie fanden Wu, der das Ding fuhr. Das muss jetzt drei Jahre her sein. Wu fuhr die Botschaft der Chinesen in Pjöngjang an, lieferte die Lebensmittel. Fuhr aber gleichzeitig Forellenfilets aus Nordkorea zu den Amis in Peking. Und Flusskrebse und so etwas. Wenn die Amis in Peking Party machten, und das machen die oft, gaben sie den Chinesen eine Liste mit den Sachen, die sie brauchten. Und Wu besorgte alles bei den verschiedenen Stellen.«

»Aber das sind doch riesige Entfernungen«, wandte Sowinski ein.

»Das stimmt. Aber Wu fährt gern Auto, und wenn es ganz dringend ist, fährt er den nächsten Flughafen an, verschickt die Lieferung per Luftfracht und spart so dreitausend oder viertausend Kilometer. Auf jeden Fall ist Wu der mit Abstand bekannteste Trucker in China. Denn es kam natürlich hinzu, dass die Parteigrößen in Chinas Provinzen sich Wu begeistert unter den Nagel rissen, hol mir dies, bring mir das. Und sie bezahlten dafür. Es kann sein, dass er schon mal den neuesten BMW der Fünfer-Klasse durch die Gegend transportiert oder einen Jeep. Es heißt, mit Wu läuft alles. Ich habe es selbst erlebt, dass die Leute auf den Straßen ihn begeistert grüßen, wenn er vorbeidonnert. Er ist stolz auf seinen Ruf, und das zu Recht. Niemals fährt er ohne einen riesigen Vorrat an Diesel durch die Gegend, damit er unabhängig ist. In China gibt es zwar Tankstellen, aber in Nordkorea nicht.«

»Liegt da nicht Missbrauch nahe? Ich meine zum Beispiel durch unsere Branche«, fragte Krause.

Sie lächelte schnell. »Natürlich. Und jeder Beteiligte weiß das, aber keiner kümmert sich drum. Alle wissen: Wu kann hier und da mogeln, aber wirklich Unfrieden stiften kann er nicht. So war ja auch mein Trip nach Nordkorea etwas, was die Chinesen erstens nicht wussten, was sie aber auch überhaupt nicht gestört hätte. Wu spioniert immer mal hier und da was aus. Das ist natürlich ein ständiger Ritt auf Messers Schneide, aber wirklich weh tut es keinem.«

»Am zweiten Tag in der amerikanischen Botschaft in Peking wurden Sie instruiert. Von drei Leuten: einer Frau namens Nancy, einem Mann namens Silverman und dem schweigenden Larry. Wie lief das ab?« Krause lockerte seine Krawatte.

»Na ja, das habe ich ja schon oft genug betont«, begann sie ironisch. »Es war unprofessionell. Keine technische Hilfe, keine Hilfe durch Personen. Ich hatte hundert Fragen, aber die Unterstützung beschränkte sich auf die Aufforderung: Schlag dich durch. Alle drei sagten eiskalt: Du machst die Tour und kommst zurück und hast Cheng dabei. Ich war ziemlich fassungslos.«

»Warum haben Sie nicht hier in Berlin angerufen, um sich zu beschweren, wie schlecht das vorbereitet war?« Sowinski war deutlich sauer.

»Das habe ich doch«, sagte sie empört.

»Auch das noch«, murmelte Krause. »Und? Was hat man Ihnen darauf geantwortet?«

»Wir machen keinen Rückzieher, hat man mir gesagt. Nicht bei den amerikanischen Brüdern. Das ist Ehrensache.«

»Ich fasse es nicht.« Krause wirkte hilflos.

»Als ich in Wus Truck saß und er etwas über sich erzählt hat, drückte er mir so ein GPS in die Hand. Ich habe es mit einem Tape an der Innenseite des Oberschenkels getragen. Die ganze Zeit. Und Wu hatte auch Karten, die meine Instruktoren nicht hatten. Und als wir auf dem Rückweg an die chinesische Grenze kamen, habe ich das Walkie-Talkie, das ich von ihm hatte, benutzt.«

»Das haben Sie bisher nicht erwähnt«, sagte Krause mit plötzlichem Misstrauen.

»Ich habe ja auch, außer Ihnen, niemandem gesagt, dass ich einen General der nordkoreanischen Armee töten musste«, erwiderte sie giftig.

Sowinski zuckte zusammen und sah Krause fragend an.

Der nickte nur und wirkte eine Sekunde lang beschämt. Dann straffte er sich und fragte: »Wissen Sie eigentlich, dass Wu zwei dieser Trucks zur Verfügung hat?«

»Das hat er erzählt und er hat erwähnt, dass er am liebsten ein richtiges Unternehmen gründen würde. Mit sieben bis zehn Trucks. Er ist ein echtes Schätzchen.«

Das Sekretariat schaltete sich über Lautsprecher ein. »Wichtige Meldung!«

»Okay«, sagte Krause. »Auf den Schirm.« Dann las er der Einfachheit halber vor: »Der russische Präsident Putin hat bestätigt, dass ein General der nordkoreanischen Armee am gestrigen Tag die Grenze nach Wladiwostok überschritten und sich den dortigen Behörden gestellt und um Asyl gebeten hat. Der General behauptet, Zeuge des Transports einer Atombombe aus einem atombombensicheren Versteck in den Bergen zum Hafen von Chongjin, einer nordkoreanischen Stadt am Japanischen Meer, geworden zu sein. Die Bombe habe sich in einem normalen Container befunden. Der General gibt an, der Transport sei am 10. Juni durchgeführt und von der Armee abgesichert worden. Er könne nicht sagen, wann der Container den Hafen wieder verlassen habe und welches der Bestimmungshafen sei. Nach seinen Angaben ist der Container nicht besonders gekennzeichnet worden.«

»Dann haben wir wenigstens etwas«, sagte Svenja.

»Nicht genug«, sagte Sowinski. »Aber besser als gar nichts und auf jeden Fall besser als der laute Humbug der Schwätzer auf der ganzen Welt. Jetzt wissen wir zumindest definitiv, dass verkauft wurde.«

»Langsam, langsam«, mahnte Krause. »Wir wissen noch gar nicht, ob die Nachricht wirklich stimmt. Und wenn sie stimmt, wissen wir immer noch nicht, wer der Käufer ist.«

»Hat Karl sich inzwischen gemeldet?«, fragte Svenja.

»Nein«, antwortete Sowinski. »Aber wenn der Chef nichts dagegen hat, können wir durchrufen.«

Krause nickte, er machte eine Ausnahme, und er wusste genau, dass solch ein Kontrollanruf nach den geschriebenen Regeln des Bundesnachrichtendienstes noch vor wenigen Jahren ein Grund gewesen wäre, ihn fristlos zu feuern: Niemals durften Agenten Zeuge sein, wenn in eine laufende Operation durch Nachfrage eingegriffen wurde. Agenten hatten Nachrichten zu bringen. Wie diese Nachrichten zustande kamen und – vor allem – was aus ihnen wurde, hatte sie nicht zu interessieren. Und jetzt waren sie vorsichtig auf dem Weg, diese Vorschriften außer Kraft zu setzen.

»Müller, dringend!«, befahl Krause. Dann lächelte er Svenja an. »Meine Frau bedankt sich sehr herzlich für die Blumen.«

Sie rutschte ein wenig unbehaglich auf ihrem Stuhl herum und sagte schüchtern: »Ich habe es extra ganz bunt gemacht, weil Krankenhäuser immer so trist sind.«

»Ja«, erwiderte er hölzern. »Das ist richtig. Sie hat sich sehr gefreut.« Dann drückte er auf einen Knopf und sagte: »Sie sind hier auf Lautsprecher, mein Lieber. Sowinski ist hier, Svenja auch. Wie geht es Ihnen?«

Dann war Müller zu hören, und er war offensichtlich schlechter Laune: »Beschissen. Wir haben jetzt zwar ruhige See, aber dichten Nebel. Ich könnte hier genauso gut auf dem Steinhuder Meer sein. Und mein Skipper ist immer noch besoffen und behauptet, er fahre strikt geradeaus und dann, nach anderthalb Stunden, strikt auf Nordkurs. Das Ganze hat die Qualität eines Schulausfluges, der mit einem kaputten Bus endet. Ich bin nur von Idioten umgeben. Und was wollen Sie jetzt?«

»Sie warnen«, antwortete Sowinski geradeheraus.

»Warnen wovor?«

»Das wissen wir noch nicht. Wir nehmen an, dass es eng werden kann. Das muss nicht so kommen, aber es ist möglich.«

Eine Weile sagte Müller nichts. Dann fragte er: »Wie kommen Sie darauf?«

»Svenja sagt, dass ihre Mission nach Nordkorea vor mehr als einem Jahr professionell so gut wie gar nicht vorbereitet war. Und da kam uns die Idee, Ihnen zu sagen, dass der Wolf auch bei Ihnen im Schafspelz daherkommen kann.«

»Ich passe auf«, versprach Müller. »Und Sie haben keine Details?«

»Keine Details. Wir wissen einfach noch nichts. Irgendwelche besonderen Vorkommnisse bei Ihnen?«

»Nein, keine. Mein Skipper hat mir vor ein paar Minuten erzählt, dass möglicherweise ein U-Boot der Nordkoreaner auftauchen kann. Das passiert schon mal in diesen Breiten, sagt er. Aber er hat mir versprochen, wenigstens das Steuerhäuschen sauber zu machen, nachdem er sich eine halbe Stunde lang dort entleert hat. Es soll nämlich bald regnen.«

»Und wer sagt das?«

»Na, mein Skipper.«

»Dann haben Sie doch wenigstens den Wetterdienst«, sagte Krause beruhigend. »Und Sie können im Notfall Mayday rufen.«

»Oh nein, nein, so exklusiv sind wir hier nicht. Er hat nicht mal ein Radio an Bord, und von Funk keine Spur. Nur einen Tauchsieder und diesen knallharten amerikanischen Pulverkaffee, der einem jede Hoffnung raubt.«

»Aha«, sagte Sowinski. »Eine Luxuskreuzfahrt also. Na dann, weiterhin viel Vergnügen.«

»Sie mich auch!«, schloss Müller muffig.

Fürs Erste mussten sich die drei damit zufriedengeben. Wenn Müller hochgradig angespannt in eine Operation ging, launisch wirkte, an tausend Kleinigkeiten rumnörgelte, jeden in seinem Umfeld einen Idioten schimpfte, konnte man ganz sicher sein, dass er nicht zu überraschen war.

SIEBTES KAPITEL

»Die Insel liegt geradeaus«, beharrte der Skipper.

»Ich sehe sie nicht«, sagte Müller.

»Sie ist aber da. Noch zwanzig, dreißig Minuten.«

»Wie oft hast du diese Tour hier schon gemacht?«, fragte Müller.

»Ziemlich oft.«

»Und wie oft war da ein U-Boot?«

»Zweimal. Aber es gibt auch Schnellboote. Die sind richtig gut und scharf.«

»Und was machen die Scharfen, wenn sie hier sind?«

»Sie kommen und gucken, was ich so tue. Aber sie kommen nie auf mein Boot. Und jetzt mache ich uns eine Suppe. Nudelsuppe, ganz klasse, Mann.«

»Von mir aus«, sagte Müller desinteressiert. Dann fragte er: »Sind wir hier eigentlich in nordkoreanischen Gewässern oder in internationalen?«

»Eigentlich international, aber das legen die Nordkoreaner sehr weit aus. Mal international, mal nordkoreanisch. Wie es ihnen eben gefällt.«

Der Skipper suchte irgendetwas an Deck zwischen all dem unbrauchbaren, rostenden Gerät. Dann fand er es – eine rote Gaspatrone. Er stellte sie unter ein kleines Dreibein, darauf ein Stück Metallgitter. Dann machte er zwei Dosen auf und stellte sie auf das Gitter. Die Flamme zischte hoch.

»Arbeitest du für den Geheimdienst?«, fragte Müller.

»Ich bin freier Unternehmer«, gab er zur Antwort und lachte dazu. Dann machte er zwei Schritte in seinen Steuerstand und schaltete den Motor ab.

Müller war augenblicklich unruhig. »Was soll das?«

»Pause«, sagte der Skipper und lächelte freundlich. »Hart arbeitende Männer brauchen Pausen. Jedenfalls hier. Und wenn sie uns entdecken, ist es besser, wenn wir dümpeln.«

Er ging zu einer hölzernen Luke unmittelbar hinter dem Steuerhaus, die etwa ein mal ein Meter groß war, und hob sie hoch. Er winkte Müller zu sich.

»Wenn ein Schnellboot kommt, gehst du hier rein, und ich lege den Deckel drauf.«

Müller starrte auf die Maschine des Bootes. Es war eine funkelnagelneue Yamaha, und er schätzte, dass sie zweihundert PS freisetzen konnte. Müller musste unwillkürlich grinsen, das war eine Aussicht, die ihm gefiel.

»Dann brauche ich hundert Dollar, am besten in kleinen Scheinen. Ich gebe das den Leuten vom Schnellboot, und wir können machen, was wir wollen. So läuft das hier.«

»Okay«, nickte Müller und holte Geld aus einer der vielen Taschen seiner Weste. Das war eine klare professionelle Ansage, auf diesem Boden war er zu Hause. Und wahrscheinlich würde der Skipper von den hundert Dollar die Hälfte für sich abzweigen.

Plötzlich kam Wind auf und riss die Nebelfetzen auseinander.

»Jetzt essen wir erst mal«, sagte der Skipper.

In der Ferne tauchten Inseln auf, felsige Inseln, sie sahen aus wie große spitze Hüte.

»In der Mitte, das ist Topo«, sagte der Skipper. »Keine Menschenseele da.«

Die Suppe war kochend heiß, Müller konnte die Dose nicht anfassen.

Der Skipper lächelte und reichte ihm einen uralten Löffel. Zink oder so was, dachte Müller. Die Suppe schmeckte hervorragend.

»Wann wird denn Nordkorea wieder zu euch gehören?«, fragte Müller.

»Hoffentlich nie. Das wird nur unglaublich viel kosten. Alles, was mit denen im Norden zu tun hat, kostet ein Vermögen. Hast du von den zwei Zügen gehört? Einer kam von Norden, ein anderer ging nach Norden. Und sie haben so getan, als könnte das eines Tages normal sein. Eine lächerliche Veranstaltung. Und wir im Süden haben das bezahlt. Achtzig Millionen Dollar haben wir ihnen für diese beiden Züge zuschieben müssen. Das muss man sich mal vorstellen, achtzig Millionen für nichts, für eine miese Show.«

»Warum holst du hier Menschen aus dem Wasser? Wenn hier doch Schnellboote und U-Boote sind und so was?«

»Auf dem Landweg kommt man sonst nur über China raus, und

von dort manchmal in die Mongolei, oder über Russland. China ist riesig, und wirklich weiter kommt man nur in Peking oder Schanghai, aber dorthin zu gelangen dauert Monate. Die Flüchtlinge müssen unterwegs arbeiten, weil sie kein Geld haben. Für jedes Geld arbeiten, das sie angeboten kriegen. Die meisten Frauen arbeiten früher oder später als Nutten. Die Mongolei geht eigentlich auch nicht, weil die Menschen da selbst nicht viel haben. Und Wladiwostok ist eine elende Stadt. Es gibt auch Flüchtlinge, die unbedingt nach Japan wollen, weil Japan nah ist. Aber dann kommst du ohne neue Papiere kaum wieder aus Japan raus. Also bleiben nur die Inseln hier, wenn jemand unbedingt raus will.«

»Und die Menschen, die du rausholst, wo kommen die her?«

»Die kommen aus dem ganzen Land. Und diese Reise ist schon beschissen, weil du einen Schein brauchst, wenn du von einem Dorf zum anderen willst. Dann geht es mit Fischerbooten raus. Von Haeju, das ist eine Stadt an der Küste. Und das ist lebensgefährlich. Für die Menschen und die Fischer. Und sie versuchen es immer wieder, jeden Tag aufs Neue.« Den Rest seiner Suppe trank er aus der Dose.

»Was hältst du denn von der Idee, dass sie eine Atombombe verkauft haben könnten?«

»Oh Gott, frag mich nicht so was, Mann. Das passt zu ihnen. Da war doch irgendwann eine Explosion, oder? Da haben die USA gesagt, es sei eine schwache Bombe gewesen und sie hielten die im Norden nicht für eine Atommacht. Vielleicht haben sie sich reinlegen lassen, die Amis sind doch so, oder?«

Er stand auf und legte die beiden Netzbäume links und rechts vom Boot aus über das Wasser. Seine Bewegungen waren schnell und konzentriert. Er grinste und erklärte: »Wir müssen ein wenig Tamtam machen, Tamtam ist wichtig hier. Und du musst unten bleiben und dich ducken. Man darf dich nicht sehen.«

Also ging Müller zum Bug und setzte sich dort auf das Deck. Er war ungeduldig, wollte alles so schnell wie möglich hinter sich bringen. Er dachte an Svenja und war froh, dass sie nicht hier bei ihm war. Dann fand er diesen Gedanken absurd, und er spielte mit der Möglichkeit, sie anzurufen. Aber er ließ es sein, es war zu gefährlich, und er wusste nicht, wie gut die Ohren auf den Schnellbooten waren.

Der Motor lief an, der Skipper brüllte gut gelaunt: »Here we come!«

Dann erschien plötzlich ein Loch in den grauen Wolken und gab den Blick frei auf ein Stück strahlend blauen Himmel. Der Wind blies kräftiger, und die Welt wurde ein klein wenig freundlicher.

Das Boot tuckerte auf die Insel in der Mitte zu, Müller kam es unglaublich langsam vor.

Dann brüllte der Skipper: »Verkriech dich!«, und deutete nach links.

Etwas Graues, schiefergrau wie alle Schnellboote, näherte sich ihnen von der Seite und zerteilte das Wasser wie ein Messer.

Müller rannte tief gebückt zu der Luke und ließ sich auf einem Brett neben dem Motor nieder. Er musste sich in dem Verschlag zusammenkauern und den Kopf einziehen, dann knallte der Deckel herunter, und die Welt um ihn herum wurde rabenschwarz. Der Motor war unerträglich laut, und Müller verlor jedes Gefühl für Zeit.

Er schätzte, dass etwa eine halbe Stunde vergangen war, als der Motor plötzlich stoppte. Er hörte Männer, die einander etwas zuriefen. Sie wirkten nicht im Geringsten hektisch oder aufgeregt, niemand brüllte unangenehm harte Befehle. Sie sprachen miteinander, etwa so, wie wenn man sich beim Fischen auf dem Meer trifft, zufällig und in Ruhe. Er konnte die Stimme des Skippers ausmachen, und einmal glaubte er das Wort Dollar herauszuhören, aber da konnte er sich auch irren. Dann hörte er einen Motor winseln und schnell näher kommen.

Sie holen sich das Geld, dachte er. Na klar, sie schicken ein kleines Boot für das Geld. Sein Skipper gab einige entspannt klingende Laute von sich, woraufhin eine andere Stimme ebenfalls völlig unaufgeregt zwei, drei Worte erwiderte. Dann sagte der Skipper etwas wie okay, okay. Danach war es still, einen Augenblick später hörte er den Motor des kleinen Bootes wieder kurz aufjaulen und dann langsam immer leiser werden. Der Motor direkt neben ihm wurde angelassen, und er presste sich die Handflächen auf die Ohren. Er spürte die starken Bewegungen des Schiffes. Dann wurde der Deckel weggenommen, und der Skipper über ihm sagte: »Bleib noch eine Weile unten, bis sie ganz weg sind. Siehst du, läuft alles glatt, wie immer. Keine Gefahr.«

»Das möchte ich mir auch ausbitten.« Müller hatte in beiden Ohren ein kräftiges Rauschen.

»Wir fahren jetzt ganz langsam um Topo herum und dann werden wir den Mann sehen, den du rausholst. Oder die Frau.«

»Wieso Frau?«, fragte Müller überrascht.

»Na ja, ich weiß das nicht.«

»Es ist ein Mann«, sagte Müller. »Hoffentlich.«

Der Skipper begann schallend zu lachen. »Das liebe ich so an den Spionen. Sie kommen, um was abzuholen, wissen aber gar nicht, was es sein wird. Komm jetzt hoch, das Schnellboot ist weg.«

»Und wenn es wieder auftaucht?«

»Das wird es nicht, Mann. Sie haben sich die Dollar geholt und kehren uns den Rücken zu, bis wir abhauen. So sieht der Deal aus.«

»Wenn du meinst.«

»Oh, das meine ich nicht nur, das ist so.« Er ging zurück in sein Steuerhaus, um sein Schiffchen auf Kurs zu bringen.

Es dauerte unendlich lange, weil er unglaublich langsam fuhr.

Müller erkannte auf der Mitte des Felsens ein breites Band von niedrigen grünen Büschen. Er schätzte die Höhe des Felsens auf etwa achtzig Meter. Er fiel steil ins Meer hinab, da gab es weit und breit kein Ufer.

Dann kam zum ersten Mal an diesem Tag die Sonne hervor.

Der Skipper fuhr rechts an dem Felsen vorbei, wahrscheinlich, um den weiten Blick zu behalten und keine Überraschung zu riskieren. Linker Hand lagen in kurzer Entfernung vier kleinere, sehr flache Inseln. Ehe er das Ruder nach backbord einschlug, schien er einen kurzen Moment zu zögern, und Müller sah, wie er mit einem Fernglas das Meer absuchte. Die nächste steile Insel lag vielleicht einen Kilometer querab.

»Okay!«, nickte der Skipper. Dann benutzte er wieder den Holzstab, um das Schiff auf gleichem Kurs zu halten, und kam zu Müller. »Was erwartest du denn?«

»Einen Mann«, antwortete Müller. »Er heißt Kim.«

»Na denn«, sagte der Koreaner.

»Du nimmst die Handlampe und gibst dreimal lang. Dann zweimal kurz und viermal lang. Dann wird er kommen.«

Die andere Seite der Insel hatte einen halbmondförmigen Strand aus dunklen Steinen, nicht länger als dreißig Meter. Darüber drei große Büsche, dann der nackte, senkrechte Fels.

Der Skipper gab das Zeichen, und sie warteten.

»Und wie kommt er auf das Boot?«, fragte Müller.

»Er muss ein paar Meter schwimmen. Ganz ran kommen wir nicht.«

»Hoffentlich kann er schwimmen.«

Der Skipper lachte wieder.

Aus dem mittleren Gebüsch tauchte ein Mann auf und winkte zu ihnen herüber. Er wirkte winzig.

Der Skipper schrie ihm etwas zu und ruderte dabei wild mit den Armen.

Der Mann bewegte sich, er ging zum Wasser. Dann schwamm er auf sie zu.

»Wie ist er denn auf die Insel gekommen?«, fragte Müller.

»Schwimmend«, sagte der Skipper. »Manchmal warten sie tagelang, ehe jemand kommt, der sie holt. Und dann kann es immer noch der Falsche sein. Einmal war ich hier, da lag der Fahrgast tot am Strand.«

»Sehr tröstlich«, sagte Müller.

Der Mann hatte ungefähr eine Strecke von fünfzig bis sechzig Metern zu schwimmen, und das machte er sehr langsam, als sei er bereits am Ende seiner Kräfte. Als er endlich neben dem Schiff auftauchte, reichte Müller ihm die Hand und zog ihn aus dem Wasser. »Kim?«

Der Mann nickte und lachte erleichtert und schüttelte sich wie ein nasser Hund. Dann breitete er die Arme weit aus und umarmte Müller. Er stank bestialisch, und aus der Nase lief ihm der Rotz.

Müller fummelte nach einem Paket Papiertaschentücher und reichte ihm eines.

»Okay, okay«, sagte der Mann begeistert und putzte sich die Nase.

Er war barfuß, und sein Gebiss war ein Steinbruch mit Spuren eines silbrigen Metalls. Der dunkle Anzug, den er trug, war zwar klatschnass, aber deutlich erkennbar sehr alt und fadenscheinig. Das wohl ehemals weiße Hemd war nur noch ein grauer Fetzen. Die braunen Augen des Mannes blickten bescheiden in diese Welt, und nach Müllers Schätzung war er um die fünfzig Jahre alt.

Der Skipper brüllte auf Englisch: »Hilf ihm, er soll sich ausziehen, sonst hat er eine Lungenentzündung, wenn wir ankommen. Wir sind hier nicht in der Südsee. Da vorn liegt eine Decke, links im Bug.« Dann folgten ein paar abgehackte Worte auf Koreanisch.

Der Mann lachte schallend und nickte und sagte dauernd begeistert: »Okay, okay, okay!« Dann zog er die Anzugjacke aus, das Hemd, stieg aus der Hose und stand da in einer löchrigen weißen Unterhose.

Müller fand die Decke und warf sie ihm zu. Die Decke passte zu dem ganzen Unternehmen: Sie war dreckig, sie stank, und sie war übersät mit dunklen Flecken, die nach Teer aussahen.

Jetzt ließ der Mann auch noch die Unterhose herunter, griff nach der Decke und wickelte sich darin ein. Dann taumelte er unvermittelt hin und her, seine Augäpfel verdrehten sich nach oben, und er schlug wie ein gefällter Baum lang auf das Deck.

»Scheiße!«, sagte Müller laut.

Der Skipper kam angelaufen, kniete sich neben Kim auf das Deck und schlug ihm leicht rechts und links ins Gesicht. Es dauerte lange, ehe Kim wieder die Augen öffnete.

Der Skipper stellte ein paar Fragen auf Koreanisch, und Kim antwortete leise, hauchte die Worte fast.

»Was ist?«, fragte Müller.

»Er ist seit fünf Tagen auf der Insel«, erklärte der Skipper. »Und die Nächte dazwischen natürlich. Und er hatte nur die Blätter von den Bäumen. Das Beste ist, du bringst ihn ins Steuerhaus. Da kann er wenigstens liegen. Und eine Suppe sollte er haben, verdammt schnell sogar. Sonst haben wir bald einen Köder für die Fische.«

Kim lächelte Müller an, zögerlich, dann bleckte er seine wenigen Zähne und bat wortlos um Vergebung.

Du bist ein armes Schwein, dachte Müller. Ich nehme an, das größte Geheimnis, das du mit dir herumträgst, ist deine Hausnummer.

Kim nieste dreimal hintereinander und flüsterte jedes Mal: »Sorry!« Er hielt geduldig still, als Müller ihm die Nase putzte.

Es war noch immer sein erster Tag in San Francisco, als Thomas Dehner nach zwei Stunden Schlaf gegen zwanzig Uhr aufwachte. Der Jetlag beutelte ihn gewaltig, aber fürs Erste fühlte er sich halbwegs erholt. Da er Sowinskis Aufforderung, schnell zu arbeiten, noch im Ohr hatte, überlegte er, wie er seine nächste Tour am besten angehen sollte.

Die Frage war nicht, ob an der Sache mit dem mysteriösen Tod von Cheng etwas faul war, die Frage war, wie viele Indizien Sowinski brauchte, um ihn nach Berlin zurückzurufen.

Doch zuerst rief er seine Mutter an.

»Dehner hier.«

»Hier auch.« Er fand, ihre Stimme klang belegt. »Wie geht es dir heute Morgen?«

»Gut«, sagte sie. Sie sagte immer gut. »Und wie ist San Francisco?«

»Schöne Stadt. Kommt Doktor Werrelmann heute?«

»Er war gestern Abend noch da, ziemlich spät. Er sagt, es ist alles in Ordnung. Und ich müsste Geduld haben mit den neuen Medikamenten. Das kann dauern, sagt er.«

»Du klingst nach einer Erkältung«, sagte er vorwurfsvoll. »Und versuch nicht, mich zu belügen.«

»Ich belüge dich doch nie.«

»Du belügst mich zweimal am Tag, wenn es sein muss. Wie ist das Wetter bei euch?«

»Kalt und regnerisch. Aber ich kriege davon nichts mit, wie du weißt.«

»Du kannst doch Tante Käthe anrufen und sie bitten, dir ein paar Filme auszuleihen.«

»Aber ich lese viel lieber, das weißt du doch. Die Filme spulen in anderthalb Stunden alles ab, und dann hockst du da und fragst dich, was du gerade gesehen hast. Filme sind irgendwie unbefriedigend.«

»Aber nein! Denk doch nur an *Vom Winde verweht*. Der ist doch besser als das Buch, viel besser sogar.«

»Du mit deinem Schnulzentick!« Sie lachte, und ihre Stimme klang wirklich belegt.

»Na gut, ich melde mich später noch mal, ich muss jetzt los.«

Er verzichtete auf den Anzug und kleidete sich ganz leger nur in Hemd und Hose und fuhr hinunter in die Hotellobby, um in der Bar einen Drink zu nehmen. Dieser Officer Stuart, dachte er auf dem Weg nach unten, bei dem könnte was zu holen sein. Aber den muss ich mir für morgen aufheben. Jetzt bleibe ich erst mal im Hotel. Die müssen hier eine Menge mehr wissen als Edda. Wenn sie nicht wollen, dass man über diese alte Geschichte redet, dann steckt da doch mit Sicherheit noch was dahinter.

Entgegen seiner ursprünglichen Absicht ging er zum Empfang und sagte: »Könnte ich bitte jemanden von der Direktion sprechen?«

»Aber selbstverständlich, Mister Cross«, erwiderte eine der Angestellten und sagte irgendetwas in das Mikrofon an ihrem Platz. »Haben Sie eine Beschwerde?«

»Nein, nur eine Bitte.«

Nach einer Weile erschien ein junger Mann, der geradezu ölig fragte: »Was kann ich für Sie tun?«

»Nun, es geht um Ihr Dach«, erklärte Dehner gut gelaunt. »Ich habe heute Mittag dort fotografiert und würde das jetzt sehr gern noch mal im Abendlicht tun. Es ist einfach eine fantastische Aussicht, wenn Sie verstehen, was ich meine. Deshalb wollte ich fragen, ob jemand noch mal so freundlich wäre, mir die Eisentür aufzuschließen.«

»Da muss ich eben nachfragen«, sagte der junge Ölige.

Er trug einen Anzug, der im Farbton zwischen Grün und Braun changierte und einfach unmöglich aussah. Ein lichtblaues Oberhemd und eine grellrote Krawatte setzten dem Ganzen die Krone auf. Dehner bezeichnete so etwas als untragbares Ensemble und hätte es unter normalen Umständen unbedingt vermieden, mit einem solcherart gekleideten Menschen Kontakt aufzunehmen.

»Ich bitte einen Moment um Ihre Geduld«, murmelte der Ölige und verschwand durch eine der Türen im Hintergrund.

Als er zurückkehrte, lächelte er nicht einmal mehr, sondern äußerte nur mit gänzlich verschlossener Miene: »Das ist leider nicht möglich, Mister Cross. Die Geschäftsleitung untersagt das aus Sicherheitsgründen.«

»Oha!«, sagte Dehner und war augenblicklich unkontrolliert stinksauer. »Ich stelle auch keine Fragen mehr nach dem lebensmüden Mister Smith.« Das troff vor reinem Sarkasmus, und er wusste noch in derselben Sekunde, dass er einen schwerwiegenden Fehler gemacht hatte. Aber es war bereits zu spät.

»Ich weiß nicht, wovon Sie sprechen«, sagte der Ölige mit steinernem Gesicht. »Wenn Sie mich jetzt bitte entschuldigen.«

Am Empfang saßen drei Frauen. Sie alle starrten Dehner jetzt ernst und misstrauisch an.

»Na ja, schade«, sagte er betont gelassen, drehte sich um und schlenderte auf die Drehtür zur Straße zu.

Als er in die Abendsonne hinaustrat, begann er angestrengt zu überlegen, wie er seinen Fehler wieder ausbügeln könnte, aber es fiel ihm auf Anhieb nichts ein. Ein Lehrer hatte einmal gesagt: Wenn Sie einen Fehler machen, haben Sie nur zwei Möglichkeiten. Entweder Sie geben ihn sofort zu und warten ab. Oder aber Sie tun so, als hätten Sie das nicht bemerkt.

Du bist ein Blödmann, schalt er sich. Du machst einen Riesenfehler an einer völlig unmöglichen Stelle. Wieso musstest du den Typ provozieren? Wie ein Kind! Wie ein trotziges Kind!

Er wanderte eine halbe Stunde um den Block und spielte dabei mit dem Gedanken, Sowinski oder die Leitung Operative Sicherheit anzurufen, den Fehler einzugestehen und den Befehl zu bekommen, auf der Stelle den Rückzug anzutreten und sich in den Flieger Richtung Heimat zu setzen.

Aber er rief nicht an, er wanderte stur weiter, sah nichts und niemanden und kochte vor Wut auf sich selbst. Wie hatten die Instruktoren immer wieder gesagt? Treffen Sie niemals eine Entscheidung, wenn Sie wütend sind.

Er fragte sich, ob er überhaupt der richtige Mann für den Bundesnachrichtendienst war. Ob es nicht entschieden besser wäre, auszuscheiden und etwas ganz anderes zu versuchen. Irgendetwas Ruhiges bei einer Bank zum Beispiel. Seine Mutter würde ohnehin in den nächsten Monaten von ihm gehen, er würde dann sowieso allein sein, und Berlin war möglicherweise auch nicht der richtige Platz für ihn. Vielleicht war es irgendwo weit weg besser, auf einer griechischen Insel zum Beispiel. Eine Kneipe aufmachen. Er erinnerte sich, dass seine Mutter ihn einmal nachts gefragt hatte: »Was wirst du tun, wenn ich nicht mehr bin?« Er hatte keine Antwort darauf gehabt, schon die Frage war ihm furchtbar erschienen, hatte seinen Mund ganz trocken gemacht, und er war aufgesprungen und hatte das Zimmer verlassen.

Als er den Hoteleingang schon wieder sehen konnte, wandte er sich endlich erneut seinem unmittelbaren Problem zu. Was sollte er jetzt tun? Auschecken, ein anderes Hotel beziehen, sich auf den Polizisten Stuart konzentrieren? Er war inzwischen ganz sicher, dass dieser Smith nicht freiwillig gesprungen war. Sonst hätte der Typ am Empfang niemals so empfindlich reagiert.

Ich muss es weiterhin über Edda versuchen, dachte er. Ich habe gar keine andere Wahl. Aber was ist, wenn Edda morgen nicht kommt? Wenn sie ihren freien Tag hat? Was ist denn, wenn sie sie längst gefeuert haben, weil sie mit mir über diesen Han Ho Smith gesprochen hat? Er wusste genau, dass er sich längst im Gedankenkarussell verloren hatte, aber er war nicht fähig, es anzuhalten und auszusteigen.

Er ging wie ein Schlafwandler durch die Lobby zu den Lifts und fuhr nach oben.

Sie waren zu dritt, und sie wirkten auf den ersten Blick nett und zuvorkommend. Sie saßen in seiner Sitzecke und lächelten ihm entgegen, als seien sie mit ihm verabredet.

Er war augenblicklich wachsam, aber seltsamerweise auch erleichtert, dass die Erstarrung sich löste und sich endlich etwas tat.

»Haben Sie sich im Zimmer geirrt?«, fragte er, und seine Stimme klang erstaunlich flach und frei von jeder Aggression.

»Mister Cross«, begann der, der rechts in einem kleinen Sessel saß. »Mein Name ist Oldman, Gerry Oldman. Wir sind hier, um Sie zu fragen, weshalb Sie sich nach Han Ho Smith erkundigt haben, der unglückseligerweise vom Dach dieses Hauses stürzte.«

Sie waren alle drei etwa fünfundzwanzig bis dreißig Jahre alt, trugen helle Anzüge, wirkten sehr diszipliniert und aufmerksam und eigentlich auch nicht bedrohlich. Der, der gesprochen hatte, trug seine dunklen Haare auffällig kurz.

»Na ja«, sagte Dehner und ging ein paar Schritte nach links, um den Stuhl vor dem kleinen Schreibtisch zu erreichen, »das ist ganz einfach zu erklären. Ich habe mit keinem Wort nach Mister Smith gefragt. Ich wusste nicht einmal, dass es hier einen Mister Smith gegeben hat.« Er setzte sich und sah sie aufmerksam, aber ganz freundlich an. »Es gibt hier im Haus eine Edda, eine freundliche Frau um die fünfzig. Sie hat mich bedient. Die habe ich gefragt, ob ich mal auf das Dach gehen könnte, um zu fotografieren. Fotografieren ist mein Hobby, müssen Sie wissen. Sie sagte Ja und kam mit einem Schlüssel, mit dem sie eine Eisentür aufschloss, sodass man auf das Dach konnte. Und ich fragte sie, weshalb denn diese eiserne Sicherung eingebaut sei. Sie erklärte mir, da sei ein gewisser Smith, einer der aussah wie ein Koreaner, auf das Dach gestiegen und habe sich dann in die Tiefe gestürzt. Das sei schon weit mehr als ein Jahr her. Es war Edda peinlich, mir nicht mehr berichten zu können, weil man über so einen Fall hier im Haus natürlich nicht gern spreche. Was ich verstehen kann. Das war auch schon alles.«

»Woher stammen Sie, Mister Cross?«, war die nächste Frage.

»Tulsa, Oklahoma«, antwortete er. Dann sah er sie der Reihe nach an und fragte betont freundlich: »Sagen Sie, stimmt hier irgendetwas nicht? Miss Edda hat mir nur einen Gefallen tun wollen. Wird sie jetzt etwa wegen dieser Lächerlichkeit gefeuert? Wollen Sie das?«

Der in der Mitte bemerkte ohne jede besondere Betonung: »Mit Edda hat das gar nichts zu tun.«

Der gefiel Dehner überhaupt nicht. Er hatte sich die Haare fast weißblond färben lassen und hatte Augen wie eine Echse, sehr schmal und beinahe farblos.

»Aha«, nickte Dehner. »Dann bin ich ja beruhigt. Es wäre mir peinlich, wenn Edda meinetwegen irgendwelche Schwierigkeiten bekäme. Sie ist wirklich eine sehr nette Frau.«

Dann lächelte er sie an. »Mehr kann ich Ihnen dazu nicht sagen.«

Der auf der linken Seite fragte: »Sagen Sie, kennen Sie eine gewisse Pistor, Sissy Pistor?«

»Nein«, antwortete Dehner, ohne nachzudenken. »Nie gehört. Wer ist das?«

»Eine Frau, die wir nicht mögen«, sagte der Mann links außen. Er schien ein wenig älter als seine Kollegen und wirkte fast schläfrig. Er hatte lange, braune Haare, die ihm über den Kragen fielen.

Dehner brachte es fertig, richtig amüsiert zu sein. Er bemerkte ironisch: »Also, wissen Sie, es ist schon ein ziemlich merkwürdiges Treffen, das Ganze hier. Drei Leute spazieren einfach so in mein Zimmer herein, um mit mir abzuklären, weshalb ich auf das Dach wollte. Und dann soll ich eine Frau kennen, die Sissy Pistor heißt. Sagen Sie, meine Herren, wer schickt Sie eigentlich? Und wer hat Ihnen das Apartment aufgeschlossen? Oder sind Sie von der Hotelleitung? Sind Sie vielleicht Polizisten? Sitzen Sie hier im Auftrag Ihrer Stadtverwaltung?«

»Wo in Tulsa wohnen Sie denn?«, fragte der rechts außen Sitzende.

»Valley drei-zwei-fünf«, antwortete Dehner rasch. »Was soll das hier? Verwechseln Sie mich vielleicht mit jemandem?«

Der Weißblonde sagte gelassen: »Du bist so unschuldig, Junge, dass niemand das recht glauben kann. Du bist uns einfach zu glatt.«

»Aha!«, erwiderte Dehner. »Und was soll ich jetzt damit anfangen?«

Er sah reglos zu, wie der Weißblonde aufstand und direkt auf ihn zukam. Er konnte dem ersten Schlag noch ausweichen und vom

Stuhl nach vorn abrutschen. Dem anschließenden Tritt in den Unterleib aber nicht. Es ging alles viel zu schnell, und er hatte nicht die geringste Chance. Der Weißblonde hörte nicht auf zu treten, als er flach auf dem Bauch lag und die Schmerzwellen ihn fast ohnmächtig werden ließen.

Einer von ihnen sagte: »Wir kommen wieder, Tulsa-Baby. Und dann werden wir richtige Antworten bekommen.«

Dann traten sie wieder zu, viele Male, bis er nicht mehr lokalisieren konnte, wo es wehtat. Die ganze Welt versank in einem einzigen höllischen Schmerz. Als ihn ein schwerer Tritt gegen den Kopf traf, war er längst bewusstlos.

»Liegen die Aussagen des nordkoreanischen Generals jetzt vor?«, fragte Krause sein Sekretariat.

»Noch nicht«, kam die Antwort.

»Dann geben Sie mir Moskau, bitte.« Er wusste nicht, wie lange er schon an seinem Schreibtisch saß. Es kam ihm jedenfalls wie eine Ewigkeit vor, und er fühlte die Müdigkeit wie einen zu schweren Mantel auf seinen Schultern.

Er rief Esser an und fragte: »Haben die Techniker inzwischen irgendetwas herausgefunden über die mögliche Verpackung der Morgengabe?«

»Ja, wir haben mehrere Möglichkeiten, aber glücklich bin ich mit keiner.«

Das Sekretariat kündigte Moskau an. Kurz darauf meldete sich der Resident, und er war offenbar gut gelaunt. »Moskau hier. Wahrscheinlich geht es um den General in Wladiwostok. Ist das so?«

»Das ist so.«

»Also, es heißt, dass Putin die Sache an sich gezogen hat. Wie üblich. Das bedeutet, dass der Mann von Wladiwostok aus hierher in den Kreml geflogen wird. Und dann wird garantiert ein halber Tag vergehen, bevor der Kreml eine Stellungnahme abgibt. Wir wissen noch nicht einmal, was für ein General das ist. Ob Heer, ob Flieger, ob Marine.«

»Haben wir einen guten Zugang zu den Angaben dieses Generals?«

»Haben wir. Ich kann aber nicht sagen, wie lange es dauern wird, bis uns die Informationen vorliegen. Erfahrungsgemäß können wir den Mittelsmann erst am Tag nach den offiziellen Verlautbarungen anlaufen.«

»Bitte dranbleiben«, sagte Krause. »Ende.«

Er rief Esser. »Könntest du eben rüberkommen? Wegen der möglichen Verpackung.«

Esser kam, und Krause stellte fest, dass es inzwischen fast drei Uhr nachts war. Er sagte lapidar: »Ich sollte eigentlich ein paar Stunden schlafen.«

»Dann tu das doch«, antwortete Esser heiter. »Sieh mich an, ich verschwinde gleich für mindestens acht Stunden. Oder wir machen es anders: Ich halte die Stellung bis gegen zwölf Uhr mittags, dann kommst du.«

»Ich muss morgen Vormittag ins Krankenhaus. Ich will unbedingt bei ihr sein, wenn sie nach der Operation aufwacht. Also gut, dann hältst du bis Mittag die Stellung, du weißt ja, wo ich bin.« Er nahm die Brille ab und rieb sich die Augen.

»Sie wollen die Konten nun doch nicht sperren. Die Versorgungslage ist so beschissen, dass sie mit Hunderttausenden Toten rechnen müssen, wenn keine Hilfe kommt. Aus einem Protokoll der G8 geht hervor, dass eine Sperrung der Konten überhaupt keinen Sinn macht, weil die Lage im Land so prekär ist, dass für etliche Landstriche die Hilfe sowieso zu spät kommt. Wenn man also die Öffnung der Konten davon abhängig machen würde, dass die Gelder für Soforthilfe bei der Bevölkerung ausgegeben werden, dann wäre das gut.«

»Da stimme ich völlig zu«, sagte Krause. »Es ist überhaupt nicht sinnvoll, die Gelder einzufrieren und dann anschließend festzustellen, dass wir eine nicht verantwortbare Menge an Hungertoten dadurch haben. Oder noch schlimmer: Die Welthungerhilfe kommt zu spät, und wir müssen uns den Vorwurf gefallen lassen, auf humanitäre Unterstützung verzichtet zu haben.« Krause räusperte sich. »Und jetzt zur Verpackung, bitte.«

»Also, eingangs noch einmal die Feststellung, dass es unmöglich ist, die vierzig Millionen Container, die ständig auf Reisen sind, zu überprüfen. Das würde nicht einmal bei fünf Millionen Containern gelingen: Der entscheidende Punkt ist, dass die meisten Häfen auf der Welt keine automatische digitale Aufzeichnung der durchlaufenden Container haben. An jedem Container sind in der Regel zwei weiße Felder, auf denen in einem Zahlencode angegeben ist, woher er kommt, für wen er bestimmt ist, was er enthält und wem er gehört. Aber wenn keine Kameraaufzeichnung dieser weißen Felder möglich ist, machen Hafenmeister diese Arbeit mithilfe von Listen. Man muss jetzt einfach feststellen, dass die Nordkoreaner einen Container auf die Reise schickten, der bei einem ganz bestimmten Empfänger eintreffen soll. Nun muss man wissen, dass sich die Spur eines Containers sehr schnell verliert, wenn er irgendwo angelandet wird, dann die Ladung zum Teil ausgepackt und neue Ladung dazugepackt wird und der Container wieder auf Reisen geht. Dann ändern sich die Tafeln mit Eigentümern, Bestimmungen, Inhalt automatisch. Wenn ich das sehr geschickt anstelle, kann ich einen Container rund um den Globus schicken, indem ich vermeide, Häfen mit automatischer Anzeige anzulaufen, den Container zwei-, dreimal bei Mittelsmännern vorbeischicke, die ihn immer wieder verändern, was seinen Inhalt angeht, die aber die Bombe immer drin lassen. Ich weiß, es hört sich ein wenig abenteuerlich an, aber so könnte das laufen. Das heißt, die Möglichkeiten, diesen Container zu finden, sind minimal. Klar?«

»Klar«, sagte Krause. »Und die Waffe selbst?«

»Stell dir vor, du baust ein kleines, solides Stahlgerüst, in dessen Mitte du die Bombe an starken Federn einhängst. Die ist bekanntlich nicht größer als ein Fußball. Also nehmen wir eine Kiste, die eine Waschmaschine oder einen großen Kühlschrank aufnehmen kann, sagen wir zwei mal zwei mal zwei Meter. Um das Stahlgerüst mit der Bombe baust du zunächst einen Kasten aus bleibelegten Blechen. Der Kasten sorgt dafür, dass nicht die geringste Strahlung spürbar wird. Und um diesen Kasten herum baust du deine Holzkiste. Du musst jetzt nur noch Verbindungsleute in kleineren Häfen finden, die diese Fracht zunächst entgegennehmen und auf ihrem Weg entsprechend tarnen.«

»Das ist nicht gerade ermutigend«, sagte Krause. »Und wie kann der wahre Empfänger wissen, wann er den richtigen Container auf dem Hof stehen hat?«

»Ganz einfach. Der Absender hat irgendein Zeichen draufgemalt, meinetwegen das chinesische Zeichen für *Gute Reise* oder den Segen sämtlicher shintoistischer Geistesgrößen, was weiß ich.«

»Weshalb hocke ich eigentlich noch hier?«, fragte Krause bitter.

»Weil wir nicht aufgeben«, erwiderte Esser lächelnd. »Normalerweise sollte man annehmen, dass irgendjemand von den befreundeten Diensten eine brauchbare Spur hat, die wir dann gemeinsam verfolgen können. Aber da jeder Angst hat, seine Quellen preiszugeben, haben wir alle nichts. Geheimdienst vom Feinsten.«

Krause wollte gerade nach Hause aufbrechen, als Svenja in der Tür stand und sagte: »Wenn Sie mich jetzt nicht brauchen, lege ich mich für ein paar Stunden aufs Ohr.«

Genau in diesem Augenblick wurde ein Anruf von Müller durchgestellt. Seine Stimme klang monoton. »Ich habe den Mann. Er ist nackt, seine Kleidung ist gerissen wie Papier. Schuhe hat er keine, Strümpfe auch nicht. Er hat fünf Tage auf einer winzigen Felseninsel gesessen und sich von Blättern ernährt. Der Name stimmt, das Alter auch, aber er sagt ganz klar, dass kein Mensch ihn irgendwo erwartet oder mit seiner Flucht gerechnet haben kann. Er sagt, er ist nur rausgeschwommen zu unserem Boot, weil er sonst auf der Insel verhungert wäre. Er ist aus Pjöngjang und arbeitete im Transportministerium. Aber er hatte keine wichtige Funktion, und er kann sich absolut nicht vorstellen, dass irgendjemand auf der Welt mit ihm sprechen will. Er sagt, dass er überhaupt nichts Wichtiges weiß. Die Bombe habe ich noch gar nicht erwähnt.«

»Heißt das, dass wir Ihrer Ansicht nach den falschen Mann haben?«, fragte Krause.

»Todsicher«, hörten sie Müllers Antwort durch das starke Rauschen dringen. »Er ist ein total erkältetes, völlig verrottetes armes Schwein mit dem Blick eines Dackels.«

»Wie ist er denn auf die Insel gekommen?«, fragte Svenja.

»Auf dem normalen Fluchtweg. Er ist in der Gegend der nordkoreanischen Stadt Haeju zu einem Fischer ins Boot geklettert und hat sich an der Insel aussetzen lassen. Er behauptet, er habe einfach die Nase voll gehabt.«

Krause schien einen Augenblick versunken in eine Welt, in die ihm niemand folgen konnte. Er sprach sehr leise, als rede er mit sich selbst: »Archie sprach von einem Raketenfachmann.« Dann etwas lauter: »Kümmern Sie sich um den Mann, besorgen Sie ihm alles, was er braucht. Buchen Sie sich auf die nächste Maschine und kommen Sie her. Mit dem Mann selbstverständlich.«

»Okay, ich verfahre wie angeordnet. Ende.«

»Hey, Moment mal«, sagte Svenja mit heller Stimme. »Wie bist du drauf?«

»Nicht besonders gut«, antwortete er. »Kein Wunder – bei der Ausbeute.«

»Noch etwas«, zischte Krause plötzlich scharf. »Wenn Sie wieder in Seoul sind, gehen Sie in Ihr Hotel und bezahlen. Allein. Dann treiben Sie sich mit dem Mann herum, bis die Maschine geht. Streng nach den Regeln der zeitlichen Überbrückung im Notfall. Kein Stillstand. Achten Sie auf Schatten.«

Nachdem die Verbindung zu Müller unterbrochen war, schwiegen sie eine Weile. Dann sagte Krause ins Telefon: »Rufen Sie mir Sowinski.«

Wie immer stand der Chef der Operation innerhalb von drei Minuten in Krauses Zimmer.

Als er die Nachricht von Kim vernommen hatte, sagte er nur nachdenklich: »Komische Situation.«

»Sehr komisch«, bestätigte Svenja.

»Der Begriff komisch erscheint mir in diesem Zusammenhang unpassend«, sagte Krause.

»Darf ich mal eine Frage stellen?«, bat Svenja.

»Aber ja«, nickte Krause.

»Jemand verkauft eine Atombombe, und die suchen wir. Und wir suchen den Käufer. Warum befragen Sie mich dann eigentlich die ganze Zeit zu einer Operation, die bereits über ein Jahr zurückliegt und deren Einzelheiten nichts mit den aktuellen Fragen zu tun haben können?«

Nichts an Krause bewegte sich, er hockte da, leicht vornüber geneigt, und schien auf Stimmen oder Melodien in seinem Inneren zu lauschen, die er mit niemandem teilte.

Sowinski verhielt sich ebenso still und reglos. Er lächelte allerdings leicht vor sich hin.

»Es ist so, meine Liebe«, begann Krause dann sanft. »Wir haben zwei Möglichkeiten, nach dieser vermeintlichen AB zu suchen. Einmal über das Geld, das für sie bezahlt wurde, und zum anderen über ihren möglichen Transportweg. Wie Sie aus Karl Müllers Bericht über seinen Einsatz in Zürich wissen, sind unsere Chancen, den Weg des Geldes zurückzuverfolgen, das irgendjemand für eine Bombe bezahlt hat, minimal. Nehmen wir an, man hat eine Milliarde für diese Waffe bezahlt, und nehmen wir weiter an, das Geld stammt aus einem Hedgefonds, dann muss man wissen, dass wir mehr als neuntausend Hedgefonds auf dieser Welt haben, also neuntausend Versammlungen von Heuschrecken, die irgendjemanden überfallen, ausweiden und stückweise verscherbeln. Und die hüten fast zwei Billionen Euro und können sie blitzschnell überall dort einsetzen, wo sie Beute machen können. Das heißt, wir können zwar unter Umständen herausfinden, welcher Hedgefonds es war, aber wir können wahrscheinlich nicht sagen, von wem ausgerechnet diese Milliarde stammt, die der Hedgefonds benutzte. Denn die Heuschrecken tauschen auch Gelder untereinander blitzschnell aus. Können Sie mir folgen?«

»Ja.« Svenja nickte.

»Was die Spuren hinsichtlich des Transportweges angeht, so sollten wir realistisch bleiben. Wenn ein General der Nordkoreaner aussagt, dass er am 10. Juni die Bombe in einen nordkoreanischen Hafen transportierte, dann ist das zwar eine lang ersehnte Auskunft, aber sie kann natürlich vollkommen falsch sein. Denn wir wissen, dass am selben Tag der Chinese Wu mit seinem Truck eine überschaubare Ladung unter großem Tamtam nach China befördert hat. Hat nun Wu die Bombe transportiert? Oder der General? Oder sind beide damit beauftragt worden, falsche Fährten zu legen, wobei sie nicht einmal gewusst haben müssen, was sie transportierten?

Dass wir Sie immer und immer wieder zu Ihrer Mission im letzten Jahr befragen, hat damit zu tun, dass wir im Begriff sind, eine Rückpeilung durchzuführen. Fragen Sie Herrn Sowinski. Er wird Ihnen bestätigen, dass wir beide pausenlos darüber nachdenken, wie viel an Rückpeilung nötig ist. Denn inzwischen glauben wir, dass dieser Deal nicht von heute auf morgen lief, sondern im Gegenteil einen sehr langen Vorlauf hatte. Weil eine Unmasse an technischen Problemen zu bewältigen waren. Der Transport über Land, der Transport zur See. Wir müssen also in Erfahrung bringen, was Leute wie Wu und andere vor weit mehr als einem Jahr getan haben, weil sie möglicherweise in diesen Deal eingebunden waren. Rückpeilung, meine Liebe, heißt: Wann könnte dieses Geschäft angebahnt worden sein? Zwischen welchen Leuten? Was machen diese Leute heute? Und was haben die nordkoreanischen Behörden unternommen, um diesen Deal glatt über die Bühne zu bringen? Wahrscheinlich lief das alles bereits, als Sie in Nordkorea um Ihr Leben fürchteten. Deshalb wollen wir wissen, was hat Wu im April letzten Jahres gemacht? Rückpeilung heißt auch, dass ich genau wissen will, was diese Nancy in der US-Botschaft in Peking getan hat. Weshalb war sie überhaupt dort? Was hat dieser Larry angestellt? Was hat Silverman unternommen, wen hat er gesteuert und aus welchem Grund? Vielleicht wussten die Amerikaner zu diesem Zeitpunkt bereits etwas. Möglicherweise sind sie auf etwas gestoßen.«

»Amen«, sagte Sowinski.

Krause lächelte Svenja an. »Haben Sie eine Handynummer von Wu?«

»Aber ja, natürlich.«

»Dann fragen Sie ihn, wo er im April vor einem Jahr war. Was er transportierte, was er unternahm. In der Zeit, als Sie Ihren Einsatz hatten. Und haben Sie den Mut, ihn nach der Bombe zu fragen. Ganz direkt. Das ist Rückpeilung. Wenn wir großes Glück haben, bekommen wir Antworten. Vielleicht.«

»Was ist mit Archie? Werden wir anrufen und sagen, dass wir den falschen Mann haben?«, fragte Sowinski.

»Auf keinen Fall, nicht ehe dieser falsche Mann hier vor mir sitzt«, entschied Krause.

Dann meldete das Sekretariat: »Mister Balkunian ist hier.«

»Na endlich.« Krause war erleichtert. »Wieso kommt der zu so einer Uhrzeit?«

ACHTES KAPITEL

Sie hatten jetzt eine lang rollende Dünung, und Nebel legte sich über die See. Das Boot tuckerte ins Ungewisse, und Müller stand am Bug und starrte missmutig in die blaugraue Watte. Noch immer verfolgte ihn die Angst, ein Schiffsbug könnte plötzlich aus diesem Niemandsmeer auftauchen, hoch wie ein Wolkenkratzer, und sie ohne jeden Laut in die Tiefe drücken. Einfach so.

Wahrscheinlich hatte der Skipper wieder seinen Holzstab in das Steuerrad gesteckt und fuhr geradeaus, wie er das nannte. Neben ihm stand der unrasierte Kim barfuß in seine dreckige Pferdedecke gehüllt und harrte der Wunder, die da kommen sollten. Und währenddessen sprachen die beiden ununterbrochen miteinander und lachten und hauten sich gegenseitig auf die Schulter, als seien sie uralte Freunde, die sich heute zufällig wiedergefunden hatten. Des Skippers fantastische Nudelsuppe aus der Dose hatte wohl Kims Leben gerettet. Aber er stank immer noch bestialisch und war nichts weiter als eine erbärmliche Gestalt, die irgendwo in diesem Meer auf sie gewartet hatte.

Warum hatte Krause Waffen angeordnet? Warum hatte er befohlen, zu packen, zu buchen, abzutauchen? Von wo drohte Gefahr? Wer konnte an einem Mann interessiert sein, der beteuerte, überhaupt nichts zu wissen, nichts von Wichtigkeit jemals gewusst zu haben. Oder war das einfach eine perfekte Tarnung? War dieser Kim doch jemand anderer als der, der er zu sein vorgab?

Müller drehte sich zum Steuerhaus um und winkte Kim zu sich.

Und Kim kam herangetrottet, brav wie ein Hündchen und fröhlich lächelnd. In seiner Aufmachung wirkte er wie der Angehörige eines ganz besonderen, skurrilen Mönchsordens.

»Hör zu«, erklärte Müller auf Englisch. »Hast du gehört, dass dein Staatschef eine Atombombe verkauft hat? Hat dir das irgendjemand geflüstert?«

»Eine Atombombe?«, fragte Kim erschrocken.

Müller nickte.

»Nein, habe ich nicht gehört.«

Seine Aussprache war grauenhaft, aber er schien wenigstens einigermaßen zu verstehen. Und er hatte sofort begriffen, dass das mit der Atombombe kein Scherz war. »Nein«, wiederholte er. »Woher wollt ihr das denn wissen?«

»Von Leuten, die wissen, wovon sie reden«, antwortete Müller. Dann fand er sein überhebliches Auftreten mit einem Mal unangemessen und erklärte: »Es ist ein Gerücht, verstehst du.«

»Ich bin nicht politisch«, sagte Kim, als habe er etwas Grundsätzliches festzustellen.

Bleib sachlich!, dachte Müller. Treib ihn nicht!

»Wie sieht es bei euch mit der Versorgung aus?«

»Nicht gut«, antwortete Kim. »Es gibt Leute, die sagen, dass eine neue Hungersnot droht. In Pjöngjang geht es noch und für die Leute in den Ministerien ist es erträglich. Aber die Menschen in den kleinen Städten und Dörfern sind schlimm dran. Sie haben einfach nichts zu essen. Aber ihr habt ja auch nicht genug zu essen.«

Müller reagierte scharf. »Das ist einfach nicht wahr. Wir haben sogar so viel zu essen, dass wir vieles wegwerfen.« Dann sah er die massive Verunsicherung in Kims Gesicht und ermahnte sich erneut: Nur nicht treiben! »Wie bist du denn geflüchtet?«, fragte er.

Kim überlegte zwei Sekunden: »Ich habe mich schließlich einfach auf den Weg gemacht.« Er klang so, als habe er eine lange Zeit für diese Entscheidung gebraucht.

»Hast du das vorbereitet?«

»Ja, aber nicht sehr gut.«

»Gibt es viele Menschen, die aus Nordkorea flüchten?«

»Nicht wirklich viele. Die meisten haben Angst, und deshalb gehen sie nicht.«

»Ist es richtig, dass Familien, aus denen einer geflohen ist, ins Lager kommen?«

»Ja. Wenn einer flüchtet, ist der Wurm des Verrates in der Familie. Und sie glauben nicht mehr an unsere Führer.«

»Glaubst du das auch?«

»Ich weiß nicht. Manchmal ja, manchmal nein.« Die Fragen waren ihm offensichtlich zu aufdringlich, seine Ablehnung war spürbar.

»Woher kommst du?«

»Aus Deutschland.«

»Wir hatten früher viele Leute aus Deutschland. Fachleute, Ingenieure, Techniker und so. Sie haben meinem Volk viel geholfen.«

»Das war zu Zeiten der DDR«, sagte Müller. »Die gibt es nicht mehr.«

»Davon habe ich gehört. Es gibt viele Bruderländer nicht mehr.«

»Ja, das ist richtig.«

Er dachte, es ist hart für dich, mein Freund. Wonach immer ich dich frage, musst du Mieses bestätigen: kein Essen, keine Hoffnung, keine Informationen, kein Kurztrip nach Europa, kein Strom, kein Benzin, keine Kneipen, nichts Fröhliches. Aber ich muss trotzdem weiterfragen.

»Was hast du denn an deinem Arbeitsplatz tun müssen?«

»Ich war zuständig für dreihundert Lkw.«

»Und was transportierten die?«

»Alles, was zu transportieren ist. Aber es sind besondere Lkw, sie haben einen, wie sagt man das? Sie arbeiten mit Holz.«

»Du meinst wahrscheinlich Holzvergaser. Ihr habt wenig Sprit und Diesel, davon habe ich gehört. Aber die politische Elite hat sicher genug davon. Das ist überall so.« Und dazu lächelte er ein Verschwörerlächeln.

»Ja, natürlich.« Kim nickte mit ernster Miene. Dann wandte er sich von Müller ab, als wolle er damit demonstrieren, dass er genug hatte von arroganten Fragen.

»Und was musstest du tun mit all den dreihundert Holzvergaser-Lkw?«

Kim drehte sich wieder zu Müller um. »Das ist doch jetzt nicht wichtig«, stellte er fest. Sein Gesicht war dabei ganz ruhig und der Blick seiner Augen sehr konzentriert. Aber er sah Müller nicht an. »Ich frage mich, wen du von diesem kleinen Felsen herunterholen solltest. Ich bin der falsche Mann, oder? Du hast mich verwechselt.«

»Oh Mann«, seufzte Müller und schloss die Augen. Er hatte keine Vorstellung, wie er diese Situation entspannen konnte. Was immer er sagte, konnte falsch und kontraproduktiv sein, konnte Kim verängstigen oder einschüchtern. Und trotzdem sah er keine andere Möglichkeit, als Kim reinen Wein einzuschenken. Die Wahrheit würde sein Weltbild auf den Kopf stellen und ihm Angst machen, so viel Angst, dass er sich auf den Felsen von Topo zurücksehnen würde.

»Ich sage dir jetzt meine Wahrheit«, begann er. »Ich kann keine der Einzelheiten beweisen, und ich bitte dich einfach, mir zu glauben. Ich bin ein Agent, ein Spion, wenn du willst. Ich bin auf diesem Meer, um einen Mann aus Nordkorea herauszuholen. Du sagst, dass du dieser Mann nicht sein kannst, weil du nichts von Wichtigkeit weißt, weil niemand im Ausland dich kennt, weil keiner erwarten kann, dass du irgendetwas verrätst. Du hast nichts, was du verraten kannst. Ist das richtig so?«

Da hockte dieses Häufchen Elend, nickte und starrte in das Chaos auf dem Deck. Alles an seinem Körper war in einer extremen Spannung, er hatte die Fersen angehoben, und seine Beine zitterten.

»Ich weiß nichts Genaues«, fuhr Müller fort. »Ich weiß nur, dass auf diesem Felsen ein Mann warten sollte, der etwas von den Raketen weiß, die möglicherweise bis nach Europa geschossen werden können. Das sagte ich schon.«

Es dauerte eine Ewigkeit, bis Kim zögernd nickte. Und er mochte Müller immer noch nicht ins Gesicht blicken, hatte den Kopf tief geneigt. Ein wenig wirkte er, als erwarte er den tödlichen Schwertstreich eines Henkers. Ein ewiger Verlierer.

»Also gut, du warst auf dem Felsen. Nicht der richtige Kim, den ich erwartet habe. Kann es sein, dass du einen anderen Kim kennst, der auf dem Felsen sitzen sollte? An deiner Stelle?«

Kim hob den Kopf und starrte in die Nebelschwaden. »Viele heißen Kim«, sagte er. »Das ist bei uns ein Name, der ganz oft vorkommt. Und was solltest du mit diesem Kim tun?«

»Gute Frage«, sagte Müller schnell. »Ich sollte mit ihm nach Europa fliegen und ihn den Amerikanern übergeben.«

»Die Amerikaner sind schlecht. Ich will nicht zu den Amerikanern. Und ich bin nicht der richtige Kim.«

»Das kann ich verstehen«, nickte Müller. »Sie sind nach wie vor eure Feinde, nicht wahr?«

Kim nickte nachdenklich, und die Spannung in seinem Körper schien etwas nachzulassen. Jetzt konnte er Müller ansehen. »Wir haben die Amerikaner 1953 in einer großen Schlacht besiegt. Mein Vater hat damals gekämpft. Seitdem gibt es die koreanische Teilung, und seitdem sind die Amerikaner unsere Todfeinde.«

Du lieber Himmel, was fange ich mit dir an? Ihr habt die Amerikaner niemals besiegt. Was sage ich dir jetzt zu einer der blödsinnigsten Grenzziehungen seit Menschengedenken? »Wenn wir in ein paar Stunden in Seoul sind, kaufen wir dir neue Klamotten, und du kannst dir in Ruhe überlegen, was du tun willst. Du kannst meine Hilfe annehmen, aber du kannst auch allein weitermachen und dir selbst einen Platz suchen.«

»Ja?«, sagte Kim gedehnt und sah ihn voller Misstrauen an. »Ich habe aber kein Geld für neue Kleidung.«

»Mach dir darüber keine Gedanken. Ich gebe dir das Geld.«

Wieder dieses »Ja?« und ein noch längeres Zögern.

Müller wurde einen Augenblick lang sehr ärgerlich. Er sagte schroff: »Geh zu dem Skipper. Er wird dir bestätigen, was die Wahrheit ist.«

»Der Skipper gehört aber zu dir«, stellte Kim fest.

»Ich bezahle ihn bloß«, erwiderte Müller schnell. »Wie ein Taxi.«

Kim starrte ihn verwundert an.

Müller hatte augenblicklich das Gefühl völliger Ohnmacht. Und er begriff, dass dieser Mann eine panische Angst davor hatte, plötzlich frei zu sein. Wie immer er dieses frei definierte, er wollte es nicht, es war gefährlich, es könnte ihn töten.

Svenja rief Wu an, wenngleich sie nicht glaubte, dass die Verbindung standhalten würde. Es war eine leidvolle Erfahrung mit dem Handy, dass Verbindungen nur Sekunden hielten, wenn sie über große Distanz aufgebaut werden mussten. Aber sie war schon froh, als sie Wu sehr klar sagen hörte: »Ja, bitte?«

»He!«, sagte sie fröhlich. »Hier ist Sissy, Sissy Pistor, du weißt doch noch, oder?«

»Ja, und ob ich noch weiß«, erwiderte er und klang erfreut. »Wie geht es dir?«

»Mir geht es gut. Und wo treibst du dich gerade rum?«

»Südlich von Peking«, sagte er. Dann verlor sich eine Stimme im Rauschen.

»Hör zu«, sagte sie, »ich möchte einiges mit dir besprechen. Das geht aber wahrscheinlich nur über das Festnetz. Oder?«

Es kam keine Antwort. Stille. Dann ein chaotisches Stimmengewirr.

Svenja unterbrach die Verbindung. Nach ihrer Vorstellung würde Wu jetzt den Truck auf einen Parkplatz stellen und dann versuchen, sie anzurufen. Vielleicht war er gar nicht unterwegs, vielleicht war er in seiner Wohnung, falls er überhaupt eine hatte. Und wenn er in einem gebirgigen Teil des Landes unterwegs war, musste er warten, bis er samt Truck hoch genug war, um eine Verbindung stabil zu halten.

Und wie viel Uhr war es jetzt bei ihm in China? Sie dachte: Ich weiß im Grunde nichts von ihm. Außer dass er ein lieber Kerl ist. Und selbst das ist eine Annahme.

Ziemlich genau zehn Minuten später hatte sie Wu erneut an der Strippe.

»Wo bist du denn?«, fragte er.

»Zu Hause. Hör zu: Kriegen wir beide eine statische Verbindung hin? Gehen wir übers Festnetz? Und wann hast du Zeit, mit mir zu reden?«

»Ich denke, dass diese Verbindung steht. Ich bin etwa neunhundert Meter hoch, die Ebene von Peking liegt hinter mir. Was willst du wissen?«

Ich habe nur diese eine Chance, dachte sie. Entweder er ist das, was ich denke, oder er ist es nicht.

»Hast du die Bombe transportiert?«

»Wie bitte?« Dann eine Pause. »Ich weiß es nicht.«

»Was heißt das, du weißt es nicht?«

»He, Sissy, machen wir uns nichts vor. Ich weiß es nicht. Ich transportiere verdammt viele Sachen in Kisten und Tonnen, in Schachteln, auf Paletten. Immer schön verpackt. Aber ich weiß nicht immer, was drin ist. Das kannst du mir glauben.«

»Ja, das glaube ich dir. Warst du am 10. Juni unterwegs aus Nordkorea hinaus, möglicherweise auf der Schnellstraße nach Harbin?«

»Das kann sein, das weiß ich nicht. Da müsste ich in meiner Liste nachgucken. Was soll die Frage?«

»Wir versuchen herauszufinden, wann die Atombombe Nordkorea verlassen hat. Und jetzt hat dieser übergelaufene General den Russen gesagt, dass er die Bombe am 10. Juni an die Ostküste von Nordkorea geschafft hat. Und wir wissen mit Sicherheit, dass du am 10. Juni aus Nordkorea gekommen und direkt in die chinesische Stadt Harbin gefahren bist.«

»Das mit dem nordkoreanischen General stand hier in allen Zeitungen. Das habe ich gelesen. Was ich selbst an Fracht nach Harbin gebracht habe, weiß ich nicht. Da muss ich wirklich nachgucken. Aber du redest dauernd von wir und uns. Ist das die CIA?«

»Nein«, erklärte sie einfach. »Ich bin beim BND in Deutschland.«

»Aber du hast hier für die Amerikaner gearbeitet, oder?«

»Ich war ausgeliehen«, sagte sie.

»Wow!«, sagte er nur.

»Es geht auch um Nancy, um Larry und Silverman, die damals in der US-amerikanischen Botschaft waren.«

»Die sind nicht mehr da.«

»Wann kann ich in Ruhe mit dir reden? Gib mir eine Zeit.«

»Von jetzt an in genau sechs Stunden. Aber ich weiß nicht, ob ...«

»In genau sechs Stunden. Ist das dann Festnetz oder Handy?«

»Handy ist nicht so gut. Ich gebe dir die Nummer meiner Wohnung. Da bin ich dann.«

Das konnte gelogen sein, er konnte versuchen, Zeit zu schinden, aber das war jetzt nicht wichtig. Wichtig war allein die Verbindung.

Er diktierte ihr eine sehr lange Nummer, und sie schrieb gewissenhaft mit.

Er fragte: »Wie ist es dir gelungen, die Sache mit dem Wissenschaftler in Nordkorea durchzuziehen?«

»Ich kann froh sein, dass ich noch lebe.«

»Und du hast dabei einen General gekillt.«

Nach einer Pause: »Ja, stimmt. Woher weißt du das?«

»Nicht von der CIA!« Er lachte schallend. »Okay, in sechs Stunden.« Dann kappte er die Verbindung.

Sie rief sofort die Nummer in Peking an und hörte zu ihrer Erleichterung folgende Ansage erst in Chinesisch, dann in Englisch: »Hier ist Wu, der mit großem Abstand wichtigste Logistiker im modernen China, ausgerüstet mit wundervollen, mächtigen, original amerikanischen Trucks. Was immer Sie an Problemen haben, ich löse sie.«

Du bist ein Quatschkopf!, dachte sie zärtlich, und ich habe jetzt ein paar Stunden Zeit zu schlafen. Und sie war sich vollkommen im Klaren darüber, dass das Ganze eine Falle sein konnte.

Moshe Balkunian stand unvermittelt in der Tür und hatte die Arme weit zu einer brüderlichen Begrüßung ausgebreitet. Er sagte strahlend: »Der Held meiner Kindertage!«

Esser schlüpfte wie ein dünnes Gespenst unter seinem rechten Arm durch und war verschwunden.

Krause wollte aufstehen, stieß dabei aber zunächst seinen Stuhl mit den Kniekehlen um, trat dann zurück, was er besser nicht getan hätte, und landete auf dem Teppichboden.

Moshe versicherte: »Ich bin unbewaffnet.«

Krause erwiderte: »Das glaubst du doch selbst nicht«, und versuchte sich aufzurichten. Er befreite seine Beine aus dem Stuhl, versuchte, die Hand auf der Schreibtischplatte, sich hochzustemmen, rutschte ab und landete auf den Knien, was seiner Figur jede Würde nahm.

»Was machen Sie da unten, junger Mann? Ich bin hier oben«, sagte Moshe grinsend.

Krause atmete schnell und heftig und sagte: »Ich habe noch nie im Leben vor irgendjemandem einen solchen Kotau hingelegt.« Dann begann er schallend zu lachen. »Wieso kommst du mitten in der Nacht?«

»Ich war erst bei unserem Botschafter hier. Da gab es ein paar Problemchen. Und dann erfuhr ich von deiner Bereitschaft, dass du noch im Haus bist. Also, Schalom.«

»Schalom, mein Alter. Dass du trotz der Hamas und der Schweinerei im Gazastreifen hier auftauchen kannst, lässt nur zwei Schlüsse zu: Entweder hast du die Lage in deinem Verein so gut im Griff, dass sie auch ohne dich auskommen, oder aber du bist gefeuert worden und spielst keine Rolle mehr.«

»Sie können mich nicht feuern. Ich weiß zu viel.«

Moshe hatte eine sehr tiefe, sonore Stimme, wobei kein Mensch sich vorstellen konnte, woher die kam. Er war ein kleiner, schmächtiger Mann mit einer spiegelnden Glatze und langen, schmalen Händen. Sein Gesicht bildete ein längliches Oval, die Haut war stark gegerbt von den scharfen Wettern seines Berufes und durchzogen von tiefen Linien, die um die Augen feiner und zahlreicher wurden. Er trug eine randlose Brille mit schmalen Gläsern. In der Branche hatte er einen gleichzeitig erstklassigen und furchtbaren Ruf. Er war sehr genau und präzise, liebte die Sekundendarstellungen von Katastrophenverläufen. Er brauchte schon mal sechs Wochen, um die sechs Minuten vor dem Tod eines seiner Agenten genau zu rekonstruieren, und in der Regel waren seine abschließenden

Urteile unangreifbar. Wer ihn sich zum Feind machte, hatte allen Grund, sich zu fürchten.

Er fragte: »Wann ist die OP morgen?«

»Voraussichtlich ab acht Uhr. Sie können nicht genau sagen, wann sie fertig sind. Sie rechnen aber nicht damit, dass ich vor zwölf Uhr in der Klinik sein muss. Sie rufen mich an.«

»Hast du zu Hause ein Gästebett?«

»Ja, natürlich«, nickte Krause verwirrt. »Da ist eins. Aber ich fürchte, es ist nicht bezogen.«

»Dann beziehen wir es. Und jetzt Abmarsch. Ich bin hundemüde.«

Sie orderten ein Taxi, und während sie auf den Wagen warteten, informierte Krause noch einige Stellen, wo sie ihn erreichen konnten. Als Moshe und er schließlich Krauses Haus betraten, kam es ihnen kalt und feucht vor.

»Wie lange warst du denn nicht mehr hier?«, fragte Moshe.

»Ich weiß es nicht. Das Gästezimmer ist oben. Hast du die Filme von Nordkorea bei dir?«

»Ja, aber nicht jetzt. Wie lange schlafen wir?«

»Vier, fünf Stunden?«

»Also bis zehn. Das ist gut. Und wo finde ich Bettwäsche?«

»Das weiß ich nicht. Ich nehme an, irgendwo in den Schränken oben.«

Dann stand Moshe in der Tür zum ehelichen Schlafgemach und fragte: »Hast du eine starke Abneigung gegen mich?«

»Ist mir nicht bewusst«, erwiderte Krause.

»Dann schlafe ich neben dir«, entschied der Israeli und begann sich in fliegender Hast auszuziehen.

Krause war verwirrt, weil er sein Privatleben noch niemals auf eine derartige Art und Weise geteilt hatte. Umständlich schälte er sich aus Hemd und Hose, legte Socken und Unterhemd ab und stand dann, nur noch mit der Unterhose bekleidet, irgendwie unglücklich herum.

»Wir könnten uns morgens Kirmeswürste braten«, sagte er.

Aber Moshe antwortete nicht mehr.

Krause seufzte und öffnete das Fenster einen Spalt. Es regnete sanft.

Müller zog die Weste aus und legte sie neben sich auf das Deck. Der Nebel hatte sich verzogen, eine gelbe, milchige Sonne stand tief im Westen, der Tag ging zur Neige.

Die beiden anderen standen im Steuerhäuschen und hatten das Glück einer Flasche Schnaps für sich entdeckt.

Müller dachte, wenn Sowinski mich so sehen würde, wäre das das Ende meiner Laufbahn. Wie können Sie Ihre Zielperson einfach Schnaps trinken lassen? Das verstößt gegen jede Regel. Ich würde antworten, dass meine Zielperson nicht meine Zielperson ist. Sowinski würde donnern: Woher nehmen Sie denn die Sicherheit, dass es sich tatsächlich so verhält? Ich darauf: Schauen Sie ihn sich an. Ist irgendetwas an diesem traurigen Dackel von Wichtigkeit?

Nachdem sie verschiedene koreanische Lieder gesungen hatten, waren sie jetzt bei »Waltzing Mathilda« angelangt. Sie sangen nicht mehr, sie grölten, und da sie den Text nicht kannten, sangen sie Lalala, wieder und wieder. Es war zum Fürchten.

Nach den Angaben seines Skippers dauerte die Reise noch eine gute Stunde, und Müller hoffte insgeheim, dass irgendjemand ihn anrufen würde, um zu entscheiden: »Lassen Sie dem Mann die Freiheit, kommen Sie nach Hause!« Aber er ahnte, ganz gleich was Krause im Hinterkopf hatte, er wollte diesen Unglückswurm sehen.

Plötzlich kam Bewegung in die Steuerhausbesatzung. Kim verließ fluchtartig seinen Posten, stürzte die zwei Schritte an die Reling und übergab sich. Dabei verlor er die Pferdedecke und stand mager und nackt in der untergehenden Sonne. Er sah traurig und einsam aus. Wie konnte man nur einen keuschen nordkoreanischen Magen derart mit Schnaps überschwemmen?

Müller wollte gerade zu ihm gehen und ihn anschnauzen, als sich sein Handy meldete.

»Ja?«, fragte er unwillig.

»Ich bin es«, sagte Svenja. »Wie geht es dir auf fremden Meeren?«

Augenblicklich war Müller klar, dass sie von einer ungesicherten Leitung anrief. »Es handelt sich um die wunderbarste Kreuzfahrt, die ich je gemacht habe«, antwortete er ironisch. »Absolut alles im grünen Bereich. Die Verpflegung ist erste Sahne, die tägliche Unterhaltung an Bord spitze. Lauter nette Leute hier.«

»Ich denke dauernd an dich«, sagte sie sanft. »Und es war falsch, dich allein reisen zu lassen.«

»Na ja, macht nichts«, entgegnete er knapp. »In etwa einer Stunde legen wir in Bali an.«

»Und ist Onkel Dagobert auch an Bord?«

»Ja, ist er. Er ist wirklich ein netter Kerl, aber schrecklich naiv. Er ist so naiv, dass es mir auf den Geist geht. Eben lag er auf Deck und hat sich zwei, drei, nein, sechs obskure Schnäpse bringen lassen und anschließend ›Waltzing Mathilda‹ gegrölt. Jedenfalls freue ich mich auf zu Hause und auf dich.«

»Wann geht dein Flug?«

»Ich denke morgen gegen Mittag.«

»Bringst du Onkel Dagobert mit?«

»Wahrscheinlich schon. Falls er nicht darauf besteht, in Fernost zu bleiben. Ist übrigens das Paket von Tante Gustel schon angekommen?«

»Nicht die Spur«, antwortete sie. »Wir haben keine Ahnung, wo es geblieben sein kann. Vielleicht hat sie es auch gar nicht auf die Post getragen und traut sich jetzt nicht, das zuzugeben.«

»Das könnte sein«, antwortete Müller. »Das wäre typisch für Tante Gustel.« Er machte eine Pause. »Es ist schön, deine Stimme zu hören. Geht es dir gut?«

»Ich vermisse dich. Ich werde übrigens gleich mit der Firma in Peking telefonieren. Du weißt schon. Mit diesem Logistikgenie, das ich letztes Jahr flüchtig kennengelernt habe.«

»Wir werden richtig international«, kommentierte er trocken. Dann: »Oje, Onkel Dagobert steht schon wieder an der Reling und opfert.«

»Na gut«, sagte sie. »Ich unterbreche jetzt, damit du dich um den Onkel kümmern kannst.«

»Mach es gut«, murmelte er.

Sie wussten, dass sie sich der Drei-Minuten-Grenze näherten, und unterbrachen ihr Gespräch.

»Ich war dumm«, sagte Kim und lächelte gequält. Er war sehr blass. »Schnaps ist nicht gut.«

»Schnaps ist nicht gut«, wiederholte Müller. »Gleich an Land essen wir etwas, und dann wird es dir besser gehen.«

»Ich habe nichts anzuziehen. Du hast meine Sachen ins Meer geschmissen.«

»Wir besorgen dir neue Sachen«, sagte Müller. »Wir bitten den Skipper, etwas zu kaufen. So lange bleiben wir auf dem Boot.«

Nach einer kurzen Pause sagte Kim: »Vielleicht kann ich ja in irgendeinem kleinen Dorf wohnen oder auf einem Bauernhof, der ein bisschen abseits liegt. Ich brauche ja nicht viel. Und vielleicht finde ich eine Arbeit. Ich glaube, ich bin gut im Holzhacken. Ich habe schon viel Holz gehackt.«

Müller wollte spontan etwas erwidern, ihn in die Realität zurückholen, aber er bremste sich. »Das wird sich zeigen. Sicherlich gibt es viele Arbeiten, die du machen kannst. Vielleicht ist es besser, du arbeitest in der ersten Zeit gar nicht und siehst dir erst mal die neue Welt an.«

Kim überlegte eine Weile und lächelte dann. »Ich weiß gar nicht, wie deine Welt aussieht.«

»Sie ist ganz anders als deine, aber sie ist nicht schlecht.«

»Und ihr habt genügend zu essen?«

»Ja, das haben wir. Jeden Tag und ...«

Wieder meldete sich sein Handy.

»Also, es ist so, dass ich dich wirklich sehr vermisse«, hörte er Svenja sagen. »Alles ruhig bei dir?«

»Wir legen gleich an«, sagte Müller. »Ich glaube, ich habe in der Ferne schon die Küstenlinie gesehen. Ich melde mich, wenn die Maschine geht.«

»Das wäre gut«, sagte sie seltsam tonlos.

Er unterbrach das Gespräch und wandte sich erneut Kim zu. »Man sagt, dass deine Staatsoberhäupter, also Vater und Sohn, große Genies sein sollen. Ist das so?«

Aber Kim ging nicht darauf ein, sondern fragte stattdessen: »Ist das richtig, dass bei euch die Menschen alle ein Handy haben? Und einen Computer?«

»Fast alle«, nickte Müller. »Bei uns in Deutschland haben schon fast alle Jugendlichen ein Handy. Also wie ist das jetzt mit Vater und Sohn in deinem Land? Sie sind doch sicher ganz außergewöhnliche Menschen.«

»So heißt es. Aber wahrscheinlich behauptest du jetzt, dass das nicht stimmt, dass sie ganz gewöhnliche Menschen sind.«

Sieh an, ein heller Kopf, dachte Müller. »Das kann ich nicht beurteilen, ich weiß wirklich nicht viel über die beiden, außer dass sie eben angebliche Genies sind und die Welt um intelligente Denkweisen reicher gemacht haben.«

»Das ist so«, sagte Kim knapp mit verschlossener Miene.

»Dann wollen wir es dabei belassen«, sagte Müller. »Ich weiß zu wenig über dein Land. Ich weiß nur, dass Nordkorea seit mehr als fünfzig Jahren vollkommen isoliert vom Rest der Welt lebt. Und ich weiß nicht, warum das so ist.«

»Wir leben im Krieg mit den USA«, sagte Kim.

»Das stimmt auf keinen Fall«, widersprach Müller. »Die meisten Lebensmittel, die die Welt in dein Land schickt, damit ihr nicht verhungert, stammen aus den USA. Und die ganze Völkergemeinschaft bezahlt dafür.« Schluck es oder spuck es aus!, dachte er verärgert. Es hat keinen Sinn, dich zu schonen.

Kim starrte auf einen unbestimmten Punkt über dem Wasser und sagte leise: »Es war möglicherweise keine gute Idee, mein Land zu verlassen.«

Müller, du bist ein Arschloch! Du solltest es ihm nicht noch schwerer machen. »Du kannst später zurückkehren, wenn du meine Welt gesehen hast.« Innerlich haderte er erneut mit seiner Oberflächlichkeit.

»Du weißt ganz genau, dass ich das nicht kann. Es ist eine Reise ohne Wiederkehr, die ich angetreten habe.« Kim lächelte still. »Ich versichere dir, ich bin alt genug, um ohne Wiederkehr leben zu können.«

»Aber du kannst nach Südkorea zurückkehren«, sagte Müller leise. »Das musst du ausprobieren.«

»Also gut.« Kim nickte unvermittelt, als habe er keine andere Wahl. »Wir kommen nach Seoul. Wie geht es dann weiter?«

»Das hängt von dir ab.« Du lieber Himmel, nein! Das hängt nicht von dir ab. Ich werde deine Furcht ausnutzen, damit du bei mir bleibst. Bis nach Europa, bis Berlin.

Der Skipper kam aus dem Steuerhaus und fragte: »Können wir abrechnen?«

»Natürlich.« Müller war froh über die Unterbrechung. »Was war ausgemacht?«

»Ich kriege zweitausend Dollar, plus dreihundert für den Sprit.«

»Das ist richtig, das hat man mir gesagt.« Er starrte in Richtung der Küstenlinie, wo Häuser und die Hallen des Hafens bereits zu erkennen waren. »Und ich bitte dich um einen Gefallen. Kannst du schnell ein paar neue Klamotten für Kim besorgen? Unterwäsche, Jeans, ein paar Hemden, neue Schuhe, zwei Paar. Vielleicht eine Weste im Stil von meiner. Wir warten dann hier an Bord, bis du zurück bist.«

»Du bezahlst?«

»Natürlich. Ich gebe dir dreihundert zusätzlich. Okay?«

»Ja, klar. Aber ihr müsst im Steuerhaus bleiben. Man darf euch auf keinen Fall sehen.«

»Das machen wir.« Müller ging zum Bug, um seine Weste zu holen. Er zog sie an und fühlte das Gewicht der Waffe wie einen starken, lästigen Druck. Er holte zwei Bündel US-Dollar heraus und zählte die Summe ab. »Zweitausendsechshundert für dich. Den Rest brauchst du nicht abzurechnen. Und vielen Dank für deine erfolgreichen Geradeausfahrten.«

Der Skipper kicherte, sagte aber nichts.

Zwanzig Minuten später liefen sie in das Hafenbecken ein.

»Zweitausendsechshundert schöne amerikanische Dollar für den falschen Mann!«, sagte Kim fassungslos.

»Shit happens«, erwiderte Müller.

Neuntes Kapitel

Krause wachte um neun Uhr auf, und er fühlte sich, als habe er am Vortag schwer gesündigt, zu viel Alkohol getrunken, viel zu fett gegessen. Er ächzte, als er die Beine aus dem Bett schwang.

Moshe lag nicht mehr neben ihm, wahrscheinlich hockte er irgendwo im Haus und telefonierte. Moshe telefonierte fast pausenlos, Tag und Nacht. Es konnte passieren, dass er auf zwei Leitungen gleichzeitig eine schwierige Diskussion führte, wobei er jedem Beteiligten versicherte, er sei ganz bei der Sache. Er trug immer vier Handys bei sich, und er brachte sie niemals durcheinander.

Krause stellte sich unter die Dusche und stellte fest, dass Moshe schon vor ihm da gewesen war. Das Badezimmer schwamm. Nachdem er sich nachlässig abgetrocknet hatte, zog er sich hastig an. Auf der Suche nach einer frischen Unterhose riss er versehentlich die ganze Schublade heraus und richtete dabei ein kleines Chaos an.

»Komm runter, es gibt Kaffee!«, rief Moshe.

Als Krause die Küche betrat, stand Moshe am Fenster und telefonierte mit dem blauen Handy, wobei Blau das Synonym für höchst Geheimes war.

Die Kaffeekanne stand auf dem Tisch, auf zwei kleinen Tellern lagen jeweils zwei Scheiben Knäckebrot.

»In diesem Haus gibt es absolut nichts zu essen«, stellte Moshe zwischendurch vorwurfsvoll fest und beruhigte dann wieder seinen Telefonpartner: »Nein, Eddy, das gilt nicht für dich! War nur die Beschreibung eines elenden Zustandes vor Ort.«

Krause goss sich einen Becher Kaffee ein, setzte sich an den Tisch und kaute lustlos an dem Knäckebrot, das nach Pappe schmeckte.

Moshe beendete sein Telefonat, und bevor er einen neuen Partner fernmündlich traktierte, erboste er sich: »Du lässt dich gehen, mein Freund, du sorgst nicht für dich. In dieser Küche herrscht reine Trostlosigkeit. Ich werde Wally davon Meldung machen.«

»Ich bin doch nie hier!«, verteidigte sich Krause beleidigt.

»Und was ist das?«, feixte Moshe und streckte seinen rechten Arm vor. Er hielt etwas in seiner Hand, was eindeutig obszön aussah. »Das ist eine original italienische Salami. Der Rest davon. Und nun frag mich mal, wo ich die gefunden habe.«

»Ich habe neulich auf der Terrasse gesessen und einmal reingebissen!«, gestand Krause.

»Ja, da lag sie auch immer noch!«, stellte Moshe fest. »Völlig durchgeweicht. Nicht einmal meine Katze frisst so was.«

Dann telefonierte er erneut, und Krause fuhr hart und unmissverständlich in sein Geplapper: »Schließ jetzt dein Büro, verdammt noch mal. Wir haben zu reden.«

Moshe grinste breit und beendete tatsächlich sein Telefonat.

»Hat Wally angerufen? Oder die Klinik?«, fragte Krause.

»Dein Telefon hier hat nicht geklingelt.«

»Dann zeig mir jetzt deine Filme aus Nordkorea. Und dazu gehen wir ins Wohnzimmer, weil das elektronische Equipment dort das einzige ist, mit dem ich umgehen kann.«

Moshe trabte hinter ihm her und reichte ihm sechs DVDs. »Das sind die Filme eines Spionagesatelliten unserer geliebten Brüder. Vergiss nicht, ich war niemals hier und du hast diese Filme niemals gesehen. Es sind übrigens Kopien, damit die zu Hause nicht denken, die Filme seien verschwunden.«

»Dann kann ich sie doch behalten«, stellte Krause fest. »Das ist doch viel einfacher.«

»Also, alle sechs Filme zeigen uns das landschaftlich wunderschöne Gebirge im Nordosten Nordkoreas. Du kannst, wenn du willst, den Film anhalten und das Bild näher ranholen. Fachleute nennen das zoomen …«

»Ja, ja, schon gut«, äußerte Krause genervt.

»Also, ich fliege eigens nach Berlin, um ihm zu zeigen, was ich Schönes habe, und er straft mich mit Verachtung. Na ja. Alle sechs Filme zeigen den Verkehr und Nichtverkehr am besagten 10. Juni, also dem Tag, an dem der bisher unbekannte General die Bombe an die nordkoreanische Ostküste gebracht haben will. Also vor rund vier Wochen.« Er ging drei Schritte nach vorn und legte die DVD ein.

»Und los geht's! Du siehst, dass die erkennbaren Straßen entlang den Flüssen verlaufen. Und wenn du jetzt mal stoppst und dann näher heranfährst, siehst du, dass unten links eine Kette von sechs schweren Trucks praktisch aus dem Nichts zu kommen scheint. Du siehst dort keine Straße, es ist auch keine Straße, es ist einfach ein schmales Band festgefahrener Schotter. Und die Lkw kommen aus einem Berg. Da wir wissen, wo die Atomanlage der Nordkoreaner liegt, wissen wir auch, dass sie nicht in dem Berg liegt. Allerdings könnte dort so etwas wie der Bunker für die bereits fertiggestellten A-Bomben sein. Dieser Truck-Konvoi fährt jetzt nach Kilchu, du siehst das auf den ersten beiden DVDs. Wenn du die vierte DVD einlegst – und das wollen wir jetzt mal machen –, siehst du rechts wieder den Konvoi der Militärlastwagen. Und im linken Bildteil taucht ein merkwürdiges Gefährt auf. Ein großer Truck, der von oben betrachtet wie ein winziges, helles Viereck aussieht. Der Truck eines Chinesen namens Wu, ein GMC-Truck. Keine Ahnung, was ...«

»Aber ich«, unterbrach Krause schnell. »Was macht denn dieser Wu nun genau? Und ist er mit dem Konvoi in direkte Berührung gekommen?«

»Ja, ist er. Und das gibt Rätsel auf. Auf DVD fünf – warte, ich lege sie ein und spule gleich vor – ist zu sehen, dass der GMC-Truck rechts oben mit dem Konvoi zusammentrifft. Das Sonderbare ist aber: Sie halten beide nicht an, da steigt niemand aus, und es wird auch keine Ladung ausgetauscht. Der GMC steht an einer Kreuzung und lässt den Konvoi vorbei, dann setzt er sich in Bewegung und fährt auf Yanji zu, das ist eine kleine chinesische Stadt jenseits der Grenze, und von dort über die Schnellstraße nach Harbin. Dort gibt es einen Flughafen. Dann wird etwas in ein Transportflugzeug der chinesischen Streitkräfte geladen.«

»Aha, der letzte Teil ist mir neu. Wu bringt seine Fracht also zu einem Militärflughafen.«

»Wer ist denn dieser Wu eigentlich?«

»Gut, ich erzähle es dir, sonst fängst du noch an zu weinen«, sagte Krause grinsend. Er berichtete schnell und konzentriert. »Und besagte Agentin wird nun telefonisch versuchen zu klären, ob Wu überhaupt etwas wusste oder zumindest hörte.«

»Das ist hervorragend. Ich wusste doch, dass ich nicht umsonst herkomme.«

»So, nachdem wir das geklärt haben, sollten wir beide uns wieder der Kardinalfrage in dieser Angelegenheit zuwenden. Der Frage nach dem Motiv. Wie viele hasserfüllte Muslime habt ihr denn auf der Liste?«

»Etwa zweihundertfünfzig weltweit«, sagte Moshe wie aus der Pistole geschossen. »Und ihr?«

»Dreihundert, glaube ich. Aber bisher ergebnislos. Wir haben sechzig Leute drangesetzt, die uns alle nach vielen Tagen und Nächten der Überprüfung mitteilen, dass keiner dieser Verdächtigen infrage kommt. Eine solch heikle Operation passt auch nicht in ihre Bewegungsmuster der letzten Monate und Jahre. An wie viele Staaten denkst du?«

»Es könnte der Iran sein. Es könnte Pakistan sein. Das Übliche eben. Dann zwei oder drei Verrückte auf dem afrikanischen Kontinent. Wir haben nicht mehr als insgesamt fünf. Aber wir glauben nicht sehr ernsthaft an eine solche Möglichkeit.«

Krause deutete vage auf den großen Bildschirm. »Eines scheint mir inzwischen sicher: Diese Bombe, nach der wir uns so sehnen, war weder in einem Lastwagen des Militärkonvois noch in dem Monstertruck unseres chinesischen Wu. Und zwar einfach deswegen nicht, weil die Nordkoreaner genau wissen, dass der Satellit über ihnen steht, Tag und Nacht. Und ich betrachte es als eine Kränkung meiner Intelligenz, wenn jemand versucht, mir so eine simple Lösung unterzujubeln. Das ist etwas für eine Laienspielschar, das Ganze war doch extra für den Satelliten in Szene gesetzt. Und ich gehe jede Wette ein, dass Putin ebenfalls weiß, was von den Aussagen des Generals zu halten ist. Nicht vergessen, er ist vom Fach!«

»Was glaubst du, haben sie die falschen Spuren vor oder nach dem Transport gelegt?«

»Natürlich danach«, sagte Krause. »Es muss vor dem 10. Juni passiert sein. Ich schlage dir vor, die amerikanischen Freunde zu bitten, die Aufnahmen der zwanzig Tage vor dem 10. Juni herauszurücken. Aber lass uns noch mal auf die Frage nach dem Motiv zurückkommen.«

»Damit kommen wir nicht weiter. Das Motiv kann nur darin bestehen, jemanden politisch erpressen zu wollen oder aber die feste Absicht zu haben, das Ding hochgehen zu lassen.«

»Es gibt eine weitere Möglichkeit, aber über die habe ich noch nicht genügend nachgedacht.«

»Und wenn du genügend nachgedacht hast, rufst du mich an. Ich habe im Moment so viel mit der Hamas um die Ohren, dass ich dir dankbar wäre, wenn du die Posaune bläst.«

»Ist in Ordnung. Verlass dich auf mich. Ich werde mich melden. Und dieses Knäckebrot war grauenhaft. Wo hast du das Zeug gefunden?«

»In dem kleinen Küchenschrank ganz unten hinter einem Glas mit Gurken.«

»Wie geht es überhaupt deiner Frau? Entschuldige bitte, dass ich noch nicht gefragt habe.«

Moshes Gesicht versteinerte augenblicklich. »Nicht gut«, sagte er. »Ich denke, Ruth hat keine Lust mehr. Keine Lust zu leben, meine ich.« Er wandte den Kopf zur Seite, er wollte nicht darüber sprechen.

»Ja, unsere Frauen«, erwiderte Krause. »Ist sie irgendwie krank?«

»Nicht die Spur. Es war diese Sache mit Stephan.«

Stephan? Krause grübelte. Sein Sohn, genau.

»Du meinst deinen Sohn?«

»Er wurde am Gazastreifen erschossen. Es war eine lächerliche Geschichte, weißt du, eigentlich war gar nichts vorgefallen. Keine Auseinandersetzung, keine Kämpfe. Einfach nur ein einziger Schuss. Jetzt haben wir seine Frau und die beiden Kinder im Haus, ein kleiner Trost. Aber Ruth kann mit seinem Tod nicht leben.«

»Das ... das ...« Krause suchte vergebens nach angemessenen Worten. »Das wusste ich gar nicht.«

»Sie haben mir angeboten aufzuhören. Aber das kann ich nicht. Erst recht nicht nach der Sache mit Stephan. Das Schlimme ist, ich werde immer rabiater, verstehst du? Manchmal denke ich schon wie ein Rechtsaußen. Und das bin ich doch gar nicht.«

»Ich finde es beschämend«, murmelte Krause tonlos.

»Wie? Was findest du beschämend?«

»Dass du erst herkommen musst, um mir etwas zu erzählen, das so wichtig für dich ist. Dieser Beruf macht uns kaputt, er erstickt uns. Wally hat gesagt, sie würde gern Freunde einladen. Und dann entdecken wir, dass wir die Freunde seit Jahren nicht mehr gesehen haben.«

»Wir sind eben Besessene«, sagte Moshe in die Stille. »Eindeutig Verrückte.«

Das rote Handy von Krause meldete sich.

»Sowinski hier. Wir haben ein Problem in San Francisco. Ich brauche dein Okay. Der Mann, den ich geschickt habe, um sich nach dem Nordkoreaner Cheng zu erkundigen, wurde zusammengeschlagen. Er liegt in seinem Hotelzimmer, wohl übel zugerichtet. Es waren drei junge Männer, der Name Sissy Pistor fiel auch. Sie drohten wiederzukommen.«

»Hol ihn da raus. Wie, ist egal. Hast du jemanden da?«

»Nur einen rüden Kerl ohne Rücksicht und Manieren. Kostet was.«

»Okay. Hol ihn raus! Moment mal.« Er wandte sich zu Moshe. »Hast du jemanden in San Francisco, den ich als Feuerwehrmann einsetzen kann? Muss ganz schnell gehen. Und ist auch nicht einfach.«

»Habe ich. Goldberg, ein Wahnsinnstyp, schräger Hund.«

»Gib mir die Nummer.« Dann gab er die Telefonnummer weiter an Sowinski.

»Diese Welt wird immer verrückter.« Moshe schüttelte den Kopf. »Wen hast du da nach Frisco geschickt?«

»Das sage ich dir besser nicht. Ich frage mich, wann die Klinik anruft.«

»Du nimmst mich mit zu Wally«, forderte der Israeli.

»Wann geht dein Flieger?«

»Abends erst.«

»Dann fahren wir jetzt hin. Das Taxi ist bestellt, kommt gleich.« Krause kam zum Thema zurück. »Was wird sein, wenn jemand euch erpressen will?«

»Nichts wird sein. Wir lassen uns nicht erpressen. Haben wir in diesem Krankenhaus die Chance auf ein Frühstück?«

»Vermutlich. Kannst du dir die Satellitenfilme von Nordkorea auch hierher überspielen lassen?«

Moshe grinste. »Du bist ein Gauner.«

»Dafür werde ich bezahlt. Also, kannst du?«

»Kann ich.«

»Und wen rufst du deswegen in Langley, Virginia, an?«

»Du bist ein mieser exzentrischer Spion ohne Zukunft. Das verrate ich dir nicht.«

»Etwa Archie Goodwin?«

»Wie kommst du auf die Nebelkrähe?«

»Weil er nicht sauber ist«, sagte Krause knapp. »Ich will dich nur warnen.«

»Und was soll an ihm nicht sauber sein?«

»Wie er mit Menschen umgeht«, beschied ihn Krause knapp.

»Oh, ein bisschen rücksichtslos sind wir doch alle.«

»Ja, aber nicht so, dass jemand dadurch stirbt.«

»Er unterliegt auch Zwängen«, sagte Moshe seufzend. »Also, ich telefoniere mit Langley wegen der Filme.« Nach ein paar Sekunden setzte er hinzu: »Nicht mit Archie Goodwin.«

Es regnete. Krause zog seinen Trenchcoat über und stellte sich vor die Haustür. Es tat gut, einen Augenblick lang frische Luft zu atmen.

Sein Handy meldete sich, es war Sowinski mit der Frage, ob sich etwas Grundlegendes geändert habe. Die Kanzlerin wolle das wissen.

»Wie du weißt, wissen wir noch nichts«, sagte Krause knapp. »Sag ihr, wir melden uns sofort, wenn es etwas Neues gibt.«

Moshe kam aus dem Haus. »Sie überspielen die Filme in unsere Botschaft. Jetzt.«

Krause hob den Arm und winkte, das Taxi kam herangerollt.

Im Krankenhaus liefen die beiden mit wehenden Mänteln hintereinander durch die Korridore, nahmen den Aufzug, sprachen kein Wort, hielten gelegentlich inne, wenn Krause sich orientieren musste, wo er sich gerade befand und wo das Zimmer seiner Frau lag.

Dann standen sie in dem leeren Zimmer, und Krause sagte mit leichter Resignation in der Stimme: »Verdammt, wir haben Blumen vergessen!«

»Bin schon unterwegs«, sagte Moshe und schoss aus der Tür.

Krause setzte sich in den Sessel, stützte den Kopf in die Hände und flüsterte: »Mach jetzt nur keinen Blödsinn, Weib, werde gesund und mach den gottverdammten Führerschein!« Tatsächlich hatte ihm ihr Vorhaben zeitweilig Probleme bereitet. Wahrscheinlich würde sie danach an jedem Wochenende auf einer kleinen Spritztour bestehen.

Eine Krankenschwester erschien in der Tür, stutzte, als sie ihn sah, und sagte dann mit einem Lächeln: »Da sind Sie ja schon! Ihre Frau ist noch auf der Intensiv.«

»Aha«, sagte er. »Und dort kann ich sie sehen?«

»Ja, ja, bestimmt. Ich frage mal«, sagte sie und verließ das Zimmer.

Kurz darauf erschien Moshe mit zwei riesigen Blumensträußen in Klarsichtfolie und fragte von der Tür aus: »Wo gibt es Vasen?«

»Weiß ich nicht«, sagte Krause, woraufhin Moshe wieder verschwand.

Die Krankenschwester kam zurück und sagte mit einem bedauernden Lächeln: »Also, es wird wohl noch eine gute Stunde dauern, bis sie bei Bewusstsein ist, sagte man mir.«

Dann erschien Moshe mit einer großen Vase und einem der Blumensträuße, ihm folgte eine junge Schwester mit der zweiten Vase und dem zweiten Strauß. Sie stellten die Pracht auf den kleinen Tisch.

»Es dauert noch eine Stunde.«

»Dann kaufen wir uns ein Frühstück«, antwortete Moshe. »Meinst du, ich kriege in diesem Bau eine Kirmeswurst?«

»Die Hoffnung stirbt zuletzt.«

Im Erdgeschoss des Krankenhauses fanden sie eine Cafeteria, und Moshe entdeckte in der Speisekarte aus Plastik Bockwurst mit Kartoffelsalat. »Das ist immerhin etwas«, sagte er zufrieden. »Was hat denn nun dein Charlie in Seoul vorgefunden?«

»Eine glatte Operation«, bemerkte Krause leichthin. »Er ist mit einem Bootsbesitzer in die Inselwelt vor Nordkorea gefahren, in der immer noch nicht klar ist, wo Nordkorea aufhört und das freie Meer beginnt. Er hat einen Mann aufgenommen, von dem wir mit ziemlicher Sicherheit annehmen, dass er der falsche Mann ist. Irgendein Subalterner aus dem Transportministerium, der anscheinend nichts zu sagen hat. Das ist eine sehr mysteriöse Geschichte.«

»Und was sagt Archie dazu?«

»Er weiß es noch nicht, und ich werde es ihm auch nicht auf die Nase binden. Ich hätte nicht übel Lust, so zu tun, als hätten wir seinen Mann.«

»Was soll das bringen?«

»Wahrscheinlich sehe ich Gespenster. Lass uns von was anderem reden.«

»Du bist ein misstrauischer alter Mann.«

»Nicht dir gegenüber«, erwiderte Krause beinahe liebevoll. »Ich wünsche mir sehr, dass ich mich täusche.«

Der Kaffee kam, Krause bekam sein Käsebrötchen und Moshe seine Bockwurst.

»Als wir diese Heuschrecken untersuchten, ist mir klar geworden, dass man den direkten Kauf einer solchen Waffe eigentlich nicht nachweisen kann. Das muss man sich mal vorstellen: neuntausend Hedgefonds! Und wenn es notwendig ist, fusionieren sie miteinander und trennen sich gleich darauf wieder. Das ist ungeheuer viel Macht. Und wenn du zwei Komponenten miteinander in Verbindung bringst, Bargeld nämlich und den unbedingten Willen zum politischen Durchbruch, dann sehen wir sehr alt aus. Das Käsebrötchen ist wie Pappe.«

»Die Wurst schmeckt auch nicht«, sagte Moshe. »Glaubst du, dass die Amerikaner nach Nordkorea gehen?«

»Irgendwann wird das passieren. Und sie werden erneut einem Volk mit aller Macht die Demokratie bringen wollen. Und sie werden erneut auf die Schnauze fallen, weil das Volk dann damit beschäftigt sein wird, das eigene Chaos zu überleben und nicht über seine politische Zukunft zu grübeln. Hast du andere Nachrichten?«

»Nein, habe ich nicht. Aber ich weiß, dass der Präsident aus tiefstem Herzen wenigstens einen einzigen Krieg führen möchte, aus dem er als glatter Sieger hervorgeht.«

»Das hat etwas Manisches«, sagte Krause. »Habt ihr euch mal gefragt, wann denn der Besitzer der Waffe in die Öffentlichkeit treten wird?«

»Ja, haben wir. Wir sind zu der Auffassung gekommen, dass das zunächst nicht der Fall sein wird. Die Erpressung wird unter der Hand laufen.«

»Ihr seid richtig kluge Leute!« Krause lächelte. »Und ich denke, wir sollten uns die Mühe machen, den Grundsatz zu beherzigen: Wenn du absolut keine Fährte hast, musst du selbst eine legen.«

»Das ist aber sehr gewagt«, stellte Moshe fest.

»Lassen Sie niemanden in Ihr Zimmer!«, hatte Sowinski kühl angeordnet. »Und falls sich jemand mit Gewalt Zutritt verschafft, dann versuchen Sie vorher noch eine Standleitung in das nächste Polizeirevier aufzumachen und denen zu sagen, was los ist. Okay, jetzt passen Sie auf: Es wird jemand kommen. Ich kann nicht genau sagen, wann. Aber er wird sechsmal kurz gegen die Tür klopfen. Und dann öffnen Sie. Können Sie überhaupt an die Tür gehen?«

»Gehen kann ich nicht, stehen auch nicht«, hatte Dehner geantwortet. »Aber irgendwie schaffe ich das schon.«

»Haben Sie Schmerzmittel?«

»Nein. Aber der Schmerz hält mich wach. Das ist ja schon mal was. Und ich habe einen großen Fehler gemacht. Ich muss das erklären …«

»Erklären können Sie das später. Sammeln Sie jetzt lieber Ihre Kräfte.«

Er hatte ein Dutzend Mal vergeblich versucht aufzustehen oder wenigstens das Bett zu erreichen. Er lag noch immer auf dem Boden in der Mitte des Zimmers, aber es war ihm immerhin möglich, ohne Schmerzen zu atmen. Vermutlich war er eine ganze Zeit lang bewusstlos gewesen. Draußen war es inzwischen dunkel.

»Werden die wirklich wiederkommen?«, hatte er Sowinski gefragt.

»Ich denke schon«, hatte der geantwortet. »Sie setzen zunächst Schläger ein, um den Gegner weichzuklopfen und seinen Widerstand zu brechen. Später kommen sie mit Profis wieder, die gezielt fragen. Bleiben Sie ruhig und riskieren Sie nichts. Und geben Sie auf keinen Fall Ihre wahre Identität preis. Bleiben Sie bei Cross aus Tulsa in Oklahoma, seien Sie stur.«

»Können Sie meine Mutter benachrichtigen, falls mir was zustößt?«, bat Dehner.

»Junge, wir holen Sie da in jedem Fall heraus, was immer auch passiert.«

Dehner dachte: Hoffentlich muss ich jetzt nicht pinkeln! Er spürte im Beckenbereich nur diesen stark pochenden, bohrenden Schmerz und dieses Völlegefühl, als werde er gleich platzen. Der Schmerz verlief seltsam parallel zu seinen Augenbewegungen, er sah tatsächlich Sterne, tanzende schwarze Punkte, die ihn rasend machten. Es wurde nur erträglicher, wenn er die Augen schloss. An seiner rechten Kopfseite musste viel Blut sein, aber er konnte weder den rechten noch den linken Arm genügend bewegen, um nach dem Ohr zu tasten. Er wusste davon, weil er beim Robben quer durch das Apartment blutige Streifen auf dem grauen Teppichboden zurückgelassen hatte. Sein Kopf dröhnte wie eine Trommel, und das, was er von seinem weißen Hemd sah, war blutig.

Wo war eigentlich das Handy geblieben?, fragte er sich plötzlich.

Er sah es nirgends. Das Festnetztelefon musste neben dem Bett stehen. Wie sollte er die Leitung ins Polizeirevier herstellen? Im Übrigen musste er sich darauf konzentrieren, irgendwie die Tür zu erreichen, falls jemand kam, um ihm zu helfen.

»Das schaffe ich sowieso nicht«, flüsterte er in die Stille hinein. Und dann: »Ich wollte ja immer schon mal nach San Francisco.« Er kicherte hysterisch, ließ es aber sofort wieder sein, als er den stechenden Schmerz in der Brust fühlte.

Merkwürdigerweise fand er seinen Beruf nicht mehr öde und einengend, und er hatte auch gar nicht den Drang, seinen Arbeitgeber zu verfluchen und gegen einen anderen auszutauschen.

Es war schwierig, sich auf den Bauch zu drehen, um weiterkriechen zu können. Er versuchte es mehrmals in beiden Richtungen, aber es klappte erst, als er die Unterkante des Bettrahmens zu fassen bekam, um dem Körper ein wenig Druck zu machen. Endlich lag er auf dem Bauch, aber leider in die verkehrte Richtung. Er musste sich zur Raummitte drehen, und er hatte panische Angst davor.

Plötzlich wurde ihm übel, ein bohrender Schmerz stieg aus seinem Magen auf. Er übergab sich, schnappte zwischendurch wild nach Luft und verlor dann das Bewusstsein.

Als er wieder zu sich kam, lag er in einem spitzen Winkel zum Fenster. Er musste sich leicht gedreht haben. Ein beißender Gestank stieg ihm in die Nase, und lächerlicherweise war es ihm peinlich.

Es gelang ihm, leicht das Becken anzuheben. Dann lag er zur Mitte des Raumes hin und entdeckte sein Handy ungefähr vier Meter entfernt auf dem Boden. Wieder sagte er: »Das schaffe ich nie.« Er hatte nicht die geringste Ahnung, wie lange er erneut ohne Bewusstsein gewesen war. Als er den linken Arm ausstreckte, um ein weiteres Stück vorwärtszukommen, fiel sein Blick auf seine Armbanduhr. Es war kurz vor drei Uhr nachts. Seit die Männer ihn verlassen hatten, mussten also etwa fünf Stunden vergangen sein. Das erschien ihm ganz unglaublich. Aber all das, was ihm widerfahren war, erschien so unglaublich, dass er die Möglichkeit, geträumt zu haben, nicht gänzlich ausschließen mochte. Sein schmerzender Körper allerdings war kein Traum, keine Einbildung, jeder Zentimeter vorwärts eine Qual.

Als er die vier Meter in Richtung Handy geschafft hatte, waren zwanzig Minuten vergangen. Er blieb liegen, völlig erschöpft. Er dachte kurz daran, seine Mutter anzurufen, verwarf den Gedanken aber wieder.

Dann ein Klopfen an der Tür. Er versuchte mitzuzählen, wusste aber nicht, ob er den ersten Klopflaut überhaupt gehört hatte. Er hatte keine Ahnung, was ihn erwartete. Er hörte undeutlich Männerstimmen, dann ein Kratzen an der Tür. Die Tür ging auf. Zwei Männer kamen herein. Sie sahen anders aus als die Typen, die ihn fertiggemacht hatten. Einer von ihnen kniete neben ihm nieder und sagte: »Ich bin Goldberg, ich komme, um dich hier rauszuholen.«

Dieser Goldberg war ein dürres Klappergestell und wirkte wie der ewige Witzbold in der Abschlussklasse. Eine Riesenbrille ohne Fassung saß in seinem schmalen Gesicht. Er trug so etwas wie ein Hawaiihemd, grün-rot gemustert. Dazu Jeans und Laufschuhe.

Er fragte: »Haben sie irgendetwas mitgenommen?«

»Weiß ich nicht. Da im Schrank.«

Der zweite Mann war klein und korpulent. Er öffnete den Schrank. »Viel ist es nicht.«

»Papiere im Jackett«, nuschelte Dehner.

»Stimmt, hier sind welche.«

»Die anderen sind im Boden der Tasche«, sagte Dehner. Er hatte Deutsch gesprochen, wiederholte es noch einmal auf Englisch.

Der Dicke sagte: »Okay, da ist auch was.«

»Alles rein in die Tasche«, befahl Goldberg. »Auch das Zeug im Bad. Schnell.«

Der Dicke verschwand im Bad.

»Du kannst nicht gehen, wie?«, fragte Goldberg.

»Nein, kann ich nicht.«

»Du siehst aus, als kämest du gerade aus der Schlacht um Iwo Jima. Aber das gibt sich. Haben die Kerle gesagt, wann sie wiederkommen?«

»Nein.«

»Ich bin so weit«, rief der Dicke von nebenan.

»Moment, Moment«, sagte Goldberg hastig und hob beide Arme.

»Zu spät!«, sagte der Dicke lakonisch.

Es waren zwei Männer, und da die Tür nur angelehnt war, kamen sie sehr vorsichtig herein. Der erste von ihnen hatte die Hand unter dem Jackett. Sie waren beide vom Typ Manager, und sie wirkten irgendwie uniformiert.

Goldberg ging, ohne eine Sekunde zu zögern, den auf der linken Seite an, der Dicke den anderen. Sie machten es kurz und schmerzvoll und gründlich. Dehner schloss jedes Mal die Augen, wenn einer der Schläge traf. Die beiden Anzugträger lagen schon nach kurzer Zeit friedlich nebeneinander auf dem Teppichboden.

»Jetzt aber!«, sagte Goldberg muffig, als sei er ärgerlich über die Störung.

Dehner hätte ihm am liebsten applaudiert.

Es war fast zehn Uhr am sechsten Tag. Svenja hatte vier Stunden geschlafen und saß nun allein in einem separaten Raum. »Nicht dass hier noch einer zu husten anfängt!«, hatte Esser warnend verlauten lassen.

Es gab drei Aufzeichnungsgeräte, zwei davon digital. Der Apparat, mit dem sie telefonierte, war ein ganz normales Telefon, allerdings eines mit sehr vielen Leitungen. Außerdem hatten die Techniker sechs oder sieben kleine graue Metallkästen auf den Schreibtisch gestellt, aus denen dünne Drähte herausragten. Svenja musste nicht wissen, wozu sie dienten, sie musste nur wissen, dass sie notwendig waren. Esser hatte ihr drei DIN-A4-Bögen in die Hand gedrückt. Es waren insgesamt fast fünfzig Fragen, die sie abarbeiten sollte, und sie hatte sofort abwehrend reagiert. »Sie glauben doch nicht im Ernst, dass er geduldig drei Stunden in der Leitung bleibt.«

»Sie werden das schon machen«, hatte Esser lächelnd geantwortet. »Sind ja nur Anregungen.«

Sie las die lange Nummer von ihrem Zettel ab und wählte. Es gab keine Verzögerung, und Wu sagte erfreut: »Du bist pünktlich!«

»Ja, klar. Ich habe dir ja gesagt, für wen ich arbeite. Und damit du gleich Bescheid weißt, ich zeichne dieses Gespräch auf.«

»Damit habe ich kein Problem.«

»Hast du deine Liste? Dann schau mal unter dem 10. Juni nach. Du warst in Nordkorea.«

»Ich habe nachgesehen. Stimmt, ich war in Nordkorea.«

»Du bist dann über die Grenze nach Yanji in China gefahren. Dann auf Harbin zu. Ist das so richtig?«

»Ja, das stimmt.«

»Wo hast du die Ladung hingebracht?«

»Zum Flugplatz. Die Fracht wurde in ein Flugzeug verladen.«

»Und woraus bestand diese Fracht?«

»Aus einer großen Holzkiste.«

»Ach, Wu, lass dir doch nicht alles aus der Nase ziehen; was war in der Holzkiste?«

»Aber Mädchen, das weiß ich doch nicht.«

»Das glaube ich dir nicht«, sagte sie und lachte. »Du bist ein Gauner, Wu. Aber immerhin hast du mir einmal geholfen, am Leben zu bleiben. Also, jetzt sag schon, was ist da gelaufen am 10. Juni?«

»Ich habe eine Kiste aus Nordkorea nach China hineintransportiert. Das ist da gelaufen, und sonst gar nichts.«

»Ich glaube dir kein Wort«, erklärte sie.

Er lachte schallend, dann räusperte er sich ausführlich. »Sag mir doch einfach, was du wirklich wissen willst. Ihr müsst doch in Deutschland bestimmte Vorstellungen davon haben, was hier bei uns abgelaufen ist. Und du kannst es mir ruhig sagen. Ich bin kein Spion, Sissy, ich bin ein Logistiker.«

»Wir denken, dass du die verkaufte Atombombe transportiert hast.«

»Glaubst du im Ernst, sie packen mir eine Bombe in den Truck?«

»Warum denn nicht?«, fragte sie unschuldig. »Auf dich ist doch Verlass. Was war denn das für ein Flugzeug in Harbin?«

»Eine Militärmaschine«, sagte er knapp. »Und glaubst du, dass ich eine Atombombe transportiere, die dann in Harbin vom chinesischen Militär übernommen wird? Glaubst du so einen Blödsinn?«

»Aber irgendjemand muss dir doch angedeutet haben, was in der Kiste war. Wie viel Geld hat dir das denn gebracht?«

»Sie haben in US-Dollar bezahlt. Zweihundert, plus zweihundert für den Diesel.«

»Wer sind denn *sie*, Wu?«

»Meine Auftraggeber.«

»Wer genau?«

»Hier steht das nordkoreanische Transportministerium. Und also haben die auch bezahlt.«

»Aber die haben doch jede Menge eigene Lkw.«

»Ja. Hunderte, und keiner von denen läuft. Alles Schrott. Was glaubst du, weshalb sie mir die Aufträge geben?«

»Aber weshalb fand denn der Transport nicht in einer nordkorea-nischen Militärmaschine statt?«

»Lieber Himmel, wo lebst du denn? Sie haben auch für ihre Flug-zeuge keinen Sprit. Sie pfeifen immer auf dem letzten Loch. Sissy, bei mir klingelt es. Ein Freund will eine Tour besprechen. Kannst du in ein paar Stunden noch mal anrufen? Nach unserer Zeit gegen Mitternacht?«

»Klar, mein Lieber, und danke erst mal.«

Esser kam herein. »Das war aber ein abrupter Schluss!«, sagte er.

»Irgendetwas hat ihm wohl nicht gepasst. Es ist nicht sinnvoll, Wu an die Wand zu drücken«, sagte sie. »Immerhin hat er gesagt, ich kann wieder anrufen, ich will ihn mir nicht vergraulen. Das Ganze war wohl doch schon einen Tick zu professionell.«

Esser dachte kurz darüber nach und nickte dann. »Könnte sein.« Er griff nach seinem Fragenkatalog und bemerkte: »Das brauchen wir auch nicht mehr.«

»Auf was, zum Teufel, wollen wir eigentlich hinaus?« Svenja grinste Esser schief an. »Sie würden mich außerordentlich glücklich machen, wenn ich am Herrschaftswissen teilhaben dürfte.«

Esser lächelte voll Verständnis. »Schrecklich, diese Vorgesetzten, nicht wahr? Wir sind auf einen gigantischen Beschiss aus.«

»Und wer betrügt da wen?«

»Wenn wir diese Frage beantwortet haben, können wir uns aus-ruhen.«

»Das ist mir zu hoch«, murmelte Svenja resigniert.

Sehr viel später, als die Affäre für den Unterricht der Eleven aufbereitet wurde, kam der Verdacht auf, dass auch Esser zu diesem Zeitpunkt bereits die Antwort auf die Frage aller Fragen kannte. Es muss aber betont werden, dass sehr wahrscheinlich die Frage aller Fragen da noch gar nicht gestellt werden konnte, weil man sie ein-fach noch nicht kannte. Bei Krause kann man zumindest eine Ah-nung von den Dingen zu jenem Zeitpunkt voraussetzen, bei Esser eher nicht. Wie Esser später selbst mit viel Ironie gestand, »taumelte ich noch heftig im All«.

Krause und Moshe waren auf der Intensivstation. Eine Krankenschwester hatte ihnen den Weg gezeigt, sie mussten lichtblaue Schutzkleidung anlegen und eine alberne Plastikhaube tragen. Sogar ihre Schuhe wurden so verpackt.

»Zwei Minuten, höchstens!«, hatte eine vollkommen verhüllte Figur streng festgelegt, von der man nicht mit Sicherheit sagen konnte, welchen Geschlechts sie war.

Krause trat an das Bett. Es war beängstigend viel Technik um seine Frau, und eine noch viel beängstigendere Stille in dem Raum.

»Wally!«, sagte Krause, ratlos vor Furcht. »Guck mal, wen ich dir mitgebracht habe.«

Moshe trat schüchtern einen halben Schritt vor und nickte ihr wortlos zu.

Sie war hellwach, sie grinste eindeutig, obwohl da ein dünner Schlauch in ihre Nasenlöcher führte und ein gewaltiges Rohr in ihren Mund. Ihre Augen funkelten.

»Hast du Schmerzen?«

Sie schüttelte den Kopf.

»Bald hast du es geschafft und kannst mir zu Hause wieder auf den Geist gehen.«

Moshe sagte mit weicher Stimme: »Es freut mich aufrichtig, dich leben zu sehen. Und es wird Zeit, dass du nach Hause kommst. Dein Mann richtet da ein furchtbares Chaos an, und im Kühlschrank ist auch keine Hoffnung mehr.«

Sie lächelte.

Dann wandte Moshe sich unvermittelt ab und verschwand hinter dem Vorhang.

»Sie sagen mir Bescheid, wenn du wieder in deinem Zimmer bist«, sagte Krause. »Und mach schnell, verdammt noch mal, du wirst gebraucht.«

Wally hatte die Augen jetzt geschlossen und sah so aus, als schlafe sie ein. Krause nahm das als ein Zeichen und war erleichtert, dass er gehen konnte.

In einer Art Schleuse befreiten sie sich von dem Plastikzeug, und Moshe sagte ziemlich nervös: »Ich kann diese Maschinen einfach nicht ertragen, sie lassen die Menschen irgendwie verschwinden.«

»Schon gut, mein Alter.« Krause ging voran, als sie den Korridor entlangtrabten. »Ich müsste mich eigentlich im Dienst sehen lassen.«

»Das passt doch. Ich fahre in die Botschaft und komme dann mit den Filmen.«

»Das wäre schön. Und wenn alles optimal läuft, grillen wir heute noch.«

»Lieber nicht«, warnte Moshe. »Es gibt Wünsche, die besser nicht in Erfüllung gehen.«

»Ja, da hast du wohl recht.« Krause grinste.

Sie saßen im Steuerhaus des Bootes und hatten nicht mehr Platz als in einem Einmannzelt. Der Skipper war unterwegs, um Kleidung für Kim zu kaufen, billig und einfach, wie Müller betont hatte. Nichts Exklusives!

»Ich habe keine Ahnung, wie es mit mir weitergehen soll«, sagte Kim nachdenklich.

»Du musst dir keinen Druck machen«, beruhigte ihn Müller. »Du kannst dir alles in Ruhe ansehen und dann entscheiden.«

»Ich weiß nicht, ob ich in Südkorea bleiben will. Man hört ziemlich widerliche Sachen von dort. Zum Beispiel, dass da unser Geheimdienst arbeitet. Und man hört, dass er Menschen aus meinem Staat verschwinden lässt oder tötet. Ist das die Wahrheit?«

»Ich weiß es nicht«, erwiderte Müller.

Aber Kim blieb hartnäckig bei den Gerüchten. »Sie sagen, dass unser Geheimdienst in Südkorea sehr mächtig ist und dass er alle bestraft, die unser Land verlassen haben.«

»Vielleicht werden diese Gerüchte gestreut, um euch Angst zu machen?«

»Aber unser Geheimdienst *ist* mächtig«, beharrte Kim.

»Hattest du schon Erfahrungen mit dem Geheimdienst?«

»Hier und da«, erklärte er vorsichtig. »Ist unser Geheimdienst in euren Ländern mächtig?«

»Nein, überhaupt nicht. Jedenfalls habe ich das noch nie gehört. Ich habe nur gehört, dass in deinem Land ein Klima der Angst erzeugt wird. Dass man nicht einmal dem Nachbarn traut, dass behauptet wird, alles käme durch den Geheimdienst ans Tageslicht.«

»Und in deinem Land sagt man so etwas nicht?«

»Nein, das kommt nicht vor.«

»Ich hatte mal eine Tochter, die behauptete, unser Geheimdienst sei bösartig und zerstörend. Ich habe nie erfahren, was genau sie damit meinte.«

»Lebt sie nicht mehr?«

»Doch, doch.« Kim wandte sich von ihm ab.

Sieh mal an, dachte Müller belustigt. Du hast keine Familie, aber du hast eine Tochter, die noch lebt.

Dann nahm er sein Handy, um Nachricht zu geben, dass er mit seinem Begleiter das Meer verlassen hatte. Das war Vorschrift. Er wartete nicht ab, dass sich jemand in Berlin meldete, das war ohnehin nicht vorgesehen.

Nachdem ein extrem hoher Piepton in der Leitung verklungen war, sagte er: »Okay für 1313. Ich habe Seoul erreicht.« Zweimal die Dreizehn hatten sie ihm für diese Operation mitgegeben. Egal, wer von den Verantwortlichen im Haus war, er würde in zehn Sekunden wissen, dass alles gut lief.

Er richtete sich auf und blickte über das Hafenbecken.

Die Straßenbeleuchtung war schon eingeschaltet, es war 21.16 Uhr. Hoch oben schwamm der Mond, eine schmale, blässliche Sichel. Die Boote schienen alle in den Heimathafen zurückgekehrt zu sein, sie lagen geduckt im Dunkel unter der Steinkante des Hafenbeckens. Menschen sah er nicht.

»Hast du gewusst, an welchen Fischer du dich wenden musst, um auf der Insel abgesetzt zu werden?«

»Nein.« Kim schüttelte den Kopf. »Ich wusste, ich muss in die Hafenstadt Haeju und dann in eines der Dörfer, in denen die Fischer wohnen. Ich traf einen sehr alten Mann. Er war Fischer und sprach mit mir. Und ich habe gefragt, ob er mich mitnimmt, wenn er rausfährt. Er hat nur gesagt: Komm einfach mit. Ich habe ihm Geld gegeben, aber das ist ja nichts wert. Es war sehr beschämend für mich. Dann habe ich ihm meine Uhr gegeben, eine russische. Da hat er sich tief verbeugt. Er hat gewusst, dass ich weggehe.«

»Aber du hattest keine Genehmigung, in diese Hafenstadt zu gehen, oder?«

»Doch, doch, die hatte ich schon.« Er lächelte verschmitzt. »Ich selbst habe sie ausgestellt. Ich darf so was, seit ich für die Lkw verantwortlich bin.« Dann musste er lachen. »Ich habe schließlich gute Beziehungen!«

Sie lachten zusammen, und das war ein gutes Gefühl.

»Ich würde dich gern mitnehmen nach Berlin«, sagte Müller.
»Dann kannst du meine Welt sehen.«

»Vielleicht«, antwortete Kim. »Ich weiß es noch nicht. Verstehst du das?«

»Natürlich«, nickte Müller. »Aber schau dir dieses Land an. Du hast nie größere Wunder gesehen.«

Kim sah ihn aufmerksam an, und wahrscheinlich hatte er für Sekunden geglaubt, das sei ein Scherz, aber nach einem Blick in Müllers ruhige, freundliche Augen wusste er, dass es absolut ernst gemeint war.

Zwanzig Minuten später kam der Skipper zurück, in jeder Hand eine große Plastiktüte. Seiner Ausdünstung nach zu schließen, hatte er noch schnell ein paar Bier gekippt, nachdem er die Einkäufe erledigt hatte.

»Du wirst wie ein völlig neuer Mensch aussehen!«, versprach er Kim. »Zieh dich um, und dann gehen wir einen saufen.«

»Das werden wir nicht«, widersprach Müller in ruhigem Ton. »Wir haben keine Zeit, wir müssen uns beeilen.«

Sie ließen Kim im Steuerhaus zurück und setzten sich auf die Bordwand.

»Ich wünsche mir noch viele Kunden von deiner Sorte«, sagte der Skipper. »Nicht viel Gerede, saubere Tour, glatter Abgang, schnelle Dollar.«

»Wie lange betreibst du dieses Geschäft schon?«

»So zehn, fünfzehn Jahre.«

»Und kommt es vor, dass die Leute den anderen Weg nehmen, von hier in den Norden?«

»Das kommt vor. Allerdings nur sehr selten.«

»Erzähl mir von einem seltenen Fall.«

»Da waren zwei Frauen, das ist jetzt ungefähr sechs Jahre her. Sie wollten nach Nordkorea, weil sie einen Mann treffen wollten, der der jüngeren Frau die Ehe versprochen hatte. Einen Seemann oder so was in der Art. Jedenfalls sind sie nie da angekommen. Makrelenfischer haben mir erzählt, dass man die Leichen der beiden im Meer treiben sah. Kein Mensch hat sie rausgezogen.« Er schnippte mit den Fingern der rechten Hand. »Wie kann man nur so dumm sein?«

»Aber du hast sie auf der Insel abgesetzt?«

»Na klar. Sie haben sogar gut bezahlt.« Er grinste. »Nicht so gut wie du, aber auch gut. Ich frage mich seitdem, was sie auf der Insel getan und wie lange sie da wohl gewartet haben. Ob sie einfach rausgeschwommen sind? Oder ob jemand sie tötete und ins Meer warf?« Er sah Müller an und fragte: »Ist das nicht eine spannende Geschichte?«

»Na ja«, sagte Müller. »Irgendwie unbefriedigend. Hast du auch mal Agenten auf der Insel abgeladen? Solche, die im Norden Spione sein wollten?«

»Nur einmal, und das war eine ziemlich beschissene Aktion. Ich brachte einen Koreaner dorthin, er schwamm an Land, dann verschwand er in den Büschen. Ich drehte ab, wollte wieder nach Hause. Dann kam ein Schnellboot, fuhr ganz nah ans Ufer heran und legte mit einem Maschinengewehr los. Die haben todsicher dreihundert Schuss Schnellfeuer abgegeben. Sie rauschten wieder an mir vorbei und schrien, ich solle das in Zukunft sein lassen. Ich habe trotzdem nach dem Mann gesehen, er war total zersiebt. Ich habe ihn ins Meer geworfen.«

»Sie haben auf ihn gewartet«, sagte Müller.

»Ja, klar«, nickte der Skipper betrübt. »Ich wurde danach noch ein paarmal angefragt, aber ich habe immer gesagt, dass niemand mit mir eine Bootstour macht, um dann auf der Insel als Tartar zu landen.«

»Das nennt man einen kontrollierten Schiffsverkehr«, bemerkte Müller sarkastisch.

Ein völlig verwandelter Kim erschien in der Tür des Steuerhauses und sagte aufgeregt: »Das kann ich doch nicht annehmen, das ist doch viel zu viel.«

Der Skipper lachte schallend, und Müller sagte: »Nimm es einfach, mein Freund.« Dann dachte er ganz unvermittelt an Krause und setzte hinzu: »Wir beide verschwinden jetzt. Wo ist der nächste Taxistand?«

»Ihr geht einfach die Straße entlang, dann seht ihr es schon. Ich wünsche euch viel Glück!« Er nahm erst Müller in die Arme und dann Kim. »War schön, euch zu bedienen«, sagte er. »Jetzt bin ich reich und gehe erst mal einen trinken.«

»Du versoffenes Genie«, kommentierte Müller gutmütig.

Sie kletterten von Bord, Müller mit der schweren Waffe am Rücken, Kim mit einer der grellbunten Plastiktaschen.

»Da ist noch eine Unterhose drin, und Schuhe und Strümpfe und sogar noch ein Pullover. Und dann noch etwas, das so aussieht wie ein Hemd.«

»Wahrscheinlich ein T-Shirt«, erklärte Müller. »Du wirst die neue Sprache schon noch lernen. Die Sprache von all den Wundern.«

»Was hat er für alle die Sachen bezahlt?«, fragte Kim.

»Vielleicht hundert Dollar oder so.«

»Das ist zu viel, das zahle ich dir zurück.«

Müller blieb stehen. »Ich habe dir gesagt, dass ich es dir schenke.«

Sie trotteten in gemächlichem Tempo die Straße entlang, und Müller fragte sich, wie viel er Kim sagen konnte. Auf keinen Fall etwas von Krauses Befürchtungen, das würde Kim verscheuchen. Aber gewisse Vorkehrungen mussten einfach getroffen werden.

»Was ist das da vorn? Diese vielen Lichter? Ein Hotel?«

»Nein. Soweit ich sehe, ist das eine Tankstelle und wahrscheinlich auch ein Kiosk. Hast du Lust auf einen Kaffee?«

»Ich weiß nicht«, sagte Kim.

Ich muss ihn die ganze Nacht durch die Stadt scheuchen, kann ihm keinen Schlafplatz besorgen, darf aber von Gefahr nichts sagen. Die Sache ist doch schwieriger als angenommen, ging es Müller durch den Kopf.

»Augenblick mal«, sagte er, blieb stehen und fasste Kim sanft an der Schulter. »Ich will dir kurz sagen, auf was du achten solltest. Ich gebe dir dreihundert Dollar, dreihundert Dollar in kleinen Scheinen. Die verteilst du auf die verschiedenen Taschen in deinen Jeans. Zeig das Geld niemandem. Es kann sein, dass wir getrennt werden, durch Zufall, meine ich. Dann steigst du in ein Taxi und sagst, du möchtest ins Hotel Grand Hilton hier in Seoul. Hinter diesem Hotel ist ein großer Park. Du setzt dich auf eine Bank möglichst nahe am Hotel und wartest, bis ich komme. Ist das klar?«

»Ja, das ist klar. Aber warum sollten wir getrennt werden? Ich verstehe das nicht.«

»Es kann einfach passieren«, erklärte Müller unwirsch. »Du selbst hast gesagt, ich habe den falschen Mann erwischt. Wir wissen beide nicht, wo der richtige steckt, aber vielleicht taucht er plötzlich auf und verbreitet Unruhe.«

»Unruhe? Ach so, ja«, sagte Kim, aber es stand deutlich in seinem Gesicht, dass er das nicht verstand.

»Hier ist das Geld«, sagte Müller und reichte ihm die Scheine. »Steck es ein. Und jetzt trinken wir einen Kaffee.«

»In Pjöngjang gehen abends um zehn Uhr die Lichter aus, wir haben keinen Strom«, sagte Kim. »Nur die Standbilder unserer Führer werden beleuchtet und das Mausoleum auch. Und der Chuch'e-Turm.«

»Was ist Tschutsche oder wie du es genannt hast?«, fragte Müller.

»Es ist die Philosophie unserer Führer. Es bedeutet Unabhängigkeit«, erklärte Kim.

»Aha!«, sagte Müller. Er war geneigt, wieder einen bissigen Kommentar abzugeben, schwieg aber. Er durfte keine Unsicherheiten säen.

»Bei euch brennen die Lichter die ganze Nacht«, sinnierte Kim. »Ist das nicht eine furchtbare Verschwendung?«

»Mag sein. Aber es ist auch ein Geschäft. Kapitalismus. Habt ihr in Nordkorea Bordelle, wo man Sex kaufen kann?«

»Nicht offiziell. Es wird gesagt, dass die Führer viele junge Frauen haben, die sich anbieten. Schöne Frauen!«

»Das klingt nach Schnulze!«, sagte Müller und stieg drei Stufen zu einer Veranda hoch.

Es war das Übliche am Rand eines Industriegebiets. Es gab eine Tankstelle, einen Shop, eine Kneipe, ein Restaurant und eine lange Bar, an der junge, grell geschminkte Frauen saßen, die sich langweilten.

»Bleib hier unter dem Vordach«, sagte Müller schnell. »Nimm den Stuhl da, dann kannst du alles überblicken. Und ich bitte dich, keinen Alkohol zu trinken. Du hast deinem Magen in den letzten Tagen ziemlich viel zugemutet.«

Kim setzte sich steif auf den Stuhl. Er hielt seine Plastiktüte krampfhaft auf dem Schoß und senkte den Kopf.

Eine der jungen Frauen kam auf sie zu und fragte geschäftig auf Englisch: »Essen? Trinken? Oder Sex? Sehr gute Zimmer mit viel Vibration im Bett.«

Die Frau trug sehr kurze Hotpants, die einen großzügigen Blick auf ihre Pobacken gewährten, und ein dünnes, durchsichtiges Oberteil. Sie hatte hübsche Brüste.

»Erst einmal zwei Kaffee«, sagte Müller. »Sonst noch was, Kim?«

»Nur Kaffee bitte«, sagte Kim leise. Dann hob er den Blick und sah die Frau an. Es wurde deutlich, dass ihn das Anstrengung kostete. Ihr Gesicht war puppenhaft und grell geschminkt.

»Okay, Kaffee«, sagte sie und stakste davon.

»Es ist viel zu früh für die Frauen«, erklärte Müller. »Der richtige Betrieb geht erst gegen Mitternacht los.«

»Ist das hier ein Bordell?«, fragte Kim.

»Ich vermute, es ist ein Gemischtwarenladen«, sagte Müller. »Siehst du, da hinten an dem Eingang leuchtet immer das Wort SEX auf. Wahrscheinlich ist das der Puff. Ich vermute, einige Mädchen, die hier als Kellnerinnen arbeiten, haben dort Zimmer. Sie bedienen, und du kannst sie kaufen. Und wenn du nichts mehr im Kühlschrank hast, kannst du hier alles besorgen.«

Ein großes, offenes Cabrio mit Jugendlichen kam mit hoher Geschwindigkeit die Straße hinuntergefahren und stoppte unmittelbar vor ihnen. Es waren drei junge Mädchen und drei Jungen. Sie sangen laut und misstönend und sprangen aus dem Fahrzeug. Es war ein uralter rosafarbener Cadillac, und er musste ein Vermögen wert sein. Die Jugendlichen sprangen auf die Veranda, gingen zielsicher an die lange Theke und kamen kurz darauf mit großen Biergläsern zurück. Sie setzten sich an den Nebentisch, und der Lärm, den sie machten, war beachtlich. Alle redeten durcheinander, die Mädchen kicherten und kreischten, die jungen Männer grölten und schlugen sich gegenseitig auf die Schultern.

Müller wäre niemals auf die Idee gekommen, dass sie sich verdächtig benahmen, wenn sie nicht einer der jungen Männer – offensichtlich der älteste – zwischendrin sehr genau betrachtet hätte. Einmal stand er auf, in aller Ruhe, scheinbar, um seine Geldbörse aus der Gesäßtasche seiner Jeans zu holen. Das war wirklich geschickt gemacht, aber Müller konnte sehen, dass er bei dem Manöver versuchte, einen Blick auf Kim zu erhaschen. Die Haare des jungen Mannes waren blond gefärbt mit roten Strähnen darin, und er hatte einen durchtrainierten Körper.

»Ich bezahle mal«, sagte Müller und hob die Hand.

Die junge Frau, die sie bedient hatte, war sofort bei ihnen. Er gab ihr ein großzügiges Trinkgeld. »Ist es noch weit bis zu den Taxis?«, fragte er.

»Zweihundert Meter«, sagte sie.

Müller griff nach seinem Handy und sagte laut: »Hallo?« Dann wartete er zwei Sekunden und sagte auf Englisch: »Augenblick, bitte. Ich kann hier nicht reden.« Er stand auf, sagte zu Kim: »Nur einen Moment«, und ging dann die Bar entlang. Er folgte dem Toilettenschild, wobei er unablässig weitersprach. Er trat durch die Klapptür und musterte kurz den Raum, in dem rechts die Pissbecken waren, links die Klos. Dann ging er in die letzte Kabine, ließ die Tür aber offen. Er redete immer weiter unsinniges Zeug und hörte, wie die Klapptür erneut aufgestoßen wurde.

Müller vernahm keine Schritte. Der Mann war ein Profi.

Müller sagte etwas leiernd auf Englisch: »Ich habe Tante Agnes gebeten, morgen zu kommen. Wir haben also Zeit bis morgen Nachmittag.«

In diesem Moment erreichte der blonde Mann die offene Klotür und wollte sich gerade abwenden, aber dafür war es zu spät. Er hatte den Kopf zu weit vorgestreckt und sah Müller direkt in die Augen.

»Sorry«, sagte Müller leise und ließ seine Faust vorschnellen. Er schlug eine Dublette links rechts gegen den Kopf des Blonden und hörte ihn noch erschreckt nach Luft schnappen. Dann lag er auf den Fliesen.

Müller nahm sich Zeit. Er fasste den Blonden unter den Schultern und schleifte ihn in die Kabine. Dann setzte er ihn auf den Topf. Er suchte nach Papieren und fand sie in einem schmalen Lederetui. Der Mann trug einen 38er-Colt in einem Holster am Gürtel. Müller ließ ihn ihm. Dann schloss er die Kabine von außen und drehte das Schloss mit dem Schraubenzieher seines Schweizer Messers zu. Er ging schnell hinaus, durchquerte das Lokal und sagte zu Kim: »Können wir gehen?«

»Sicher«, nickte Kim. Er wirkte unsicher. Irgendetwas war passiert, aber er wusste nicht, was. Und er fragte nicht.

Wieder schlenderten sie gemeinsam die Straße hinunter.

»Schau mal in diese Papiere und sag mir, wer das war.« Müller reichte ihm das Lederetui. »Und bleib nicht stehen. Gib mir die Plastiktüte.«

Kim ging weiter und fingerte an dem Etui herum. Schließlich zog er eine Plastikkarte heraus. Er sagte: »Er heißt Kim Dong Chel. Hier steht, dass er vierundzwanzig Jahre alt ist und im Heer der südkoreanischen Armee dient. Er ist Offizier. Woher hast du das?«

»Das habe ich einem Mann abgenommen, der hinter mir hergeschlichen kam, als ich zur Toilette ging. Steht da noch irgendetwas?«

»Nein. Nur eine Adresse. Es ist eine Kaserne. Warum ist er hinter
dir hergeschlichen?«

»Er dürfte beim militärischen Geheimdienst sein«, antwortete Müller. »Manchmal ziehen sie ihre Nummern auf diese Weise
durch. Ein Haufen Jugendlicher, laut und rülpsend. Sie machen eine
Menge Krach, aber niemand käme auf die Idee, dass sie dabei arbeiten.«

»Aber was bedeutet das für uns?«, fragte Kim.

»Ich weiß es nicht«, sagte Müller unschlüssig. »Aber vielleicht
wollte er ja gar nichts von uns, vielleicht ist das Zufall gewesen, und
ich bin einfach nur zu misstrauisch.«

»Was hast du mit ihm gemacht?«

»Ihn schlafen gelegt«, antwortete Müller.

Zehntes Kapitel

Sie saßen im Taxi, der Fahrer war ein älterer Mann, der schweigsam und in großer Gelassenheit seinen uralten Mercedes durch die Straßen rollen ließ. »Bitte ins Zentrum«, hatte Müller gefordert.

Kim saß neben Müller im Fond des Wagens. Sie sprachen nicht miteinander.

Plötzlich sagte Müller: »Bitte halten Sie hier.«

Kim sah ihn unsicher an, als seien sie in Feindesland. Müller zahlte, und sie stiegen aus.

»Der Fahrer war zu langsam«, erklärte Müller.

»Wo wollen wir denn hin?«, fragte Kim.

»Das weiß ich auch nicht so genau. Hängt davon ab, ob wir verfolgt werden.«

»Warum sollten wir? Ich bin doch der falsche Mann.«

»Ja. Aber das weiß unser Verfolger vielleicht nicht. Er wird dich für den richtigen Mann halten und mich für den richtigen Begleiter.«

»Das ist sehr kompliziert«, stellte Kim fest. »Nichts für einen naiven Nordkoreaner.«

Sieh mal einer an, dachte Müller. Du lernst schnell.

»Ich muss zu meinem Hotel, das Zimmer bezahlen und packen. Dann sehen wir weiter.«

Kim war sehr beharrlich. »Warum müssen wir bezahlen und packen?«

»Das ist eine reine Vorsichtsmaßnahme. Ich bin ein Spion, ich muss mit allem rechnen. Aber wenn wir Glück haben, gibt es keine Gefahr.«

»Das verstehe ich«, sagte Kim. Dann blieb er vor einem Juweliergeschäft stehen, betrachtete die Auslagen und sagte: »So was Schönes habe ich in meinem ganzen Leben noch nicht gesehen. Doch, einmal. Da hat ein ausländischer Besucher Zeitschriften mitgebracht. Ich weiß nicht, wie er die mit reinnehmen konnte. Wir haben sie uns angeschaut und haben es nicht für möglich gehalten. Einer meiner Kollegen ist damit erwischt worden. Er ist zu achtzehn

197

Jahren Lager verurteilt worden. Seine Frau und seine Kinder auch. Wir haben ihn nie mehr gesehen.« Kim blieb stehen, wendete sich Müller zu und fragte: »Das haben wir noch gar nicht erwähnt: Kann es sein, dass die US-Amerikaner uns überfallen?«

»Wie kommst du darauf?«

»Man sagt bei uns, dass die Amerikaner es eines Tages tun werden, man sagt, dass nur das Genie unseres Führers sie bisher davon abgehalten hat. Wenn es jetzt heißt, dass wir eine Atombombe verkauft haben, dann wäre es doch logisch, dass die Amerikaner uns überfallen.«

»Das ist alles richtig, mit Ausnahme des Genies eures Führers. Er ist sicher alles Mögliche, aber todsicher kein Genie. Und jetzt nehmen wir das nächste Taxi.«

Sie trafen auf eine lange Taxireihe, und Müller sah sich die Fahrer genau an. Wieder wählte er den Fahrer eines Mercedes.

»Wir möchten, dass Sie uns Seoul zeigen, sagen wir eine Stunde lang.«

»Okay. Wollt ihr Weiber und Sekt, oder wollt ihr lieber Kunsthistorisches?«

»Weiber und Sekt, bitte.«

»Wollt ihr irgendwo rein? In einen Puff, einen bayerischen Bierkeller, Kängurufleisch essen, direkt aus Australien? Peepshow? Frauen an Stangen?«

»Wir wollen nur gefahren werden, nicht aussteigen. Fahren Sie viele Schleifen. Und anschließend bitte ins Grand Hilton.«

»Das macht fünfundsiebzig.«

Müller zählte das Geld ab, reichte es nach vorn und sagte: »Dann los!« Er saß hinten rechts und konnte im Außenspiegel verfolgen, was sich hinter ihnen tat.

»Fünfundsiebzig Dollar!«, hauchte Kim. »Das sind zweihundertfünfundzwanzig Tage leben.«

Der Fahrer fuhr sehr schnell, Müller hatte das Gefühl, er sei ein Aufschneider. Er ratterte die speziellen Lokale herunter, er sprach über Touristen und davon, dass besonders die Europäer in diesen Monaten die Stadt überschwemmten, und er machte zudem den Eindruck, als habe er etwas gegen die reisenden Horden.

Kim saß neben Müller und starrte in die Lichterflut. »Hier ist ja die Nacht heller als der Tag.«

»Und jetzt zum Hilton«, bestimmte Müller energisch. Er hatte keine Verfolger feststellen können. »Und geben Sie Gas!«

»Okay«, antwortete der Fahrer gleichmütig.

Sie stiegen vor dem Hotel aus, und Müller starrte lange durch die großen Glasfenster der Lobby. Es waren deutlich drei Busgruppen zu unterscheiden, wahrscheinlich die beliebte Tour »Seoul bei Nacht«. Eine der Gruppen sah so brav aus wie eine reisende Versammlung deutscher Studienräte. Die Sitzecken waren von kleineren Grüppchen besetzt, jeder Gast hatte einen farbigen Cocktail vor sich stehen.

»Wir gehen durch die Garage.«

Kim verzog keine Miene, nickte nicht einmal, fragte auch nicht nach dem Warum. Sie gingen seitlich vom Hauptgebäude eine Rampe hinunter. Hier war es geradezu gespenstisch still. Sie erreichten einen Lift und fuhren bis in die vierte Etage. Kims Gesichtsausdruck schien plötzlich abweisend, er sprach kein Wort. Es war sechs Minuten vor Mitternacht, und Müller war hundemüde und erschöpft und fühlte sich versucht, sich selbst und Kim zwei, drei Stunden Ruhe zu gönnen.

Als sie vor seinem Zimmer standen, tauchten hinter ihnen drei Japaner auf, die munter plaudernd und lachend den Korridor entlanggingen. Sie wirkten wie Geschäftsleute, die nur mit sich selbst beschäftigt waren. Sie gingen vorbei.

Müller steckte die Plastikkarte in das Schloss, das kleine grüne Licht leuchtete, er drückte die Tür auf. »Okay«, sagte er leise.

Im selben Moment gingen die Lichter im Zimmer an, Müller machte einige Schritte durch den kurzen Gang vorwärts, Kim hielt sich dicht hinter ihm. Erst als sie im Zimmer standen, sahen sie die Männer in der Sitzgruppe zu ihrer Linken. Es waren zwei. Sie trugen schwarze Pullover und dunkelblaue Jacketts und standen gleichzeitig auf. Es waren ein Koreaner und ein westlich anmutender Weißer, beide um die vierzig.

»Herzlich willkommen!«, sagte Müller scheinbar gelassen. »Was darf ich Ihnen anbieten?«

Die Männer sagten nichts, einer von ihnen glitt geschmeidig zu Kim, der nur zwei Schritte hinter Müller stand. Der andere kam sehr nahe an Müller heran. Den Bruchteil einer Sekunde später schlug die Handkante des weißen Mannes hart gegen seinen Hals.

Müller drehte sich leicht zu dem Mann hin und zog das Knie blitzschnell und mit aller Kraft nach oben. Der Mann versuchte auszuweichen, aber er war zu langsam, stöhnte laut auf und war sofort bewusstlos.

Im selben Moment packte der andere Kerl Kim und schleuderte ihn gegen die Wand. Es war ein sehr brutaler Angriff. Kim rutschte an der Wand herunter.

»Oh mein Gott«, sagte Müller seufzend.

Der Angreifer drehte sich sehr schnell und kam in einem weiten, hohen Spagat auf Müller zugesprungen. Müller ließ beide Fäuste nach vorn fliegen, traf aber nur mit der rechten. Der Sprung des Mannes wurde zerhackt, er fiel zusammen wie ein Sack und knallte auf den Boden.

»Jetzt aber schnell«, sagte Müller. »Wir müssen sie durchsuchen! Waffen und Papiere, wenn sie welche haben.«

Kim funktionierte wie ein Roboter, drehte den Mann, der ihn niedergeschlagen hatte, auf den Rücken und fuhrwerkte dann in dem Anzug herum.

Müller kümmerte sich um den anderen, dabei nahm er deutlich wahr, wie mühsam Kim atmete.

Die Männer hatten ähnliche Lederetuis für die Papiere wie das, das Müller bei dem jungen Blonden gefunden hatte. Und sie trugen beide einen 38er-Colt in Holstern am Hosengürtel.

»Was machen wir jetzt?«, fragte Kim. Seine Stimme klang eine Oktave höher, er schien einer Panik nahe.

Müller zog seine Weste aus und griff nach der schweren Waffe in der Tasche am Rücken, dann nach den vollen Magazinen in einer anderen Tasche. »Wir müssen hier raus. Schnell!«, sagte er keuchend.

»Was ist mit deinen Sachen?«, fragte Kim überraschend geistesgegenwärtig.

Die Macht des Adrenalins, dachte Müller. »Da ist eine kleine blaue Tasche im Schrank, das ist das Einzige, was ich brauche. Tu das Zeug von den Typen da mit rein. Und wir müssen deine verdammte Plastiktüte endlich loswerden. Lass sie einfach hier.«

Er sah Kim an und bemerkte, wie sich dessen Augen schreckhaft weiteten. Irgendetwas war hinter Müller, irgendwo an der Tür.

Er fuhr herum und schoss ohne Zögern. Der Mann, der dort mit gezückter Waffe stand, griff sich an den Leib, japste laut und stürzte vornüber. Noch im Fallen drückte er ab.

Müller griff sich an den rechten Oberarm, weil es augenblicklich höllisch brannte.

Kim kicherte wie irre.

»Wir brauchen Hilfe!«, sagte Müller leise. »Mach die Tür zu, um Gottes willen. Schieb den Kerl einfach beiseite.«

»Was ist, wenn noch einer kommt?«

»Wir gehen jetzt und lassen uns evakuieren«, sagte Müller. »Wir müssen so schnell wie möglich raus hier.« Er spürte, wie das Blut seinen Arm hinunterlief. »Es ist nur ein Streifschuss, mach dir keine Sorgen«, versuchte er Kim und sich selbst zu beruhigen.

Er sah Kim zu, wie der im Badezimmer verschwand und dann mit einem triefend nassen Handtuch wieder auftauchte, das er Müller um den Oberarm legte und dann mit aller Gewalt zuzog.

»Gib mir mal mein Handy«, bat Müller. »Das ist in der Weste da vorn rechts.« Er sah, dass Kims Bewegungen fahrig waren und seine Hände heftig zitterten.

Müller drückte eine Zahlenkombination und wartete ab. Es dauerte eine Ewigkeit, dann forderte Esser ihn ganz ruhig auf: »Sprechen Sie!«

»Ihr müsst uns rausholen«, sagte Müller heftig atmend. »Tiefgarage Grand Hilton, Seoul.«

»Wird gemacht«, antwortete Esser und kappte die Verbindung.

»Hilf mir in die Weste, Kim. Herrgott, ich blute wie ein Schwein. Und vergiss die blaue Tasche nicht.«

»Aber wie ein lebendes Schwein!«, betonte Kim. »Machst du so etwas öfter?«

»Nein«, antwortete Müller und hielt die Waffe schussbereit in Richtung Tür. »Geh jetzt zur Tür. Stell dich dahinter und mach sie weit auf.«

Die Tür schwang auf, niemand erschien dahinter.

»Jetzt mach sie wieder zu«, sagte Müller. Er holte eine kleine Kamera aus der Weste und fotografierte die Gesichter der Männer aus nächster Nähe. Dann fluchte er laut, weil er den kleinen Apparat mit seinem Blut beschmiert hatte.

»Wir gehen jetzt durchs Treppenhaus. Wenn wir jemandem begegnen, sagst du auf Koreanisch Guten Abend. Jetzt öffne die Tür wieder und geh zur Seite!« Müller hielt die Waffe im Anschlag, er sah niemanden.

Das Treppenhaus war eine öde Betonhöhle, die feucht und muffig roch. Als Kim vor Müller den ersten Absatz auf dem Weg nach unten erreichte, brach er zusammen, als seien seine Gelenke aus Gummi. Leise sagte Müller: »Na, endlich!« Darauf hatte er gewartet. Niemand, der nicht gut trainiert war, konnte ohne Folgen so lange unter lebensbedrohender Hochspannung stehen. Er kauerte neben Kim nieder und wartete. Hoffentlich hat er keinen Herzfehler!, schoss es ihm durch den Kopf.

Kim kam nach einigen Minuten wieder zu sich. Er zitterte heftig, und das Entsetzen stand ihm in den Augen.

»Du bist zusammengeklappt«, sagte Müller leise. »Das passiert schon mal. Steh ganz vorsichtig auf. Wenn du wacklig bist, warten wir noch.«

»Es geht schon wieder«, sagte Kim.

Sie gingen sehr langsam weiter und horchten dabei immer wieder mit angehaltenem Atem in die Stille.

Als sie nach einer Ewigkeit endlich die Tiefgarage erreichten, blieben sie stehen und sahen sich um. Kein Mensch weit und breit, kein Auto bewegte sich.

»Die Einfahrt ist von hier aus gesehen rechts«, stellte Müller fest. »Wenn jemand kommt, kommt er von dort. Wir bleiben also hier und warten. Und vielen Dank, du bist ein guter Mann.«

»Ich hätte mir beinahe vor Angst in die Hose geschissen«, stellte Kim fest. »Ich bin alles Mögliche, nur kein Held. Hast du diesen Mann getötet?«

»Ich weiß es nicht, ich hoffe nein. Wie geht es dir jetzt?«

»Schon besser, aber ich zittere wie ein alter Mann.«

»Ich auch«, erwiderte Müller. »Das haben wir alten Männer so an uns.«

Sie warteten zwanzig Minuten, bis ein Toyota Kleinlaster herangerollt kam. Die Seitentür glitt auf, ein Mann sagte mit verhaltener Stimme auf Deutsch: »Rein hier!«

Kim glitt als Erster in den Wagen, dann Müller. Der Toyota fuhr sofort los.

»In der Ausfahrt ducken!«, sagte ein Mann, den sie im Dunkeln nicht sehen konnten.

Der Wagen fuhr langsam, beschleunigte nicht. Der Mann sagte: »Wir lassen es gemütlich angehen, wir wollen ja nicht auffallen. Und wir müssen feststellen, ob wir allein sind. Guten Morgen, Karl Müller.«

»Du tust mir richtig gut.« Müller klang erleichtert.

Kim kramte verbissen in der blauen Tasche herum, betrachtete eingehend, was er in die Finger bekam, und legte es anschließend wieder zurück. Plötzlich hatte er zwei kleine Fotos in der Hand, die er einen Augenblick lang anstarrte. Dann sagte er tonlos: »Sieh mal hier. Ein Foto von dir. Und ein Foto von meinem Bruder.«

Sie hatte gegen sechzehn Uhr, kurz vor ihrem dritten Anruf bei Wu, in Essers Büro hineingeschaut, und er hatte lächelnd und wortlos auf den Stuhl vor seinem Schreibtisch gedeutet. Es gab Leute, die nannten ihn den Seelsorger.

»Was kann ich für Sie tun?«

»Ich bin unsicher«, erklärte sie. »Ich will gleich noch mal mit Wu reden. Ich finde, er ist ein guter Kerl, und er ist sehr gescheit. Und ich hasse es, als Verhörmieze aufzutreten und ständig der Wahrheit hinterherzujagen. Das ist so … so …«

»So offiziell, so unmenschlich«, sagte Esser. »So kalt.«

»Ja. Genau das. Ich komme weiter, wenn ich sein Kumpel bin. Aber dann stört mich noch etwas. Ich muss zumindest ungefähr wissen, was Sie sich vorstellen. Sonst frage ich vielleicht in die verkehrte Richtung.«

»Krause hat Satellitenaufnahmen gesehen, auf denen man von sehr weit oben einen Konvoi von Militärlastern erkennen kann, und auf derselben Kreuzung steht Wu mit seinem Riesentruck. Vermutlich wurde das komplett in Szene gesetzt, um eine falsche Fährte zu legen. Inzwischen sind wir zu der Überzeugung gelangt, dass die ersten Kontakte bei dem Deal mit der Atombombe schon vor mehr als einem Jahr angelaufen sind, möglicherweise als Sie in Korea waren. Vernachlässigen wir mal die Containertheorie, denken wir pragmatisch. Man könnte so eine Bombe auch in einem ordinären Eisenbahntankwagen unterbringen, denn da wird sie sicher nicht gesucht. Schließlich auch in einer Kiste, in der man normalerweise Möbel transportiert, und, und, und. Also interessiert uns hier wieder Wu, der damals schon sein freundliches Unwesen trieb. Und uns interessiert auch der Larry, der Silverman, die Nancy, die Sie so trefflich beschrieben haben. Und an dieser Stelle hätte ich gern dringend eine Frage geklärt: Kann es sein, dass Sie die eigentliche CIA-Besatzung der US-Amerikaner damals in Peking gar nicht kennengelernt haben?« Esser hielt den Kopf ein wenig schräg und wirkte wie eine neugierige, aber friedfertige Krähe.

Svenja war alarmiert und verblüfft. »Sie meinen, dass die, die ich kennenlernte, nur vorübergehend dort waren, um irgendeine Spezialaufgabe zu erledigen?«

»Genau das sollten Sie schleunigst abklären«, nickte er. »Und dann dürfen wir die Leute nicht vergessen, die die Bombe gekauft haben. Auch die werden unbedingt daran interessiert sein, dass der Deal nicht öffentlich wird. Versetzen Sie sich in die Lage des Käufers. Der ist ja auch nicht unabhängig von seinen eigenen spezifischen Umständen. Er kann ja nicht laut jubeln: Hurra, ich habe die Bombe! Dann kann es sechs Wochen dauern, ehe er sich das Ding überhaupt ansehen kann. Schlimmer: Er kann wissen, dass die Bombe heil dort angekommen ist, wo er sie haben wollte. Aber was passiert jetzt?« Esser legte die Handflächen unter seiner beachtlichen Nase gegeneinander und wartete, bis er sicher war, dass jedes seiner Worte bei Svenja angekommen war. Dann fuhr er fort.

»Er muss die Bombe dort lassen, wo sie ist. Er hat nicht die geringste Chance, das furchtbare Ding jemals zu sehen. Er kann sich nicht frei bewegen, er ist ein Mann mit großer Verantwortung, meinetwegen mit riesigem Vermögen. Er wird zum Beispiel ständig von der Presse und vom Fernsehen beobachtet, er kann sich also nicht frei bewegen, ohne dass das sofort registriert wird. Es ist dabei wirklich gleichgültig, ob er ein einflussreicher muslimischer Hassprediger ist oder ein reicher Schnösel aus Australien, den weltpolitische Absichten treiben. Wenn Sie mich fragen, ist die Bombe bereits seit Monaten an ihrem Bestimmungsort. Und es gibt meiner Meinung nach nur einen oder zwei Menschen, die diese Waffe überhaupt identifizieren können.

Vergessen Sie einfach meine blöden bürokratischen Fragen, konzentrieren Sie sich darauf, was seit einem Jahr in und um Nordkorea passiert ist und was eventuell eine Fährte sein könnte. Und irgendwann treffen Sie dabei auf die Waffe. Und vergessen Sie nicht: Der Schlüssel der ganzen Affäre sind Menschen!«

Svenja nickte langsam und verließ leise das Zimmer, um im Sekretariat einen Becher Kaffee zu erobern. Dann stand sie im Dämmerlicht des Korridors und dachte nach. Sie trank keinen Schluck von dem Kaffee, merkte auch nicht, dass sie den Becher leicht schräg hielt, sodass ein dünner Strahl Kaffee auf den Teppichboden tropfte. Gedankenverloren ging sie weiter, bis sie erneut vor Essers Tür stand. Sie klopfte, wartete auf sein Herein und fragte dann leise: »Und was ist mit Karl Müller?«

»Es geht ihm gut«, sagte Esser mit ausdrucksloser Miene. »Er kommt bald nach Hause.«

Svenja dachte an Müller und dass sie sich riesig auf ihn freute. Irgendetwas musste passiert sein, aber sie wusste nicht, was. Esser war eine Spur zu knapp gewesen, obwohl es natürlich den Vorschriften entsprach, dass er keine Auskunft gab. Auf jeden Fall würde Karl bald nach Hause kommen.

Sie ging in den Raum, den man ihr technisch hergerichtet hatte, und wählte Wus Nummer. Es dauerte eine Weile, bis die Leitung aufgebaut war.

»Hallo, Sissy«, sagte er zurückhaltend.

»Hör zu, ich hab das Band vom letzten Anruf abgehört und möchte mich bei dir entschuldigen. Ich war ziemlich verkrampft. Tut mir leid.«

»Das kommt bei jedem mal vor«, sagte er großzügig. »Was kann ich noch für dich tun?«

»Wir haben hier einen Film gesehen. Aufzeichnung eines Satelliten der US-Amerikaner. Eine Kreuzung zweier geschotterter Pisten irgendwo im gebirgigen Nordosten Nordkoreas. Ein Militärkonvoi fährt durch, du mit deinem Truck hältst an. Es ist der 10. Juni dieses Jahres. Hörst du zu?«

»Und wie!«, sagte Wu mit mühsam unterdrückter Heiterkeit in der Stimme. »Ich habe damals gleich gesagt, dass die Aktion idiotisch ist. Ein kleines, schlecht inszeniertes Theaterstück von kleinen, sehr schlechten Theatermachern. Die wollten die Amis verladen.«

»Was war denn nun in der Kiste, die du nach Harbin geschafft hast?«

»Ich weiß es nicht. Ich vermute, es war aus ihren Nähereien in den Straflagern. Sie schneidern im Auftrag der Chinesen Uniformen, und das fertige Zeug kommt in diesen Kisten.«

»Wer hat dich denn für dieses schlechte Theaterstück angeheuert?«

»Es war ein Mann aus dem Transportministerium Nordkoreas, seinen Namen weiß ich nicht mehr. Er hatte Befehl von oben und sagte mir, das Ganze sei eine richtige Farce. Du weißt doch, wie so was läuft. Seine Vorgesetzten wollten unbedingt daran glauben, die Amis gelinkt zu haben.« Er lachte. »Jetzt schuldest du mir etwas. Kannst du erzählen, wie du den General umgelegt hast?«

»Ja, das kann ich. Wer hat es dir denn erzählt?«

»Eine Bäuerin. Die lebt ziemlich abseits auf einem kleinen Hof. Ich bringe ihr manchmal Nudeln mit, wenn ich in der Gegend bin, weil sie sonst verhungert. Ihr Mann ist blind und kann nur im Herbst und Winter arbeiten. Er flicht Körbe, richtig schöne Dinger. Na ja, und sie ist Brennholz sammeln gegangen oder so etwas. Und kam dabei an diesem Stolleneingang vorbei. Es roch nach einem frischen Feuer, und sie hat nachgesehen. Und da lag der nackte General. Du musst gerade abgehauen sein. Wie ist das gelaufen?«

»Ich wollte mit dem Mann rüber nach China. Du weißt schon, Cheng. Dann kam der General mit einer Pistole. Er wollte mit mir schlafen. Hat sich ausgezogen. Da habe ich ihm das Genick gebrochen und bin mit unserem Freund im Mercedes des Generals geflüchtet. Es lief gut, aber es war verdammt eng.«

»Hast du Albträume davon?«

»Nein«, sagte sie. »Habe ich nicht. Es war nur alles beschissen vorbereitet und nicht durchgeplant. Hätte mich fast das Leben gekostet.«

»Ja, ja, Larry und seine heitere Jesus-Runde.« Er lachte ironisch.

»Was soll das denn heißen?«, fragte sie verblüfft.

»Ach, den Spitznamen habe ich für sie erfunden.«

»Wieso gerade Jesus-Runde?«, fragte sie. »Klingt irgendwie lustig.«

»Ist es aber nicht«, sagte er schnell. »Es ist sogar verdammt ernst.«

Eine der uralten Regeln im Gewerbe der Spione besagt, dass die Quelle des Wissens niemals erkennbar werden darf. Jetzt war sie bereit, diese Regel über Bord zu werfen. Sie dachte kurz über Vertrauen nach und beschloss, dass Wu erwachsen und klug genug war, um ihm Vertrauen schenken zu können.

»Wie lange hast du jetzt noch Zeit für mich?«, fragte sie.

»Nicht mehr lange. Vielleicht zehn Minuten, höchstens.«

»Sag mir bitte noch, wie lange diese Jesus-Runde in Peking dauerte.«

»Drei Monate«, erwiderte er. »Sie nannten es Einsatzkommando, tauften sich selbst die blitzschnelle Truppe oder auch die Zauberer vom Dienst. Immer alles schrecklich übertrieben, weißt du.«

»Aber wieso denn Jesus, um Gottes willen?«

»Wir haben hier in Peking eine Baptistentruppe aus Texas. Sie wird geduldet, und in den Augen Pekings sind sie im Grunde lächerlich. Es sind Leute, hinter denen eine Menge Geld steht und die ernsthaft glauben, dass sie vom lieben Gott persönlich rekrutiert wurden, um China den Segen Gottes zu bringen und die Chinesen auf den einzig wahren Pfad der Tugend zu führen. Und Larry und Nancy und Silverman waren so etwas wie Apostel. Sie haben jeden Sonntag einen Gottesdienst hingelegt, der alles an Unterhaltung schlug, was in chinesischen Kanälen gezeigt wurde. Spontanheilungen zum Beispiel. Sie führten eine offensichtlich sterbenskranke Frau vor, die an irgendeiner schweren Muskelkrankheit litt. Sie erbaten den Segen Gottes für sie, und die Frau stand auf und schien scheinbar geheilt. Und fünf Minuten später saß dieselbe Frau hinter der Bühne und zitterte und kollabierte, wälzte sich vor Schmerzen auf dem Fußboden. Und dann starb sie. Ich habe das fotografiert, weil ich dachte: So eine furchtbare Schmonzette kriege ich nie wieder kostenlos geliefert.«

»Hat dir irgendjemand aufgetragen, das zu fotografieren?«

»Oh nein. Ich habe diese Kamera immer bei mir. Das war wirklich rein privat.«

»Ich fasse es nicht.«

»Es ist wahr, Sissy«, beharrte er.

»Kannst du mir so ein Foto rüberschicken? Auf meinen Rechner? Sind da Nancy und Silverman und Larry drauf zu sehen?«

»Ja, natürlich. Von diesem Gottesdienst muss es ganze Videos geben, denn der wurde ja live nach Texas gesendet.«

»Ich will dich nicht in Bedrängnis bringen, und ich möchte nicht, dass du durch mich in Gefahr gerätst. Und ich heiße auch nicht

Sissy Pistor, ich bin Svenja, und mein Vater war Japaner.« Wenngleich sie ein wenig hysterisch klang und sehr gehetzt, so war doch jede Aussage von ihr wohlüberlegt.

»Ich habe nicht eine Sekunde daran geglaubt, dass du Sissy heißt«, sagte Wu gelassen. »Ich lerne, ich lerne jeden Tag. Jetzt muss ich Schluss machen, ich bin spät dran. Ich schicke dir die Bilder, wenn du mir eine E-Mail-Adresse angibst. Nicht deine persönliche natürlich, sondern eine Maske.«

»Warum tust du das?«, fragte sie.

»Keine Ahnung. Ich hatte mal eine Freundin, die denunziert wurde. Angeblich hat sie die Russen mit geheimem Material versorgt. Es stimmte nicht, nichts davon war wahr, es hatte nur irgendein Agent einen Tätigkeitsnachweis liefern müssen.«

Svenja fragte nicht nach, sie sagte: »Ich gebe dir eine todsichere Verbindung.«

Sie diktierte jeden Buchstaben einzeln und dachte dabei: Wu ist ein richtiges Wunder, unbezahlbar.

Dann wurde sie unvermittelt noch einmal hektisch. »Eine Frage noch, nur eine. Abgesehen von der Jesus-Runde, was haben diese CIA-Leute denn beruflich in Peking getan?«

»Sie haben irgendeine Operation durchgezogen. Aber ich weiß nicht, wie die aussah.«

»Und was war mit mir?«

»Du bist Spielmaterial gewesen. Nancy sagte einmal nach ein paar Bacardi bei einem lockeren Botschafterabend: Sie hatte einen richtig verlockenden Arsch, sonst nichts!«

»Ich war die Ablenkung bei dem Spiel!«, sagte sie tonlos.

»Eindeutig«, bestätigte Wu.

Dehner war nahe daran, wieder das Bewusstsein zu verlieren. Seine beiden Helfer hatten ihn brutal vorwärtsgeschleift, weil sie auf der Flucht waren, mal halb getragen, halb geschoben. Beide hatten ihn mehrere Male wütend angezischt: »Hab dich nicht so!«, oder: »Sei leise, Mann!« Irgendwie war er in den Lift hineingelangt, in die Tiefgarage hinuntergefahren und dann in einen Van geschoben worden, an dessen Steuer eine Frau saß, die geradezu obszön dick war und unablässig nervös auf das Lenkrad trommelte.

Der Mann, der sich Goldberg nannte, schubste Dehner auf die hintere Sitzbank und legte sich dann auf ihn. Es nahm ihm beinahe den Atem. Der kleine Dicke setzte sich nach vorn neben die Frau.

»Ihr seid vielleicht ein lahmarschiger Haufen!«, tobte die Frau und gab Gas. Der Van fuhr nach wenigen Metern auf irgendetwas auf, es gab einen massiven Knall, dann ein Splittern, dann wieder Vollgas.

»Kannst du das nicht etwas eleganter machen?«, schrie Goldberg und wälzte sich von Dehner herunter.

Dehner atmete erst einmal durch, obwohl das jetzt wehtat.

»Richte dich mal auf«, sagte Goldberg freundlich. »Damit du unsere schöne Stadt mal bei Nacht siehst.« Er zog Dehner wie ein Kleinkind hoch, griff ihm unter die Achseln und setzte ihn hin.

Zu der Frau gewandt sagte er: »Planänderung, er muss zu Onkel Samuel.«

»Der Mann ist doch schon kaputt genug. Was soll der noch bei 'nem Quacksalber?«

»Tabletten fassen!«, sagte der kleine Dicke neben ihr.

»Fahr ein paar Schleifen«, befahl Goldberg. »Wir müssen sehen, ob uns jemand folgt.«

»Bitte sehr, ein paar Schleifen«, sagte die Frau.

»Also, pass auf«, erklärte Goldberg geduldig, als spräche er zu einem Kind. »Ich bringe dich jetzt zu einem Arzt. Wir müssen wenigstens herausfinden, wie viele Knochen sie dir zerschlagen haben. Und du brauchst Medikamente und ein paar Verbände. Dein Ohr sieht übel aus, damit kannst du im Zirkus auftreten.«

Eine Weile herrschte Schweigen. Die Frau fuhr jetzt ganz langsam.

»Bist du eigentlich fertig mit dieser Stadt?«, fragte Goldberg.

»Ich verstehe nicht«, nuschelte Dehner.

»Na ja, ich meine, ob du bald abreisen kannst oder ob du noch etwas zu erledigen hast.«

»Oh ja«, sagte Dehner mühsam. »Ich muss mit einer Frau sprechen. Edda heißt sie.«

»Unbedingt?«

»Unbedingt.«

»Und wo ist diese Edda?«

»Hier in der Stadt. In dem Hotel. Ach, ich weiß nicht.«

»Edda, und wie weiter?«

»Keine Ahnung.«

Goldberg sah ihn an und nickte. »Deine Leute wollen dich so schnell wie möglich wiederhaben.« Dann holte er ein Handy aus der Hosentasche und sprach irgendetwas hinein, von dem Dehner kein Wort verstand. Es war eine sehr fremd klingende Sprache, Dehner konnte sich nicht erinnern, so etwas vorher schon einmal gehört zu haben.

»War das Hebräisch?«, fragte er.

»Ja«, nickte Goldberg. »Ich habe nur Bescheid gesagt, dass wir dich haben. Ich werde übrigens Zwi genannt.«

»Na, so was!«, sagte Dehner. »Ich bin Charles Cross.«

»Ich weiß.«

Die Dicke am Steuer erklärte: »Kein Auto hat mich verfolgt. Also fahr ich jetzt zu Onkel Samuel.«

»Wieso nennt ihr ihn Onkel?«

»Er ist tatsächlich mein Onkel«, sagte Zwi. »Er hat eine kleine Klinik, er ist eigentlich Frauenarzt.«

»Da bin ich ja richtig«, sagte Dehner trocken. Dann setzte er hinzu: »Ob du es glaubst oder nicht, ich habe Hunger.«

»Ich wusste doch, dass sie dich nicht ernsthaft beschädigt haben.« Zwi lachte und entblößte dabei ein gefährliches Gebiss. Seine Zähne waren bräunlich gelb.

Sie waren ungefähr eine halbe Stunde auf einem großen, breiten Boulevard entlanggefahren, als die Dicke plötzlich scharf nach links zog und auf einen großen weißen Klotz zuhielt. Der Weg führte weiter durch einen Torbogen in einen Innenhof.

»Ich hole Onkel Samuel«, sagte Zwi und ging rasch auf das Gebäude zu. Als er zurückkam, trippelte ein kleines, dünnes Männchen neben ihm her, ein Zwerg. Der Zwerg kletterte in den Van und blickte Dehner aus freundlichen dunklen Augen an. Auf dem Kopf trug er einen lichten Filz aus langem, schneeweißem Haar, sodass er ein bisschen wie Albert Einstein zu Zeiten seines Zungenfotos aussah. Er war wohl zwischen siebzig und achtzig, schwer zu schätzen.

»Sagen Sie mir einfach, was Sie an Drangsalen hinter sich haben«, sagte er in perfektem Deutsch.

»Drei Männer haben mich niedergeschlagen und mich dann, als

ich auf dem Boden lag, getreten. Ich weiß nicht, wie lange. Aber sie waren gründlich.«

»Es tut Ihnen also alles weh?«

»So ist es«, bestätigte Dehner. »Aber seit Zwi mich herausgeholt hat, geht es mir schon besser.«

»Aha«, sagte Onkel Samuel. »Dann sagen Sie mir mal, wo es besonders wehtut. Hier? Und hier? Und hier?«

Der Zwerg drückte verschiedene Stellen, und der Schmerz nahm Dehner den Atem.

Onkel Samuel sagte auf Englisch zu Zwi: »Der Mann muss auf den Tisch, in diesem Automobil kann ich ihm nicht helfen.« Er sagte tatsächlich Automobil. Er nahm einen kleinen Kasten aus der Tasche seines weißen Kittels und sprach irgendetwas hinein. Nach ein paar Minuten kamen zwei dralle Krankenschwestern mit einer Trage zwischen sich aus dem Haus, fuhren die Trage mit einem Scherengitter hoch und nickten Dehner freundlich zu.

»Das schaffe ich nicht«, nuschelte Dehner abwehrend.

»Na ja«, erklärte Zwi. »Dann mach ich das mal.«

Drei Minuten später lag Dehner auf der Trage, war vor Schmerzen halb wahnsinnig und hörte noch, wie eine der Krankenschwestern sagte: »Wir ziehen ihn aus, wenn er oben ist.« Dehner dachte mit letzter Kraft: Bloß nicht! – und erlebte das auch nicht mehr.

Als er wieder zu sich kam, sah er in das gütige Gesicht von Onkel Samuel, der ihm freundlich zunickte, wobei die langen weißen Haare um sein Gesicht herum auf und ab wippten. Durch das Fenster drang bereits Tageslicht.

»Sie waren ganz schön lange weggetreten, junger Mann. Inzwischen habe ich sie untersucht und einige Reparaturarbeiten vorgenommen. Kein Wunder, dass Ihnen alles wehtut. Ein paar Rippen sind angeknackst, und Sie haben Blutergüsse am ganzen Körper, die Sie noch monatelang an Ihr Abenteuer erinnern werden. Die Sache am Ohr habe ich genäht. Eine weitere Wunde haben Sie dicht über Ihrem sogenannten Zwirbel, eine Platzwunde. Auch genäht. Hätte der Unbekannte Sie vier Zentimeter südlicher getroffen, hätten Sie keine Eier mehr. Ich habe Zwi geraten, dass Sie alle zwei Stunden in lauwarmes Wasser tauchen, nicht wärmer, nicht kälter. Ich habe ihm auch Schmerzmittel für Sie gegeben und ein solides Schlafmittel. Ferner etwas, das die Blutergüsse abbaut und das Blut schön flüssig macht. Und noch etwas: Bewegen Sie sich so viel wie möglich, egal, wo Sie gerade sind. Fangen Sie sofort mit Ihren Zeigefingern an, und bewegen Sie immer die Füße, ob Sie liegen oder sitzen. Jetzt nehmen Sie noch diese Pille hier, damit Sie unterwegs nicht den Geist aufgeben. Und gute Reise, mein Lieber, grüßen Sie mir Deutschland.«

Dehner wurde hochgehoben und auf eine Trage gelegt, er spürte keinen Schmerz mehr. Die beiden stämmigen Krankenschwestern schoben ihn auf einen langen Flur hinaus, auf dem bereits einige nachdenkliche und schüchterne junge Frauen herumstanden und sich miteinander im Flüsterton unterhielten. Es ging in einem Aufzug abwärts. Die kühle Morgenluft tat ihm gut und löste die Nebel in seinem Hirn.

»Was passiert jetzt mit mir?«, fragte er leicht zittrig.

»Ich nehme dich mit zu mir«, lächelte Zwi mit seinem Pferdegebiss. »Und Grete kümmert sich um diese Edda.«

»Ich möchte gern meine Mutter …«, sagte Dehner plötzlich aufgeregt. »Wo ist mein Handy?«

»Das habe ich«, antwortete der kleine Dicke. »Und ich heiße Geronimo.« Er reichte Dehner das Telefon.

Als er ihre Stimme hörte, wusste er, dass er wahrscheinlich nicht rechtzeitig zurückkommen würde. Die Stimme klang nach sechzig bis achtzig Zigaretten am Tag, und sie rauchte seit zehn Jahren nicht mehr.

»Ich bin's«, sagte er schwach. »Ich denke, ich bin in zwei bis drei Tagen daheim.«

Sie räusperte sich unendlich lange und immer wieder, und er fragte auch nicht, wie es ihr ging.

»Da freue ich mich«, sagte sie schwach und hustete.

Es war der sechste Tag und schon wieder nach achtzehn Uhr. Krause hatte das Gefühl, dass die letzten Tage sehr viel schneller als gewöhnlich vergangen waren. Die Zeit lief ihm davon.

Er saß an seinem Schreibtisch und fragte sich, wie er mit Archie Goodwin verfahren sollte. Er hatte den falschen Mann, das schien sicher. Goodwin hatte von einem Raketenfachmann gesprochen. Und dann diese merkwürdige Geschichte mit dem Sonderkommando der CIA in Peking. Was hatten diese Leute geplant, was davon hatten sie durchgeführt, und waren sie überhaupt erfolgreich gewesen? Schließlich noch Dehner, der steif und fest behauptete, dass alles im Fall des Koreaners Cheng mindestens nach rüdem Totschlag aussah.

Er seufzte tief und dachte, Sowinski hat recht, es fällt auf, wenn wir uns gar nicht rühren. Er rief im Sekretariat an und sagte: »Ich brauche Archie Goodwin. Das Ganze mit Aufzeichnung.« Dann hielt er kurz inne und setzte hinzu: »Aber vorher bitte noch das Krankenhaus, in dem meine Frau liegt. Und falls Moshe kommt, er hat höchste Priorität.«

Während er darauf wartete, mit dem diensthabenden Arzt verbunden zu werden, blickte er nach draußen. Es hatte zu regnen begonnen, und die Luft hatte sich bestimmt abgekühlt. Ein paar tiefe Atemzüge da draußen würden jetzt sicher guttun. Er fragte sich, was seine Frau wohl gerade machte. Konnte sie wieder klar denken, hatte sie Schmerzen?

»Melzer«, sagte eine Frau in einer angenehmen Altstimme. »Sie wollten sich nach Ihrer Frau erkundigen? Der geht es gut, sie ist schon raus aus der Intensivstation. Ein wenig Technik muss noch sein, aber sie ist bereits wieder in ihrem Zimmer. Ich denke, sie kann mit Ihnen sprechen. Moment, bitte.«

»Augenblick noch, Frau Doktor. Können Sie mir etwas über den Verlauf der Operation sagen? Kann man weitere Krebszellen ausschließen?«

»Die Operation verlief völlig reibungslos. Keine Komplikationen. Das Gewebe wird selbstverständlich histologisch untersucht. Aber wir rechnen nicht mit Überraschungen. Und Ihre Frau ist insgesamt in einer guten körperlichen Verfassung. Jetzt verbinde ich Sie mal.«

»Hallo«, meldete sich kurz darauf seine Frau mit ganz dünner Stimme.

»Ach, Wally«, sagte er dankbar. »Wie schön, dass du wieder an Deck bist. Hast du Schmerzen?«

»Nein, habe ich nicht. Aber sie lassen drei Infusionen laufen, und ich denke, es sind auch Schmerzmittel dabei. Wie geht es dir? Hast du was im Kühlschrank? Dass Moshe gekommen ist, hat mir richtig gutgetan. Aber er hatte so ein verkrampftes Gesicht.«

»Es geht ihm nicht gut. Er hat seinen Sohn verloren. Jetzt haben sie die Witwe und die Enkelkinder im Haus. Ich bin glücklich, dass wir uns haben.«

»Ja«, sagte sie nach einer Weile. »Und wann kommst du?«

»Morgen, wenn es dir recht ist. Eher kann ich nicht, Wally, meine Tage sind sehr lang. Aber wir können telefonieren. Ruf mich an, wenn du magst.«

»Und du hast die Toskana nicht vergessen?«

»Habe ich nicht«, versicherte er.

»Und Moshe kommt wieder mit?«

»Er fliegt noch heute Abend zurück, Wally. Du kennst doch unseren Beruf.«

»Ich will nicht, dass du dich totarbeitest.«

»Das will ich auch nicht. Und ich will unbedingt mit dir in die Toskana.« Er verabschiedete sich und unterbrach die Verbindung. Für ein paar Augenblicke starrte er gedankenverloren aus dem Fenster. Dann meldete er sich im Sekretariat und sagte: »Jetzt bitte zu Archie Goodwin durchstellen. Und Sowinski möchte zu mir kommen.«

Wenige Sekunden später kam Sowinski wie eine Kanonenkugel hereingeschossen und sagte erleichtert: »Müllers Verletzung scheint nicht lebensbedrohlich, das ist mal das Wichtigste.« Dann setzte er sich hin. »Wieso hast du eigentlich gerochen, dass es schwierig werden würde?«

»Manchmal ist das eben so«, sagte Krause. »Ich kann es nicht klar begründen. Ich denke, ich muss mich jetzt bei Archie Goodwin melden. Also los. Allgemeine Nachfragen und so, Austausch der Chefebenen und wie das ganze Zeug bei den Amis heißt.«

»Mister Archie Goodwin«, meldete das Sekretariat. »Er hat nur sehr wenig Zeit, er steckt mitten in einer Besprechung.«

»Her mit ihm!«

»Krause-Darling«, sagte Goodwin leutselig. »Wie ich dich kenne, kommst du jetzt mit einer kompletten Lösung für all unsere Probleme.«

»Du bist ein elender Schwätzer.« Dennoch konnte Krause nicht umhin, leise zu lachen. »Seid ihr wenigstens weitergekommen?«

»Wir stochern im Nebel, haben noch immer nichts Konkretes. Was ist mit unserer menschlichen Quelle aus Nordkorea? Konnte dein Mann etwas ausrichten?«

»Wir haben einen Mann aufgenommen, aber er ist mit Sicherheit nicht der, den du haben wolltest. Duplizität der Ereignisse, würde ich mal sagen.«

»Wie konnte das passieren? Hat dein Star den Kontakt den Instruktionen entsprechend aufgenommen?«

»Alles genau, wie ihr es vorbereitet hattet. Kein Alleingang, alles strikt nach Anweisung. Wir können uns das auch nicht erklären.«

»Das ist ja fatal.«

»Tja, tut mir sehr leid. Jetzt müssen wir erst mal warten, bis unser Mann mit diesem Nordkoreaner hier eintrifft. Ich halte dich auf dem Laufenden. Was macht dein Präsident? Will er immer noch einmarschieren?«

»Wenn er jemanden findet, der ihm dabei hilft, wird er es tun. Er sucht immer noch nach einer Koalition der Willigen. Du kennst ihn ja. Aber noch mal zurück: Was ist das für ein Mann, den ihr rausgeholt habt?«

»Gut, dass du mich fragst. Er ist ein sehr geheimnisvoller Mensch, den wir bisher nicht richtig einordnen können. Nach eigenen Angaben vollkommen bedeutungslos, ungefähr sechste Etage des Transportministeriums, also subalterner geht es gar nicht mehr. Sobald ich klarer sehe, rufe ich dich an. Ja, und ich schicke dir die Rechnung des Seoul-Abenteuers, wenn es dir recht ist.«

»Ja, natürlich. Aber wir brauchen den Mann dann auch hier.«

»Sicher, wenn wir mit ihm geredet haben. Ich danke dir fürs Erste, mein Freund«, betonte Krause sotto voce, und es wirkte so schleimig, dass Sowinski zusammenzuckte. »Wir hören voneinander.«

»Das war gut«, sagte Sowinski, »sehr überzeugend.«

»Es ist alles äußerst rätselhaft …«, brummte Krause.

Er wurde von seiner Sekretärin unterbrochen, die über Lautsprecher sagte: »Dringend, Chef. Svenja möchte zu Ihnen.«

»Natürlich!«

Svenja kam herein, in der Rechten zu einer Rolle zusammengefasste Papiere.

»Ich habe mit Wu gesprochen, und ich denke, er wird uns auch weiterhelfen. Er sagt, dass Larry, Nancy und Silverman nur drei Monate in Peking waren. Und dass er sie einmal privat fotografiert hat nach einem sehr amerikanischen Gottesdienst in einer Kirche in Peking. Er hat uns vier Fotos rübergeschickt. Hier sind sie.«

Sie legte die Ausdrucke auf Krauses Tisch. Mit einem Filzstift hatte sie auf einem der Fotos die Namen der Abgebildeten quer über die entsprechenden Personen geschrieben: SILVERMAN, NANCY und LARRY.

Krause betrachtete die Ausbeute sorgfältig und drehte dann das beschriebene Foto ein wenig, damit Sowinski es gut sehen konnte. Dabei strahlte er Svenja an und sagte fröhlich: »Sieh mal einer an: Unser lieber Archie Goodwin bei einem Sonderkommando der CIA in einer amerikanischen Kirche in Peking!«

Gegen zwanzig Uhr meldete das Sekretariat Moshe an, und Krause, der gerade mit Esser und Sowinski zusammensaß, ließ ihn sofort eintreten.

Moshe hielt einen kleinen Stapel DVDs in der Hand. Er betrachtete die Teilnehmer der kleinen Konferenz, deren Gesichter er kannte, und strahlte.

Große Begrüßung, wobei auffiel, dass Esser sich sehr zurückhielt. Esser war der Meinung, dass Israels Politik im Nahen Osten eigentlich nicht mehr vertretbar sei und zwangsläufig in den nächsten Krieg führen werde. Immer wieder konnte man ihn sagen hören: »Ich liebe die Israelis, aber manchmal gehen sie mir wirklich zu weit.«

Es war also folgerichtig, dass Moshe auf ihn zuging und scherzhaft fragte: »Irgendwelche Anweisungen an meinen Premier?«

»Oh ja«, antwortete Esser, »sagen Sie ihm, er soll ein wenig gedämpfter auftreten und gelegentlich sein Lächeln ausknipsen.«

»Ach, Esser!«, sagte Krause seufzend, »was wären wir nur ohne dich?«

»Eine richtig gute Behörde«, antwortete Esser.

Sie lachten alle, und Krause beendete das Geplänkel mit der Bemerkung: »Wir bekommen jetzt etwas Neues zu sehen. Freundlicherweise hat der Mossad uns die Möglichkeit gegeben, ins Feindesland zu blicken, was natürlich niemals so geschehen ist.«

»Ich hoffe, es bringt uns auf gute Ideen«, sagte Moshe. »Wir sehen den ganzen Betrieb im Nordosten des Landes, inklusive – ob wir möchten oder nicht – sehr genauer Bilder aus den verschiedenen Lagern, den Umerziehungslagern, den Produktionslagern. Wie Sie wissen, leben je nach Schätzung zwischen zweihunderttausend und fünfhunderttausend Menschen dort. Mein Freund hat mir gesagt, dass die DVDs drei und sieben für unsere Zwecke besonders interessant sind. Also fangen wir mit denen an.«

»Wir hätten gern Kaffee«, sagte Krause in ein verdeckt angebrachtes Mikrofon. »Wir gehen in Raum sechs.«

»Ein paar Teilchen auch?«, kam die Gegenfrage.

»Oh ja. Das wäre gut. Vielleicht mit Pudding. Und dann machen Sie Schluss für heute.«

»In Ordnung«, bestätigte die Sekretärin.

Sie zogen in den anderen Raum um und setzten sich dort an einen lang gestreckten ovalen Tisch, der auf einen großen Flachbildschirm ausgerichtet war. Kaffee und Kuchenteilchen wurden erfreulich schnell serviert, und es würde zu dieser späten Stunde zweifellos eine entspannte Abwechslung vom Alltagsbetrieb werden. Dennoch war allen klar, dass die Chance, beim Betrachten dieser Aufnahmen endlich auf eine Lösung hinsichtlich des Bombentransports zu stoßen, einem Sechser im Lotto gleichkäme.

Nach anderthalb Stunden durchbrach Moshes Stimme die Stille. »Ich muss los, Freunde«, sagte er. »Ich melde mich, sobald wir etwas haben.«

Es gab eine kurze, sehr herzliche Verabschiedung, und Moshe flüsterte in Krauses Halsbeuge: »Grüß mir ganz herzlich deine Wally, und gute Tage!«

Dann war er auch schon zur Tür hinaus.

»Ich habe auch keine Zeit mehr für angewandte Erdkunde«, bemerkte Krause. »Ich bin tatsächlich der Meinung, dass sie die Bombe auch auf einem Eselskarren aus dem Land geschafft haben könnten. Wenn sie geschickt waren, und das mussten sie zweifellos sein.« Damit ging er hinaus, kehrte aber nach Sekunden wieder zurück, schloss die Tür sehr sorgfältig hinter sich und bemerkte: »Svenja war eine Ablenkung, das haben wir begriffen. Sie hat eine sehr gute Operation hingelegt, ich denke, da sind wir uns einig. Kann nicht beabsichtigt gewesen sein, dass die Nordkoreaner sie stellen und als eine perfide imperialistische Agentin beschreiben, die dem nordkoreanischen Volk einen Dolchstoß in den Rücken versetzen wollte? Kann das nicht so geplant worden sein? Wäre das nicht eine sehr wirkungsvolle Ablenkung gewesen? Aber was macht unsere Svenja? Sie tötet einen General, nimmt sein Auto und entkommt auf eine Art und Weise, mit der niemand rechnen konnte.«

Sowinski und Esser sahen ihn an, sagten aber kein Wort. Zuweilen dachte Krause um so viele Ecken, dass ihm zu folgen äußerst schwierig war.

ELFTES KAPITEL

Müller dachte in heller Verzweiflung: Wo ist Kim?, und ging einen merkwürdigen Korridor entlang. Das Licht war blau-silbern, eine Lichtquelle gab es nicht. Oben, in etwa vier oder fünf Metern Höhe, war es heller als unten, wo er sich verzweifelt bemühte, durch dicken Schlamm vorwärtszukommen. Der Schlamm reichte ihm bis an die Waden. Die Wände links und rechts waren nichts anderes als grobes Sackleinen, und der Gang war nicht breiter als einen Meter. Erschöpft blieb er stehen, um herauszufinden, weshalb der Schlamm ihn aufhielt. Dann entdeckte er die Maden. Sie waren etwa dreißig Zentimeter lang, grellweiß, und irgendetwas ließ sie fluoreszieren. Sie saugten sich an seinen Beinen fest, was laute, schmatzende Geräusche erzeugte. Merkwürdigerweise fürchtete er sich nicht, empfand auch keinen Ekel. Er wollte wissen, was sich hinter den Sackleinenwänden verbarg, und schlug eine von ihnen zurück. Da lag Kim mit weit aufgerissenen Augen auf dem Rücken. Er war tot. Kim war hinter jedem Stück Sackleinen, es war eine unendliche Kette von Bahren, auf denen unendlich viele tote Kims lagen.

Dann vernahm er eine Stimme, die anfangs von weit her zu sprechen schien. Ganz langsam wurde sie deutlicher, und er konnte einzelne Worte unterscheiden und begreifen.

Jemand, eine Frau, sagte: »Aha, da taucht er ja wieder auf, unser trefflicher Krieger, unser Dr. Dieckmann mit der universitären Bildung.« Die dunkle Stimme klang sehr sympathisch, aber auch sehr ironisch.

»Wieso denn Krieger?«, nuschelte er.

»Spielzeugpistolen waren es ja nicht gerade, Herr Dr. Dieckmann«, sagte die Frau. »Mein Name ist Gender. Dr. Maria Gender. Und mein Name ist echt, wovon ich bei dem Ihren nicht ausgehe. Verstehen Sie mich?«

»Ja, natürlich.«

Sie lachte. »So natürlich ist das gar nicht. Na ja, lassen wir das. Sie sind hier in der Deutschen Botschaft in Seoul, und ich bin Ihr persönlicher Engel. Sie haben von dem Streifschuss eine sehr tiefe Rinne im rechten Oberarm gehabt. Sie hatten verdammt viel Glück, dass der Knochen nicht zerschmettert wurde. Ich bin kein Fachmann, aber ich tippe auf ein Neun-Millimeter-Geschoss. Die Wunde habe ich versorgt, das heißt, ich habe Ihnen eine lange Naht gelegt, wobei ich mich bemüht habe, Ihre Muskulatur möglichst wenig anzukratzen, wenn Sie verstehen, was ich meine.«

»Das verstehe ich.«

»Ich habe Sie vorübergehend schlafen gelegt, weil die Wundversorgung bei euch heimlichen Kriegern immer sehr penibel sein muss, weil ihr ja so schnell wie möglich wieder Krieg spielen wollt. Es ist ein blödsinniges, aber verbreitetes Wunschdenken bei euch, dass ihr schon am nächsten Morgen wieder runderneuert aufwachen könnt. Also bleiben Sie bitte liegen, werden Sie in Ruhe wach. Ich habe Verbandszeug und Medikamente hiergelassen. Und natürlich haben Sie mich nie im Leben gesehen, was bei euch Spionen ja immer der idiotischste Spruch ist.« Das war jetzt blanker Sarkasmus, aber er wirkte gut.

»Ja, das habe ich schon einmal gehört«, sagte er. »Danke schön.«

Dann klappte eine Tür. Er versuchte herauszufinden, worauf man ihn gelegt hatte. Es schien so etwas wie ein Feldbett zu sein, mit hartem, dunkelgrünem Tuch bespannt. Der Raum war weiß gestrichen, rechts von ihm stand ein Schreibtisch mit einem Drehsessel. In seiner Blickrichtung lag eine hohe Tür, zweiflügelig, verglast, Bäume dahinter. Der Himmel war bedeckt.

Er konzentrierte sich auf seinen Körper. Er war nackt bis auf die Boxershorts, sie hatten ihn also ausgezogen, aber er konnte sich an den Vorgang nicht erinnern. Am rechten Oberarm ein weißer Verband. Er richtete seine Aufmerksamkeit auf die Wunde und spürte sofort den Schmerz, ganz leicht nur, nicht sonderlich störend. Dann sah er links von sich ein kleines Sofa, darauf seine Kleider. Da lag auch die Weste. Natürlich hatten sie die Waffe sofort gefunden, das war immer das Erste, was sie zu verstecken hatten: die Waffe und die gefüllten Magazine. Bloß keine Gewalt, wir doch nicht!

Eine andere Frauenstimme hinter ihm fragte: »Wie geht es Ihnen?«

»Gut«, sagte er. »Danke.«

Sie kam in sein Blickfeld: eine schlanke Frau, schmales, hübsches Gesicht, etwa vierzig Jahre alt, vielleicht fünfundvierzig.

»Ich will nur einiges klarstellen«, bemerkte sie sachlich. »Es kann durchaus sein, dass ich von offizieller Stelle gefragt werde, weshalb hier ein Deutscher in einem renommierten Hotel herumballert und Opfer hinterlässt ...«

»Ist der Mann tot?«, fragte er schnell.

»Nein. Das ist er nicht«, sagte sie. »Aber wie so oft müssen wir mit viel Feingefühl das reparieren, was ihr vorher mit dem Hintern eingerissen habt. Wie kam es dazu?«

»Das weiß ich nicht, es ist mir selbst ein Rätsel. Er stand plötzlich in der Tür meines Hotelzimmers, und ich habe geschossen, weil er seine Waffe auf mich gerichtet hatte.«

»Nicht auf Ihren Begleiter, diesen merkwürdig schweigsamen Mann aus dem Norden?«

»Nein. Eindeutig nicht.«

»Heißt das, es war Notwehr?«

»Aber sicher!«, antwortete er bestimmt.

Sie sah ihn misstrauisch an. »Von wie vielen Männern wurden Sie angegriffen?«

»Drei. Die ersten zwei warteten in meinem Zimmer auf mich. Der Schütze kam wenig später hinzu, es war bestimmt nicht einmal mehr eine Minute vergangen.«

»Wie viel Hilfe hatten Sie?«

»Nur Kim. Aber der hat sich nicht bewegt. Ach so, ja, er heißt Kim.«

»Und Sie haben keine Ahnung, woher diese Männer in Ihrem Hotelzimmer stammten? Ich meine, ob es sich um Agenten handelte oder so etwas?«

»Keine Ahnung. Aber einer der Männer war eindeutig ein Weißer westlicher Prägung. Ich habe sie fotografiert, um sicherzugehen, falls eine Identifizierung notwendig ist.«

»Das ist gut.« Sie lächelte. »Kann ich Kopien der Fotos haben?«

»Natürlich.«

Er stellte sich vor, wie sie im Gespräch mit sehr besorgten, kummervollen südkoreanischen Diplomaten ganz gelassen behaupten würde: »Na ja, Ihre Jungens sind ja nun auch nicht gerade das Gelbe vom Ei!« Und dann würde sie genüsslich die drei Fotos hinblättern und in die peinlich berührten Gesichter der Diplomaten sehen.

»Wir fliegen Sie heute Nachmittag aus.«

»Danke«, sagte er. »Kann ich telefonieren?«

»Selbstverständlich. Ich lasse Ihnen einen Apparat bringen. Der Raum hier ist sicher.«

»Wo ist mein Begleiter?«

»Vor der Tür«, antwortete sie und ging hinaus.

Kim kam nur Sekunden später in das Zimmer und sagte hastig: »Ich hatte Angst, dass dir etwas passiert ist. Du hast im Auto das Bewusstsein verloren. Hast du Schmerzen?«

»Nein, habe ich nicht. Wie geht es dir?«

»Gut. Deine Leute hier sind sehr feine Menschen. Und zieh dir was an, du erkältest dich sonst.«

»Kim, wir müssen reden. Du bist der falsche Mann, klar, aber dein Bruder ist der richtige. Wie kann das sein? Wieso hatten die ein Foto deines Bruders?«

»Ich weiß es nicht«, erwiderte er bekümmert. »Ich weiß es wirklich nicht.«

»Wer ist dein Bruder?«

»Das kann ich auch nicht sagen. Ein mächtiger Mann, das wohl. Aber ich weiß nicht genau, wie mächtig er ist. Das musst du mir einfach glauben.«

»Wie heißt er denn?«

»Il Sung Choi. Er hat den Hausnamen meiner Mutter angenommen.«

»Und was arbeitet er?«

»Ich nehme an, er ist sehr weit oben. Er gehört zu unserer Elite.«

»Wann hast du ihn denn zum letzten Mal gesehen?«

»Vor etwa einem halben Jahr. Aber ich sah ihn nur auf der Straße in Pjöngjang, als er aus seinem Auto stieg. Ich habe ihn nicht angesprochen, und er hat mich gar nicht bemerkt. Er macht alles Mögliche, soviel ich weiß, er bekommt immer Sonderaufgaben direkt von unserem großen Führer.« Kim schien in sich hineinzulauschen, und seine Augen wirkten mit einem Mal völlig leer, als sehe er etwas, was er absolut nicht sehen wollte.

»Kannst du dir denn vorstellen, dass er Nordkorea verlassen wollte?«

Jetzt waren seine Augen groß und erschreckt. »Nein, das kann ich nicht. Das ist ganz unmöglich. Er ist ein hohes Tier, verstehst du, er hat alles, was man sich vorstellen kann. Warum sollte er Nordkorea verlassen? Er liebt Nordkorea, und er geht einmal in der Woche zum Grab unserer Eltern. Und er verehrt sie. Nein, nein, nein.« Dann versuchte er verkrampft, das Thema zu wechseln, und fragte erneut: »Hast du Schmerzen?«

»Nein«, sagte Müller und wusste plötzlich, dass dieser Bruder ungeheuer mächtig war. Und dass Kim panische Angst vor ihm hatte.

»Wir können später noch mal über ihn reden«, sagte er beruhigend. »Was ist, kommst du mit nach Deutschland?«

»Ich glaube, ja«, antwortete Kim zurückhaltend. Dann lächelte er unsicher. »Ich stelle mir vor, dass ich dieses Haus verlassen muss und draußen auf der Straße stehe. Es ist alles so fremd, verstehst du? Ich habe gar keine Wahl mehr, oder? Wie ist denn Fliegen so?«

»Fliegen ist schön.« Müller lächelte. »Kannst du mir etwas zu trinken besorgen? Und vielleicht ein Stück Brot? Einfach nur Brot.« Er ließ das rechte Bein von der Liege gleiten und stellte vorsichtig den Fuß davor auf. Es wirkte stabil, und er zog das andere Bein nach. Als er stand, reagierte sein Kreislauf, und er hielt sich an dem Schreibtisch fest, bis das Schwindelgefühl verging.

»Ich besorge dir was«, sagte Kim und ging hinaus.

Ein junges Mädchen erschien mit einem Telefon in der Hand. Sie sagte kein Wort, lächelte nur freundlich und stöpselte den Apparat ein.

Er bedankte sich und wählte die Nummer, die für alle Agenten im Außendienst so etwas wie eine Lebensversicherung bedeutete. Der Ruf kam entweder bei Esser oder bei Sowinski oder bei Krause an.

Er sagte: »Dreizehndreizehn hier.« Und hörte mit Erleichterung Sowinski sagen: »Na endlich, Sie Reisender, wie geht es?«

»Gut, danke. Es ist so, dass ich den Bruder von Kim herausholen sollte. Jedenfalls deutet alles darauf hin. Die Kerle, die uns beide hier gejagt haben, hatten ein Foto von ihm bei sich. Und ein Foto von mir, aufgenommen, als ich im Hilton Seoul im hauseigenen Pool meine Bahnen zog. Mein Begleiter behauptet, sich das Foto des Bruders nicht erklären zu können. Er sagt, sein Bruder ist ein mächtiger Mann in Nordkorea, und er kann sich absolut nicht vorstellen, dass dieser Bruder das Land verlassen will. Dieser Bruder heißt Il Sung Choi. Die ganze Geschichte ist sehr mysteriös. Wir müssen unbedingt herausbekommen, was es mit dem Bruder auf sich hat und weshalb die beiden zeitgleich das Land verlassen wollten. Irgendetwas stimmt da nicht.«

»Das versuchen wir zu klären, sobald Sie hier sind. Was ist mit Ihnen? Schwere Blessur?«

»Nein, eindeutig nicht.«

»Blessuren ausgeteilt?«

»Eindeutig ja. Wir wurden zweimal aufgespürt und gejagt.«

»Ihr Eindruck?«

»Die zweite Gruppe verhielt sich unmissverständlich. Einer von ihnen versuchte mich zu töten. Sichelschlag, Handkante in Kehlkopfhöhe.«

»Erklärung?«

»Habe ich nicht.«

»Kommen Sie nach Hause!«

Dehner war das alles höchst peinlich.

Goldberg ließ die dicke Grete in den Innenhof eines stattlichen Herrenhauses fahren, sprang aus dem Wagen und schrie dann in höchstem Diskant: »Mary, Steven, Bobby!« Das wiederholte er noch dreimal, und Grete schimpfte laut: »Also, dieser Kerl ist einfach unmöglich.«

Drei Jugendliche kamen aus verschiedenen Richtungen angelaufen, und Goldberg befahl: »Tragt diesen Vogel ganz vorsichtig in ein Gästezimmer.«

Dehner konnte nicht einmal mehr protestieren. Die beiden Jungen verschränkten ihre Hände und ließen Dehner darauf sitzen. Das Mädchen stützte ihn von hinten, und erstaunlicherweise spürte er keine großen Schmerzen. Es ging eine kleine Treppe hinauf in ein weiträumiges Treppenhaus.

Plötzlich kam von rechts eine sehr große, schlanke Frau ins Bild, die zerstreut grüßte und an ihnen vorbeiging, um kurz darauf wie eine unwirkliche Erscheinung durch eine Tür wieder zu verschwinden.

»Das ist Mum«, sagte einer der Jungen. »Sie hat Schwierigkeiten mit Dandy.«

»Aha«, antwortete Dehner höflich. Er hatte noch nie eine so schöne Frau um die vierzig gesehen. Grazil, dunkelhaarig, mit lässigen, eleganten Bewegungen.

Sie erreichten den ersten Stock des scheinbar riesigen Anwesens, gingen durch eine Tür und setzten ihn auf eine Couch in einem sehr schönen, hellen Wohnraum.

»Das ist Ihre Wohnung«, sagte das Mädchen. »Das Schlafzimmer ist nebenan, das Bad auch. Und Dandy ist Mamas Pferd.«

»Ich danke euch sehr«, sagte Dehner. »Ich weiß nicht, wie ich mich revanchieren soll.«

»Das brauchen Sie nicht«, kommentierte das Mädchen souverän. »Wir wissen schon, Pa taucht ziemlich häufig völlig überraschend mit irgendwelchen Besuchern hier auf. Nur können die meisten von denen noch selbst laufen.«

»Beim nächsten Mal vielleicht«, sagte Dehner verlegen.

Die drei ließen ihn allein, und er hatte einen Moment Angst, sich zu bewegen. Er fürchtete die Schmerzen. Aber sie kamen nicht, blieben zumindest gedämpft, als er sich vorsichtig hinstellte und zu gehen begann. Schritt um Schritt. Ab und an geriet er ein wenig ins Schwanken. Er erreichte die Tür zum Schlafzimmer und fragte sich, womit er wohl so viel Hilfe verdient hatte. Er schaffte es bis zum Bad, pinkelte aber sicherheitshalber im Stehen. Wenn ich mich setze, komme ich nie mehr hoch, dachte er.

Dann fragte Goldberg von irgendwoher: »Alles klar?«

»Alles klar«, antwortete Dehner und bewegte sich vorsichtig zurück ins Schlafzimmer. Er setzte sich langsam auf die Bettkante, dann ließ er sich genüsslich zurückfallen.

»Legen Sie sich hin. Ich habe Ihnen ein paar Scheiben kalten Braten und etwas zu trinken mitgebracht. Danach nehmen Sie diese Tablette, Befehl von Onkel Samuel. Die lässt Sie ein bisschen schlafen. Wenn Sie wieder aufgewacht sind, drücken Sie hier auf den Knopf, dann komme ich, und wir trinken zusammen Kaffee.«

»Wo bin ich hier eigentlich?«

»Das ist mein Haus«, antwortete Goldberg. »Das sind meine Frau und meine Kinder. Und eine ganze Menge Leute, die bei mir arbeiten. Wir haben noch eine Farm in Montana, auf der wir Araber züchten.« Er sah Dehner in die Augen und bemerkte trocken: »Sie brauchen gar nicht so misstrauisch zu schauen, ich kann nichts dafür, habe den ganzen Scheiß geerbt. Ich bin ein lupenreiner Kapitalistensohn.« Er grinste breit und zeigte dabei seine schrecklich gelben Zähne.

»Und was haben Sie mit meiner Branche zu tun?«

»Eigentlich gar nichts«, sagte er. »Aber mir liegt, wie vielen Juden, eine gewisse Verschwiegenheit im Blut, und das ist etwas, was Spione unbedingt brauchen. Aber keine Angst, Sie müssen mir nichts erzählen, ich bin bloß ein Freiberufler und werde manchmal zu Hilfe gerufen.«

»Und Grete und dieser Geronimo?«

»Leute, die mir aus Freundschaft und Verbundenheit helfen. Sie verstehen schon: Alle packen mit an, und niemand stellt Fragen. Und bevor Sie die Pille nehmen, setzen Sie sich noch in die Badewanne. Lauwarmes Wasser, hat Onkel Samuel gesagt. Sie erinnern sich?«

»Glauben Sie, dass Sie diese Edda hierherbringen können?«

»Ich glaube, dass Grete das hinkriegt. Sie kriegt eigentlich alles hin. Und wer sich ihr widersetzt, wird einfach niedergewalzt.« Er stellte das Tablett auf den Tisch im Wohnraum. Dann drehte er sich noch einmal zu Dehner um und sagte: »Passen Sie auf, ich helfe Ihnen beim Ausziehen, ehe wir hier in ein gemütliches Plauderstündchen unter Hausfrauen verfallen. Führen Sie sich nicht so auf wie eine Jungfrau, wahrscheinlich sind Sie doch gar keine. Dann rein in die Wanne, danach ins Bett, die Pille einwerfen und einen Happen essen.«

Dass er sich darauf einließ, wunderte Dehner selbst, aber nach einer guten Dreiviertelstunde lag er tatsächlich im Bett, hatte die Pille geschluckt und etwas von dem kalten Braten gegessen.

Er wachte nicht von allein auf, sondern wurde von Goldberg geweckt. Er stand an seinem Bett und erklärte lapidar: »Diese Edda ist hier.«

Als Dehner eine Bewegung machte, um aus dem Bett zu steigen, konnte er nicht vermeiden, dass er leicht aufjaulte.

»Passen Sie auf: Ich bringe Edda hierher, und Grete auch. Okay?«

»Okay«, sagte Dehner dankbar. »Wie spät ist es denn?«

»Genau vierzehn Uhr.«

Dehner versuchte, sich aufrecht hinzusetzen, was ihm auch mit einiger Mühe gelang.

Edda kam herein, sah ihn, riss die Augen auf und stöhnte: »Mein Gott!«

Hinter ihr betrat Grete das Zimmer. Mit erstaunlicher Geschwindigkeit und viel Geschick ließ sie ihren plumpen Körper in ein

Sesselchen fallen, das völlig unter ihren Massen verschwand. Goldberg blieb an der Tür stehen.

»Es hat mich in Ihrem Hotel erwischt, Edda. Es waren drei unfreundliche Herren, die der Meinung waren, ich sei dorthin gekommen, um den Tod von Mister Smith zu untersuchen, der aus Gott weiß was für Gründen bei Ihnen vom Dach fiel. Haben diese Herren sich auch mit Ihnen unterhalten?«

»Nein, Mister Cross. Nur unser Chef hat mich gefragt, was Sie denn gewollt haben. Das habe ich ihm gesagt, und damit war alles okay.«

»Haben Sie denn eine Ahnung, wer diese drei Männer gewesen sein könnten?«

»Nein, das weiß ich nicht, Mister Cross.«

»Edda, ich schätze Sie sehr, und ich will ehrlich zu Ihnen sein. Ich bin tatsächlich in das Hotel gekommen, um den Tod von Han Ho Smith zu untersuchen.«

Sie legte den Kopf schräg und starrte ihn an. Man konnte sehen, dass sie angestrengt nachdachte. »Sind Sie von der Staatsanwaltschaft, Sir?«

»Nein, bin ich nicht. Aber so was Ähnliches. Erinnern Sie sich? Sie haben mir erzählt, dass Sie Mister Smith einen Burger brachten und er viel Geld auf dem Tisch liegen hatte. Wie viel war denn das ungefähr?«

Sie überlegte, sagte kein Wort. Sie lächelte unsicher.

»Komm schon, Kindchen«, sagte Grete bullig. »Spuck es aus. Kein Mensch wird erfahren, dass du hier warst und mit Mister Cross geredet hast.«

»Darf ich mal schildern, wie ich mir die Szene vorstelle? Sie kommen mit einem Tablett in Mister Smiths Zimmer, Sie sehen ihn am Tisch sitzen, vor sich eine Menge Geld, wahrscheinlich in kleinen Stapeln. Sie stellen das Tablett auf …«

»Nein, so war es nicht. Ich konnte das Tablett nicht auf den Tisch stellen, weil da das ganze Geld lag. Also habe ich es auf die kleine freie Fläche neben dem Fernseher abgestellt. Und da nimmt er einen Hunderter von dem Geld und gibt ihn mir. Und ich sage: Mister Smith, ich brauche fünf Dollar, nicht hundert. Ich suche das Wechselgeld zusammen, sage Danke und gehe wieder. So war das.«

»Was schätzen Sie denn, wie viel Geld das war, Edda?«

»Zwanzigtausend Dollar würde ich sagen, Mister Cross.«

Dehner schloss die Augen und betete zu einem nie näher definierten Gott, er möge ihm die nächste kluge Frage schicken.

»Hast du je zwanzigtausend Dollar auf einem Tisch gesehen, Kindchen?«, fragte Grete.

»Oh ja, das habe ich. Wenn wir Kongresse hatten und nachts die Kasse machten, dann war das manchmal doppelt so viel. Smith hatte ja auch Häufchen gemacht, und für so was habe ich einen Blick.« Sie lächelte kurz, und ihre Zunge fuhr dabei über ihre Oberlippe.

»Es waren also ungefähr zwanzig Häufchen?«, fragte Dehner und hatte plötzlich die nächste Frage parat. »Aber da war noch was Merkwürdiges, oder?«

Edda nickte. »Also, es war so, dass Mister Smith irgendwie auf das Dach ging und runtersprang. Weil die Eisentür offen stand, was kein Mensch erklären konnte, weil nämlich die zwei Schlüssel da waren, wo sie zu sein hatten. Dann kamen die Cops von der Wache und bauten das Schloss aus. Aber da waren keine Spuren. Und weil ich die Einzige im Haus war, die Mister Smith auch auf dem Zimmer bedient hatte, und weil die Versicherung unseres Hauses alles genau machen wollte, legten sie mir eine Liste vor. Auf der stand alles, was von Mister Smith in unserem Haus geblieben war. Und das sollte dann mit der Liste der Behörde übergeben werden, weil doch Mister Smith keine Verwandten hatte oder so was.« Sie klang plötzlich wütend. »Jede Socke, jedes T-Shirt, seine Uhr, seine Papiere, ein schäbiger Ring. Alles stand da drauf, nur nicht die zwanzigtausend Dollar.«

»Das hat Sie sicher ziemlich beunruhigt, oder?«, fragte Dehner weiter.

»Ja, weiß Gott, Mister Cross. Ich hab mir gedacht, wenn irgendeiner von dem Geld wusste, brauchte er doch bloß Mister Smith aufs Dach zu treiben und runterzuschmeißen. Danach in sein Zimmer gehen, das Geld suchen und einstecken. Das war's.«

»Klingt einleuchtend.«

»Ja.« Sie nickte knapp. »Denn niemand hat bei dem toten Mister Smith die Türkarte gefunden. Im Zimmer war sie auch nicht. Und in der Rezeption war sie auch nicht. Und oben auf dem Dach lag sie auch nicht. Jemand hat sie aber gehabt, und zwar derjenige, der das Geld genommen hat. Das mit dem Schlüssel zur Eisentür ist ja auch nie geklärt worden. Also denke ich, dass jemand den Schlüssel zur Eisentür nachmachen ließ, seinen Plan durchzog, und als er das Geld hatte, die Plastikkarte zum Zimmer einfach wegwarf. So einfach war das.«

»Haben Sie das mit dem Geld jemandem erzählt?«

»Nein«, antwortete sie schnell, viel zu schnell.

Dehner überlegte und fasste sich unbewusst an den Verband über seinem rechten, verletzten Ohr. Er zuckte bei der Berührung heftig zusammen und sah Goldberg grinsen. Schön langsam, Dehner, nicht zu schnell.

»Sie sagten, Edda, dass Mister Smith überhaupt nur drei Tage in Ihrem Haus wohnte. Ist das richtig?«

»Ja, das ist richtig, Mister Cross.«

»Das spricht doch eigentlich gegen die Theorie vom Täter, der den Schlüssel zum Dach nachmachen ließ, oder?«

»Ja, habe ich anfangs auch gedacht, Mister Cross. Aber vielleicht ist das ja auch ganz anders gelaufen. Vielleicht hat derjenige, der Mister Smith die zwanzigtausend gab, gleichzeitig herausgefunden, wie er das Geld ganz locker wieder einstreichen kann. Und es war ja auch so, dass Mister Smith nicht so einfach in der Rezeption stand und ein Zimmer verlangte. Da waren zwei Männer bei ihm, so um die dreißig, von Bothwell Brothers schräg gegenüber. Die erledigten das Einchecken für Mister Smith.«

»Ist das eine Firma?«

»Ja, Sir, das ist eine Firma. Was die eigentlich machen, weiß ich nicht, aber sie schicken öfter Gäste.«

Dehner dachte: Merken: Bothwell Brothers – CIA-Firma.

»Sind das angenehme Leute?«

»Nein, wirklich nicht. Die tun immer so, als gehöre ihnen die Welt.«

»Sie haben aber trotzdem mit jemandem geredet. Und das haben Sie mir gegenüber auch erwähnt. Das war ein Cop, ein Officer Stuart. Netter Mann, haben Sie gesagt.«

»Dass Sie sich daran erinnern, Mister Cross. Ja, ich traf ihn auf der Straße. Ich habe ihm das mit dem Geld erzählt, und er hat mich angesehen, als hätte ich nicht alle Tassen im Schrank. Es war aber so, habe ich gesagt. Da guckt er sich nach allen Seiten um, ob jemand uns sieht, und sagt dann: Wenn er von Bothwell Brothers war, halt den Mund, Edda, vergiss die Sache ganz schnell. Das ist nichts für einfache Leute wie uns.« Sie setzte hinzu: »Das ist aber wirklich alles, Mister Cross.«

»Ich bin Ihnen sehr dankbar für Ihre Hilfe«, sagte Dehner.

»Und gute Besserung, Mister Cross. Vielleicht sieht man sich noch mal.«

»Eher unwahrscheinlich, Kindchen«, muffelte Grete. »Ich fahr dich jetzt nach Hause.«

»Sie sind richtig gut, Mann«, sagte Goldberg anerkennend.

»Na ja«, erwiderte Dehner leicht verlegen.

Goldberg ging hinaus und wählte noch im Treppenhaus eine sehr lange Handynummer im Nahen Osten an. Es dauerte eine Weile, bis sich am anderen Ende ein Mann meldete. Er sagte auf Hebräisch: »Ja?«

»Ich sollte anrufen, wenn die Sache hier in San Francisco gelaufen ist. Alles klar, der Patient kann ausgeflogen werden. Sicherheitshalber würde ich raten, ihn mit seinen Fluchtpapieren hier herauszubringen. Manfred Bukowski, Memphis, Tennessee.«

»Ich danke dir, mein Sohn!«, dröhnte Moshe.

»Gern geschehen«, bemerkte Goldberg, der niemals erfahren würde, mit wem er da gerade gesprochen hatte.

ZWÖLFTES KAPITEL

Es war am frühen Morgen des siebten Tages. Krause, Esser und Sowinski saßen in Krauses Zimmer zusammen und versuchten wieder einmal, ein Muster in ihren Spuren zu entdecken.

»Wir brauchen ein Konzept in dieser Sache, wir brauchen eine Struktur.« Krause sah mit gequältem Blick aus dem Fenster.

»Die Geschichte hat aber noch keine Struktur«, wandte Esser ein. Er sprach so langsam, dass man hätte mitschreiben können. »Wir kriegen bald einen Nordkoreaner ins Haus geliefert, der an Bedeutungslosigkeit kaum zu übertreffen ist. Wir wissen jetzt, dass wir eigentlich seinen Bruder haben sollten. Wie ist das möglich? Wu hat uns von der bizarren Einsatzgruppe der CIA in Peking erzählt, die vermutlich in den Monaten März, April und Mai des vergangenen Jahres dort irgendeine hoch geheime Operation durchführte. Jedenfalls waren sie nicht mit Vorbereitungen für Svenjas Einsatz beschäftigt. Laut Wu waren Svenja und Cheng nur ein Ablenkungsmanöver im nordöstlichen Teil des Landes. Im Grunde sieht es für mich so aus, dass es am effektivsten wäre, Svenja in eine Maschine nach Peking zu setzen, damit sie vor Ort ausführlich mit Wu sprechen kann. Das wäre aber natürlich viel zu gefährlich.«

»So ist es!«, bestätigte Sowinski.

»Könnte man Wu nicht kaufen?«, fragte Krause. »Ich meine natürlich einen freundlichen Kauf: Er löst ein Ticket, fliegt hierher und redet ein wenig mit uns.«

»Geht nicht«, sagte Esser kategorisch. »Dann ist er seinen chinesischen Traumjob vermutlich ein für alle Mal los. So dämlich wird er nicht sein. Hier und da ein Telefonat ja, aber hierherkommen und auspacken? Niemals!«

»Ich denke, wir müssen bei dem Bruder ansetzen. Wir sollten eine GA starten.« Also eine Große Anfrage, was bedeutete, dass sie alle nur denkbaren Quellen heranziehen würden, alles, was jemals über diesen Bruder irgendwo geschrieben, gesagt und gemutmaßt worden war. Über einen Politiker der westlichen Welt hätten sie erfahrungsgemäß binnen vierundzwanzig Stunden einen Fünfhundertseitenwälzer bei-sammen. Nur ganz selten erlebten sie da eine Enttäuschung. Wie das bei einem hochrangigen Mitglied der nordkoreanischen Führungs-kaste aussah, war freilich schwer abzuschätzen.

»Und wir sollten versuchen zu klären, warum wir diesen Bru-der nicht haben. Heute Abend kommt Müller mit diesem Kim im Schlepptau. Bei dem müssen wir weitermachen.«

Sowinski zog einen Zettel aus der Tasche und las den Namen vor: »Il Sung Choi.« Dann zerriss er den Zettel aus alter Gewohnheit.

»In einer ersten Besprechung sagte Müller, dass laut Kim der Bruder den Hausnamen der Mutter angenommen hat. Warum, weiß bis-her niemand. Kim war auch das Stichwort für den Code auf der In-sel. Kim gehört in Nordkorea zu den häufigsten Namen, schließlich führt auch der augenblickliche Staatschef Kim Jong Il diesen Na-men. Ich habe gelesen, dass in ganz Nordkorea nur etwa fünfund-zwanzig Familiennamen vorkommen. Was ich nicht verstehe: Uns interessiert jetzt also Il Sung Choi, der Bruder des Kim, den Mül-ler aus dem Meer fischte. Mich verunsichert diese Geschichte zu-sehends: Zwei Brüder marschieren, angeblich ohne voneinander zu wissen und angeblich zur gleichen Zeit, zu diesen Fischerdörfern im Süden Nordkoreas, um von dort zu einer winzigen Insel im Chine-sischen Meer zu gelangen, wo sie aufgenommen und in die Freiheit gebracht werden. Das ist eine geradezu irrwitzige Ausgangslage. Und dann kommt ausgerechnet der weitaus Mächtigere der beiden Brüder nicht auf dem Inselchen an. Warum nicht?«

»So ist es angeblich abgelaufen«, beharrte Krause. »Das ist das, was uns bekannt ist, mehr haben wir nicht. Könnte Svenja Wu nicht irgendwo treffen? In Singapur vielleicht?«

»Nein, auf gar keinen Fall. Ein solches Treffen würde für Wu die Bedeutung dieser Affäre ins Unermessliche steigern. Er wird verun-sichert, macht dicht.« Esser schüttelte den Kopf. »Das bringt nichts, das bringt absolut nichts.«

»Was brauchen wir jetzt, um etwas klarer zu sehen?«, fragte Krause.

»Wir können uns diesen bedeutungslosen Bruder anhören, der gerade zu uns hergeflogen wird. Dann können wir Dehner anhören, der uns – das wissen wir jetzt schon – berichten wird, dass seiner Meinung nach der Nordkoreaner Cheng schlicht ermordet wurde. Vielleicht hat er noch was über die Hintergründe herausbekommen.«

232

»Wie, um Gottes willen, finden wir jemanden, der uns über die drei Monate Auskunft geben kann, die Archie Goodwin alias Larry in Peking verbrachte, um irgendeine Operation durchzuziehen?« Esser starrte auf den Teppichboden vor seinen Füßen.

»Svenja hat doch mal einen Praktikanten in der Botschaft in Peking erwähnt. Könnten wir nicht versuchen, diesen jungen Mann aufzutreiben? Erinnert sich jemand an seinen Namen?«, fragte Krause.

»Shawn«, kam es von Sowinski wie aus der Pistole geschossen. »Ich weiß allerdings nicht, ob das ein Vorname oder ein Familienname ist.«

»Wir müssen feststellen, wo Shawn sich jetzt aufhält«, legte Krause fest. »Ferner will ich Klarheit über die Frau mit dem Vornamen Nancy und weiter über den Mann mit dem Namen Silverman. Das kann Goldhändchen in die Hand nehmen.«

»Geht klar«, sagte Esser. »Per Internet und mit Quellen aus dem gesellschaftlichen Bereich in Washington und Langley, Virginia. Wir haben jetzt nämlich Fotos, und ich nehme an, Nancy und Silverman gehören zur Creme de la Creme und werden bestaunte und oft fotografierte Stars sein.«

»Eine widerliche Art, Spionage zu treiben«, murmelte Krause. »Sie können ganz einfach nicht angemessen mit Menschen umgehen, und schon gar nicht freundlich.«

Niemand widersprach.

»Wir haben da noch einen bizarren Verdachtsmoment«, erinnerte Esser. »Kein Mensch kann das wirklich ernst nehmen. Außer mir.« Er hob den Kopf und hatte wieder den neugierigen Krähenblick. »Da wurde angedeutet, dass möglicherweise der US-Milliardär Glen Marshall, ein Rechtsaußen, Gelder in einem Hedgefonds von Ben Wadi schwimmen hat. Der Hinweis klang zunächst idiotisch, hat für mich aber plötzlich Substanz. Falls es den Nordkoreanern nämlich nur darauf ankommt, die Bombe an einen solventen Mann zu verkaufen, der das Geld sofort über den Tisch schiebt, dann wäre Marshall eine gute Wahl gewesen.«

»Und was soll dieser Marshall mit einer Atombombe anfangen?«, fragte Krause. »Ich liebe ja schräge Theorien, aber die hier ist schon verdammt schräg, oder?«

»Da fehlt mir, ehrlich gesagt, jeder Denkansatz zu einer Motivation«, sagte Sowinski.

»Trotzdem, lasst uns doch mal rausfinden, wer dieser Mann eigentlich ist. Von wegen Alligatorenjagd und solche Sachen.« Krause lächelte, weil ihm solche gedanklichen Abseitigkeiten viel Spaß machten – sie lockerten das Klima, wie er immer betonte.

Es war einfach und sehr schnell gegangen. Um vierzehn Uhr Ortszeit Seoul hatte ein Botschaftswagen sie über das Feld direkt an die Maschine gefahren. Sie waren in die erste Klasse gegangen und hatten sich zu beiden Seiten des Gangs in die erste Reihe gesetzt. Außer einem Mann zwei Reihen hinter ihnen war sonst niemand mehr in diesem Bereich.

»Du musst dich anschnallen«, sagte Müller. »Das macht man so.« Er zeigte Kim, wie man den Gurt anlegte, dann rollte die Maschine schon.

»Was ist dein Bruder eigentlich für ein Mensch?«, fragte Müller.

»Er ist ein schlimmer Mensch«, antwortete Kim.

»Wieso das?«

»Weil er … Ich weiß es nicht genau. Er gehört zu unseren Führern, er hat für einfache Leute gar keine Zeit. Ich kenne ihn auch nicht mehr. Wie viele PS hat denn diese Maschine?«

»Das weiß ich nicht«, sagte Müller.

»Und wie schnell ist sie, wenn sie abhebt?«

»Weiß ich auch nicht. Meinst du, dass er die Bombe verkauft haben kann?«

»Nein!« Kim wirkte erschreckt, seine Augen waren dunkel. »Das glaube ich nicht. So etwas würde er nicht tun.«

»Aber er sollte von dieser Insel abgeholt werden, auf der du warst. Obwohl du sagst, er würde Nordkorea niemals verlassen.«

»Ich kann nicht über ihn reden«, sagte Kim leise und wirkte gequält.

Die Maschine drehte in den Wind.

»Jetzt geht's los«, sagte Müller. »Du brauchst dich nicht festzuhalten.«

»Das sagst du so.« Kim starrte zum Fenster hinaus.

Ich werde ihn nicht weiter ausquetschen, dachte Müller. Es ist nicht gut, ihn zu treiben. Er hat in dieser Röhre hier nicht die geringste Möglichkeit auszuweichen, ich sollte ihn freundlich behandeln. Die

234

harten Tage kommen noch früh genug. Der Pilot ließ die Triebwerke hochfahren, die Maschine dröhnte. Dann schoss sie vorwärts und gewann rasch an Fahrt.

»Da ist eine Beschreibung dieses Flugzeugs, da bei den Zeitschriften«, sagte Müller. »Da kannst du nachlesen.«

»Später«, sagte Kim. »Du fliegst oft, nicht wahr?«

»Ich fliege dauernd«, nickte Müller. »Ich benutze die Dinger wie andere Leute Busse oder Bahnen. Jetzt sind wir in der Luft.«

»Wie hoch werden wir sein, wenn wir … wenn wir oben sind?« Kim wirkte verkrampft.

»Zehntausend bis dreizehntausend Meter. Ich weiß das nicht so genau. Aber der Kapitän wird es durchsagen.«

»Und wir sitzen die ganze Zeit hier?«

»Nein, das muss nicht sein. Wir können ein bisschen hin und her gehen, damit es nicht so öde wird. Gleich gibt es was zu trinken und zu essen. Ich finde es gut, dass du mit mir fliegst.«

»Und du bringst mich zurück, wenn ich das will.« Das war keine Frage, das war eine Feststellung. Es klang beinahe zufrieden.

»Ja, das tue ich. Es kann sein, dass du in Südkorea besser zurechtkommst. Dann buchen wir die Flüge, und es geht heimwärts. Wir werden dir auch helfen. Mit Arbeit und Geld und so.«

»Seit ich Seoul gesehen habe, stelle ich mir immer wieder vor, ich stehe auf der Straße, habe kein Bett und kein Dach über dem Kopf und weiß nicht, wohin. Du weißt schon, was ich meine. Hast du eigentlich eine Frau, Kinder, eine Familie?«

»Ich hatte eine Familie. Und ich habe eine Tochter. Sie heißt Anna-Maria und ist bald acht Jahre alt. Aber meine Frau und ich haben uns getrennt. Ehescheidung. Gibt es das in Nordkorea auch?«

»Ja, das gibt es bei uns auch. Ich habe die Welt noch nie von oben gesehen. Sie sieht schön aus. Warum habt ihr euch getrennt?«

»Sie hat einen anderen Mann gefunden, und ich war wirklich sehr wenig zu Hause. Nicht nur wegen der Arbeit, wir hatten uns irgendwie nichts mehr zu sagen. Es ist gut so, wie es jetzt ist. Nur meine Tochter sehe ich viel zu selten.

Was ist mit deiner Tochter? Die, die gesagt hat, euer Geheimdienst wäre böse und brutal.«

»Ach, vielleicht hat sie das nur gehört und es nachgeplappert.«

»Und wie alt ist diese Tochter?«

»Sie ist jetzt zweiundzwanzig. Das ist lange her.«

»Was ist lange her?«

»Das mit meiner Familie. Ich hatte eine, so wie du.«

»Aber zuletzt hast du allein gelebt?«

»Ja. Ich war allein. Und das war gut so.«

Er will nicht über diesen Bruder reden und er will nicht über seine Familie sprechen. Irgendetwas ist da passiert.

»Erzähl mir noch mal genau, wie du von Pjöngjang an die Küste gekommen bist.«

»Zu Fuß«, sagte er. »Du weißt ja bestimmt schon, dass wir sehr viel zu Fuß gehen. Oft zwanzig, dreißig Kilometer für einen Weg. Das ist normal.«

»Für Essen?«

»Meistens für Essen.«

»Aber die Regierung muss das doch irgendwie begründen.«

»Wir sind im Krieg, das ist immer schwer.«

»Herrgott, ihr seid nicht im Krieg, Kim.«

»Doch, gegen die Vereinigten Staaten von Amerika.«

»Das ist einfach nicht wahr. Gegen die seid ihr ein Fliegenschiss. Wenn ihr nicht eine Atombombe verkauft hättet, würde niemand euch überhaupt wahrnehmen.«

Verdammte Hacke, Müller, lass ihn endlich in Ruhe, du siehst doch, dass er schon wieder zittert.

»Tut mir leid«, murmelte Kim. »Und wir haben kein Friedensabkommen zwischen uns und Südkorea«, setzte er hinzu.

»Nein, ihr habt eine total militarisierte Grenze zwischen euch zugelassen. Es gibt keine andere auf der Welt, die so verrückt ist. Und ihr habt heimlich Tunnels unter dieser Grenze durchgegraben. Jede Menge Tunnels. Das ist dein Geheimdienst, das ist krank, Junge.«

Kim antwortete nicht mehr, er sah hinab auf den Wolkenteppich unter ihnen.

»Ist denn dein Bruder ein Raketenspezialist?« Müller konnte es einfach nicht lassen. Er wollte unbedingt dahinterkommen, was mit Kims Bruder passiert war.

»Nein, auf keinen Fall.«

»Spielt denn dein Bruder eine Rolle in eurem Geheimdienst?«

»Das weiß ich wirklich nicht.«

»Hat dir dein Bruder wehgetan, dir Schmerzen zugefügt?«

»Bitte, Charlie. Als du im Hotel auf diesen Mann geschossen hast, war das auch Krieg, oder? Und ich weiß nicht einmal, ob du wirklich Charlie heißt.«

»Ich heiße wirklich Charlie«, sagte Müller wütend und fühlte sich schuldig.

Krause dachte, dass er unbedingt Boris vom russischen Geheimdienst in Moskau anrufen müsste. Mittlerweile war der Transport der Atombombe in eine Hafenstadt am Japanischen Meer offiziell bestätigt. Über den Weitertransport hatte der General nichts sagen können, er nahm jedoch an, dass die Kiste, in der er die Bombe transportiert habe, in einen Container umgeladen worden sei, um sie dann auf dem Seeweg weiterzuschicken. Über das eigentliche Ziel der Bombe wisse er nichts, lediglich dass der Transport nicht auf Befehl des Staatschefs erfolgte, sondern auf Befehl eines hohen Generals des Geheimdienstes. Es war keine Rede davon, dass Russland dem Asylersuchen des Generals stattgeben würde.

»Geben Sie mir Boris in Moskau«, bat er sein Sekretariat.

Dann dachte er an den 24. April. Da war Svenja in Peking angekommen. Sie hatte lediglich der Ablenkung gedient, also sollte man sich auf die erste Woche ihres Einsatzes konzentrieren. Da musste irgendetwas passiert sein.

»Moskau in der Leitung«, meldete seine Sekretärin.

»Hallo, Boris. Schöne Grüße ins Rote Reich.« Krause freute sich, wieder einmal Russisch sprechen zu können.

»Zu der Zeit war vieles einfacher«, sagte Boris gelangweilt. »Mit welcher Enthüllung kann ich dir diesmal dienen?«

»Wir wissen schon alles«, entgegnete Krause. »Ich will dich lediglich auf etwas aufmerksam machen: Ich bin mir sicher, dass der General der Nordkoreaner fest davon überzeugt ist, dass er die Atombombe transportiert hat. Aber wahrscheinlich hat er nur eine Kiste voller Uniformen durch die Gegend kutschiert, die für Peking genäht wurden. Es sieht verdammt nach einer Show aus. Und ich möchte auch nicht, dass dein Staatschef sich länger als notwendig mit diesem General beschäftigt. Der Mann hat Wichtigeres zu tun. Es ist also nur eine Nachricht von Haus zu Haus.«

»Hast du einen Beweis?«

»Nur einen starken Verdacht, mehr nicht. Sie haben gleichzeitig eine andere Kiste nach China geschafft. In der war auch nichts.«

»Ich nehme an, du sprichst von Satellitenbildern?«

»Kann sein. Wir nehmen an, dass der Transport um diesen fraglichen Zeitpunkt herum längst gelaufen war.«

»Mein Reden«, brummte Boris in tiefem Bass. »Und an welchem Tag soll irgendetwas gelaufen sein?«

»Nach unserer Auffassung war das nach dem 29. April des vorigen Jahres.«

»Wieso nach dem 29. April?«

»In den Tagen danach hatten wir einen persönlichen Kontakt in Nordkorea. Aber ich habe eine Frage an dich: Berichtet der General von Unruhen im Land?«

»Nein, aber von schweren Säuberungsaktionen. Er sagt, der Staatschef lässt Neuerungen zu, mit denen die Armee und der Geheimdienst nicht klarkommen. Er kämmt mit grobem Kamm den Geheimdienst durch. Kim Jong Il hat wohl das Gefühl, dem Volk entgegenkommen zu müssen. Und eine Hungersnot ist mal wieder amtlich; sie fragen, ob wir Mais liefern können. Einhundertfünfzigtausend Tonnen. Mein oberster Vorgesetzter ist stinksauer, habe ich gehört. Weil die Nordkoreaner immer noch ihre alten Verbindungen spielen lassen, am Ende aber keine Rechnung bezahlen. Du hörst von mir, wenn ich mehr weiß. Sonst noch etwas?«

»Ja. Bitte lasst alles zusammentragen, was ihr über einen Nordkoreaner mit Namen Il Sung Choi wisst; angeblich ein mächtiger Mann.« Krause buchstabierte noch einmal den Namen. »Vielleicht ist das eine schwache Spur.«

»Moment, Il Sung Choi kenne ich. Der kommt immer mit dem Geliebten Führer. Eine Art hochrangiger Berater. Ich schaue nach, was wir dahaben. Auf mich wirkte der immer wie Machiavelli, ein bisschen verkniffen und unheimlich. Ich schicke dir rüber, was wir haben. Aber ohne Quellenangabe.«

»Ich danke dir, mein Freund.«

Nur wenige Sekunden später meldete sich Sowinski auf einem internen Apparat. »Wir haben ein Echo auf Anfragen. Kann ich kurz vorbeikommen?«

Als er bei Krause im Zimmer stand, wirkte er erschöpft, was bei ihm selten vorkam.

»Wann hast du denn zum letzten Mal geschlafen?«

»Meinst du richtig geschlafen?«

»Ja, das meine ich.«

»Das muss eine Woche her sein, denke ich. Meine Frau sagte bei meinem letzten kurzen Besuch zu Hause, ich könnte inzwischen bei einem Gruselfilm mit sämtlichen furchtbaren Geschöpfen der Nacht mitspielen.«

»Was hast du entdeckt?«

»Archie Goodwin ist auf den ersten Blick nicht zu fassen, wird noch untersucht. Der Mann ist buchstäblich ununterbrochen unterwegs, und wenn er mal wieder in Washington einfällt, trifft er bis zu zwanzig Leute an einem Tag. Aber diese Nancy, die haben wir jetzt identifiziert. Anhand des Fotos, versteht sich. Es muss sich um die Regierungsdirektorin Blanche de Goodelang handeln, Alter nicht genau zu fassen. Meistens ist sie neunundfünfzig – also das ist sie besonders oft –, dann wieder fünfundsechzig, dann dreiundsechzig. Ihr Bewegungsmuster ist ziemlich klar, aber auch umfangreich. Sie trifft Geldleute und Industrielle, und in Washington wird sie als weißer Rabe bezeichnet. Das heißt auf gut Deutsch, sie trifft besonders gern reiche und einflussreiche Menschen, und immer steht sie im Rücken eines Milliardärs und flüstert ihm irgendetwas ein. Sie ist seit gut dreißig Jahren beim Geheimdienst angesiedelt. War eine Zeit lang bei den Drogenleuten von der DEA und bei der CIA. In Kolumbien hat sie angeblich mit einem Kokaingroßdealer zu tun gehabt. Man hat ihr nachgesagt, dass sie mit ihm schläft. Und das, während gleichzeitig schwer bewaffnete Horden der CIA diesen Mann jagten und ihn töten sollten. Dieser Vorfall markierte einen Knick in ihrer Karriere, aber da der Mann erfreulicherweise ein paar Tage später von Unbekannten auf offener Straße erschossen wurde, vergaß man die Sache sehr schnell und ziemlich gründlich. Eine Geschichte aber lässt aufhorchen. Sie hatte vor zwei Jahren eine besonders lebhafte Periode. Sie traf unseren beliebtesten Milliardär, den Glen Marshall, ungefähr sechsmal und ...«

»Gibt es Beweise?«, fragte Krause schnell.

»Es gibt ein Foto«, nickte Sowinski. »Da steigt sie zusammen mit diesem Marshall aus einem kleinen Privatflugzeug. In Miami. Das Flugzeug gehört Marshall, und er grinst, als habe er gerade einen Sechser im Lotto gelandet, obwohl der in diesen Kreisen bekanntlich belächelt wird. Sie wird von einigen Leuten als scharfe Henne bezeichnet, Originalzitat. Aber ich weiß nicht, was das bedeutet …«

»Das bedeutet, dass sie ihre Ansichten ziemlich rüde durchsetzt, ganz egal, wer dabei zu Schaden kommt – oder stirbt«, erklärte Krause. »Was ist mit diesem Silverman?«

»Kommt jetzt. Silverman ist vierundfünfzig Jahre alt, ebenfalls offiziell in Diensten der CIA. Nach Fotos ist er der Regierungsdirektor Lars Young, eine genaue Beschreibung seiner Tätigkeit oder eine Spezialisierung sind nicht auszumachen, bis jetzt nicht, meine ich. Die Truppe von Goldhändchen ist schnell und gut, aber hexen kann sie auch nicht. Auf jeden Fall sind beide, Blanche und Lars, eindeutig und beweisbar dem Stab von Archie Goodwin beigeordnet. Und zwar durchgehend seit etwa sechs Jahren. Übrigens hat dieser Lars Young im April des vergangenen Jahres ein Treffen mit einem gewissen Ben Wadi gehabt, den Müller für uns in Zürich besuchte. Sie trafen sich auf Mauritius. Wadi war dort, um auszuspannen, sagt die Bildunterschrift. In der heißt Ben Wadi übrigens Ben Hadsch Abdul Aziz, und ich wette, er hat auch Papiere auf diesen Namen. Er wird ganz unverhohlen als Königskind bezeichnet. Lars Young bekommt den Titel eines amerikanischen Geschäftsmannes, dessen Name mit Ben Schuster angegeben ist. Das Ganze erschien großflächig in der Samstagsausgabe einer Zeitung auf Mauritius, die regelmäßig über VIPs berichtet, die auf der Insel einfallen.«

»Mein Dank an Goldhändchen. Was hat die Sache mit dem Bruder unseres Kim ergeben?«

»Nicht so richtig viel«, antwortete Sowinski. »Dieser Il Sung Choi muss tatsächlich Macht haben, denn wann immer der Staatspräsident Regierungsmitglieder ins Ausland schickt, ist Il Sung Choi dabei. Er taucht auf zahlreichen Pressefotos auf, wird aber nie einem bestimmten Amt oder einer bestimmten Tätigkeit zugeordnet. Da steht bestenfalls sein Name, niemals seine Funktion oder Spezialisierung. Das letzte Foto zeigt ihn in einer kleinen Delegation im Kreml zusammen mit seinem Herrn und Meister. Das ist übrigens der einzige Ort auf der Welt, an den sich Kim Jong Il außerhalb Nordkoreas traut. Und immer mit der Eisenbahn, er hat nämlich Flugangst. Was jetzt?«

»Jetzt warten wir einfach, was passiert, verdammt«, gab Krause unerwartet grob zur Antwort. Er war sichtlich wütend, und da

Sowinski ihn ganz erstaunt ansah, schob er nach: »Das geht nicht gegen dich, es ist nur dieser ganze Zirkus.«

»Wie geht es deiner Frau, wenn ich fragen darf?«

»Die Operation ist gut verlaufen, ich konnte kurz bei ihr sein. Sie hat gelächelt. Danke der Nachfrage, vielen Dank. Wann ist denn Müller zurück?«

»Er landet gegen zwanzig Uhr.«

»Er muss noch einmal zu Ben Wadi. Habt ihr inzwischen diesen Shawn aufgetrieben, den Praktikanten aus der Botschaft in Peking?«

»Noch nicht. Jetzt ist Ferienzeit, und die Leute in den Botschaften sind häufig nicht *en poste*. Außerdem wechseln diese Praktikanten verdammt oft, das kennst du ja.«

»Wir kommen einfach nicht weiter, verdammt noch mal. Eigentlich müssten wir die Schlagzahl erhöhen, aber dafür wissen wir noch nicht genug.« Krause hörte sich plötzlich selbst zu und fand sich geradezu abstoßend. Er hatte entschieden etwas gegen Menschen, die im Stress zu brüllen anfingen. Jetzt brüllte er selbst, und das war mehr, als er ertragen konnte.

»Wir sind alle erledigt«, bemerkte Sowinski geradezu gelassen.

»Und was, bitte, sollen wir dagegen unternehmen?«, schnaubte Krause.

»Ein paar Stunden Pause machen«, befand Sowinski. »Du sagst doch selbst immer, das Innehalten sei ein wichtiger Baustein in unserer Arbeit.«

»Ich muss verrückt sein«, bemerkte Krause.

»Ja«, stimmte Sowinski ergeben zu.

Das Sekretariat meldete: »Herr Esser!«

»Soll reinkommen«, sagte Krause schnell.

Esser öffnete die Tür, trat ein, sah ihre Mienen, roch den Stress und sagte gedehnt: »Ach, du lieber Gott!« Dann erklärte er: »Wir haben diesen Shawn jetzt. Er ist hier in Berlin an der amerikanischen Botschaft. Sein vollständiger Name ist Shawn Peters, und er ist noch vierzehn Tage hier, dann geht er nach Indien. Wer macht das? Svenja?«

»Um Gottes willen nein«, sagte Sowinski schnell. »Das ist viel zu riskant. Anscheinend war dieser Shawn ja unglaublich nett zu ihr. Ich möchte nicht, dass aus einer Befragung ein Rückfall in postpubertäre Zeiten wird.«

Krause grinste und entschied: »Das mache ich, wenn das noch nötig sein wird. Übrigens, was hat eigentlich die GA bezüglich Il Sung Choi bisher ergeben?«

»Wie befürchtet, kam da noch nicht so viel zusammen. Jede Menge Erwähnungen offizieller Art, welche Ehrungen und Orden, aber sein Position und sein Aufgabenfeld werden in den offiziellen Quellen nirgendwo genauer spezifiziert. Goldhändchen bleibt auf jeden Fall dran.«

Das Sekretariat meldete sich erneut: »Der Präsident.« Sie stellte direkt durch.

»Ich treffe gleich die Kanzlerin. Gibt es irgendetwas Neues?«

»Im Moment noch nicht«, antwortete Krause. »Aber ich rechne damit, dass wir in den nächsten zwölf Stunden ein ganzes Stück weiterkommen.«

»Ihr Wort in Gottes Ohr«, sagte der Präsident.

Es war am Spätnachmittag desselben Tages. Svenja hockte wieder in dem kleinen Raum und hatte Wus Handynummer gewählt.

»He, Wu!«, sagte sie mit heller Stimme, als er sich meldete. »Wo treibst du dich gerade herum? Hast du ein paar Minuten für mich?«

»Ich fahre gerade Richtung Tianjin, direkt auf die Küste zu. Ruf in zehn Minuten noch mal an, ich muss erst einen Parkplatz suchen. Du bist ja unersättlich!« Er lachte.

»Das ist mein Beruf. Bis gleich.«

Svenja rief Esser an und sagte: »Ich würde jetzt gern genau wissen, was mit Müller geschehen ist.«

»Streifschuss«, sagte Esser gleichmütig. »Rechter Oberarm. Aber keine Sorge, er sitzt schon im Flieger und landet gleich. Wir schicken ihm einen Hubschrauber, damit er schneller hier ist.«

»Danke.«

Sie sah zum Fenster hinaus und beobachtete ein Eichhörnchen, das im Gras herumsuchte.

Es wirkte possierlich, und sie fragte sich, ob es gut wäre, dem Tier ein paar Nüsse ins Gras zu legen. Dann schoss das Eichhörnchen unvermittelt vorwärts, lief behände an einem Eichenstamm hoch und verschwand im Blattwerk.

Sie drückte die Wahlwiederholungstaste und wartete, dass die Verbindung sich aufbaute.

Wu meldete sich und fragte: »Was will denn die Spionin heute wissen?«

»Um den 29. April des vorigen Jahres herum solltest du etwas eingetragen haben, was irgendwie mit Larry, Nancy und Silverman zu tun hatte.«

»Ich habe mein Notizbuch vom letzten Jahr nicht bei mir. Was soll denn da passiert sein?«

»Du hast selbst gesagt, dass ich nur ein Ablenkungsmanöver war. Und wahrscheinlich sollte ich erwischt werden ...«

»Und stattdessen bist du wie eine Verrückte an der Grenze entlanggezischt. Wie bei der Rallye Dakar.« Er lachte, und sie sah förmlich, wie er sich vor Begeisterung auf den Schenkel schlug.

»Wir denken, dass um diesen Zeitpunkt herum Verhandlungen liefen. Mit den Nordkoreanern. Um die Bombe. Hast du damals etwas gehört? Irgendetwas?«

»Moment mal«, sagte er mit schriller Stimme. »Willst du damit etwa sagen, dass Larry, Nancy und Silverman eine Bombe gekauft haben? Mädchen, du wirst immer verrückter.«

»Das ehrt mich«, entgegnete sie. »Aber was haben sie denn deiner Ansicht nach getan?«

»Irgendetwas ausspioniert. Der amerikanische Präsident hat gesagt, Nordkorea gehört zur Achse des Bösen, also haben sie rumspioniert. Was weiß ich?«

»Ich frage, weil wir diese Atombombe unbedingt finden müssen. Hast du eine Vorstellung, was passiert, wenn die explodiert?«

Eine Weile herrschte Schweigen.

»Wir Chinesen sind technisch sehr interessiert«, erklärte er mit einem Hauch von Überheblichkeit. »Wir haben in den Zeitungen gelesen, was passiert, wenn sie das Ding in Peking hochgehen lassen.«

»Und?«

»An der richtigen Stelle platziert, rund sechs Millionen Sofortopfer.«

»Ja, und deshalb muss ich wissen, was du Ende April vor einem Jahr gemacht hast.«

»Wieso denn ausgerechnet Ende April?«

»Das erkläre ich dir jetzt nicht noch einmal, Wu. Du weichst aus. Ich appelliere einfach an deine Solidarität. Wir müssen wissen, was damals war.«

Einige Sekunden lang herrschte Schweigen in der Leitung. Dann war Wu wieder zu hören: »Also gut. Ich habe sie nach Shenyang gefahren. Das ist eine große Stadt ziemlich nah an der nordkoreanischen Grenze.«

»Wen hast du gefahren?«

»Nancy, Silverman und den Larry. Das heißt, ich habe sie nicht selbst hingebracht, sondern bin allein dorthin gefahren, und sie kamen dann in einem schnellen Auto hinterher. Aber das war nicht am 29. April, das war am 3. März.«

»Wie lief das ab?«, fragte Svenja atemlos.

»Also, ich bin hin. Als Treffpunkt war ein großer freier Platz im Westen der Stadt ausgemacht, etwas außerhalb, so eine Art planierter Bauplatz. Gegen Abend kamen sie angefahren. Nancy, Silverman und Larry. Sie waren gut gelaunt und machten ihre Scherze. Etwas später kamen zwei Männer dazu, Koreaner, in einem schwarzen Mercedes mit Fahrer. Sie hatten kein Nummernschild dran, auch keine behördliche Erlaubnis an der Windschutzscheibe, einfach gar nichts. Mein Truck war hinten offen. Ich hatte Sessel auf der Ladefläche festgeschraubt und einen kleinen Tisch. So war der Auftrag. Und es gab eine kleine hölzerne Leiter, damit sie hineinklettern konnten. Dazu noch viel Licht, damit sie nicht im Dunkeln sitzen mussten, und Snacks und Getränke. Dann habe ich den Laden zugemacht. Sie haben eine kleine Konferenz abgehalten. Dauerte ungefähr sechs Stunden. Dabei haben sie Whisky getrunken. Dann fuhren die beiden Koreaner ab, und die drei setzten sich wieder in ihr Auto und fuhren heim nach Peking.«

»Waren sie auch noch guter Laune, als sie abfuhren?«

»Oh ja. Nancy machte wieder mal einen ihrer blöden Witze.«

»Welchen denn?«

»Ich solle doch den Truck so lassen. Es fehle nur noch ein großes Bett und ein paar Flaschen Champagner. Das Übliche eben. Sie ist in der Beziehung einfach zwanghaft, da kann man nichts machen.«

»Kanntest du denn die Koreaner? Hattest du sie vorher schon mal gesehen?«

»Einen der beiden kannte ich. Der war Mitglied einer Regierungscrew, als sie mit ihrem Vorsitzenden hier in China waren. Er heißt Il Sung Choi, aber das sagt dir wahrscheinlich nichts. Hier waren Fotos in allen Zeitungen. Er muss ein hohes Tier im Politbüro sein, oder wie das in Nordkorea heißt.«

»Fotografiert hast du ihn aber nicht.«

»Nein, habe ich nicht. Nur meinen Truck habe ich fotografiert, mit der Sitzgruppe und der Stehlampe. Wenn du das gern sehen möchtest ...«

»Nur zu gern. Noch was, du solltest dein Handy wechseln«, sagte sie. »Man weiß nie ...«

»Alles klar«, beruhigte er sie. »Jedes Mal, wenn wir zwei sprechen, lasse ich ein neues installieren, lege das alte unter den Hammer und schmeiße es dann weg. Das habe ich bei den Spionen gelernt. Ich schicke dir die Rechnung.«

»Mach das. Und mail mir das Foto. Du bist wirklich eine tolle Nummer.«

»Danke«, schnurrte er. »Verbindlichsten Dank. Chinas Bester. Und jetzt muss ich weiter. Mach es gut.«

Svenja rief bei Esser an und erklärte: »Ich habe was.«

Als sie mit ihrem Bericht geendet hatte, sagte Esser mit einem hörbaren Lächeln: »Bingo, die Kandidatin gewinnt ein Wasserschloss am Niederrhein.«

»Ach, ich hätte lieber zwei Freikarten für das nächste Wunschkonzert der Volksmusik. Mein Verlobter und ich lieben Hansi Hinterseer.«

Esser blieb ihr eine Antwort schuldig.

Um 19.45 Uhr kam der Anruf, mit dem Krause ganz fest gerechnet hatte.

»Mister Goodwin ist auf Leitung drei«, sagte seine Sekretärin.

»Bitte mitschneiden«, wies Krause sie an.

»Hallo«, meldete sich Archie Goodwin aufgeräumt, als lebe er in einer Welt ohne Probleme. »Immer noch nichts Neues? Ich hatte gehofft, dass ihr längst den Stein der Weisen entdeckt habt.«

»Das wüsstest du doch vor mir«, scherzte Krause.

»Ist dein Charlie heil wieder an Land gegangen?«

»Ja ist er. Und dann ist er im Hotel in Seoul von Männern angegriffen worden, von denen einer angeblich für euch arbeitet.«

»Das wüsste ich doch!«, antwortete Goodwin defensiv und in augenblicklich schlechterer Stimmung.

»Hat der Mann aber behauptet. Er hat gesagt, er wäre ausgeliehen an die Freunde aus Südkorea.«

»Falls du das schriftlich vorliegen hast, bitte ich um ein schnelles Fax. So etwas gibt es doch gar nicht. Und wie heißt dieser Vogel?«

»Felix Downing. Stand in seinen Papieren, meine ich. Alter dreiundvierzig, geboren in, Moment bitte«, er raschelte mit einem Blatt Papier, »New York. Mein Charlie, du weißt schon, hat ihn ein wenig ermahnen müssen und auf die Bretter geschickt, weil er sich unbedingt prügeln wollte. Wenn es dir hilft, schicke ich dir seine Papiere rüber. Hast du denn noch Leute in Seoul?«

»Eine Notbesetzung, weil der Geheimdienst der Streitkräfte auch da ist. Wie, sagst du, war der Name?«

»Felix Downing, soll ich buchstabieren?«

»Nein, schon gut.«

»Und kannst du mir erklären, warum diese Leute unseren Charlie angegriffen haben?«

»Nein, das kann ich nicht. Ich versuche nämlich gerade herauszufinden, was da gelaufen ist. Dein Charlie soll einen jungen Offizier der Brüder in Südkorea übel misshandelt haben, steht hier. In einem Pissoir, in einem Puff.«

»Das ist mir jetzt neu. Aber du weißt ja, wie hitzköpfig diese jungen Männer manchmal sind. Aber ich werde Charlie gleich danach fragen.« Komm, mein Freund, du willst doch etwas wissen, also frag schon.

»Ist der etwa schon wieder zu Hause?«

»Aber ja. Gerade eben gelandet, ganz heil bis auf einen Kratzer. Neun Millimeter Parabellum, Streifschuss, rechter Oberarm. Das waren deine südkoreanischen Brüder mitsamt dem Downing. Hätte leicht ins Auge gehen können. Vergessen wir das am besten, ist ja weiter nichts passiert.«

»So etwas Blödes sollten wir eigentlich nicht vergessen. Man müsste die Brüder gelegentlich mal übers Knie legen. Und wie geht es dir privat? Was machen die Frau Gemahlin und der ganze Anhang?«

»Alles klar so weit, keine Klagen. Bis auf das, wovon sie mir nichts sagen.«

»Du bist ein echter Schelm, Krause-Darling. Ach, ehe ich es vergesse: Du hast erwähnt, dass dein Charlie den Mann, den ich erwartete, nicht rausgeholt hat. Sondern einen anderen. Was ist denn nun mit dem?«

»Wir wissen es nicht genau, aber wir vermuten, dass er mehr weiß, als er bisher gesagt hat. Ich sagte dir schon: Von seiner Position her ist der Kerl wirklich unbedeutend, eine kleine Nummer im Transportministerium. Hat nichts zu sagen und weiß auch nichts. Sagt er jedenfalls.« Komm schon, Archie Goodwin, frage mich weiter aus.

»Was heißt das: sagte er jedenfalls?«

»Es könnte ja auch sein, dass er beim Geheimdienst war und einfach rauswollte, weil er eine Menge zu erzählen hat. Vielleicht will er Bares für sein Wissen. Kann ja sein, wir wissen es einfach noch nicht. Dein Raketenfachmann ist todsicher ein anderes Kaliber. Aber dieser hier verrät durch viele Kleinigkeiten, dass er vielleicht doch kein so unwichtiger Mensch ist. Na ja, mal sehen. Wir hören ihn uns in Ruhe an, dann wissen wir mehr.«

»Ich muss Teilhabe anmelden. Das verstehst du doch? Schließlich lief die ganze Aktion auf unsere Kosten. Könnt ihr ihn überstellen, damit meine Experten mal nachbohren? Wir teilen das Ergebnis mit euch.«

»Wie beim letzte Mal auch?«, fragte Krause trocken und schnell.

»Nicht doch, der Fall lag doch ganz anders!«, wehrte sich Goodwin.

»Darüber kann man reden, wenn meine Experten ihn befragt haben.«

»Wie lange braucht ihr dafür? Denk daran, wir möchten auch was von der ganzen Sache haben.«

»Das tue ich. Nur ist es ja ohnehin nicht der, den du wolltest. Ihr bekommt ihn, sobald wir durch sind«, sicherte Krause zu.

»Svenja und Doktor Esser«, meldete das Sekretariat.

»In Ordnung«, sagte Krause.

Er sah schon an ihren Gesichtern, dass etwas Entscheidendes passiert war.

Während Esser strahlte, setzte Svenja ihren Chef mit knappen Worten in Kenntnis.

»Dann erhöhen wir jetzt die Schlagzahl«, sagte Krause sachlich. »Ich brauche alles, was wir über diesen amerikanischen Milliardär haben.« Dann setzte er hinzu: »Wissen Sie, ich finde es mehr als erstaunlich, dass wir angesichts der Brisanz des Themas bis jetzt nur einen Toten haben.«

DREIZEHNTES KAPITEL

Am Abend des sechsten Tages, gegen zweiundzwanzig Uhr Ortszeit San Francisco, startete das Flugzeug, das Thomas Dehner schnell und komfortabel aus den Vereinigten Staaten von Amerika zurück nach Europa schaffte, wobei er auffiel wie ein rosa Elefant.

Zwi Goldberg hatte das Ticket erster Klasse von San Francisco nach Frankfurt/Main gekauft. Auf den Namen Manfred Bukowski, geboren in Memphis, Tennessee, Beruf Zahntechniker.

Sie waren am frühen Abend noch einmal zu Onkel Samuel gefahren, der die Verbände erneuert hatte. Auf Dehners rechtem Ohr klebte jetzt ein schneeweißes, großes Quadrat aus Mull und Pflaster. Sicherheitshalber hatte Onkel Samuel eine Bescheinigung ausgestellt, nach der Dehner in einen Unfall verwickelt wurde und einen Riss am rechten Ohr davongetragen hatte. Goldberg hatte erklärt: »Das brauchst du. Unsere Gesundheitsbehörden reagieren manchmal etwas panisch.« Dann hatte er lächelnd hinzugesetzt: »Wahrscheinlich nehmen sie an, dass du hundert Gramm Diamanten unter dem Verband trägst.«

Dehner hatte beim Durchgang durch die Sicherheitsschleuse wie selbstverständlich diese Bescheinigung vorgelegt, und eine hübsche, blonde Zöllnerin hatte ihm freundlich Gute Besserung gewünscht.

»Junge!«, hatte Goldberg zum Abschied nur gesagt und ihn herzlich umarmt.

Er hatte noch von San Francisco aus bei seiner Mutter angerufen. Sechsmal. Sie hatte sich nicht gemeldet, nur der Anrufbeantworter war angesprungen, und jedes Mal hatte er eine Nachricht hinterlassen. Bei der letzten hatte er fröhlich getönt: »Ich bin im Anflug auf Berlin. Bis gleich!« Um jegliches Risiko auszuschalten, hatte Goldberg ihm ein neues Handy in die Hand gedrückt. »Vielleicht ist das alte nicht mehr sicher. Und wirf dieses auch weg, wenn du zu Hause bist.«

249

Erst als die Maschine auf der Landebahn in Frankfurt aufsetzte, wachte er auf. Weil er sich sehr gut kannte und genau wusste, dass er zuweilen zu Anfällen leichter Hysterie neigte, wenn es um seine Mutter ging, hatte er zweimal eine starke Schlaftablette genommen, und er erinnerte sich nur noch verschwommen an das freundliche Gesicht der Stewardess, die sich mehrmals besorgt nach seinem Befinden erkundigt hatte.

Dank der Zeitverschiebung war es bereits gegen achtzehn Uhr des folgenden Tages, als er den Chef der Operation anrief.

»Ich melde mich zurück.«

»Wir brauchen Sie schnell hier«, sagte Sowinski knapp. »Verlangen Sie den Leiter der Zollbehörde oder seinen Vertreter. Der wird Sie einweisen.«

Es dauerte eine Weile, ehe er im richtigen Büro stand, und er war dankbar, dass ihm der Mann einen Stuhl anbot, denn er bekam unweigerlich Schmerzen, wenn er zu lange stand. Danach ging alles sehr schnell.

»Ich habe eine Maschine für Sie«, erklärte der Zöllner, nachdem er, ein Handy am Ohr, vor der Tür telefoniert hatte. Er war vielleicht vierzig Jahre alt und er behandelte Dehner so zuvorkommend, als sei der ein Staatsoberhaupt. »Kann ich noch irgendetwas für Sie tun?«

»Haben Sie eine Flasche Wasser für mich? Meine Tabletten machen so einen trockenen Mund.«

»Selbstverständlich, kein Problem.« Der Mann ging zu einem Kühlschrank, holte eine kleine Plastikflasche heraus und reichte sie Dehner. »Jetzt wollen wir mal den Vogel suchen«, lächelte er. Er nahm Dehners Tasche und den Trenchcoat.

»Bitte langsam«, bat Dehner.

Schnelle Bewegungen verursachten ihm immer noch Übelkeit, sein linkes Bein tat höllisch weh, er humpelte.

Noch auf dem Weg durch die Korridore rief er bei seiner Mutter an. Zweimal. Sie meldete sich nicht, der Anrufbeantworter schaltete sich ein, er wartete nicht ab, drückte die Verbindung weg. Er dachte fiebrig: Wahrscheinlich hat der Arzt sie eingewiesen, und sie liegt jetzt im Krankenhaus und ist ganz allein. Dann überlegte er, dass er den Arzt anrufen könnte, aber er hatte die Telefonnummer nicht.

Der Zöllner vor ihm erreichte eine Tür, in die Drahtglas eingelassen war. Er stieß sie auf und trat hinaus auf eine sehr große Asphaltfläche, auf der sicherlich fünfzehn Hubschrauber in allen Größen standen.

»Einen Moment bitte noch«, sagte Dehner. »Ich muss unbedingt einen Anruf tätigen. Es ist sehr wichtig.«

»Natürlich«, sagte der Mann vom Zoll verständnisvoll und entfernte sich diskret ein paar Schritte.

Dehner wählte die Nummer der Auskunft und landete in einer Warteschleife. Plötzlich fiel ihm der Vorname des Arztes nicht mehr ein. Das war doch unmöglich, der Mann sorgte seit vier Jahren für seine Mutter, er war inzwischen schon so etwas wie ein Familienmitglied, und sie duzten sich sogar. Wieso fiel ihm jetzt der Vorname nicht ein?

»11833. Bitte haben Sie einen Moment Geduld. Wir sind gleich für Sie da«, wiederholte eine Frauenstimme ein ums andere Mal.

Dann tutete es dreimal und eine Frau sagte: »11833. Mein Name ist Birgit Scholz. Was kann ich für Sie tun?«

»Ich brauche eine Nummer in Berlin«, sagte er mit trockenem Mund. »Doktor Werrelmann, Arzt. Den Vornamen habe ich leider nicht.« Er atmete tief durch.

»Ich habe hier einen in Berlin-Marzahn. Ist das richtig?«

»Richtig.«

»Die Rufnummer wird angesagt. Darf ich Sie gleich verbinden?«

»Ja, bitte!«, sagte Dehner vollkommen verkrampft.

Ein Band sagte die Berliner Nummer durch, dann tutete es mehrmals in der Leitung, bis sich endlich eine Frauenstimme mit Werrelmann meldete.

»Hiltrud«, sagte er erleichtert. »Thomas Dehner hier. Habt ihr meine Mutter in ein Krankenhaus eingewiesen?«

»Soweit ich weiß, nicht«, sagte Hiltrud. »Meldet sie sich nicht?«

»Nein, ich kann sie schon seit Stunden nicht mehr erreichen.«

»Warte mal, ich frag noch mal nach.« Gemurmel im Hintergrund. Dann die Stimme des Arztes: »Hallo, Thomas, nein, ich war vorgestern Abend das letzte Mal bei deiner Mutter. Meldet sie sich nicht?«

»Nein.«

»Na gut, dann fahre ich gleich mal hin.«

»Vielen Dank. Und bitte ruf mich an, ich gebe dir noch die Nummer von meiner Arbeit, wo ich in ein, zwei Stunden zu erreichen bin.« Er diktierte Werrelmann die Zentralnummer des BND und verabschiedete sich.

»Ich wünsche Ihnen einen guten Flug«, sagte der Zöllner lächelnd.

»Danke«, antwortete Dehner und stieg in den Hubschrauber.

Der Pilot reichte ihm ein Paar Kopfhörer nach hinten und lächelte. Dann startete er die Maschine.

Dehner war nervös und fummelte in seinen Taschen herum. Er suchte das Schlafmittel, konnte das Gedröhn einfach nicht mehr aushalten. Mit fahrigen Bewegungen schraubte er die Wasserflasche auf und ließ dabei den Verschluss fallen. Ein scharfes Stechen fuhr durch seinen Kopf. Dann rollte die Tablette irgendwohin, und er musste eine neue herausfingern. Sie waren längst in der Luft, als es ihm endlich gelang, eine hinunterzuschlucken.

Diesmal schlief er nicht ein, aber die Welt um ihn herum war wie aus Watte. Ein ekelhaftes Gefühl. Er konnte auch nicht mehr klar sehen. Es war, als befinde er sich unter Wasser, vor seinen Augen bildeten sich Schlieren, die wie schwarze Zackenlinien durch imaginierte Bilder glitten. Dehner schloss die Augen. Er konnte das nicht aushalten.

Als er später die mitleidigen Seitenblicke des Piloten bemerkte, war ihm das alles furchtbar peinlich, und er spürte das dringende Verlangen, eine Erklärung abzugeben. Aber noch funktionierte seine Selbstkontrolle, er konnte schließlich nicht Hinz und Kunz erzählen, dass ihn prügelnde CIA-Typen in San Francisco bis zur Bewusstlosigkeit in die Mangel genommen hatten.

Als ihm diese Worte durch den Kopf gingen, musste er für Sekunden lächeln. Und überraschenderweise fand er seinen Job trotz allem noch immer wunderbar. Wer wurde schon so nach Hause geholt, von Frankfurt/Main nach Berlin in einem Hubschrauber, ganz allein und scheinbar sehr wichtig. Mein Gott, dachte er, sich selbst beschwichtigend, verlier jetzt bloß nicht die Nerven. Werrelmann ist bei ihr und kümmert sich. Mehr kannst du im Moment nicht tun.

Sie landeten im Innenhof des Bundesnachrichtendienstes.

Dehner bedankte sich bei dem Piloten und stieg aus. Ein junger Mann, den er nicht kannte, war plötzlich neben ihm und sagte:

»Herzlich willkommen!« Er nahm Dehners Tasche und ging vor ihm her direkt in Sowinskis Büro. Von draußen drang noch das ohrenbetäubende Dröhnen des abfliegenden Hubschraubers zu ihnen herein.

»Guten Tag, Herr Dehner«, begrüßte ihn Sowinski sachlich. »Wie war die Reise?«

»Erträglich«, antwortete Dehner.

»Das ist aber schön gelogen. Brauchen Sie einen Arzt?«

»Nein, nein, ich wurde schon medizinisch versorgt«, sagte Dehner. »Ich möchte nur so schnell wie möglich nach Hause, wenn das geht. Es ist so, dass meine Mutter ...«

»Ich weiß davon. Ihr Arzt hat hier angerufen. Ich muss Ihnen leider mitteilen, dass Ihre Mutter verstorben ist.«

Es war plötzlich sehr still im Raum, und Sowinski blieb einfach sitzen. Er stand nicht auf, gab Dehner nicht die Hand, um ihm sein Beileid auszusprechen, sondern saß einfach nur da und betrachtete ihn mit ruhigem Blick.

»Ja«, sagte Dehner tonlos. Er dachte: Wieso falle ich nicht vom Stuhl? Wieso fange ich nicht an zu schreien? Wieso bin ich so unbeteiligt? Was ist los mit mir?

»Wann ist es denn passiert?«, fragte er.

»Gestern Nacht wahrscheinlich, sagte mir der Arzt.«

»Und wo ist sie?«

»Zu Hause. Wir fahren gleich dorthin. Und jetzt konzentrieren Sie sich bitte auf das, was in San Francisco Ihrer Meinung nach geschehen ist. Ich muss das schnell abklären, weil unsere ganze Unternehmung mit Höchstgeschwindigkeit weitergeführt werden muss – trotz allem. Verstehen Sie das?«

»Nein«, antwortete Dehner spontan. Dann sah er Sowinski an und korrigierte sich. »Ja, natürlich, ich verstehe das.«

»Es geht ganz schnell. Ich weiß, dass Ihnen das jetzt unmenschlich vorkommt. Aber wir müssen wissen, bitte nur in wenigen Sätzen, zu welchen Schlussfolgerungen Sie in den Staaten gekommen sind. War es Mord?«

»Ich bin ziemlich sicher, dass es Mord war. Ich kann den Bericht schreiben.«

»Das brauchen Sie jetzt nicht, das können Sie auch übermorgen oder in drei Tagen noch erledigen. Was für ein Mord?«

»Vermutlich eher der Mord eines Einzeltäters als des Geheimdienstes der Vereinigten Staaten. Auch wenn die Behörde so überempfindlich reagierte, denke ich, es handelt sich nicht um eine Riesenverschwörung. Ich würde sagen, jemand wusste, dass Cheng zwanzigtausend Dollar in bar besaß. Als Überbrückung in eine neue Existenz. Dieser Jemand wollte das Geld und hat Cheng dafür vom Dach gestoßen. Die Einzelheiten sprechen eine eindeutige Sprache. Allerdings habe ich einen sehr großen Fehler gemacht und ...«

»Keine Diskussion über Fehler. Wir beide fahren jetzt in Ihre Wohnung.«

»Aber Sie müssen mich nicht ...«

»Doch, mein Junge, das muss ich. Und das will ich auch.«

Vor dem Haus wartete ein Dienstwagen, einer von der dunklen, großen Sorte, die Dehner nicht mochte, weil sie statt des Herstellerzeichens ein WICHTIG! auf der Kühlerhaube zu tragen schienen.

»Keine Knochenbrüche?«

»Ein paar angeknackste Rippen. Dieser Zwi, Zwi Goldberg, war ganz fantastisch. So einer von der Sorte, die schon alles in Ordnung gebracht haben, noch ehe du ein Wort gesagt hast. Irre, der Typ.«

»Wir haben seine Adresse«, sagte Sowinski. »Diese Leute sind das Salz der Erde. Irgendwann, wenn Sie eine Pause machen können, müssen Sie in eine kleine Privatklinik.«

»Warum denn das?«

»Rein versicherungsrechtlich, verstehen Sie. Wir sind da sehr genau. Und dann noch einmal zu unseren Psychologen.«

»Davon habe ich gehört, das nennt man wohl den Reinigungsdienst.«

Der Fahrer war schnell, gefährlich schnell.

»Ist es Ihnen gelungen, sich in die Lage des Ermordeten zu versetzen?«

»Oh ja. Es gab Augenblicke, da habe ich an ihn gedacht wie an einen engen Verwandten, da war fast keine Barriere mehr. Ist das normal in solchen Fällen?«

»Ja, es kommt vor, und es hilft enorm. Diese Leute, die Sie verprügelt haben und die nach Sissy Pistor fragten, was waren das für Typen?«

»Schläger«, antwortete er einfach. »Und wer ist diese Sissy Pistor?«
»Eine Kollegin von Ihnen. Ich erzähle Ihnen die Geschichte, wenn wir aus diesem Schlamassel heraus sind.«
»Was für ein Schlamassel denn?«, fragte Dehner interessiert.
»Wir wollen wissen, wer eine Atombombe kauft, wie jeder Dienst. Aber das vergessen Sie bitte schnell wieder.«
»Natürlich.«
Es wurde plötzlich laut, weil der Fahrer das Fenster herunterließ, ein Blaulicht nahm, es auf das Dach setzte und ein Horn zuschaltete, ehe er das Fenster wieder schloss. Er erklärte: »Wir haben Staus vor uns.«
»Schon in Ordnung«, sagte Sowinski und wandte sich wieder Dehner zu. »Wenn Sie in irgendeiner Form Hilfe brauchen, rufen Sie mich einfach an. Und zögern Sie nicht damit.«
»Ja«, sagte Dehner. »Ich verstehe nicht, warum sie mich nicht angerufen hat.«
»Kann es nicht sein, dass Sie nicht erreichbar waren?«
Dehner dachte kurz nach. Ja, das konnte sehr gut sein. Als er zuletzt mit ihr telefoniert hatte, musste es bei ihr Spätnachmittag gewesen sein. Wahrscheinlich also wenige Stunden vor ihrem Tod.
»Wir müssen da vorn rechts rein«, sagte er.
Der Fahrer schaltete Blaulicht und Horn aus und brachte den Wagen vor dem Mietshaus, in dem Dehner mit seiner Mutter lebte, zum Stehen.
»Es dauert eine Weile«, sagte Sowinski zu dem Fahrer.
Sie fuhren mit dem Aufzug hinauf, Dehner nahm seinen Schlüssel und schloss die Wohnungstür auf. Es roch nicht nach Tod. In der Diele lag ein Zettel für ihn. Werrelmann hatte geschrieben: »Tut mir leid, mein Junge!«
Dehner ging in das Zimmer seiner Mutter.
Da lag sie auf ihrem Bett und sah sehr schön aus und sehr ruhig.
Er ging zu ihrem Bett und sagte mit zittriger Stimme: »Was machst du nur für einen Scheiß? Kaum bin ich weg, machst du Scheiß!« Er beugte sich zu ihr herunter und küsste sie auf die Stirn. Dann trat er drei Schritte zurück und betrachtete sie. »Ich habe sie gar nicht so klein in Erinnerung.«
»Das ging mir bei meinem Vater genauso«, bemerkte Sowinski leise.

Er nahm alles wahr, all die kleinen Dinge auf den Regalen, den erstaunlich hohen Stapel an Büchern neben dem Bett auf dem Fußboden, eine Tüte mit Lakritzbonbons, eine Thermoskanne, erschreckend viele Medikamente auf einem Tablett, das Telefon, ein dickes Notizbuch, wahrscheinlich Telefonnummern und Adressen, ein Zeitschriftendurcheinander in einem eigenen Ständer. Dann die Frau – ganz sanft, ganz ruhig. Sowinski nahm an, dass der Arzt sie ein wenig hergerichtet hatte.

Plötzlich schrie Dehner: »Verdammte Scheiße, was machst du da? Du kannst dich doch nicht einfach so verpissen!«

Sowinski war sofort bei ihm und sagte: »Ist ja gut, Junge, ist gut!« Er nahm ihn in die Arme und hielt ihn lange fest.

Irgendwann löste sich Dehner von Sowinski, trat an die Wand, rutschte daran herunter, saß auf dem fleckigen Teppichboden und weinte.

»Ich gehe jetzt«, sagte Sowinski. »Kommen Sie, wann Sie wollen, wir sind immer da. Jederzeit.«

Müller landete nur zwei Stunden später als sein Kollege Thomas Dehner in Berlin und fuhr sofort in den Dienst. Er war dankbar, dass Krause zuerst mit ihm allein sprechen wollte.

»Nur kurz«, erklärte Krause beruhigend, als sei Beruhigung in diesen Zeiten besonders nötig. »Was ist das für ein Mann?«

»Er selbst ist sicher nur ein einfacher Mann, aber er ist gleichzeitig auch der Bruder eines sehr einflussreichen Mannes. Und zwischen den beiden scheint irgendetwas Schreckliches vorgefallen zu sein. Kim sagt, er hatte schon lange keinen Kontakt mehr zu seinem Bruder. Aber da müssen wir unbedingt nachhaken.«

»Kann er irgendetwas wissen, was uns interessieren könnte?«

»Ich bin mir nicht sicher. Auf den ersten Blick würde ich sagen, nein, aber er kann natürlich etwas von seinem Bruder, diesem Il Sung Choi, wissen.«

»Gut. Wir müssen an ihn ran. Heute Abend kümmern Sie sich um ihn. Aber ab morgen müssen wir ihn befragen, wir dürfen keine Zeit mehr verlieren. Und ich will wissen, warum er auf der Insel war und nicht sein Bruder. Irgendein schwieriger Punkt?«

»Ja, durchaus. Er hat Angst vor der Freiheit. Und er ist ganz stark auf mich fixiert. Ich habe ihm versprochen, dass ich ihn nach Südkorea zurückbringen werde, wenn er das möchte. Und ich werde mein Wort nicht brechen, wenn es nicht unbedingt sein muss.«

»Einverstanden. Aber Sie sollten wissen, dass sein Bruder, dieser Choi, dabei war, als eine Konferenz zwischen Nordkoreanern und der CIA gelaufen ist. Im März vor einem Jahr, ein Irrtum ist ausgeschlossen. Und jetzt bringen Sie Kim in diese Wohnung.« Er legte einen Schlüssel mit einem kleinen Schildchen vor Müller auf den Schreibtisch. »Und vielen Dank, Sie waren wirklich gut.« Dann lächelte er kurz. »Noch eine Frage: Warum sind Sie eigentlich nicht allein in das Hotel gegangen, um auszuchecken? Warum haben Sie den Mann mitgenommen?«

»Er war panisch vor Angst, ich konnte ihn nicht allein lassen. Ist Svenja in Berlin?«

»Ja. Und sie hat sich dauernd nach Ihnen erkundigt. Sie müssen auch keine Bauchschmerzen haben, wenn Sie nach Svenja fragen. Ich bin durchaus auch mit Gefühlen vertraut.«

»Dann würde ich gern noch wissen, wie es Ihrer Frau geht.«

»Ihr wurde eine Brust amputiert, das war schlimm, aber ich habe meine Frau hoffentlich bald wieder.«

»Das hoffe ich auch«, sagte Müller. »Noch etwas anderes: Ich brauche bei nächster Gelegenheit eine neue Wohnung. Kann der Dienst mir dabei helfen?«

»Ja. Ach ja, richtig, Sie wohnen ja immer noch in der alten Behausung. Da lässt sich bestimmt was machen. Und nun ab mit Ihnen, ich habe zu tun.«

Als er auf dem Flur stand, dachte Müller, dass Krause ein perfekter Vater war. Im Grunde viel besser, als sein eigener Vater es je hatte sein können. Dann fiel ihm unvermittelt seine Mutter ein und dieses Gespenst namens Harry. Es ist sehr schwierig, sie alle erwachsen zu kriegen, dachte er mit einem Grinsen.

Kim wartete in seinem Büro auf ihn.

»Wir können gehen«, sagte Müller. »Wir fahren jetzt in die Wohnung, die mein Dienst dir spendiert, bringen dich dort unter. Jeder von uns schläft ein paar Stunden, und morgen gehen wir einkaufen und deinen Kühlschrank füllen.«

»Eine eigene Wohnung? Aber das geht doch nicht. Hast du nicht ein zweites Bett in deiner Wohnung?«

»Habe ich nicht. Alle unsere Gäste bekommen eine kleine Wohnung. Komm, sei ein bisschen kooperativ, sei höflich. Wir kaufen auch eine Flasche Wein und trinken sie zusammen ganz langsam aus. Zur Feier deiner Ankunft in Berlin.«

»Du bist verrückt.«

»Ja«, nickte Müller. »Ich war gerade bei meinem Chef, der dich willkommen heißt. Du wirst ihn morgen kennenlernen. Und ich muss dir etwas sagen, was du gar nicht gern hörst. Dein Bruder, dieser mächtige Mann, hat mit der CIA über eine Atombombe gesprochen. Im März des vergangenen Jahres in einer chinesischen Stadt.«

Kim sah ganz schnell zum Fenster, machte dabei mit dem Kopf eine ruckartige Bewegung. »Ich habe das schon geahnt«, sagte er tonlos. »Und er wollte Nordkorea verlassen? Deswegen?«

»Das weiß ich nicht. Wäre aber sehr einleuchtend und logisch, oder? Und wir müssen darüber reden, verstehst du?«

»Das wird schwer«, sagte er. »Das ist ein sehr langer Traum.«

»Ein Albtraum?«

Kim nickte stumm.

Müller rief Svenja an und sagte: »Ich bin in Berlin. Aber ich brauche noch zwei, drei Stunden.«

»Ja, klar. Aber du bist endlich da, und das wurde auch verdammt Zeit.«

»Da hast du allerdings recht.«

Das Erstaunliche war, dass er seinen alten Golf auf Anhieb entdeckte, ohne lange überlegen zu müssen, wo er ihn abgestellt hatte. Während der Fahrt erklärte Müller Kim, dass sie in einen Stadtteil fahren würden, der Kreuzberg hieß. »Mehr Türken als Deutsche, mehr Kasachen als Deutsche, ein richtig schönes Viertel. Und ich glaube, auch mehr Serben als Deutsche. Und du musst dir unter allen Umständen die Adresse des Dienstes merken. Gardeschützenweg. Kannst du das wiederholen?«

Kim knautschte etwas vor sich hin.

»Noch einmal: Gardeschützenweg! Oder kannst du Be-en-de sagen? Das ist die Abkürzung für die Behörde, in der ich arbeite. Be-en-de, versuch es mal.«

Kim versuchte es. Er gab eine Folge komischer Laute von sich. »Warum muss ich das wissen?«

»Weil es wichtig werden kann, dass du es weißt!«, sagte Müller scharf. »Du schmeißt dich in ein Taxi und sagst: Be-en-de. Okay?«

Und Kim sagte strahlend und deutlich: »Be-en-de, Gardeschützenweg.«

»Blödmann!«, sagte Müller, und sie lachten.

Müller fand die Straße auf Anhieb. Es war eine ruhige Straße, das Haus ein moderner, sechsstöckiger Betonklotz mit einer unendlichen Folge gerader Linien und rechter Winkel, aber immerhin mit zwei Bäumen davor.

»Da wären wir«, sagte Müller, ging voran und schloss die Haustür auf. Es gab einen Lift, und er sagte: »Du wohnst ja richtig vornehm.« Dann die Wohnungstür im sechsten Stock. »Rein mit dir!«

Die Wohnung war sehr hell, die Einrichtung schlicht, aber nobel. Es gab ein Bad, eine kleine Küche, ein großes Schlafzimmer und einen ebenso großen Wohnraum. Überall freundliche Farben.

»Das geht doch nicht«, sagte Kim. »Für eine Person!«

»Doch, das geht«, sagte Müller und lächelte bei dem Gedanken an seine eigene dunkle Bude.

»Und wahrscheinlich gehört dazu noch ein eigener Keller.«

»Der Keller reicht auch …«, sagte Kim.

»Kein Wort mehr«, sagte Müller barsch.

Kim öffnete die Tür zu dem kleinen Balkon und stellte sich an die Brüstung, um lange und sehr konzentriert die Straße zu betrachten. Als er ins Zimmer zurückkehrte, fragte er: »Gibt es hier bei euch einen Platz für Nordkoreaner?«

»Nein, sicher nicht«, antwortete Müller.

»Ich habe mal gehört, dass in Amsterdam viele Koreaner sind.«

»Das kann gut sein. Große Hafenstadt, alte Verbindungen nach Fernost.

Du siehst da das Telefon. An dem ist ein Schildchen, darauf steht die Nummer. Ich schreibe dir noch zwei, nein drei Nummern auf einen Zettel.

Die erste Nummer ist die meiner Behörde, die zweite Nummer ist meine, die dritte ist die einer guten Freundin. Ich muss jetzt los, ich muss dringend duschen, den ganzen Dreck abwaschen, frische Klamotten anziehen. Aber ich komme wieder.«

»Ja.« Kim nickte sehr ernsthaft.

»Und wenn es an der Tür klingelt, machst du nicht auf, klar? Du reagierst überhaupt nicht! Da ist die Fernbedienung für den Fernseher. Es gibt auch englische Kanäle, CNN zum Beispiel.« Er dachte ein wenig verzweifelt: Einerseits ist er wie ein Kind, schon der leichteste Gegenwind könnte ihn umblasen. Aber er trägt auch irgendeine schreckliche Geschichte mit sich herum. Und wir haben immer noch nicht die geringste Ahnung, was er wirklich weiß.

»Was haben wir in Sachen Glen Marshall?«, fragte Krause, der um 22.30 Uhr immer noch in der Behörde saß und gegen seine Frustration ankämpfte.

»Eine Legende, die so stinklangweilig ist, dass es einen graust«, erklärte Esser. »Der Mann stammt aus Missouri, er ist der einzige Sohn eines Predigerpaares. Der Vater konnte die Familie nicht ernähren, landete erst im Gefängnis, später als Hilfsarbeiter auf einer Farm für Pelztierzucht, dann machte er sich aus dem Staub. Seine Mutter zog ihn also allein groß, und vieles spricht dafür, dass sie sich prostituierte, wenn sie nichts zu essen hatten. Angeblich steht er heute noch auf und schlägt zu, wenn jemand darauf zu sprechen kommt, obwohl er bereits an die siebzig ist. Er gründete als junger Mann eine chemische Reinigung, eröffnete dann eine Filiale, dann noch eine Filiale und noch eine und so weiter. Irgendwann besaß er zweihundert chemische Reinigungen und die gesamte Technik dazu. Schließlich verkaufte er das ganze Unternehmen mit erheblichem Gewinn und ging nach Orlando, Florida. Wir haben keine Ahnung, was er in den folgenden sechs Jahren tat. Irgendjemand hat das seine dunkle Phase genannt, und immer wieder taucht der Verdacht auf, dass er in Prostitution investierte. Es konnte ihm allerdings nie etwas nachgewiesen werden. Als er wieder auftauchte, hatte er plötzlich eine Ehefrau, einen Drachen, der eifrig über seine Finanzen wachte. Diese Ehefrau hat er heute noch, und sie hat einen ganz üblen Ruf, weil sie so gnadenlos und hart ist. Marshall stieg irgendwann ins Ölgeschäft ein. Er macht alles langsam, aber gründlich, und was er anfasst, wird zu Gold. Ach so, ja, Kinder haben sie keine. Alle paar Jahre kürt er einen neuen Prinzen, der aber sofort aus dem Haus gejagt wird, wenn er etwas tut, was Mami und Papi nicht behagt.« Esser sah in die Runde, er lächelte. »Und jetzt das, was wahrscheinlich interessanter ist. Er ist der Typ, der sagt, Schwule sind krank. Eine Schwulenehe ist etwas Unvorstellbares. Er hat die Einstellung, dass man diese Pest mit Stumpf und Stiel ausrotten muss. Dass das für Lesben ebenso gilt, ist klar. Seiner Meinung nach ist Gott in Amerika zu Hause, und Amerika sind die Vereinigten Staaten. Wie in der Bibel festgelegt, hat die Arche Noah von jedwedem Getier ein Pärchen überleben lassen und uns zur Pflege übergeben. Die Welt, wie wir sie kennen, besteht seit etwa sechstausend Jahren vor Christi Geburt, Adam und Eva gab es selbstverständlich wirklich, und Darwin war völlig irregeleitet. In seinen Augen hat der amerikanische Präsident nur einen großen Fehler gemacht, nämlich zweihunderttausend GIs zu wenig in den Irak geschickt zu haben.«

»Hat er auch was Menschliches?«, fragte Sowinski.

»Hat er. Man sagt ihm nach, dass er jede Frau, die ihm gefällt, zum Beischlaf auffordert, wobei das seine Frau angeblich nicht sonderlich stört. Der Mann hat gelegentlich Asthmaanfälle, die seine Frau Luftschnäppchen nennt.«

»Und er jagt Krokodile?«, fragte Krause.

»Richtig. Und zwar nachts. Wir haben den Film hier, er ist ausgesprochen kitschig. Der Mann hockt angeschnallt auf einem erhöhten Sitz in einem Boot mit Elektromotor, legt an, zielt – hat natürlich ein Laserzielgerät – und sagt angesichts der Beute belehrend in die Kamera: Man muss die Zahl der Bestien gering halten! Dann erwähnt er noch, dass sein Gewehr natürlich eine Spezialanfertigung ist und zwanzigtausend Dollar gekostet hat.«

»Was weiß man über sein Kapital?«, fragte Sowinski.

»Er wird auf etwa acht Milliarden geschätzt, das schwankt selbstverständlich je nach Betrachter. Er ist ein guter Steuerzahler und hat Einfluss auf das Doppelte. Gemeint ist: Wenn er alles in den Topf wirft, was er bewegen kann, dann dürfte das einer Summe von etwa fünfzehn Milliarden entsprechen, denn wie immer bei solchen Typen verfügt er über Industrieanlagen, Plantagen, Immobilien auf der ganzen Welt. Und angeblich hat er sogar Einfluss bei De Beers, dem Diamantenhaus in Südafrika. Er ist also einer von dieser Sorte US-Amerikaner, die nicht müde werden, zu betonen: Alles ist machbar!«

»Ist er fromm?«, fragte Krause.

»Kann man so sagen. Er zeigt sich öfter bei Erweckungsgemeinden, die laut jubelnd irgendwelche Bekehrungsfeste für irgendwelche Penner feiern, die dank ihres neu erwachten Glaubens endlich begriffen haben, worauf es ankommt im Leben. Insgesamt ein richtig markiger, amerikanischer Held.«

»Kommt man an den Mann ran?«, fragte Krause.

»Kaum, er wird ständig abgeschirmt. Er verkörpert einfach zu viel Macht. Bei Leuten wie ihm verlangen die Versicherungen hordenweise Bodyguards.«

»Wir brauchen diesen Amerikaner eigentlich auch nicht«, sagte Sowinski. »Wir brauchen Ben Wadi. Wer macht das?«

»Müller«, bestimmte Krause. »Und ich muss noch bei Wally vorbeischauen, ich hab es ihr versprochen. Wie sieht es mit Dehner aus?«

»Wieder da«, sagte Sowinski. »Er hat seine Sache trotz allem gut gemacht. Es ist nur eine gewaltige Kacke – ich kann es nicht anders ausdrücken –, dass seine Mutter gestorben ist, als er weg war.«

»Oh Gott!« Krause fragte: »Wird er es packen?«

»Ich weiß es nicht«, murmelte Sowinski. »Wer weiß so was schon? Er ist ein guter Junge.«

Sie stand in der Tür ihrer Wohnung und strahlte ihm entgegen. Dann fiel sie ihm in die Arme. »Ich habe mir solche Sorgen gemacht. Im Dienst werden sie schon über mich gelacht haben.«

»Ach was. Krause hat sogar gesagt, er könne das mit uns ganz gut aushalten. Und jetzt lass mich endlich rein, oder wollen wir im Treppenhaus stehen bleiben?«

»Was ist mit der Wunde? Hast du Schmerzen?«

»Nein, habe ich nicht. Ich brauche jetzt nur unheimlich viel Seife und ein großes Handtuch, denn ich stinke wie ein Bock.«

Sein Handy piepte. Nach einem Blick auf das Display drückte er die Verbindung weg.

Svenja löste den Gürtel seiner Jeans. Das Handy piepte erneut.

»Ja?«, meldete er sich.

Ihr Gesicht war sehr dicht an seinem.

»Ach, da bist du ja endlich, Junge«, sagte seine Mutter.

Svenja zog ihren Kopf ein paar Zentimeter zurück und hielt sich die Hand auf den Mund.

»Mutter, wie geht es dir?«

»Na, ich bin im Haus. Und du bist nie erreichbar!«

»Ich komme in den nächsten Tagen mal vorbei, Mutter. Versprochen.«

»Das sagst du jedes Mal, und dann kommst du doch nicht. Ich war bei der Bank, ich weiß jetzt, was das Haus hier wert ist.«

»Das ist schön.«

»Kannst du dich an den alten Morgenstern erinnern?«

»Morgenstern?«

»Hugo Morgenstern. Drei Häuser weiter. Der hat mich ins Kino eingeladen. Stell dir das mal vor.«

Svenja hatte alles mitgehört und konnte sich nicht mehr halten. Sie warf sich bäuchlings auf ihr weißes Ledersofa und strampelte mit den Beinen.

»Mutter, hör zu. Ich bin gerade in einer Besprechung. Wir können morgen wieder telefonieren, ja?«

»Ja, Junge. Aber wirklich!« Sie klang ein wenig beleidigt.

»Ach, die lieben Mütter«, sagte Svenja spöttisch und musste wieder lachen. Dann wurde sie unvermittelt ernst, stand auf und zog ihm vorsichtig das Hemd aus.

»Was war es denn?«

»Zimmerflak«, sagte er.

»Damit kannst du nicht unter die Dusche.«

»Nein, kann ich nicht.«

»Ich wasche dich ab. Na, dann komm.«

Sie hatten es nicht bis ins Bad geschafft, waren sehnsüchtig auf dem weißen Sofa übereinander hergefallen und hatten sich leidenschaftlich geliebt.

Jetzt lag Svenjas Kopf auf Müllers Brust, die sich unter seinem noch immer unregelmäßigen Atem hob und senkte. Mit geschlossenen Augen sagte er: »Ich habe mich so nach dir gesehnt. Du bist ein Teil von mir.«

»Ich habe manchmal Angst, weißt du.«

»Ja«, sagte er.

»Wer ist dieser Mann, den du mitgebracht hast?«

»Ich weiß nicht, wer er wirklich ist. Aber ein Teil von ihm, der, den ich bis jetzt zu Gesicht bekommen habe, ist ein netter Kerl mit vielen Hoffnungen und vielen Ängsten. Ich hoffe, er findet irgendwo einen Platz für sich.«

»Hat er Familie zurückgelassen?«

»Er sagt, er hat keine Familie, aber ich weiß, dass das nicht stimmt, weil er einmal eine Tochter erwähnt hat.«

»Soll ich dich jetzt abwaschen?«

»Ja, bitte. Ich habe eine Salbe in der Tasche. Hast du irgendwelches Verbandszeug?«

»Ich denke schon. Wann hast du am meisten an mich gedacht?«

»Auf dem Meer.« Er streichelte sanft ihre Brust. »Es war sehr unwirklich. Die meiste Zeit haben wir nichts gesehen. Um uns herum nur Nebel.«

»Was siehst du von mir, wenn du an mich denkst?«

»Immer ist es dein Gesicht, besonders deine Augen. Und wenn ich Zeit habe, mich darauf einzulassen, dann stelle ich mir Stück für Stück deinen ganzen Körper vor. Ich liebe diese kleinen Kuhlen hier am Schlüsselbein.« Zärtlich ließ er seine Lippen ihren Hals hinabwandern.

»Jetzt setz dich mal hin und halt still. Ich schneide dir den Verband auf.« Sie ging ins Bad und kam mit einer langen Schere zurück. »Hab ich dir schon gesagt, dass ich mal Ärztin werden wollte?«

»Ich weiß viel zu wenig von dir.«

»Das kann man ändern. Nein, so geht's nicht. Hier sehe ich nicht genug. Können wir uns an den Küchentisch setzen? Schreibst du eigentlich manchmal Briefe? So ganz auf die alte Art?«

Sie gingen zusammen in die Küche, und Müller setzte sich auf einen bequemen Holzstuhl.

»Ja, das kann vorkommen. Ich habe schon x-mal versucht, meiner Tochter einen Brief zu schreiben. Aber das ist mir bis jetzt nicht gelungen.«

»Du vermisst sie sehr, oder?«

»Ja, das tue ich. Ich sehe sie viel zu selten.«

Svenja löste das Pflaster und begann vorsichtig, den Verband abzuwickeln. »Schön wäre das jedenfalls, so ein Brief, etwas, was vom anderen dableibt, wenn der weg muss.«

»Vorsicht, jetzt fängt es an wehzutun.«

»Ja, aber das geht nicht anders. Ich löse jetzt die letzte Schicht. Beiß mal die Zähne aufeinander. Ja, so ist es gut. Und jetzt!« Dann starrte sie auf die Wunde und sagte beinahe bewundernd: »Mein lieber Mann, das ist aber eine Rinne.«

Er musste lachen. »Ja, klasse, nicht wahr? Alle meine Enkel werden mich wegen der Narbe bewundern.«

»Halt still. Wo ist die Salbe?«

»In meiner Jackentasche. Da sind auch noch Schmerztabletten. Im Flieger hat es ganz schön wehgetan. Dann habe ich an dich gedacht – und schon ging es mir besser. Du bist also eine Zauberin.«

»Ich bin eine Hexe«, sagte sie lächelnd. »Das wirst du noch merken. Jetzt werde ich dich erst mal richtig waschen und …«

»Ich weiß nicht, ob es gut ist, mich so in deine Hände zu begeben.«

»Unsinn, vertrau mir einfach. Das macht mir Mut.«

»Meine Mutter sollte dich sehen!«

»Ja, nicht wahr? Sie könnte noch was lernen.«

»Wally!«, sagte er leise. »Ich bin es, dein nörgeliger alter Ehemann. Geht es dir besser, meine Liebe?« Er stand vor ihrem Bett und registrierte erleichtert, dass keine Infusion mehr lief und ihr Körper an keine Apparate mehr angeschlossen war.

»Du willst doch nur, dass ich wieder heimkomme und dich bekoche!«, stellte sie fest.

»Das will ich durchaus nicht. Du musst dich richtig erholen, etwas anderes zählt jetzt nicht. Professor Sauer hat mir gesagt, dass alles in Ordnung ist. Kein Krebs mehr. Und der Chirurg hat meisterhaft gearbeitet.«

Sie hatte die Bettdecke bis zum Kinn hochgezogen und hielt die Augen fest geschlossen.

»Ich bin jetzt ein Krüppel«, sagte sie dumpf.

»Das bist du nicht«, widersprach er scharf. »Wir haben unendliches Glück, du kommst in ein paar Tagen heim, wir leben zusammen weiter.«

»Was hättest du denn gemacht, wenn ich gestorben wäre?«

»Darüber habe ich nachgedacht. Ich wäre als Sozialwesen wahrscheinlich in kürzester Zeit verkommen. Wahrscheinlich hätte ich auf der Terrasse gesessen und zweimal am Tag in eine alte Salami gebissen. Ich kann ja noch nicht einmal deine wunderbare Kaffeemaschine bedienen.«

»Da ist so eine gelbe Pille. Die brauche ich. Und einen Schluck Wasser.«

»Was ist das?«

»Das ist ein Schmerzmittel. Ich werde in den nächsten Tagen immer wieder Schmerzen haben. Aber das ist normal, sagen sie, das ist Heilungsschmerz.« Sie rutschte nach oben und richtete sich auf. Bei jeder Bewegung verzog sie das Gesicht. »Sie sagen, ich darf heute Abend ein Wiener Schnitzel essen, ein kleines. Und ich habe mit Gunhild telefoniert, Essers Frau.« Sie nahm die Tablette und trank. »Die kommt morgen früh.«

»Das ist aber schön«, sagte er und fragte sich, ob Esser davon wusste. Wahrscheinlich war, dass er keine Ahnung hatte, noch viel wahrscheinlicher war, dass seine Frau ihn die letzten zwei, drei Tage überhaupt nicht zu Gesicht bekommen hatte. Nein, es mussten sogar schon vier Tage sein.

»Wie lange wirst du noch hierbleiben müssen?«, fragte er.

»Sie meinen, vier bis fünf Tage. Aber sie wollen sich nicht festlegen. Du weißt ja, ich bin dank deiner Existenz sehr privat hier, ich bin sozusagen ein goldenes Huhn.«

Vier bis fünf Tage passten ihm so präzise in sein Konzept, als habe er sie bestellen dürfen.

Und sie sah in seinen Augen, dass er genau das dachte.

»Passt das?«, fragte sie.

»Oh ja, sehr gut sogar«, antwortete er etwas verlegen.

»Kannst du mir bitte mal aus dem Bett helfen?«

»Darfst du denn schon aufstehen?«

»Natürlich. Sie haben gesagt, ich soll es versuchen, wenn ich will. Und ich will das jetzt.«

Er dachte: Wie klein sie ist! Und wie leicht! Er hielt sie fest, und sie wackelte ein wenig und machte: »Puhh!« und hielt sich krampfhaft an seinem rechten Unterarm fest.

»Nein, nein, das ist noch gar nicht gut. Ich lege mich lieber wieder hin.«

Als sie wieder am Bettrand saß, hatte sie keine Kraft mehr, die Beine ins Bett zu ziehen. Er legte den rechten Arm um ihre Schultern und schob den linken unter ihre Kniekehlen. Dabei brummte er: »Ja, so ist es richtig. Und jetzt drehen, und dann ist gut. Nein, halt, stopp, jetzt sitzt du auf meinen Händen!« Sie kicherte und bemerkte, er werde sie hoffentlich immer auf Händen tragen. Sie waren beide erleichtert, als sie endlich wieder ausgestreckt im Bett lag. Krause zog sich einen der Stühle näher heran und setzte sich zu ihr.

»Als ich mit Gunhild telefoniert habe, hat sie gesagt, dass wir unbedingt mal wieder zusammenkommen sollten. Und dass es schade wäre, die privaten Kontakte ganz einschlafen zu lassen. Und stell dir vor, sie ist auf dieselbe Idee gekommen wie ich, nämlich sich für Jugendliche einzusetzen, die hier keine Chance mehr haben. Ich habe mich richtig gefreut. Wir wollen uns zusammen überlegen, wie wir uns einbringen können. Sie findet auch meine Idee gut, dass ich den Führerschein machen will. Und es ist wirklich toll, dass Gunhild …«

Wally bemerkte, dass ihr Mann wieder einmal im Begriff war, einzunicken. Mit einem friedlichen Lächeln im Gesicht.

Vierzehntes Kapitel

Am Morgen des achten Tages holte Müller Kim aus der Wohnung ab, um mit ihm einzukaufen und ihn mit dem Nötigsten auszustatten. Erfreulicherweise sah der Nordkoreaner erholt aus und bemerkte, er habe zum ersten Mal seit Langem wieder richtig tief geschlafen.

Er sah Müller an und bemerkte mit einem Lächeln: »Und du warst bei deiner Frau.«

»Ja, das war ich«, erwiderte Müller gut gelaunt.

In den nächsten zwei Stunden bekam Kim eine Menge zu sehen. Er bestand darauf, sich noch den Keller anzuschauen, und war beeindruckt von der Sauberkeit und Ordnung. Danach trödelten sie durch eine enge Wohnstraße bis zu einer belebten Fußgängerzone. Dort reihte sich zu beiden Seiten ein Geschäft ans andere, und Kim bemerkte: »Es ist alles wie in Seoul.«

»Richtig«, sagte Müller. »Das ist Globalisierung. Und jetzt lass uns mal in den Laden da gehen!«

»Aber da gibt es nur Kleidung!«

»Ja und? Du brauchst doch noch alles Mögliche.«

Sie kauften alles, von Unterwäsche über Socken und T-Shirt bis zu Hose und Pullover. Nach einer guten Stunde waren sie wieder draußen, stellten die Taschen auf den Gehweg und grinsten sich triumphierend an, als hätten sie eine gefährliche Unternehmung gemeistert.

»Jetzt bringen wir das nach Hause, und dann gehen wir was für den Kühlschrank einkaufen.«

»Ich brauche nur Brot, und vielleicht etwas Käse.«

»Merk dir den Weg zu deiner Wohnung, präg dir bitte jeden Meter ein. Wenn du hier bist, siehst du da vorn Taxis. Und du siehst die Treppe da. Da geht es runter zur U-Bahn. Da drüben halten die Busse. Wenn du mal ganz schnell hier wegkommen willst, spring einfach rein, kümmere dich nicht darum, wohin das Ding fährt. Nur reinspringen! Aber das Beste ist immer ein Taxi!«

»Warum sagst du das schon wieder?« Kim war verunsichert, in seinen Augen stand Angst.

»Ich weiß nicht, was passieren kann. Aber die Leute, die uns in Seoul verprügelt haben, sind manchmal auch hier.«

Sie brachten Kims neue Sachen in die Wohnung, er räumte sie fast ehrfürchtig in den Schrank, betrachtete dabei jedes Teil eingehend und stellte dann unvermittelt fest: »Und wenn ich zurück will nach Seoul, bringst du mich zurück.«

»Ja«, nickte Müller. »Das bleibt dabei. Und jetzt gehen wir wieder los.«

»Wenn deine Leute mich befragen wollen, bist du dann dabei?«

»Darum werde ich bitten.«

Der Supermarkt war riesig, das Gedränge groß.

»Pass auf«, sagte Müller. »Du gehst vor mir her, schaust dir in Ruhe alles an und nimmst dir, was du brauchst. Und ich schiebe den Wagen hinter dir her.«

»Das ist doch verrückt«, sagte Kim und lachte.

»Nein, das ist auch Globalisierung.«

Sie brauchten fast eine Stunde und hatten trotzdem nur wenig in den Wagen geladen. Fassungslos hatte Kim vor den Nudelregalen gestanden und schließlich unentschlossen das eine oder andere herausgenommen und nach kurzer Begutachtung wieder zurückgestellt.

Noch fassungsloser starrte er auf das lange Regal mit Tiernahrung. Anfangs schien er nicht zu begreifen, dann deutete er auf das riesige Angebot und lachte. Aber schon nach wenigen Sekunden erstarb das Lachen auf seinem Gesicht. Er drehte sich zu Müller um und sagte: »Weißt du, wir haben zur Not sogar Hunde und Katzen gegessen, wenn wir Hunger hatten. Und bei euch kriegen die Tiere besseres Essen als bei uns die meisten Menschen. Das ist nicht richtig!«

»Es gibt auch bei uns Leute, die das essen, weil sie sich was Besseres nicht leisten können«, sagte Müller ganz sachlich.

Als sie sich auf den Rückweg machten, hatten sie sogar ein einfaches Rasierwasser und eine billige Armbanduhr erstanden.

Während Kim die Tüten auspackte und die Lebensmittel im Kühlschrank verstaute, fragte er ganz unvermittelt: »Was glaubst du, wann werden sie anfangen, mich auszufragen?«

»Ich nehme an, sobald wir im Bundesnachrichtendienst eintreffen. Du bist sehr wichtig für sie, du bist ihr einziger Zeuge, was deinen Bruder betrifft.«

»Und wenn ich schweige, schlagen sie mich.«

»Sie werden dich nicht schlagen. Sie werden darauf hoffen, dass du ihnen von deinem Bruder erzählst, aber sie werden dich nicht schlagen. Sie schlagen dich unter keinen Umständen.«

»Aber sie haben uns gesagt, dass ausländische Geheimdienste immer schlagen.«

»Verdammt noch mal! Sie haben gelogen, Kim!«

»Ist ja gut.«

Der Vormittag im Gardeschützenweg endete mit einem vorläufigen Eklat.

Krause saß mit Esser, Sowinski und Müller zusammen, um ein schnelles Fazit der Reise nach Seoul zu ziehen. Die Stimmung war ruhig und gelassen, es gab keinen Anlass, übermütig zu sein oder gar zu glauben, das Ziel schon greifbar zu haben.

Müller hatte Kim zu den Vernehmungsspezialisten gebracht und sie ausdrücklich gebeten, Kim sehr vorsichtig zu behandeln. Er hatte tatsächlich das Wort liebevoll benutzt, und der leitende Beamte hatte ihn erstaunt, ja beinahe fassungslos angesehen. Müller war sogar noch weiter gegangen, er hatte gebeten: »Wenn es Unsicherheiten gibt, wenn er dichtmacht, dann holen Sie mich bitte einfach dazu.«

Zu diesem Zeitpunkt war von einem erholten Kim schon keine Rede mehr. Als er das kahle Zimmer und den großen, ovalen Tisch mit den vielen Aufnahmegeräten gesehen hatte, hatte er zu zittern begonnen und Müller unsicher und flehend angeschaut.

»Du wirst das schaffen!« Müller hatte versucht, ihn aufzumuntern, und sich dabei selbst elend gefühlt.

Jetzt saßen sie in Krauses Zimmer, tranken Kaffee und Wasser und überlegten, welche Rolle Kim in dieser Sache spielen könnte, als die Krise ihren Lauf nahm.

Das Sekretariat meldete sich: »Entschuldigung. Gestatten Sie eine Zwischenfrage des Teams in Raum zwo?«

»Natürlich«, antwortete Krause.

»Bergmann hier. Der zu Vernehmende äußert sich nicht. Er schweigt die ganze Zeit.«

»Oh, Scheiße!«, seufzte Müller.

»Dann kommen Sie eben her«, entschied Krause und fragte Müller: »Was hat er denn?«

»Angst«, sagte Müller tonlos.

Der Vernehmungsspezialist kam herein, baute sich demonstrativ vor ihnen auf und sagte: »So geht das einfach nicht.«

Er war ungefähr vierzig Jahre alt, und seine Stimme war schrill vor Erregung.

»Wo liegt das Problem?«, fragte Krause freundlich.

»Er hat bisher einen einzigen Satz gesagt: Ich spreche nur mit Charlie!«

Eine Weile herrschte Schweigen, Esser blickte ergeben zur Zimmerdecke, Sowinski betrachtete eingehend seine Fingernägel.

»Was ist denn dagegen zu sagen?«, fragte Krause gefährlich ruhig.

»Ich meine, der Mann ist doch nicht der Erste, der zunächst einmal schweigt.«

»Wir gehen davon aus, dass der Mann auf unsere Befragung vorbereitet wurde. Das steht so in den Verfahrensregeln. Aber dieser Mann reagiert überhaupt nicht, er will uns nicht einmal seine Geburtsdaten nennen.«

»Sie haben einen koreanisch sprechenden Dolmetscher dabei?«, fragte Krause knapp.

»Selbstverständlich!«, sagte der aufgebrachte Beamte. »Das ist Vorschrift.«

»Wie viele Leute sind denn zugegen?«, fragte Krause schnell.

»Vier, außer dem Mann.«

»Verdammt!«, fluchte Müller. »Ich habe gesagt, Sie sollen mit viel Fingerspitzengefühl darangehen.«

»Fingerspitzengefühl nützt überhaupt nichts, wenn er schweigt«, giftete der Mann zurück. Er war klein und schmal und trug einen Dreitagebart. Und er war nervös. Seine Hände bewegten sich unablässig, er beugte seine Knie leicht nach vorn und straffte sie dann wieder, er war ständig in Bewegung.

»Wir haben aber keine Zeit«, sagte Krause leise und starrte aus dem Fenster.

Müller stand auf und sah dem Vernehmungsspezialisten in die Augen: »Der Mann kommt aus Nordkorea, ich habe ihn aus dem Meer gefischt. Er hat eine panische Angst vor Vernehmungen, denn er kommt direkt aus dem letzten stalinistischen Staat. Er hat vermutlich Angst vor jedem Geheimdienst, ganz egal aus welchem Land er kommt. Dieser Mann hat mit Sicherheit auch Angst vor Ihnen und ...«

»Aber was können wir machen, wenn er einfach nicht redet?«, schrie der Beamte.

»Zum Beispiel eine entspannte Atmosphäre herstellen!«, brüllte Müller zurück. »Gebrauchen Sie Ihr Gehirn, Mann! Was haben Sie denn außer Verfahrensregeln noch gelernt?«

»Hallo!«, hauchte Esser gerade noch vernehmbar.

»So geht das nicht«, bestimmte Krause scharf. »Wir holen Mister Kim gleich ab und werden sehen, was wir tun können. Ich danke Ihnen.«

Der Beamte war außer sich, er atmete hörbar, und sein Gesicht war hochrot angelaufen. Er machte auf dem Absatz kehrt und verließ grußlos das Zimmer.

»Karl Müller!«, sagte Krause ganz ruhig. »Holen Sie Ihren Kim und hören Sie auf, hier einen Aufstand zu veranstalten.«

»Entschuldigung«, sagte Müller. »Tut mir leid. Ich hole ihn.«

»Moment noch«, sagte Krause. »Vermeiden Sie bitte auf jeden Fall weitere Zusammenstöße. Und falls Sie dem Mann noch einmal begegnen, entschuldigen Sie sich bei ihm. Fahren Sie in Kims Wohnung und arbeiten Sie dort mit ihm. Nehmen Sie sich die Technik mit. Ich denke, da reicht ein Rekorder. Wir haben wirklich keine Zeit mehr. Wollen Sie den Dolmetscher hinzuziehen?«

»Um Gottes willen, nein«, antwortete Sowinski an Müllers Stelle scharf.

Müller ging hinaus und beeilte sich, zu Kim zu kommen. Der saß wie ein Häufchen Elend der Phalanx der Neugierigen gegenüber und starrte vor sich auf die Tischplatte.

»He, Kim«, sagte er gelassen. »Komm, wir fahren spazieren.«

Es herrschte eine geradezu gespenstische Stille, als er die Tür hinter Kim schloss.

Auf dem Weg nach draußen legte er eine Hand auf Kims Schulter: »Das hast du gut gemacht, mein Alter!«

272

Kim war noch viel zu verkrampft, um zu lächeln. »Diese Leute waren schlimm«, sagte er. »Ich hatte ganz feuchte Hände.«

»Jetzt ist es vorbei, jetzt hast du nur noch mich am Tisch. Und wir müssen uns beeilen. Wir kommen an einem italienischen Eiscafé vorbei. Willst du ein Eis?«

»Das wäre sehr schön.«

Also holten sie sich jeder drei Kugeln in der Waffel, hockten auf dem Gehsteig und betrachteten die Vorbeikommenden.

»Gab es das in Pjöngjang auch? Ein Eiscafé?«

»Nein. Eis gibt es nur in den großen Hotels. Für Staatsgäste und Touristen. Aber nicht für uns. Heute Morgen habe ich auf CNN gesehen, dass Nordkorea die Aufbereitungsanlage stilllegen will. Glaubst du das?«

»Ja, das kann gut sein. Andererseits kennen wir ohnehin nicht alle Atomanlagen. Und wir haben keine Ahnung, wo deine Staatsführung die bereits gebauten Bomben aufbewahrt. Euer Staatschef ist ein echtes Schlitzohr, musst du wissen.«

Kim grinste matt. »Mein Leben lang hat es geheißen, er sei ein Genie. Aber Schlitzohr gefällt mir besser.«

Als sie wieder in Kims Wohnung waren, ließ Müller es langsam angehen. Er baute den kleinen Rekorder etwas umständlich auf, fragte Kim, ob er seine eigene Stimme nur interessehalber mal hören wolle, ließ ihn dümmliche Sätze auf Band sprechen und spielte sie ihm anschließend vor. Dann begannen sie.

»Ich würde vorschlagen, du erzählst erst einmal ein bisschen über dein Leben, deinen Beruf, alles, was dir wichtig erscheint.«

»Kannst du etwas auch wieder löschen, wenn ich was Falsches sage?«

»Aber ja, natürlich. Willst du etwas trinken?«

»Nein. Später. Also, an meine Kindheit habe ich keine großen Erinnerungen. Schon mein Vater arbeitete für das Transportministerium in Pjöngjang, er war einer der Hausmeister. Und er hat sich immer gewünscht, dass mein Bruder und ich dort richtig arbeiten, als Beamte.

Wir waren sieben Kinder, fünf Schwestern und zwei Brüder. Die Schwestern wurden zuerst geboren, dann mein Bruder, zuletzt ich.

Unser Leben war sehr hart, denn mein Vater verdiente nicht sehr viel. Und es gab Hungersnöte, die wir nur mit Mühe überstanden. Meine Schwestern wurden später in andere Städte verheiratet, sie blieben nicht in Pjöngjang, und wir hatten auch keine Verbindung mehr zu ihnen.«

»Wie bist du in dieses Ministerium gekommen?«

Er sah die Unsicherheit in Kims Blick, und er entschloss sich, Klartext zu sprechen. »Kim, wir haben wenig Zeit. Es geht um eine Atombombe, die irgendwo auf diesem Planeten darauf wartet zu explodieren. Dein Bruder hat nachweislich damit zu tun, und du bist unser Schlüssel zu ihm. Du musst dich erinnern! Du warst an seiner statt auf der Insel. Was ist da vorgefallen?«

Kim saß mit gebeugtem Rücken auf dem Sofa und rührte sich nicht.

»Soll ich Fragen stellen? Geht das leichter? Wann hattest du den letzten Kontakt mit deinem Bruder?«

»Ungefähr vor einem halben Jahr«, begann Kim zögernd. »Das war, als er mich besuchte, in meiner Wohnung. Abends. Er wollte, dass ich Nordkorea verlasse.« Kim quälte sich, rutschte unruhig hin und her, verknotete seine Hände. »Er saß da an meinem Tisch und sagte: Du musst weg hier, du hast sowieso niemanden mehr in diesem Land, also kannst du auch gehen.«

»Warum denn das?«

»Ich glaube, er hatte Angst vor mir. Ja, er hatte richtig Angst. Es war ihm klar, dass ich alles wusste, und er muss gedacht haben, wenn ich rede, ist er in Gefahr.« Kim schwieg wieder.

»Aber was hast du denn gewusst?«

»Ich wusste eben viel von seinem Leben. Alles, was er geheim halten musste, was niemand wissen durfte.«

»Kim! Was hat er geheim gehalten?«

»Das mit meiner Frau. Und das mit meiner Tochter. Und er sagte: Ich werde dir ein Konto einrichten. Darauf zahle ich vierzigtausend Dollar ein. Das kannst du nehmen und damit irgendwo ein neues Leben anfangen, wo du willst.«

»Also gut, Fakten, bitte. Wo sollte das Konto sein?«

»In Schanghai. Er hat gesagt, die Bank heiße Schweizerischer Bankverein. Es war ein Geheimkonto, also man konnte nur etwas davon abheben, wenn man ein Kennwort hatte. Und eine Nummer.

Die Nummer war zehnachtzig, und das Kennwort war Ahnenverehrung.«

»Ahnenverehrung?«

»Ahnenverehrung. Und die Nummer ist die Nummer des Grabes meiner Eltern auf dem Nordfriedhof in Pjöngjang. Mein Bruder hat sich immer sehr um diese Grabstätte gekümmert, er hat sie oft erwähnt, immer mit Nummer, und er hat dauernd von meinen Eltern geredet. Er sagte so Sätze wie: ›Du gehst nie zu Zehnachtzig, du verehrst unsere Eltern nicht, du bist ein schlechter Sohn.‹ Und ich sollte einfach aus Nordkorea verschwinden. So schnell wie möglich.«

»Moment, Moment, da können wir etwas machen. Also Schanghai, Schweizerischer Bankverein, Nummer zehnachtzig, Kennwort Ahnenverehrung. Sekunde, ich muss mal eben telefonieren.« Müller fühlte sich beinahe fiebrig, er konnte Krause nicht erreichen, aber Esser stand zur Verfügung. Er berichtete, so schnell er konnte. »Wir brauchen die Bestätigung eines solchen Kontos. Nur die Bestätigung.«

»Da kenne ich einen Schleichweg. Ich rufe Sie an.«

Müller unterbrach die Verbindung.

»Was hast du deinem Bruder gesagt, als er dich aufforderte, das Land zu verlassen?«, fragte er weiter.

»Dass ich es mir überlege. Es stimmte ja, ich hatte nichts mehr in Nordkorea. Keine Familie, alle hatten sich von mir abgewandt, ich hatte nichts. Und er hat mir versprochen, dass er dafür sorgt, dass meine Tochter nicht wegen meiner Flucht ins Gefängnis käme. Er sagte, er würde dafür sorgen, dass man sie nicht mehr mit mir in Verbindung bringen könnte. Er hat mir auch erklärt, an welchen Fischer ich mich wenden kann, wenn ich rausfahren will auf diese Insel.«

»Warum hast du ein halbes Jahr mit der Flucht gewartet?«

»Ich habe es nicht gewagt.«

»Ich verstehe immer noch nicht, warum er dich auf einmal loswerden wollte. Und wenn, hätte er das nicht leichter haben können, zum Teufel? Er ist ein mächtiger Mann und er ist rücksichtslos.«

Kims Kopf fuhr zu ihm herum, seine Augen waren schreckhaft geweitet. »Dass du auf diese Idee kommst!« Er schüttelte verständnislos den Kopf. »Das konnte er nicht riskieren. Ich habe alles aufgeschrieben, wirklich alles. Und habe diese Aufzeichnungen einem Mann gegeben, der sie im Fall meines Todes dem Gewerkschaftsvorsitzenden geben sollte. Es waren zwei Ausführungen. Ich habe alles mit Kopie geschrieben, verstehst du? Die Kopie hat ein anderer Mann. Und ich habe meinem Bruder das gesagt.«

»Kim, was hat er dir angetan?«

»Er hat mir alles genommen. Zuerst hat er meine Examensarbeit beim Schulabschluss geklaut und als seine ausgegeben. Meine war wesentlich besser. Er bekam ein Stipendium für die Universität. Aber das habe ich erst später herausgefunden, als ich schon einfacher Beamter war.«

»Und was war mit deiner Frau?«

»Ich hatte eine Frau aus einem kleinen Dorf bei Pjöngjang kennengelernt. Eine sehr schöne Frau. Sie zog zu mir nach Pjöngjang, wir heirateten. Dann wurde sie schwanger und konnte nicht mehr arbeiten. Sie war vorher im Palast der Kinder angestellt gewesen, das ist eine große Bildungsstätte in unserer Hauptstadt. Mein Verdienst war gering, aber meine Frau hatte nach der Geburt unserer Tochter plötzlich ziemlich viel Geld, und ich fragte sie, woher sie das habe. Sie sagte, sie habe das früher gespart, um etwas zu haben, wenn Kinder da sind. Ich gab mich zufrieden damit, ich war so ein Narr.«

»Wie ging es weiter, Kim? Erzähl mir einfach die ganze Geschichte.« Er dachte nervös: Hoffentlich flippt er mir nicht aus, vielleicht ist das alles zu viel für ihn.

»Zwei Jahre später wunderte ich mich dann, dass meine Frau nicht wieder zu arbeiten begann. Normalerweise können unsere Frauen ein Jahr Pause machen, wenn ein Kind kommt, aber zwei Jahre werden nur selten gewährt. Sie antwortete, sie brauche nicht mehr zu arbeiten. Es gebe jemanden, der dafür sorge, dass sie nicht mehr arbeiten müsse. Nie mehr. Dann entdeckte ich durch einen Zufall, dass meine Frau, wenn ich morgens aus dem Haus ging, ebenfalls unsere Wohnung verließ. Ich ging ihr nach, aber ich konnte sie an einer bestimmten Stelle nicht weiter verfolgen, weil sie in das Viertel der Reichen und Diplomaten ging. Da hatte ich keinen Zutritt. Es gab Streit, furchtbaren Streit. Ich habe sie sogar einmal geschlagen. Und es gab andere Probleme, weißt du. Ich konnte nicht mehr mit ihr schlafen. Ich wurde buchstäblich impotent. Aber dann kam mein Bruder und sagte mir, er sei der Mann, mit dem meine Frau tagsüber lebe. Ich solle gefälligst den Mund halten, schließlich ginge es mir ja nicht schlecht. Er sagte, ich wäre der geborene Verlierer, und meine Frau würde mich schon lange verachten. Und sie würde jetzt auch des Nachts nicht mehr heimkommen, denn er, mein Bruder, sei eben der Bessere, immer schon der Bessere von uns beiden gewesen.«

Kim begann ganz unvermittelt zu weinen. Er weinte laut und hemmungslos, und Müller schwieg, weil dazu wenig zu sagen war und weil sein Trost diesen Mann kaum erreichen konnte.

Müllers Handy klingelte, und Krause meldete sich: »Wir brauchen Sie hier. Wir haben einen Telefontermin mit Mister Ben Wadi um neunzehn Uhr. Den sollten wir zusammen wahrnehmen. Kriegen Sie das hin?«

»Kim spricht gerade über seinen Bruder. Ich breche nur ungern ab.«

»Ich schicke Svenja, wenn das recht ist.«

»Natürlich, ja.«

»Kim, mein Alter, ich verstehe dich jetzt. Vermutlich waren die Schweinereien mit dem Examen und mit deiner Frau nicht die einzigen Gemeinheiten, oder?«

»Nein, er hat sich noch eine Menge Schikanen geleistet. Aber du sagst, wir haben nicht mehr viel Zeit, also erzähle ich dir nur das Wichtigste.«

»Hast du deine Tochter dann allein erzogen?«

»Nein, das konnte ich nicht. Ich musste arbeiten, ich musste sehr viel arbeiten. Meine Tochter, sie heißt Chang, kam in ein Heim, ich konnte sie nur am Sonntag sehen. In Nordkorea sind die Kinder die Kinder des ganzen Volkes, verstehst du?«

»Und deine Frau? Kümmerte die sich nicht mehr um Chang?«

»Nein. Sie kam sehr selten in das Heim, manchmal ein, zwei Monate lang nicht. Und gelegentlich kam sie sogar zu mir. Ich hatte inzwischen eine ganz kleine Wohnung im selben Block. Ich weiß nicht, warum sie überhaupt kam. Sie erzählte mir, dass sie ein Leben in Luxus führe, dass es sogar Kaviar gebe, dass sie wunderschöne Kleider habe und dass sehr viele einflussreiche Leute zu ihnen kämen. Sie veranstalteten Partys, sagte sie, rauschende Feste mit sehr vielen Botschaftern und ausländischen Gästen. Und mein Bruder sei ein wunderbarer, starker Mann. Und jede Nacht verlange er nach ihr. Aber passieren könne nichts, weil er ihr Verhütungspillen besorgt habe. In Frankreich. Weißt du, diese Erzählungen waren irgendwie pervers, als ob sie sich selbst bestätigen wollte, dass sie richtig lebte, indem sie mir davon erzählte. Ich dachte: Diese Frau ist ganz arm dran! Und dann entdeckte ich, dass mein Bruder ...«

»Moment, entschuldige bitte, mein Handy. Ja, hallo.«

»Bingo«, sagte Esser. »Dieses Konto existiert tatsächlich. Es sind vierzigtausend gute amerikanische Mäuse darauf und ein paar Cent Zinsen.«

»Danke!«, sagte Müller erleichtert.

»Kim, wir haben es überprüft. Du hast tatsächlich ein Konto mit vierzigtausend Dollar in Schanghai. Ich frage mich aber, warum er das gemacht hat. Er hätte das gar nicht tun müssen. Er hätte es doch einfach nur behaupten können, und du wärst dann in der Bank in Schanghai ins Leere gelaufen. Du hättest ja sowieso nie mehr zurückkehren können. Warum also hat er Geld auf das Konto eingezahlt? Egal. Du wolltest gerade sagen, dass du irgendetwas bei deinem Bruder entdeckt hast.«

»Ja. Ich entdeckte, dass mein Bruder verheiratet war. Meine Frau war seine Geliebte, mehr nicht. Und er hatte ihr eine Wohnung im Nobelviertel besorgt und kam, wann immer er Lust hatte.

Ich erfuhr das nur zufällig, weil jemand aus meiner Abteilung etwas in einer Siedlung für Generäle zu tun hatte und dabei meinen Bruder traf, wie der gerade in eines der Häuser ging. An der Tür war ein Schild mit seinem Namen. Und es gab eine Ehefrau und drei Kinder. Mein Luxusbruder. Damals hatte er schon den Namen unserer Mutter angenommen, und die Partei hat es genehmigt, weil er so viele Verdienste um unser Volk hatte und weil er angeblich die Familie meiner Mutter ehren wollte ... Wir haben doch eine Flasche Wein gekauft. Kann ich davon ein Glas haben?«

»Aber ja.« Müller ging an den Kühlschrank, um den Weißwein zu holen. Er öffnete die Flasche und goss ein Glas voll. Dann kam er zurück. »Schön, wie ging es weiter?«

»Ich weiß nicht, ich glaube, ich wurde verrückt.«

»Was soll das heißen?«

»Ich wachte mit meinem Bruder im Kopf auf und ging mit ihm im Kopf schlafen. Ich konnte an nichts anderes mehr denken. Ich war wie von ihm besessen. Und meine Vorgesetzten fanden, ich sei nicht fähig, eine ganze Abteilung zu leiten. Ich durfte diese Lkw verwalten, diese Schrottkisten, die niemand mehr haben wollte und von denen täglich mindestens zehn auseinanderfallen. Gut, dachte ich, dann eben Holzvergaser. Und neben meiner Arbeit begann ich, alles über meinen Bruder zu sammeln, was ich finden konnte. Also das, was in der Tageszeitung stand, in den Parteiblättern, in den Militärmitteilungen und so weiter. Es gab unheimlich viel, und ich konnte nachverfolgen, wie er seine Karriere gemacht hatte. Und immer wieder gab es Leute, die erst seine Vorgesetzten waren und dann ganz plötzlich vor ein Gericht gestellt wurden, weil sie zum Beispiel regelmäßig amerikanische Radiosender gehört oder Fernsehsender aus Seoul eingeschaltet oder heimlich Bücher verbotener westlicher Autoren gelesen hatten. Das Übliche eben. Es beginnt immer mit Gerüchten, und irgendwann müssen diese Menschen gestehen. Sie werden so lange befragt, bis sie gestehen. Sie wurden denunziert, denn sie waren ihm im Weg. Mein Bruder war ein Meister im Denunzieren, er war der große Verräter, er verriet sich nach oben. Er war dann in einer persönlichen Beratergruppe für unseren Staatschef. Da ist er noch heute. Und er ist so mächtig, dass niemand es wagt, die Stimme gegen ihn zu erheben.«

»Niemand außer dir.«

Er sah Müller an, seine Augen füllten sich erneut mit Tränen. Er beugte den Oberkörper weit vor, nickte und weinte. »Ich muss jahrelang verrückt gewesen sein, konnte an nichts anderes mehr denken. In meinem Block wohnte eine Bibliothekarin, eine sehr nette Frau. Wir besuchten uns manchmal, obwohl das eigentlich anstößig war. Aber als sie entdeckte, dass ich hasste, richtig hasste, wollte sie nichts mehr mit mir zu tun haben. Sie sagte, es würde mich zerstören, und das wolle sie nicht mit ansehen. Ich hatte wirklich niemanden mehr. Nichts außer den Hass auf meinen Bruder.«

»Ich wollte schon immer fragen, woher du so gut Englisch sprichst.«

»Ich habe es in der Schule gelernt. Englisch und Französisch. Später habe ich sehr viel in Englisch gelesen und mich weitergebildet. Ich hatte ja Zeit, ich hatte unendlich viel Zeit.«

»Also würdest du sagen, dass dein Bruder an diesem Geschäft mit der Bombe beteiligt sein könnte?«

»Unbedingt, ja. Er war der Erste, an den ich dachte, als du mir davon erzählt hast. Ich kann die Namen all der Berge aufzählen, in die sie Tunnel gruben, um irgendetwas zu verstecken.«

»Atomanlagen?«

»Ja, natürlich. Ich war doch der Jäger meines Bruders. Es ist unglaublich, was man alles erfahren kann, wenn man es nur will.« Dann schnellte sein Kopf unvermittelt hoch, und er grinste. »Charlie, ich war ein verdammt guter Spion.« Mit deutlicher Ironie fuhr er fort: »Ich bin natürlich nicht so gut wie du, aber ich kann dir meinen Bruder liefern.«

Und Müller folgte seiner Spur und entgegnete leichthin: »Was soll er denn kosten?«

In diesem Augenblick meldete sich Müllers Handy erneut, und Svenja sagte: »Ich stehe unten vor der Tür.«

Müller stand auf, um die Tür zu öffnen, dann ging er zurück ins Wohnzimmer und sagte: »Gleich kommt meine Frau, und sie wird bei dir bleiben. Ich muss für eine Stunde weg, bin aber danach gleich wieder hier.«

Als Svenja die Wohnung betrat und in Kims Gesichtsfeld kam, riss der erstaunt die Augen auf.

»Ja, sie ist ein Schönheit«, erklärte Müller lapidar in Richtung Kim. Er küsste Svenja leicht auf den Mund und hielt sie beglückende zwei Sekunden an der Schulter fest. »Das ist Kim. Er berichtet gerade von seinem Bruder, den wir als Il Sung Choi kennen. Ein mächtiger und sehr brutaler Mann, wie Kim mir erzählt.«

»Hallo, Kim, ich bin Svenja. Herzlich willkommen in Berlin.«

»Es ist mir eine Ehre«, sagte er förmlich und sehr altmodisch, stand auf und neigte den Kopf. Dann fragte er: »Vielleicht willst du ein Glas Wein?«

»Ja, gern«, sagte sie und setzte sich in einen Sessel.

»Kim weiß sehr genau, wo alle Atomanlagen der Nordkoreaner versteckt sind«, sagte Müller, während Kim ein Glas Wein für Svenja eingoss.

»Es sind sieben«, bemerkte Kim.

»Und das Versteck der Bomben kennst du wahrscheinlich auch«, sagte Müller.

»Ja.« Kim nickte und stellte das Glas vor Svenja hin. »Die Straßen dorthin kenne ich natürlich nicht. Aber ich kenne die Namen der Berge.«

»Kann es nicht sein, dass man dich bewusst falsch informiert hat?«, fragte Svenja.

Kim lächelte. »Das glaube ich nicht, denn das haben mir ganz einfache Leute erzählt. Bauern zum Beispiel, die dort wohnen. Bergleute auch, Leute vom Bau, Soldaten. Und ich habe nie direkt gefragt, habe immer nur höflich zugehört.«

»Er ist ein guter Spion«, sagte Müller lächelnd.

»Ich habe viele Wanderungen gemacht«, bemerkte Kim.

»Hat dein Bruder das nie bemerkt?«, fragte Svenja.

»Das glaube ich kaum. Er ist so mächtig, dass er für solche Dinge wie einen unbedeutenden Bruder kein Auge haben kann.«

»Aber du hast ihn gehasst«, überlegte Müller. »Du sagtest sogar, du warst besessen. Hast du nie Rache nehmen wollen? Hast du nie darüber nachgedacht, ihn zu töten? Hast du nie die Idee gehabt, ihm richtig Angst zu machen?« Müller setzte erklärend für Svenja hinzu: »Der Bruder machte die Ehefrau von Kim zu seiner Geliebten.«

»Das ist schlimm«, sagte sie betroffen.

»Ich habe schon daran gedacht, mich zu rächen. Ich habe daran gedacht, ihm Angst zu machen. Ich habe sogar ein Gewehr gestohlen, um ihn zu bedrohen. Ich wollte auch meine Frau bedrohen. Ich stellte mir vor, wie die beiden vor Angst verrückt wurden. Ich habe ja gesagt, ich wurde selbst allmählich verrückt.« Er sprach jetzt seltsam monoton, als ginge es um jemanden, mit dem er nichts zu tun hatte.

»Aber was hast du tatsächlich getan?«, fragte Müller.

»Gar nichts. Die Jahre vergingen, und eines Tages wurde meine Frau verhaftet und in ein Gefangenenlager gebracht. Sie wurde vor Gericht gestellt, weil sie ausländische Zeitungen und Magazine las. Man behauptete außerdem, sie habe mit Ausländern herumgehurt. Mit anderen Worten, er war ihrer einfach überdrüssig geworden, sie war für ihn zu alt und zu langweilig. Zwei Jahre später ist sie im Lager öffentlich hingerichtet worden, weil sie den Lagerkommandanten beschuldigt hatte, er ließe sich Frauen in sein Büro kommen, um sie zu vergewaltigen. Nach meinen Informationen haben tausend Menschen bei der Hinrichtung zusehen müssen. Manchmal denke ich, dass sie am Ende ihres Lebens vielleicht wieder zu der Person geworden war, die ich geliebt habe.«

»Das ist ja unerträglich.« Müller wirkte fassungslos. »Ich muss jetzt weg, aber ich komme so schnell wie möglich wieder. Ich beeile mich.«

»Ich habe gehört, dass du auch eine Tochter hast. Was passierte denn ihr?«, fragte Svenja so harmlos, als erkundige sie sich nach dem erfreulichen Werdegang eines Sprösslings vom netten Nachbarn. Müller erstarrte. Und war mehr als verwundert, als Kim jetzt auf die Frage antwortete.

»Als meine Frau starb, war meine Tochter sechzehn. Und zwei Jahre später wohnte sie plötzlich in der Wohnung, in der schon meine Frau gelebt hatte. Und mein Bruder besuchte sie ziemlich häufig.«

»Ich bin dann mal weg«, sagte Müller irritiert und sprang auf. Er war tatsächlich erleichtert, als er aus dem Haus trat. Er nahm einen tiefen Atemzug und winkte ein Taxi heran.

»Der Raum ist fertig ausgerüstet«, sagte Esser. »Sie sollten diese Einweisung lesen, dann kriegen Sie einen roten Faden. Sie sprechen mit ihm wie gehabt als Doktor Dieckmann, Sicherheitsberater der Regierung. Viel Glück.«

»Und wo erwische ich ihn?«

»Er ist auf Barbados, er hat da ein Häuschen. Das Foto dieses Hauses habe ich daran geheftet, damit Sie Ihren Sozialneid gebührend pflegen können. Wenn wir ihn haben, klingelt es bei Ihnen.«

Es war schwierig, sich jetzt auf Ben Wadi einzustellen, weil Kim erhebliche Trübungen in Müllers Befinden ausgelöst hatte. Er war bedrückt.

Er las die Einweisung und spürte, wie seine Konzentration langsam wieder zunahm. Und was er las, machte ihn wütend.

Als das Telefon klingelte, nahm er ab und meldete sich sehr sachlich und kurz mit: »Ja, bitte?«

»Sie kennen mich unter dem Namen Ben Wadi. Was kann ich für Sie tun, Doktor?«

»Oh, das ist gut, dass ich Sie dranhabe. Danke für die Zeit. Ich habe eine Frage zu stellen, nachdem wir darauf gestoßen sind, dass Sie auf Mauritius einen gewissen Ben Schuster getroffen haben.«

»Wer soll das sein?«

»In der Bildunterschrift steht, er sei ein amerikanischer Geschäftsmann. Können Sie das bestätigen?«

Ben Wadi lachte leise. »Wann soll das denn gewesen sein?«

»Im April des vergangenen Jahres. Und Sie sind auch mit einem Aliasnamen angegeben, Sie heißen da Ben Hadsch Abdul Aziz. Kann das sein?«

»Oh ja, das kann gut sein, denn dieser Name ist tatsächlich Bestandteil meines vollständigen Namens. Und der ist so lang, dass Sie ihn sich niemals merken könnten. Soweit ich das verstehe, beziehen Sie sich auf eine Zeitungsmeldung.«

»Ja, genau. Es ist eine Meldung mit Foto und Bildunterschrift. Das Bild zeigt Sie und diesen Schuster auf der Terrasse eines wunderbaren Hotels. Sehr eindrucksvoll.«

»Das ist schön.« Er lachte wieder leise. »Und dazu verlangen Sie einen Kommentar?«

»Ja. Sie erinnern sich an unser Spiel? Sie haben mir erklärt, wie man Gelder verbirgt, mit denen man eine Atombombe kaufen kann, und …«

»Doktor Dieckmann, ich bitte Sie, das war ein Spiel. Und was hat das jetzt mit dieser Bildunterschrift zu tun?«

»Ganz einfach, mein Lieber. Dieser amerikanische Geschäftsmann namens Ben Schuster ist nicht Ben Schuster.« Er wartete.

»Dann hat er sich als Ben Schuster ausgegeben?«

»Könnte man so sagen. Wir gehen davon aus, dass Sie das sehr wohl gewusst haben.«

»Aber warum sollte ich das gewusst haben? Glauben Sie, ich lasse meine Gäste mit gezücktem Ausweis antreten?«

»Oh nein, Sir. Dazu sind Sie entschieden zu vorsichtig. Und Sie sind zu kostbar, was Ihre Bargeldvorräte anbelangt. Sie treffen niemanden, von dem Sie nicht genau wissen, wer er ist. Und Ben Schuster ist der ehrenwerte Regierungsdirektor Lars Young, seines Zeichens ein hoher Beamter der CIA aus dem Stab des Archie Goodwin. Und den, das können wir auch beweisen, kennen Sie seit Jahren zur Genüge.«

Ben Wadi schwieg sehr lange. Dann sagte er leise: »Ich werde mir merken müssen, dass Sie jemand sind, mit dem man nur in Anwesenheit seines Rechtsberaters reden sollte.«

»Ach was!«, sagte Müller wegwerfend. »Das ist doch gar nicht nötig. Ich bin allerdings enttäuscht von Ihnen, dass Sie mir in Zürich nichts davon berichtet haben. Sie wussten, wie sehr ich Ihre Hilfe brauchte, und Sie haben sie mir verwehrt. Da kann man schon mal sauer werden.«

»Ich glaube, ich breche das Gespräch lieber ab.«

»Aber so hilflos sind Sie doch gar nicht. Sie müssen sich nur einen kleinen Schubs geben, und wir beide trennen uns friedlich.«

»Was soll denn dabei herauskommen? Dass ich persönlich die Bombe gekauft habe?«

»Das haben Sie selbstverständlich nicht.«

»Was ist, wenn ich nicht kooperiere?« Seine Stimme wirkte längst nicht mehr so selbstsicher und gelassen. Müller nahm an, dass er jetzt Angst hatte.

»Also, sagen wir so: Sie haben sehr eindrucksvoll geschildert, wie Ihr guter Freund Christopher Hohn sich mit seiner TCI bei der niederländischen Bank ABN AMRO einkaufte und dass er seiner Frau aus Gewinnen hundert Millionen Euro für die Aidswaisen in Afrika und Indien rüberschob. Sehr edel, muss ich schon sagen. Nun gibt es allerdings auch Gegenbeispiele, die nicht so edel sind. Zum Beispiel wäre es nicht edel, beim Kauf einer A-Bombe behilflich gewesen zu sein. Das wäre nun wirklich keine gute Publicity. Ihre Branche hat entgegen weit verbreiteter Meinungen ein ungeheuer feines Gespür für Soll und Haben. Und jemand, der beim Kauf einer solchen Waffe hilft, wäre schlicht unten durch. Auf Lebenszeit. Aber eigentlich sind Sie doch gar nicht so ein Mensch. Ich möchte Ihnen ein Szenario vortragen, und Sie brauchen nur Ja oder Nein zu sagen.«

»Das ist Erpressung«, stellte Ben Wadi fest, schwieg dann eine Weile und fragte dann: »Wie sieht das Szenario aus?«

»Wir nehmen an, dass Ben Schuster alias Lars Young Sie auf Veranlassung seines Chefs Goodwin besuchte und Ihnen einen Vorschlag unterbreitete. Sie sollten sich bitte dazu bereit erklären, dass etwa eine Milliarde Euro aus Ihrer Brieftasche kurzfristig abgerufen wird. Zu einem bestimmten Datum. Dann gab man Ihnen eine Reihe von Konten, auf die Sie das Geld transferieren sollten. Wir nehmen an, es war gut ein Dutzend Konten, wenn nicht noch mehr. Man sagte Ihnen sogar, Sie bräuchten keine Sorgen um Ihre aktuelle Liquidität zu haben, denn die Milliarde bekämen Sie schleunigst ersetzt, innerhalb von, sagen wir, vier Wochen. Es ist wahrscheinlich auch erwähnt worden, wer dieses Geld ausgeben wollte, aber das wissen wir nicht genau. Es war der US-Milliardär Glen Marshall.

Und der würde Ihnen die Milliarde umgehend erstatten, er hat genug davon. Und genau so ist das auch gelaufen, und erst ich habe Sie darüber informiert, was mit diesem Geld genau passiert ist. Das wäre unser bescheidenes Szenario. Es hat Mängel, ich weiß, aber das Prinzip ist richtig.«

»Das werden Sie nie beweisen können«, sagte Ben Wadi schnell.

»Das wollen wir auch gar nicht«, entgegnete Müller freundlich. »Wir möchten das im Gegenteil überhaupt nicht an die große Glocke hängen. Aber wir möchten Klarheit darüber, ob das, was wir annehmen, annähernd richtig ist. Wenn Sie so wollen, ist das unser Controlling.«

»Habe ich eine Sicherheit?«, fragte Ben Wadi.

»Nein«, antwortete Müller trocken und wartete.

»Sie haben dieses Gespräch aufgenommen?«

»Natürlich. Ja oder Nein?«

»Ja«, sagte er.

»Sie sind doch so klug, wie ich dachte. Alles Gute für Sie!«

Svenja fragte: »Was war denn – nein, entschuldige bitte – was ist denn deine Tochter für ein Mädchen? War sie früher ganz sanft und brav oder auch mal richtig wild? Schlug sie schon mal über die Stränge, begehrte sie auf, probte sie die Revolution?«

»Chang war alles«, sagte er in einer wilden Anwandlung reiner Freude und strahlte über das ganze Gesicht. »Anfangs war sie ein kleines süßes Mädchen mit Zöpfen, sehr lebhaft, ohne Scheu. Dann kam sie in die Schule, lernte mit einer stillen Ernsthaftigkeit. Sie war immer ein richtig schönes Kind. Noch schöner als ihre Mutter. Ja, aber es kamen auch andere Zeiten. War sie anfangs sehr gut in der Schule gewesen, wurde sie dann, als sie ungefähr dreizehn war, auf einmal schrecklich faul. Sie träumte am helllichten Tag.« Er lächelte in der Erinnerung. »Na, ich denke, man kennt das, wenn Mädchen in die Pubertät kommen, das ist wohl überall auf der Welt so. Sie machte keine Hausaufgaben mehr, wollte einfach nicht lernen, sie mäkelte an den Lehrern herum. Aber das gab sich irgendwann, und sie kam wieder in Schwung. Ich war richtig stolz auf sie.«

»Und du hast sie besucht?«

»Na, natürlich. Wann immer ich konnte, die ganzen Jahre über.

Ich wollte, dass sie weiß: Draußen ist mein Vater, und wenn etwas schiefgeht, wird er mir helfen. Und ich denke, sie wusste das auch. Bis dann die Phase kam, in der sie sagte, ich solle sie nicht mehr besuchen, es sei besser für sie allein.«

»Hatte zu diesem Zeitpunkt ihre Mutter überhaupt noch Kontakt zu ihr?«

»Nein, schon lange nicht mehr. Und ich denke, sie hat ihre Mutter jahrelang vermisst. Alle Kinder hatten eine Mutter, wenn sie nicht gerade Waise waren, nur meine Tochter nicht. Obwohl sie ja lebte, und meine Tochter wusste das. Da fehlte ihr etwas. Ich habe ihre Mutter sogar mal auf der Straße abgepasst, sie gebeten, sich um unsere Tochter zu kümmern. Sie wandte sich an einen vorübergehenden Soldaten und sagte: Bitte, befreien Sie mich von diesem aufdringlichen Mann! Das ist bei uns in Korea eine ganz schlimme Sitte. Der Soldat fragte nicht nach, sondern schlug mich sofort, ohne irgendeine Erklärung abzuwarten, schlug er einfach zu. Ich war tief beschämt, und ich habe meine Frau in dem Moment gehasst.«

»Hatte deine Tochter etwas mit gleichaltrigen Jungen zu tun?«

»Das kann ich nicht sagen, weil ich ihren Alltag nicht kannte. Ich kam ja immer nur am Wochenende. Aber als sie die Oberschule abschloss, hatte sie meiner Meinung nach noch keine feste Verbindung zu einem jungen Mann. Da war sie siebzehn. Vielleicht hat es da erste schüchterne Annäherungsversuche gegeben, aber das kann ich dir nicht sagen.«

»Und dann?«

»Dann wollte sie studieren. Biologie, Geschichte, auch noch Philosophie. Das interessierte sie. Sie fing an mit einer Reihe Vorlesungen über die heimische Tierwelt. Daran kann ich mich sehr gut erinnern, weil sie so begeistert war.«

»Also hattet ihr ein richtiges Vater-Tochter-Verhältnis, oder?«

»Ja, das schon. Aber manchmal sah sie mich an, als sei ich nur ein armer Tropf, einer, der es nie zu etwas gebracht hatte, einer, der niemals so toll und groß und mächtig sein würde wie ihr Onkel.«

»Hat sie das jemals gesagt?«

»Nicht direkt. Aber sie hat mich einmal gefragt, warum denn mein Bruder mich nicht in den Erfolg mitgenommen habe. Es wäre doch so einfach gewesen, sagte sie, wenn er mir immer einen Platz in seiner eigenen Abteilung gegeben hätte. Sie hatte recht, aber ich hatte keine Antwort darauf. Ich habe gesagt, dass ich lieber meinen eigenen Weg gehen wollte.«

»Fragte sie nach ihrer Mutter?«

»Oh ja. Oft. Diese Mutter, die niemals auftauchte, war immer wieder ein Thema. Und manchmal wurde ich richtig wütend und erklärte ihr, ihre Mutter sei jenseits von Gut und Böse, einfach nur eine egoistische, oberflächliche Zicke, ein Mensch, den man nur verachten könne. Das ärgerte und beunruhigte sie sehr, und es war natürlich ein Anreiz für sie, noch weiter nach dieser Mutter zu fragen.«

»Hat sie denn jemals von der Geschichte zwischen deiner Frau und deinem Bruder erfahren?«

»Nicht von mir. Aber doch, ja. Ein Jahr später, als sie achtzehn war und mein Bruder sie von der Universität nahm, weil sie im Dienste unseres Volkes zur Botschafterin ausgebildet werden sollte.« Kim begann erneut zu weinen.

Svenja setzte sich neben ihn und zog seinen Kopf an ihre Schulter.

»Ich wollte dich nicht verletzen«, sagte sie leise. »Tut mir leid.«

»Ich hätte es wissen müssen, ich hätte es vorausahnen können. Sie war schön, sie war so schön, dass sie selbst alten Männern den Atem raubte. Ich hatte meinen Bruder ja … ich weiß den Fachausdruck nicht, vielleicht könnte man sagen, ausspioniert …«

»Ich verstehe«, murmelte Svenja.

»Ja, ich hatte genug zusammengesammelt, um seine Macht zerstören zu können, ich hätte es zumindest versuchen müssen. Ich hätte es selbst dann versuchen müssen, wenn es meinen Tod bedeutet hätte. Aber ich kam wieder zu spät.«

»Gab es denn gar keine Gerüchte über die Mutter? Immerhin war sie doch jahrelang die Geliebte des mächtigen Il Sung Choi gewesen.« Svenja stand auf und setzte sich wieder in den Sessel.

»Es gab Gerüchte, natürlich. Deshalb fing Chang auch an, mich auszufragen. Und ich wurde immer hilfloser. Was sollte ich ihr denn antworten? Dass er mir alles genommen hatte, dass er ein brutaler Mensch war? Dass er ihre Mutter zur Geliebten genommen hatte und sie einfach wegwarf, als er ihrer überdrüssig wurde? Wenn ich so etwas auch nur geflüstert hätte, wäre das mein Todesurteil gewesen.

Jedenfalls hörte sie eines Tages auf zu fragen. Und ich denke, da kannte sie zumindest den offiziellen Grund, warum ihre Mutter hingerichtet worden war. Sicher hat sie sich geschämt, eine solche Mutter zu haben. Jedenfalls war sie eine Zeit lang ruhig. Und in dieser Phase muss mein Bruder aufgetaucht sein. Ich weiß nicht, was er ihr eingeflüstert hat, ich weiß nicht, was er ihr über mich sagte, ich weiß nur, dass sie von einem auf den anderen Tag nicht mehr auf die Universität ging und auch aus dem Studentenheim verschwand, in dem sie gelebt hatte. Sie war einfach weg, verstehst du? Spurlos verschwunden. Später hieß es, sie besuche ab sofort die staatliche Diplomatenschule und sei nicht mehr zu erreichen. Nur mein Bruder konnte so etwas eingefädelt haben, das passt zu ihm. Und er hatte ja Augen im Kopf und sah, wie schön sie war.«

»Was steht denn in Nordkorea auf Inzest?«

»Die Todesstrafe.«

»Und dann hast du entdeckt, dass sie in der ehemaligen Wohnung deiner Frau wohnte. Und dein Bruder besuchte sie.«

»Frischfleisch«, sagte Kim tonlos.

»Wie lange ging das denn?«

»Bis zu dem Tag, an dem ich mein Land verließ. Also bis vor ein paar Tagen. Und ich höre ihn noch am Telefon: Du kannst sowieso nichts daran ändern, es ist nicht dein Leben, es ist ihr Leben, und du warst immer ein Verlierer. Gib endlich auf und hau ab, geh mir aus den Augen. Er benutzte das englische Wort Loser, und ich dachte zum tausendsten Mal: Ich muss dich einfach töten, ich kann nicht dulden, dass du weiterexistierst …«

Svenja zuckte leicht zusammen, sie begriff instinktiv, dass ein Punkt erreicht war, an dem Kim etwas sagte, was bisher niemals Thema gewesen war. Sie durfte jetzt nicht drängeln. Keine schnelle Nachfrage! Keine erstaunten Augen!

»Und hast du deine Tochter noch mal wiedergesehen?«

»Ja«, erwiderte er. »Da war so ein Zwang in mir, da konnte ich mir selbst nicht ausweichen, das war ich mir schuldig. Ich brachte so viel wie möglich über Chang in Erfahrung. Am Anfang war das nicht so einfach, mein Bruder hatte dafür gesorgt, dass sie einen anderen Namen trug, sie sollte nichts mehr mit mir zu tun haben und auch nicht mit ihrer Mutter. Aber ich wusste ja schon, wie das geht. Sie hatte sich mit einer anderen jungen Frau angefreundet, wahrscheinlich war es ihr tagsüber langweilig, wenn mein Bruder keine Zeit hatte oder auf Reisen war. Die beiden Frauen gingen spazieren, verließen sogar das Viertel manchmal und kauften in einer Boutique in einem großen Hotel ein. Ich habe auf sie gewartet. Dann stand ich plötzlich vor ihr und habe sie gefragt, was sie denn aus ihrem Leben gemacht habe. Sie reagierte ganz schrecklich. Sie starrte mich an, als habe sie mich noch nie im Leben gesehen, ihre Augen waren voller Verachtung. Sie sagte: ›Was wollen Sie von mir? Ich kenne Sie nicht!‹, und ging mit ihrer Begleiterin davon.« Seine Augen waren groß und leer, aber er schien jetzt ruhig und gefasst.

»Das muss sehr schwer für dich gewesen sein. Hast du jemals überlegt, Kim, was du eigentlich für deinen Bruder bist?«

»Das habe ich sogar sehr oft überlegt. Ich denke, ich bin seine Schwachstelle.« Kim sprach die Worte sehr ruhig und sehr überlegt. Danach schwieg er eine Weile. »Weißt du, ich habe es Charlie schon erzählt: Mein Bruder rief mich kurz vor meiner Flucht an, mehrmals, er beschimpfte mich und forderte: Verlass endlich das Land! Und er fragte zum ersten Mal, ob ich irgendwelche Aufzeichnungen über mein Leben gemacht hätte und ob er darin eine Rolle spielte.«

»Klang er nach Angst?«

»Ja. Da war Angst in seiner Stimme, und ich dachte: Jetzt habe ich ihn! Endlich! Es war wie die Erfüllung eines unmöglichen Traums.«

»Was hast du ihm geantwortet?«

»Ich erzählte ihm von meinen Recherchen über ihn und dass ich eine Kopie des Berichts bei Leuten deponiert hatte, die damit zur Parteispitze gehen, falls mir etwas zustößt.«

»Wie hat er darauf reagiert?«

»Er tobte, wollte mir befehlen, die Berichte von meinen Vertrauensleuten zurückzuholen und sie ihm auszuhändigen. Ich erwiderte, er solle vorsichtig sein, weil die Staatssicherheit unser Gespräch bestimmt mithören würde. Dann unterbrach ich das Gespräch und dachte darüber nach, weshalb er nach so langer Zeit plötzlich bei mir anruft und nach Aufzeichnungen fragt, von denen er vorher nie gehört hat. Er muss irgendwann auf die Idee gekommen sein, dass ich seine Wege über all die Jahre hinweg still verfolgt habe. Aber es ging ja noch weiter, an meinem vorletzten Tag in Nordkorea. Er rief wieder und wieder an. Jedes Mal verlangte er meine Aufzeichnungen, wiederholte ständig, ich solle endlich das Land verlassen. Er war völlig außer sicher, drohte mir sogar mit einem Killer.«

»Hast du das geglaubt?«

»Ja und nein. Ich fragte mich, was diese ständigen Telefonanrufe bewirken sollten. Wieso wollte er meine Aufzeichnungen ausgerechnet an diesem Tag oder am nächsten? Es musste doch einen Grund für seine Eile geben. Und zum ersten Mal in meinem Leben empfand ich meinen Bruder als ganz schwach, ja geradezu hilflos. Vielleicht hat er sich durch seine furchtbaren Intrigen in eine ausweglose Position manövriert, dachte ich. Ich wusste ja nichts vom Verkauf der Bombe. Aber trotzdem war mir plötzlich klar, dass meinen Bruder etwas trieb.«

Kim sah Svenja aus stark geröteten Augen an, unter denen dunkle Halbmonde lagen. Er war sehr erschöpft. Aber sie musste weiterfragen, konnte ihm jetzt keine Verschnaufpause gewähren.

»Was war es, Kim?«

»Er wollte selbst das Land verlassen. Das war es. Es war so einfach.«

»Aber er hat es nicht verlassen. Du warst auf der Insel, dein Bruder nicht.«

»Vielleicht hat er einen anderen Weg genommen? Vielleicht über die Japanische See? Vielleicht über die Grenze nach China? Oder nach Russland? Mit einem kleinen Flugzeug irgendwohin? Er konnte alles tun, er hatte die Macht.«

»Das ist richtig.«

Svenja stand auf, ging ein paar Schritte auf und ab. Sie musste sich einfach bewegen. Die Spannung war fast greifbar.

»Aber auf deiner Flucht hast du ihn nicht gesehen?«

»Nein, natürlich nicht. Er wird doch nicht den Weg wählen, den die einfachen Leute gehen. Das hat er doch gar nicht nötig.«

»Entschuldige mich bitte kurz, ich muss mal telefonieren.« Sie ging hinüber ins Schlafzimmer. Zuerst versuchte sie es bei Krause. Der meldete sich nicht. Dann ging sie über eine operative Leitung, und Esser fragte: »Was ist denn?«

»Als Kim Nordkorea verließ, hat auch sein Bruder Nordkorea verlassen.«

»Kein Zweifel?«

»Kaum, würde ich sagen. Es passt in die Geschichte, und es passt zu der Bombe. Das ist perfekt.«

»Es gibt keine perfekten Geschichten«, stellte Esser lakonisch fest.

Fünfzehntes Kapitel

Sowinski war am Apparat, er sagte: »Kim hat gerade herausgelassen, dass sein Bruder wahrscheinlich zum gleichen Zeitpunkt Nordkorea verließ wie er selbst.«

»Sieh mal an.«

»Svenja ist in einer Stunde hier, und sie bringt diesen Kim mit«, erklärte Sowinski. »Die Bänder von ihrem Gespräch mit Kim sind schon per Kurier hierher unterwegs. Müllers Bänder sind bereits im Haus.«

»Sieh mal an«, wiederholte Krause.

»Wir haben angenommen, dass du mit ihm sprechen willst beim jetzigen Stand der Dinge und dich vorher über alles bisher Gesagte informieren willst. Wer dich kennt, findet diese Entscheidung überaus schlüssig.«

»Aha«, bemerkte Krause lächelnd. »Ja gut, dann wollen wir mal. Wie sollen wir vorgehen?«

»Wir sollten alle dabei sein«, erklärte Sowinski mit großer Selbstverständlichkeit. »Wir haben das Ding bis hierhin geschaukelt und wir wüssten gern, was dabei herauskommt. Und du betonst ja selbst ein-, zweimal im Jahr, dass du nur informierte Mitarbeiter um dich haben willst.«

»Das stimmt auch. Schickst du mir alle Unterlagen und die Bänder in mein Zimmer? Und wo ist Müller?«

»In seinem Büro. Er sitzt an seiner Zusammenfassung.«

»Das kann er erst einmal aufschieben. Ich werde nicht länger als eine Stunde brauchen, das meiste kenne ich ja schon. Dann rufe ich dich. Und noch etwas: Kann mir irgendjemand was zu essen besorgen? Mir ist schon ganz flau im Magen.«

Nach dem Gespräch mit Sowinski rief Krause bei seiner Frau im Krankenhaus an. »Wally, wir sind gewissermaßen im Endspurt. Und es kann sein, dass ich zwei, drei Tage verreisen muss. Aber ich habe jetzt ein eigenes Handy nur für dich. Es ist blau. Ich rufe dich wieder an. Ich beeile mich und komme bald.«

An dieser Stelle muss bemerkt werden, dass seine Frau damals der einzige Mensch war, dem er mitteilte, dass er unter Umständen verreisen müsse. Für seine engsten Mitarbeiter kam Krauses Reisewunsch völlig überraschend. Und zwar erst einige Stunden später.

Sowinski eilte grübelnd aus seinem Büro. Das Sekretariat um etwas zu bitten war nicht mehr möglich, denn er hatte schon alle nach Hause geschickt. Woher konnten sie schnellstens etwas zu essen bekommen? Pizza!, dachte er plötzlich, Pizza! Er rief am Haupteingang an und fragte, ob man ihm bei einer Pizzabestellung helfen könne. Und als sie antworteten, das sei wohl möglich, orderte er »Sechs Pizzen mit unterschiedlichem Belag, also von jeder Sorte eine. Und dann wären ein paar gemischte kleine Salate gut. Und noch Pizzabrot. Und das Ganze sollte in einer guten halben Stunde hier sein, bitte.« Geld werde er gleich vorbeibringen.

Sowinski machte sich auf den Weg hinunter zum Eingang und überquerte den Platz in Richtung Pförtnerloge. Er genoss die kühle Luft und war dankbar für ein bisschen Bewegung.

»Wenn das Zeug kommt, könnten Sie es dann bitte umgehend zu uns bringen? Sie retten uns damit vor dem Hungertod.«

Der Pförtner grinste, und Sowinski ging langsam zurück, leistete sich unterwegs sogar fünf Minuten auf einer Bank. Er steckte sich einen Zigarillo an, den er in seinem Schreibtisch unter unendlich viel Krimskrams entdeckt hatte und dessen Geruch ihn an die Jahre erinnerte, in denen er täglich zehn oder sogar zwanzig von diesen Dingern geraucht hatte. Als er feststellte, dass es ihm nicht einmal schmeckte, warf er den Glimmstängel auf den Rasen. Er konnte nicht mehr nachvollziehen, dass er es einmal genossen hatte, den Qualm in die Lungen zu saugen. Er erhob sich seufzend und ging zurück ins Gebäude.

Er öffnete die Tür zu Müllers Büro und fand ihn dort sehr konzentriert vor dem Computer sitzen und seine Sicht der Dinge aufschreiben.

»Sie können damit aufhören. Gleich kommt Svenja mit Kim. Wir wollen in Ruhe mit ihm sprechen. Und ich habe Pizzen bestellt, damit wir nicht umfallen.«

»Das ist sehr schön. Und was soll ich dabei tun?«

»Mir helfen, einen Konferenzraum umzuräumen und ihn ein

wenig wohnlicher zu machen, wenn man das so formulieren will. Kim soll es doch gemütlich haben.«

»Sieh mal einer an«, bemerkte Müller grinsend.

Sie werkelten eine Weile im Konferenzzimmer herum, stellten sämtliche Blumen und Grünpflanzen auf, die sie entdeckten, verbargen die Aufnahmetechnik dahinter und dimmten das Licht so weit herunter, dass der Raum richtig anheimelnd wirkte.

Svenja kam mit Kim im Schlepptau, und sie wirkten beide gelöst. Sowinski ließ gar nicht erst Unsicherheit aufkommen und erklärte leutselig auf Englisch: »Ah, Mister Kim. Ich habe schon viel von Ihnen gehört. Sie sind unser wichtigster Mann, und wir wollen uns ein wenig mit Ihnen unterhalten, weil es noch einige Unklarheiten gibt.«

»Hier sind nur Leute, denen ich vollkommen vertraue«, setzte Müller schlicht hinzu. »Sie sind keine Vernehmer wie die anderen, die du nicht mochtest.«

»Ja«, Kim lächelte, »das ist gut.«

Esser tauchte plötzlich auf seine irritierend lautlose Art aus den Tiefen des Hauses auf und fragte: »Was findet hier statt?«

»Eine Talkshow«, antwortete Svenja wiederum auf Englisch. »Das ist Mister Kim, inzwischen so etwas wie ein Freund.«

»Ja«, nickte Kim. »Ich freue mich.«

Dann stand unvermittelt ein Pförtner in der Tür und balancierte einen Turm Pappkartons und Salatschälchen vor dem Bauch.

»Das ist wunderbar!«, sagte Sowinski beglückt und eilte dem Mann zu Hilfe.

Wenig später, als die Pizzen verteilt waren und alle vor sich hin mampften, kam Krause hinzu und begrüßte Kim sehr herzlich in makellosem Englisch. Er sagte, er bedanke sich für all die Mühe, die Kim sich mache, und er danke ihm auch für das Vertrauen, das er Charlie entgegengebracht habe. Ganz besonders bewege ihn, dass Kim die weite Reise auf sich genommen habe, um ihnen zu helfen, einen traurigen Tatbestand zu klären. Dann sagte er wörtlich: »Wie Ihnen Charlie bereits sagte, stehen wir zu unserem Wort. Wenn Sie zurückwollen nach Südkorea, weil Ihnen unglücklicherweise Ihr eigenes Land verschlossen bleibt, dann lassen Sie es uns einfach wissen. Dann begleitet Charlie Sie wieder zurück. Und der BND wird dafür sorgen, dass Sie ausreichend Geld haben, um sich eine Existenz aufzubauen.« Er lächelte. »Und Sie haben im Übrigen ja auch die nette Summe, die Ihr Bruder Ihnen zugedacht hat.« Nach dieser kleinen Einleitung wandte er sich an Svenja und bat um ein Stück Pizza. Und während er es vertilgte, plauderte er ohne Unterbrechung mit Kim, er praktizierte reinsten Small Talk, obwohl er normalerweise keine Gelegenheit ausließ, zu betonen, dass er das nicht beherrsche und nichtssagende Wortbeiträge zutiefst verabscheue.

Von diesem Zeitpunkt an war klar, dass Krause das Gespräch führen und keine Einmischung dulden würde. Es war seine Show, wie Archie Goodwin es genannt haben würde.

»Wir kennen nun schon einen Teil Ihrer Geschichte und wissen, dass Sie viele Jahre unter starkem Druck lebten, dass Sie schwerste Demütigungen und Verletzungen ertragen mussten. Die Machenschaften von Il Sung Choi kann man nur als infam bezeichnen, und sie wären auch schon furchtbar genug, wenn er nicht noch obendrein Ihr Bruder wäre. Sie haben gesagt, wahrscheinlich seien Sie der Schwachpunkt Ihres Bruders. Was genau haben Sie damit gemeint?«

Kim hatte die Hände auf der Tischplatte liegen, reglos. »Schon als Kind hat er immer versucht, besser zu sein als ich, die größere Portion vom Essen zu bekommen und mir möglichst zu schaden. Ich war zum Beispiel eines Tages gerade damit beschäftigt, auf dem Schuppen meiner Eltern ein Brett auszutauschen. Als ich auf der obersten Sprosse der Leiter stand, trat mein Bruder unten so stark dagegen, dass die Leiter umfiel. Ich stürzte herunter und brach mir beide Beine. Mein Bruder hat nie ein Wort darüber verloren. Er war mir unheimlich, denn er war zuweilen grundlos böse, und deshalb habe auch ich damals geschwiegen. Ich habe inzwischen viel darüber nachgedacht. Vielleicht war ich für ihn so etwas wie sein nicht vorhandenes Gewissen.«

»Er hat jahrzehntelang keinen Kontakt zu Ihnen gesucht, warum?«

»Ich vermute, es war in seiner Position von Vorteil, kein Gewissen zu haben, oder?«

Niemand lachte.

»Mein Vater war ein sanfter Mann«, fuhr Kim fort. »Er hatte ein Gewissen, und für ihn war ein gutes Gewissen notwendiger Teil des Lebens. Er betonte das häufig, das kann mein Bruder nicht überhört haben.«

»Und warum hat er dann ausgerechnet in der Zeit kurz vor seiner Flucht Kontakt zu Ihnen aufgenommen?«

Kim starrte vor sich hin. Er nickte, dachte konzentriert nach, seine Hände begannen sich auf der Tischplatte zu bewegen. »Meine Erklärungen könnten naiv sein, aber ich denke, dass diese Bombensache ungeheuer aufregend gewesen sein muss. Mag sein, dass er den Auftrag unseres Staatsoberhauptes hatte, aber das gab ihm in der Sache keine Sicherheit. Er musste das Ganze offensichtlich allein durchziehen. Er musste mit sehr vielen Leuten sprechen und darauf vertrauen, dass sie sich an seine Anweisungen hielten. Er durfte sich keinen Fehler erlauben, denn bei einer solchen Sache kann doch bereits der kleinste Fehler ein Todesurteil bedeuten.«

»Halten Sie es denn für möglich, dass der Diktator nichts davon wusste? Nicht, ehe die Geldströme eintrafen?«

»Warum sollte mein Bruder auf eigene Faust gehandelt haben? Das kann ich mir nicht vorstellen. Ich denke, der Staat hat einen Weg gesucht, zu Geld zu kommen. Um Lebensmittel zu kaufen. Das wusste unser Führer.« Es war deutlich spürbar, dass er den Begriff Diktator nicht verwenden konnte. Er hatte ihn nie verwendet, er hatte geglaubt.

»Das ist richtig«, bestätigte Krause nickend. »Sie haben geäußert, dass Ihr Bruder das Land verlassen wollte. Und Sie haben auch eine Erklärung dafür mitgeliefert. Demnach war Ihr Bruder mit Nordkorea am Ende. Er wollte nicht nur gehen, er musste sogar. Warum, glauben Sie, rief er dann plötzlich bei Ihnen an?«

»Er hatte Angst. Er hatte Angst davor, dass ich etwas gegen ihn in der Hand hatte. Und ich hatte sehr viel in der Hand, das können Sie mir glauben. Alle seine Tricks, alle seine Opfer, alle seine Schweinereien. Alle Menschen, die viel Macht haben, wollen in einem guten Licht erscheinen, sie wollen, dass man sie bewundert. Wenn ich etwas besaß, das gegen meinen Bruder sprach, würde mein Volk ihn nachträglich verfluchen. Es war eine Art irrationale Eitelkeit.«

»Was meinen Sie, Kim, wohin würde ein solcher Mann gehen?«

»Ich denke immer noch darüber nach. Wenn er wirklich über den Verkauf der Bombe verhandelt hat, dann kann es doch sein, dass er bei dem Handel Bedingungen stellte. Neue Papiere, zum Beispiel, eine ganz neue Identität und die notwendigen Unterlagen dazu. Ja, und von Nordkorea würde wahrscheinlich keine Rede mehr sein, er könnte sich dann seine Herkunft aussuchen. Und wenn er mir schon mit einem Handstreich so viel Geld nach Schanghai schicken konnte, dann werden ihm die Käufer der Bombe sicherlich vier oder sechs oder acht Millionen Dollar oder Euro zur Verfügung gestellt haben. Das wäre doch neben dem Kaufpreis für die Bombe Kleingeld, oder?« Er sah sie der Reihe nach an, und nur Müller schloss die Augen und nickte bedächtig.

»Da stimme ich Ihnen zu«, sagte Krause. »Sagen Sie, Kim, haben Sie sich auch darüber Gedanken gemacht, ob Sie Ihren Bruder hier in der sogenannten freien westlichen Welt jemals wiedersehen würden?«

»Sicher. Das war das Erste, an das ich dachte, als ich darauf kam, dass er Nordkorea verlassen würde. Ich dachte, er ruft mich todsicher an und erklärt mir, ich sei immer noch ein Versager, ein Loser und so weiter und so fort. Ich dachte, das braucht er dann bestimmt mehr als je zuvor.«

»Ja«, stimmte ihm Krause lebhaft lächelnd zu. »Vor allem weil er dann niemanden mehr so ohne Weiteres aufs Kreuz legen könnte. Er wäre dann arbeitslos.«

Kim musste lachen und bemerkte: »Das ist eine feine Überlegung.«

»Diese Telefonate mit Ihrem Bruder fanden einen Tag vor Ihrer Flucht statt, nicht wahr?«

»Nein, bis zu meiner Flucht blieben mir noch ein Tag und eine Nacht. Dann machte ich mich auf den Weg.«

»Wie lange marschiert denn ein Mann bis Haeju an der Küste?«

»Das sind rund einhundertfünfzig Kilometer. Aber ich wurde die erste Strecke von einem Lkw mitgenommen. Manchmal hat man Glück. Ich kam bis auf dreißig Kilometer an Haeju heran und war schon abends bei dem Fischer, den mein Bruder mir empfohlen hatte.«

Krauses Stimme war ruhig, er sprach langsam, und seine Frage klang beiläufig: »Und wo auf dem Weg nach Haeju haben Sie Ihren Bruder getötet?«

Niemand bewegte sich, niemand hob den Blick, niemand sagte ein Wort. Absolute Stille.

Dann wurde Kims Gesicht fahl, sein Kehlkopf bewegte sich auf und nieder, seine Hände verschwanden vom Tisch, er beugte sich weit vor, wollte niemandem sein Gesicht zeigen. Es sah beinahe aus, als verbeuge er sich vor Krauses gnadenloser Schlussfolgerung. Dann sprang er unvermittelt auf, warf dabei seinen Stuhl um. Er stützte beide Hände auf die Tischplatte.

Noch immer sprach niemand ein Wort.

Kim versuchte, Krause anzusehen, aber es fiel ihm schwer, sein unsteter Blick schweifte immer wieder ab. Dann blieben seine Augen an Müller hängen. Und der lächelte ihn jetzt an, als wolle er sagen: Man kann über alles reden!

Langsam wich die hohe Spannung aus Kims Körper, er atmete ein paarmal tief durch, nickte mit geschlossenen Augen. Dann drehte er sich um und hob seinen Stuhl wieder auf. Er setzte sich hin.

Nach weiteren langen Minuten des Schweigens sagte er leise: »Sie werfen mich in ein Gefängnis, Sie können mich töten. Sie können mich nach Nordkorea zurückbringen.«

»Niemand will Sie ins Gefängnis stecken, und niemand will Sie töten«, sagte Krause. »Und Nordkorea braucht Sie nicht mehr. Ich denke, der Internationale Gerichtshof in Den Haag wäre kaum bereit, sich mit Ihnen zu beschäftigen. Auf jeden Fall kann ich Ihnen in aller Aufrichtigkeit versichern, dass niemand hier in diesem Raum Sie verurteilen wird. Wir wissen, wie Sie gelebt haben, und das war Strafe genug.« Er lächelte. »Würden Sie jetzt bitte so freundlich sein und uns schildern, wie es geschah?«

Bei dem letzten Satz kam Kims Kopf ruckartig hoch und fixierte Krause. Er suchte nach Ironie, nach Spott, nach Sarkasmus, fand aber nichts.

»Ich kann es versuchen. Wie sind Sie überhaupt darauf gekommen?« Es klang erstaunlich sachlich.

Krause zuckte nur mit den Achseln und erwiderte nichts.

»Also, es ist richtig, dass mein Bruder mich anrief. Er rief mich mindestens fünfzehnmal an in den zwei Tagen vor meiner Flucht. Und, wie gesagt, er rief mich natürlich im Büro an. Er eröffnete das erste Gespräch mit der Frage: Wollen wir sie mitnehmen? Was hältst du davon? Ich war mehr als erstaunt über diesen Anruf, und seine Frage lähmte mich, ich wollte einfach nicht glauben, dass er so niederträchtig war. Natürlich wusste ich sofort, wen er meinte. Ich fing an zu schreien, ich brüllte, er solle sein dreckiges Maul halten. Das war einfach zu viel. Ich legte den Hörer auf. Und natürlich hatten meine Kollegen mich toben hören, und natürlich gingen alle Köpfe hoch. Es war mir sehr peinlich. Nach etwa fünf Minuten meldete sich mein Bruder erneut. Er sagte sinngemäß: Wenn wir sie mitnehmen, hat sie eine Zukunft, hier ist sie am Ende. Ich weiß nicht mehr genau, wie ich es ausdrückte, aber ich sagte Nein. Und ich sagte, er solle von uns niemals mehr als wir sprechen. Das sei noch nie so gewesen. Dann unterbrach ich erneut das Gespräch. Ich saß da und zitterte am ganzen Körper und versuchte, mich zu beruhigen. Er rief wieder an. Er sagte: Wenn wir sie mitnehmen, haben wir es leichter, weil sie so schön ist. Ich kenne das Ausland, ich weiß, dass es so ist. Ich hatte mich wieder einigermaßen im Griff, ich zitterte nicht mehr. Ich sagte: Du willst meine Tochter mitnehmen, um etwas für dein Bett zu haben. Und du willst sie mitnehmen, um sie im Notfall in ein anderes Bett zu verkaufen. Ich sagte: Du bist ein ehrloser Mann, du bist das Böse in Person. Ich sagte wohl auch: Du bist so viel wert wie Rattenscheiße. Und: Unsere Eltern würden sich schämen für dich. Ich hatte ganz plötzlich keine Angst mehr vor ihm. Ich weiß nicht, warum, aber es war so. Ich war irgendwie befreit. Ich brach das Gespräch erneut ab, und natürlich rief er erneut an. Ich glaube, meine ganze Abteilung saß nur noch da und starrte mich an. Aber das war mir inzwischen völlig egal. Er sagte, er könne mich mitnehmen, er habe genug Geld. Er sagte, man habe ihm mehrere Millionen Dollar hinterlegt. In den USA. Das würde für uns beide reichen. Ich sagte: Kein Interesse, und legte auf. Und natürlich rief er wieder an, und ich sagte sofort, dass es keinen Sinn habe, weiter anzurufen, denn es gebe nichts, was wir gemeinsam tun könnten. Dann fragte er mich, ob ich irgendetwas über ihn gesammelt hätte. Man habe gemunkelt, dass ich Material sammle. Ich weiß nicht, warum ich es überhaupt zugab, aber ich sagte: Ja, ich habe Material gesammelt. So viel, dass kein Mann im Parteivorstand dir noch die Hand gibt, wenn das bekannt wird. Er sagte: Wenn du mir das Material gibst, mache ich dir keine Schwierigkeiten mehr. Und an dieser Stelle, daran erinnere ich mich genau, fing ich an zu lachen. Er könne mir nicht die geringsten Schwierigkeiten machen, sagte ich. Und: Mit dir bin ich fertig …«

»Verstehe ich das richtig«, fragte Krause fast gemütlich, »Ihr Bruder zeigte plötzlich so etwas wie Panik? Warum denn das? Er ist mächtig, warum Hektik, Stress, panische Fluchtreaktion?«

»Ja, er war panisch, und das bereitete mir anfangs auch Kopfzer-brechen. Ich nehme an, er hatte irgendwie die väterlichen Gefüh-le unseres Führers verletzt, und er hatte keinen Rückhalt mehr. Ich denke inzwischen auch, der Führer wird behaupten, der Verkauf der Bombe habe hinter seinem Rücken stattgefunden, von Leuten ange-zettelt, die die Regierung stürzen und Nordkorea in den Ruin trei-ben wollten. So wird es kommen, und mein Bruder wird als der große Verbrecher hingestellt werden. Er ist doch ein Diktator. Und er braucht einen Sündenbock, oder?« Er war ganz ruhig, er übte sich in Denkweisen, die völlig neu für ihn waren. Er dachte sich frei. Das war harte Arbeit, und es machte ihm noch immer Angst.

»Sie könnten recht haben«, sagte Krause leise. »Ich entschuldige mich für die Unterbrechung, reden Sie bitte weiter.«

»Ja, also, der Arbeitstag war zu Ende, ich konnte mich in mei-ner Wohnung verkriechen, dort war ich für ihn nicht zu erreichen. Ich habe keine Minute geschlafen. Am folgenden Tag wiederholte er seine Vorschläge, sprach von meiner Tochter wie von einem Stück Fleisch und davon, dass wir in den Vereinigten Staaten von Ame-rika so viele Frauen kaufen könnten, wie wir wollten. Manchmal wirkte er geradezu lächerlich. Und dann erwähnte er ganz neben-bei: Ich werde in den nächsten Tagen von einer Insel runtergeholt. Die warten auf mich. Wie schön, sagte ich. Am nächsten Morgen ging ich sehr früh los. Ich glaube, es war fünf Uhr, und es war noch dunkel. Ich erwischte einen Lkw, auf dessen Ladefläche noch Platz war, er nahm mich mit. Vor Haeju setzte mich der Fahrer ab. Und als ich gerade wieder an der Straße stehe, kommt mein Bruder in seinem großkotzigen Mercedes angefahren. Da war mir klar, dass er die ganze Zeit schon hinter mir hergefahren sein musste. Und plötzlich wusste ich, dass ich ihn töten musste. Jetzt oder nie. Er würde mich niemals in Ruhe lassen, auch im Ausland nicht, nir-gendwo auf der Welt, solange er lebte. Also ging ich vor ihm her, und er rollte mit diesem Auto hinter mir her, es war wirklich lä-cherlich. Ich nahm eine kleine Nebenstraße, und hinter zwei alten verlassenen Gebäuden blieb ich stehen.« Kim machte eine Pause, er hatte offensichtlich Schwierigkeiten mit dem Sprechen. Er fuhr sich mit der Zunge über die trockenen Lippen, versuchte zu schlu-cken, dann schoss blitzschnell seine rechte Hand hoch zum Mund, als würde er ersticken.

Müller sprang auf, ging zu ihm, goss ihm Wasser in ein Glas und reichte es ihm.

»Wir haben Zeit«, sagte Krause leise. »Sie müssen sich nicht beeilen. Auf die eine oder andere Stunde kommt es jetzt auch nicht mehr an.« Das war gleich eine ganze Serie unwahrer Versicherungen, aber sie waren wichtig für Kim.

Nachdem Kim mehrere Schluck Wasser getrunken hatte, konnte er wieder ruhiger atmen, er lächelte kurz und blickte in die Runde.

»Mein Bruder stieg aus, er sagte: Lass uns noch einmal reden, wir könnten Nordkorea zusammen verlassen. Nicht mit mir!, antwortete ich ihm. Dann begann es zu regnen, und er schlug vor, uns in sein Auto zu setzen. Das lehnte ich ab. Ich ging zu dem ersten der beiden Gebäude. Mein Bruder lief hinter mir her und redete unablässig auf mich ein. Ich hob einen schweren Ziegelstein vom Boden auf, drehte mich zu ihm um und schmetterte ihm den Stein mit aller Kraft an den Kopf. Es traf ihn völlig unvorbereitet, in über fünfzig Jahren hatte ich mich kein einziges Mal gegen ihn zur Wehr gesetzt.« Kim legte erneut eine Pause ein, das Sprechen fiel ihm zusehends schwerer. Er durchlebte die Situation noch einmal, sah die hässlichen Bilder wieder vor sich, und zuweilen schien ein Zittern durch seinen Körper zu laufen.

»Ich weiß es natürlich nicht genau, aber ich denke, der Schlag war tödlich. Er fiel hin, blutete stark. Ich zerrte ihn zu seinem Auto, setzte ihn hinein und ging dann an den Kofferraum. Er hatte einen Zehn-Liter-Kanister Sprit bei sich. Ich schüttete den Inhalt des Kanisters über ihn und das Auto, innen und außen. Dann drückte ich den Zigarettenanzünder, weil ich nicht rauche und kein Feuer bei mir hatte. Ich entzündete das Benzin und ging einfach weiter. Sollten doch ruhig alle das Feuer sehen und den schwarzen Qualm und diesen Toten. Ich suchte den alten Fischer auf. Und so kam ich auf die kleine Insel.«

Niemand kommentierte das Gehörte, Krause nickte nur und war scheinbar sehr zufrieden. Er räusperte sich: »Wir danken Ihnen sehr. Ruhen Sie sich aus, Charlie wird Sie in die Wohnung fahren; Sie können schlafen, so lange Sie wollen. Wir werden Sie vorerst nicht mehr stören. Und Sie sind unbegrenzt unser Gast. Ich würde Sie nur herzlich bitten, uns noch für ein paar Tage zur Verfügung zu stehen. Charlie und Svenja werden Sie später noch nach ein paar

300

Einzelheiten fragen. Aber erst dann, wenn es Ihnen möglich ist, wenn Sie wirklich dazu bereit sind.«

»Ja, natürlich«, nickte Kim. Er war völlig erschöpft.

»Dann haben wir noch schnell etwas zu klären«, sagte Krause leise, und seine Augen funkelten. »Svenja, Müller und ich fliegen morgen früh um zehn Uhr in die Staaten. Ich weiß, dass Goodwin in den nächsten achtundvierzig Stunden in der CIA-Zentrale sein wird. Wir besuchen ihn kurz mit freundschaftlichen Absichten, wir brauchen in einigen Punkten noch Klarheit. Nehmen Sie Kleidung für zwei, drei Tage mit, und stellen Sie sich darauf ein, wenig Schlaf zu bekommen. Jetzt zu euch«, mit einem schnellen Blick zu Esser und Sowinski. »Ihr haltet uns den Rücken frei, ihr schirmt uns ab und sorgt dafür, dass es zwei Tage lang nicht auffällt, dass wir in den Staaten sind. Der Präsident ist informiert, die Kanzlerin auch. Sie hat uns ein Flugzeug zur Verfügung gestellt für diesen Luxustrip. Es muss alles sehr konzentriert und schnell gehen. Hinweis an dich, lieber Sowinski: Das Sekretariat sagt immer, ich sei in einer Besprechung. Ich bin also in Berlin, ist das klar?«

»Augenblick mal«, hauchte Esser, »das alles klingt ja vielversprechend, richtig nach Eventtourismus, aber wo, zum Teufel, ist denn jetzt diese Bombe? Oder gibt es die gar nicht?«

»Ich denke sehr wohl, dass es sie gibt«, sagte Krause. »Aber ehrlich gesagt, haben wir nach meiner Überzeugung nur eine ganz geringe Chance, sie zu finden. Auf dem Container, in dem sie steckt, müsste ein Hinweis zu finden sein. Und zwar ...«

»Zehnachtzig!« Svenja reagierte am schnellsten. »Die Nummer des elterlichen Grabes. Das könnte passen.«

»Sauber!«, bemerkte Krause. »Sehr sauber gedacht! Und richten Sie Goldhändchen bitte meine herzlichsten Grüße aus. Er soll sich nicht grämen, dass ihm der Nachweis des Geldflusses nicht gelungen ist. Ich bitte also dieses ganze Haus, nach einem Container Ausschau zu halten, auf dem die Ziffern eins, null, acht, null zu sehen sind.«

Das war ungeheuerlich. Krause hatte im Alleingang vor sich hin gewerkelt, Krause hatte alles klargemacht, ohne irgendjemandem ein einziges Wort davon zu sagen. Er hatte mal wieder eine Ein-Mann-Show abgeliefert, und niemand hatte es bemerkt.

Sowinski überlegte ernsthaft, stinksauer zu reagieren, aber

dann sagte er nur: »Du bist schon ein ... Na ja, das erspare ich dir lieber.«

»Danke«, sagte Krause artig.

Svenja fuhr, Müller saß neben ihr, Kim hinten. Es war 4.20 Uhr, im Osten kam der Tag heraufgekrochen.

»Wie fühlst du dich jetzt?«, fragte Svenja und wandte sich leicht zu Kim um.

»Was ist, wenn sie mir den Geheimdienst hinterherschicken, weil sie mich bestrafen müssen für den Tod des wunderbaren Helden?«, fragte er.

»Das wird nicht geschehen«, sagte Svenja. »Sie haben im Augenblick ganz andere Probleme. Vielleicht werden sie einfach so tun, als habe es deinen Bruder nie gegeben. Das ist schon mit vielen Helden geschehen. War das Gespräch schlimm für dich?«

»Ja, aber ich bin auch erleichtert. Euer Chef ist ein kluger Mann. Ich kann es gar nicht fassen, dass ich nicht in einem Gefängnis lande und nicht hingerichtet werde.«

»Du bist grenzwertig«, erklärte Müller.

»Was bedeutet das?«

»Du würdest jedem Gericht erhebliche Probleme bereiten.«

»Aber warum? Ich habe ihn getötet, das steht doch fest.«

Svenja lächelte ihm im Rückspiegel zu. »Ja, das sagst du. Aber du kannst nicht einmal beweisen, dass du ihn getötet hast.«

Er war sehr erstaunt, schüttelte den Kopf. Dann sagte er: »Das stimmt, ich kann es nicht beweisen.«

Das Licht in den Straßen war blau, die Frühaufsteher standen dicht gedrängt an den Haltestellen wie Tiere, die sich gegen den Wind stemmen müssen. Es war sehr still.

»Wir haben höchstens zwei Stunden Zeit zu schlafen«, sagte Svenja seufzend.

»Wir schlafen im Flieger«, tröstete sie Müller. »Ich muss erst nach Hause, ich brauche neue Klamotten. Dann komme ich zu dir. Vielleicht haben wir wenigstens Zeit für einen Espresso.« Er klang müde.

»Es ist unglaublich, wie Krause einzelne Ergebnisse der Geschichte herauspickt, aneinanderreiht wie Perlen und plötzlich ein Szenario hat«, sagte Svenja.

»Ich hoffe, er behält am Ende recht«, erwiderte Müller und dachte flüchtig an all die verlorenen Kämpfe an Krauses Seite, an alle die Schlachten, an deren Ende sie mit leeren Händen dagestanden hatten.

Den Rest der Fahrt legten sie schweigend zurück. Es gab viel zu bedenken, aber nichts zu sagen.

Nur Kim bemerkte einmal: »Wenn ich hier so durch die Gegend fahre und mich dabei an all das erinnere, was mir mein Leben lang über das Ausland und den Kapitalismus gesagt wurde, werde ich verrückt.«

»Lieber nicht«, sagte Svenja grinsend.

Sie hielten vor dem Wohnhaus, Kim und Müller stiegen aus, gingen hinein, fuhren nach oben, und Müller bemerkte eine neue Lebhaftigkeit an Kim. Er summte sogar leise vor sich hin.

»Kim, bitte denk dran: Nicht öffnen, wenn jemand an der Tür klingelt. Wenn du unsicher bist, im Dienst anrufen, du weißt schon: Bun-des-nach-rich-ten-dienst ...«

»Gardeschützenweg«, ergänzte Kim. »Was glaubst du, wann du wiederkommst?«

»Ich weiß es nicht. Ein paar Tage wird es dauern. Mach es gut, alter Junge.«

Er nahm ihn kurz in die Arme, ehe er die Wohnung schnell wieder verließ.

Seine Einraumwohnung wirkte im frühen Morgenlicht trostloser denn je. Er duschte trotzdem ausgiebig und wusch die Nacht von seinem Körper. Im Bademantel und mit noch feuchten Haaren ließ er sich auf sein Bett fallen und schlief genau zwei Stunden. Als er aufwachte, konnte er sich an keinen Traum erinnern, fühlte sich aber wie zerschlagen. Er quälte sich aus dem Bett, zog sich an und packte eine Tasche. Dann machte er sich auf den Weg zu Svenja.

»Du riechst gut«, sagte sie, als sie ihm öffnete. Sie war nackt.

»Keine Zeit für Unzucht«, mahnte er. »Kriege ich einen Kaffee bei dir?«

»Espresso«, sagte sie und schlüpfte an ihm vorbei in ihr Schlafzimmer.

»Ich möchte gern noch mal bei Kim vorbeifahren. Irgendwie habe ich ein komisches Gefühl, wenn ich an ihn denke. Ich will ihm noch sagen, dass er sich unbedingt an Sowinski halten soll, wenn ihm irgendwas Probleme macht.«

»Na, so was!«, sagte sie. »Das passt wunderbar, ich habe mein Parfüm bei ihm vergessen.«

»Na, da könntest du dir ja zur Not ein neues kaufen.«

»Kaufen?«, schrillte sie. »Das Zeug ist teurer als meine Sozialversicherung. Du bist ein Ignorant. Mach mir auch einen Espresso, bitte. Glaubst du, Kim wird es schaffen?«

»Was soll er schaffen?«

»Mit dem Totschlag zu leben.«

»Das muss sich zeigen. Aber ich glaube, dass er damit klarkommt.«

»Was wird wohl mit seiner Tochter geschehen?«

»Das habe ich mich auch gefragt. Immerhin scheint Il Sung Choi ja alles darangesetzt zu haben, ihr eine völlig neue Identität zu geben. Und es wird auch davon abhängen, wie er und sein Tod von offizieller Seite bewertet werden. Und schließlich hängt es davon ab, wie lange der Staat sich noch halten kann. Das handeln sie gerade in der Sechserrunde in Peking aus. Die Nordkoreaner verlangen Sicherheiten für ihren Staat, und sie haben nur einen Joker. Und den jagen wir gerade.«

»Wie meinst du das?«

»Ganz einfach. Sie brauchen die Sicherheit für ihren Staat, damit die Staatsführung ihre Macht behält und ihre obszönen Privilegien. Und sie werden das Handelsembargo aufheben wollen. Aber sie werden versprechen müssen, dass sie ihre Atomanlagen abschalten. Und das werden sie vermutlich auch tun. Und trotz allem haben sie mit ihren fünf bis sechs A-Bomben einen sehr mächtigen Joker. Aber niemand am Tisch wird das auch nur erwähnen. Sie werden alle so tun, als gäbe es das Zeug gar nicht.«

»Woher weißt du das?«

»Ich hab eben im Auto Deutschlandradio gehört«, lachte er. »Wo willst du den Espresso serviert haben?«

»Im Bad. Und wenn wir wieder hier sind, suchen wir eine neue Wohnung für dich. Hast du noch mal Salbe auf die Wunde geschmiert?«

»Habe ich. Wieso willst du dich um eine Wohnung für mich kümmern?«

»Weil deine jetzige depressiv macht. Widersprich nicht, gehorch mir einfach. Und starr mich nicht so an, das ist doch keine Peep-show hier.«

»Nein. Aber so was Ähnliches. Du solltest dich mal sehen.«

»Ist das jetzt ein Vorwurf oder ein Kompliment?«

»Ach, Mädchen, ich weiß das nicht, ich bin noch zu jung und un-erfahren.«

Zwanzig Minuten später fuhren sie nach Kreuzberg, um bei Kim vorbeizuschauen.

Das Parfüm stand auf dem Couchtisch, Kim war verschwunden.

»Das gibt es nicht!«, sagte Müller fassungslos.

»Kann irgendetwas vorgefallen sein? Irgendein Besucher, ein ge-fährlicher Besucher? Kann er einen Spaziergang machen? Kauft er sich ein belegtes Brötchen? Hat er überhaupt Geld?« Svenja ging sehr schnell im Zimmer auf und ab.

Müller hockte sich in einen Sessel. »Jetzt nicht durchdrehen!«, befahl er.

»Er hat sich vielleicht ausgesperrt.«

»Kim? Niemals. Er ist viel zu ängstlich und viel zu aufmerksam. Der Schlüssel steckt nicht in der Tür. Er muss ihn also bei sich ha-ben. Aber er würde um diese frühe Tageszeit nicht allein auf die Straße gehen. Und warum auch, er hat doch alles hier. Und ich habe ihm angesehen, dass er todmüde war. Hoffentlich hat er keinen psy-chischen Zusammenbruch erlitten. Kann es sein, dass er in so etwas wie eine Psychose hineingerutscht ist? Oder vielleicht in eine Art Angstattacke?«

»Ich weiß es nicht. Und was tun wir jetzt? Unser Flieger wartet nicht«, stellte sie fest. »Und Krause auch nicht.«

»Moment mal«, sagte Müller. Er kniff die Augen zusammen und versuchte, sich zu konzentrieren. »Lass uns mal in den Keller gehen. Er hat angedeutet, dass der Keller reichen würde, um ihn zu beher-bergen. Er redete dauernd solche Sachen.«

Svenja blieb dicht hinter ihm und wandte ein: »Das ist doch Quatsch! Das kann doch gar nicht sein.«

»Bei Kim kann das schon sein, er ist wirklich sehr speziell.«

Der Aufzug kam.

»Und was soll er denn im Keller?«

»Ich weiß nicht, was er da soll. Keine Ahnung. Was anderes fällt mir nicht ein«, stellte er fest und stapfte wütend die Kellertreppe hinunter.

Der Keller bestand aus einem schmalen Gang, rechts und links davon lagen Lattenverschläge, von denen jeder mit einem Vorhängeschloss gesichert war. Es war ein sehr aufgeräumter Keller von sehr ordentlichen Mietern: kein Gerümpel, keine Spinnweben, alles absolut staubfrei.

Kim hatte das kleine Vorhängeschloss geöffnet und sich in die hinterste Ecke des Bretterverschlags gehockt. Er hatte den Kopf auf die Knie gelegt und ihn mit beiden Armen bedeckt, als erwarte er eine Explosion. Er hatte nichts mitgenommen in sein Verlies, nicht einmal eine Decke. Es war furchtbar kalt.

»Kim«, murmelte Svenja und ging in die Hocke. »Was machst du denn hier?«

»Da waren Männer«, sagte Kim leise, ohne sich zu rühren.

»Komm, bitte steh auf«, sagte Svenja. »Was für Männer?«

Er hob den Kopf und sah sie an. »Männer«, beharrte er.

»Kim, bitte, steh jetzt auf und komm wieder mit nach oben«, sagte Müller fest.

Kim rappelte sich auf und schüttelte wortlos den Kopf, als müsse er erst wieder zu sich kommen.

»Haben diese Männer bei dir geklingelt?«, fragte Müller.

»Nein, haben sie nicht. Ich stand auf dem Balkon und habe auf die Straße runtergesehen. Dann kam ein Auto, ein großes, schwarzes, und sie stiegen aus. Dann standen sie zusammen und sahen nach oben, genau zu mir ...«

»Was passierte dann?«, fragte Müller ganz sanft.

»Ich habe Angst bekommen. Sie sahen so aus wie die Männer, die uns in dem Hotel in Seoul angegriffen haben. Ich bin aus der Wohnung raus und runter in den Keller gerannt.« Er atmete heftig.

»Oh, Kim.« Svenja legte ihm beruhigend eine Hand auf den Arm.

Sie brachten ihn nach oben. Er begann schon unterwegs, sich stammelnd zu entschuldigen, und sie bemühten sich, ihm zuzuhören, mussten aber schleunigst weiter.

Svenja rief den Diensthabenden an, schilderte ihm die Situation und bat, einen Arzt vorbeizuschicken. »Mit einem Kilo Sedativa!«, sagte sie. Außerdem sollten sie Kims Wohnung für die Zeit ihrer

Abwesenheit beobachten lassen. Wer konnte schon wissen, wer ihrem armen Flüchtling auf den Fersen war.

Nachdem sie Kim versichert hatten, dass jemand kommen und auf ihn aufpassen würde, saß er zusammengesunken auf der Couch und stierte vor sich hin, als sei er in einem bösen Traum gefangen.

»Ich hasse es, ihn allein zu lassen«, sagte Müller aufgebracht.

Der kleine Jet, mit dem sie flogen, startete pünktlich. Krause äußerte nörgelig: »Warum müssen derartige Operationen nur immer so teuer sein?«

Sechzehntes Kapitel

Thomas Dehner hatte zugesehen, wie seine Mutter in den Sarg gelegt und abtransportiert worden war. Sie sollte eingeäschert werden, wie sie es sich gewünscht hatte. Er hatte einen Tag und eine weitere Nacht lang in ihren Dingen herumgewühlt, hatte Briefe von Männern gefunden, denen er nie begegnet war, Fotos von Leuten, die er nicht kannte, Postkarten aus einer Welt, die er nie erlebt hatte. Und jede Menge Fotografien von sich selbst, mit Mutter, mit Mutter und Männern, deren Namen er vergessen hatte, mit anderen Kindern, mit Halbwüchsigen, aus der Zeit, als er sein Abitur machte. Es war seine Art, um sie zu trauern, und nur einmal verließ er das Haus, um in einem Schnellimbiss etwas zu essen. Zuweilen schlief er über einem alten Liebesbrief ein, schreckte dann plötzlich hoch, als habe er einen wichtigen Termin versäumt.

Am Morgen des neunten Tages ging er zur Praxis von Dr. Werrelmann und ließ sich einen Vitamin-B-Komplex spritzen.

»Du solltest wieder arbeiten, mein Junge«, bemerkte der Arzt. »Nicht rumhängen und in alten Sachen wühlen.«

»Ja, du hast wohl recht. Aber sie hat so viele Leben gelebt, und ich habe von so vielen Dingen nichts gewusst.«

»Sie war eine wunderbare Frau, bis zuletzt.«

Dehner setzte sich in die S-Bahn und fuhr zum Dienst. Er meldete sich nicht zurück, sondern ging direkt in sein Büro und schrieb hochkonzentriert sein Abenteuer in San Francisco nieder. Drei Stunden später lieferte er sechs eng beschriebene DIN-A4-Seiten im Sekretariat für Sowinski ab.

Anschließend machte er sich wieder an die Arbeit, die er vor seinem Ausflug in die USA begonnen hatte. Er versuchte, einen zwanzig Jahre alten Fall systematisch aufzuarbeiten, und verstrickte sich in einem Wust an handschriftlichen Zetteln, die kaum zuzuordnen waren und meistens kryptisch auf Personen verwiesen, die nur mit ihren Initialen bezeichnet waren. »H.S. sagt: Nicht eingreifen!« Es kamen ellenlange Treffberichte zum Vorschein, die mit der

Ernsthaftigkeit von Kleingeistern irgendwelche Vorgänge beschrieben, die für den Leser nicht auf Anhieb zu durchschauen waren. Dehner mochte diese Arbeit nicht.

Sowinski rief ihn gegen vierzehn Uhr zu sich.

»Ich habe den Bericht gelesen. Gut gemacht. Haben Sie Zeit, uns bei einem Problem zu helfen?«

»Ja, natürlich.«

»Haben Sie Ihre Mutter beerdigt?«

»Noch nicht. Sie wird eingeäschert.«

»Wie geht es Ihnen gesundheitlich? Ich sehe, das Ohr ist jetzt verpflastert, so langsam werden Sie wieder ein normaler Mensch. Um auf den Punkt zu kommen: Wir brauchen Hilfe. Goldhändchen hat ungefähr fünfzig international tätige Reeder auf der ganzen Welt herausgesiebt, die wir systematisch kontaktieren müssen. Wichtig ist, dass wir nicht im Vorzimmer hängen bleiben, sondern die Leute persönlich ans Telefon kriegen. Und dass wir so klar wie möglich rüberbringen, dass wir ihre Hilfe brauchen. Goldhändchen wird Sie einweisen. Viel Erfolg.«

Dehner hatte zwar schon von Goldhändchen gehört, aber noch nie persönlich mit ihm zu tun gehabt. Er klopfte, und Goldhändchen schrie von innen: »Immer herein mit uns.«

Er saß in seinem Kommandostand und taxierte Dehner langsam von unten nach oben. Dann sagte er: »Passabel.«

»Dehner«, sagte Dehner, »Sie sollen mich einweisen.«

»In was denn? In die Kunst des Lebens? Sie sehen so traurig aus.«

»Ja«, sagte Dehner. Ihn verwirrten die vielen Bildschirme, die ganzen technischen Geräte, die Unmengen an Kabeln und die wuchernden Grünpflanzen, die wie stumme Besucher unter ihren Spezialleuchten dämmerten.

Goldhändchen trug ein schneeweißes Jackett zu einer Hose, deren Farbe irgendwo zwischen Lila und Rot angesiedelt war.

»Gucken Sie mal auf Bildschirm sechs, schräg rechts von Ihnen. Da sehen Sie unser Problemchen, einen stinknormalen Container. Er ist zwanzig Fuß lang. Es gibt auch welche mit dreißig oder vierzig Fuß, letztere nennt man Longfeet. Sie kennen die Dinger sicher, mein Lieber, man sieht sie überall und jeden Tag. Auf den jeweils vier Seiten des Containers sind kleine Tafeln angebracht, die eine komplette Auskunft geben. Wem gehört das Ding? Woher kommt es? Was für Innenmaße hat es? Was steckt drin? Wem gehört die Ladung? Wohin geht sie? Und, und, und. Alles klar so weit, mein Lieber?«

»Ich bin nicht Ihr Lieber«, sagte Dehner möglichst ausdruckslos.

»Das ist richtig, das war auch nur freundlich gemeint, manchmal bin ich ein wenig leutselig. Nun gut. Wir suchen unter den Containern dieser Welt einen ganz bestimmten, den man normalerweise nie finden würde. Aber der hat irgendwo die Ziffernfolge eins, null, acht, null stehen. Wie wir annehmen außerhalb der Tafeln und vermutlich gut sichtbar. Wir suchen also Zehnachtzig. Unser Dr. Esser – kennen Sie Esser? – kam nun auf eine glorreiche Idee: Diese Container werden in Häfen und anderen Verladestationen von sogenannten Straddle Carriern bewegt. Das sind Hebekräne auf Gummireifen, sehen so aus wie ein total verunglücktes Konstrukt eines besoffenen Ingenieurs. Oben auf diesem riesigen Hebekran sitzt in einer Kabine der Fahrer. Und das, was dieser Fahrer da oben todsicher immer sieht, ist das Dach des Containers, denn er muss mit seiner Hebevorrichtung genau über den Container fahren. Wir vermuten nun, dass unser Zehnachtzig genau aus dieser Position gefunden werden kann. Je nach Farbe des Containers, und die haben ganz entzückende Kreationen, dürften dann die gesuchten Ziffern zu sehen sein, abhängig vom Untergrund natürlich mehr oder weniger deutlich. Esser ist also ein ganz Schlauer. Wir haben jetzt, ohne genaue Angaben, alle Bruderdienste aufgefordert, nach diesem Container zu suchen. Als Begründung haben wir angegeben, dass er vermutlich Maschinenteile für Schnellfeuerkanonen enthält. Verstehen Sie, mein Lieber? Außerdem haben meine Mannen und ich rund fünfzig Reeder aufgetan, und die müssen jetzt abtelefoniert werden. Nur die Reeder sind wichtig, ihre Büros überhaupt nicht, die Vertreter auch nicht. Wir verfahren nach Standard. Wir bitten ganz klar um Hilfe. Denn nur die Reeder sind mächtig genug, diese Suche überhaupt einzuleiten. Und die Kranführer werden sich auch nur dann erinnern und aufmerksam werden, wenn ihnen ein Reeder persönlich Feuer unterm Arsch macht. Klar, mein Lieber?«

»Es ist die Bombe!«, mutmaßte Dehner.

»Genau, Schätzchen, aber sagen Sie das keinem!« Goldhändchen stand unvermittelt auf, und Dehner sah, dass er zu den dunkelrot schillernden Hosen grüne Slipper trug. Er bewegte sich mit zierlichen kleinen Schritten und sprach dabei unentwegt.

Dehner dachte schaudernd: Den ertrage ich nicht.

»Sie müssen wissen, Schätzchen, dass wir ein Problem mit der Zeit haben. Eigentlich sollten wir dieses Teil schon vorgestern gefunden haben. Also, hurtig, hurtig ans Werk. Und es ist auch egal, wobei Sie die Reeder gerade stören, Geschlechtsverkehr oder Vorstandssitzung, wir brauchen jede Hilfe. Seien Sie unhöflich. Und da fällt mir doch noch etwas ein: Falls Sie eine heiße Spur haben, sagen Sie sofort Esser und mir Bescheid. Pronto, mein Lieber.« Dann strahlte er Dehner an und fragte: »Sind Sie neu in diesem Verein?«

Dehner antwortete nicht, er flüchtete entsetzt. Zu Esser bemerkte er später entrüstet: »Der Kerl ist auch noch unhöflich, er hat mir nicht einmal einen Stuhl angeboten.«

»Seien Sie froh, sein Ledersessel ist das reinste Folterinstrument. Aber er ist ein Genie, glauben Sie mir. Was der schon alles gedreht hat …« Er strahlte Dehner an.

Dehner blieb kühl und sagte: »Dann gehe ich mal unsere Bombe suchen, einfach nur per Telefon.«

Es war 12.30 Uhr Ortszeit, als sie in Washington landeten. Sie hatten keinerlei Schwierigkeiten mit den Behörden, denn sie waren Vielflieger, die dauernd in den Staaten zu tun hatten und Reisepässe mit unbegrenzten Visa vorzeigen konnten. Sie waren der Industrielle Holger Steeben (Glaswerke), zusammen mit seiner PR-Fachberaterin Gundula Heberlein und seinem Assistenten Werner Maybach. Sie gaben an, binnen achtundvierzig Stunden wahrscheinlich schon wieder außer Landes zu sein, und sie erklärten sich ausdrücklich damit einverstanden, dass ihr Flugzeug durchsucht wurde, falls das irgendeine Behörde für notwendig erachten sollte.

Sie fuhren umgehend ins Regent und bezogen ihre Zimmer, bevor sie sich in der Lobby trafen und übereinkamen, ausgiebig und sehr amerikanisch zu essen. Mit dem Taxi fuhren sie nach Georgetown und besuchten dort ein Restaurant, in dem die größten Burger der Hauptstadt angeboten wurden. Es handelte sich dabei um einen Fleischklops von der Größe zweier Tennisbälle, eingequetscht in ein

Brötchen, das diese Bezeichnung wegen seiner gigantischen Ausmaße nicht mehr verdient hatte, wie ein gewaltiges Maul aufklaffte und genauso groß war wie der Teller, auf dem er serviert wurde. Die Küche hatte überdies frische Salate auf die Herrlichkeit drapiert, sodass das Ganze vollkommen unglaubwürdig erschien.

»Mein Gott, Ketchup ist auch schon drauf!«, bemerkte Svenja.

»Ich finde das herrlich«, sagte Krause. »Wir haben morgen früh einen Termin. Archie Goodwin wird uns um neun Uhr empfangen. Er sagt, er freut sich schon. Und ich habe betont, dass wir nur mal kurz reinschauen und gleich darauf schon wieder wegmüssen. Erst dann hat er uns begeistert zu sich nach Hause eingeladen, damit wir seine Elli kennenlernen, von der ich annehme, dass sie gar nicht existiert.«

»Was wissen wir eigentlich von ihm?«, fragte Müller.

»Dass er sehr geschmeidig ist«, sagte Krause. »Es gibt böse Zungen, die behaupten, dass er jeden Morgen in ein Ganzkörperkondom steigt, um leichter durch den Tag zu kommen. Ich persönlich hatte es immer schwer mit ihm, weil ich mir nie ganz sicher war, ob er nur ein Kläffer ist oder ein wirklich scharfer Hund. Aber inzwischen ist mir das klar geworden. Er hat sich hochgedient, er hat das Ohr seines Präsidenten, wenn es kritisch wird, und man sagt, er sei mächtiger als der Chef der Behörde selbst. Tatsächlich taucht er in allen wichtigen Ausschüssen auf und ist bei nahezu jeder Operation dabei, die in irgendeiner Weise heikel ist.«

»Keine Feier ohne Goodwin, würde ich sagen.«

»Das spricht für ihn und die CIA«, sagte Svenja ironisch. »Hat er ein Privatleben?«

»Wie es aussieht, nicht. Da ist die schon erwähnte Frau Elli, von der man nichts weiß, und es besteht der Verdacht, dass er zu den Kreationisten gehört, die Darwins Lehre von der Entwicklung der Arten ablehnen und der festen Überzeugung sind, es habe sich alles so abgespielt, wie in der Bibel beschrieben. Also: Die Welt ist vor sechstausend Jahren durch Gottes persönlichen Eingriff geschaffen worden. Diese Leute behaupten, dass alle alten Knochen von Dinosauriern, die wir gefunden haben, eine bewusste wissenschaftliche Täuschung sind. Ich weiß natürlich nicht, ob Goodwin tatsächlich uneingeschränkt dahintersteht, aber zumindest arbeitet er weit draußen auf dem rechten Flügel seinem Präsidenten zu, von dem man ja auch nicht behaupten kann, dass er in irgendeiner Weise intellektuell ist.«

»Aber so etwas wie ein Privatleben hat doch jeder Mensch«, bemerkte Svenja nachdenklich.

»Sollte man annehmen«, nickte Krause. »Aber es gibt Leute, die in eine Institution hineinschlittern und sich schließlich perfekt darin einrichten, weil sie das großartig finden und weil sie an nichts anderem hängen. Irgendwann halten sie das für das richtige Leben.«

»Solche Leute haben für gewöhnlich einen Tunnelblick«, sagte Müller.

»Ja, wahrscheinlich. Aber möglicherweise tun wir Archie auch unrecht, vielleicht ist er ja ganz anders.« Krause zupfte an einem Salatblatt herum, mehr als ein Drittel dieses Gebirges an Nahrungsmitteln würde er ohnehin nicht schaffen.

»Das glauben Sie doch selbst nicht«, sagte Müller und grinste.

»Stimmt.« Krause seufzte. »Wenn Sie mich nach Archie fragen, muss ich gestehen, dass ich mich immer an den ganz irrationalen und zutiefst beunruhigenden Eindruck erinnere, den er bei mir hinterlässt. Wenn wir uns treffen, miteinander sprechen und uns anschließend verabschieden, dann ist es hinterher so, als wäre er gar nicht da gewesen. Ich hatte bei früheren Gelegenheiten sogar das fatale Gefühl, mich anschließend nicht mehr an sein Gesicht erinnern zu können.«

»Wunderbar«, sagte Svenja heiter. »Das macht ihn zum idealen Spion. Obwohl ich gestehen muss, dass mein Eindruck von ihm ein anderer war.« Nach einer kurzen Pause fragte sie: »Haben Sie denn eigentlich so etwas wie eine Religion?«

Krause sah sie milde lächelnd an. »Zunächst einmal glaube ich an menschliche Ordnung, an unsere Fähigkeit, unser Leben so zu leben, dass möglichst wenig Gewalt entsteht. Selbstverständlich haben wir dann ein Problem: Es sieht so aus, als brauchten wir katastrophale Ereignisse, weil die Erde so viele Menschen nicht tragen kann. Immerhin sind wir noch nicht fähig, in den Weltraum auszuweichen. Vielleicht können wir das nie, vielleicht gehen wir dabei unter. Aber der Geist des Rechtes und der Ordnungen ist zunächst stark genug, um zu leben. Und: Wir haben ja die Güte. Wenn Sie mich fragen, ob ich an den lieben Gott glaube, muss ich antworten: Nein. Denn der liebe Gott ist auch nur ein menschlicher Traum. Ich glaube, ich bin ein typischer Vertreter: Ich sitze zeit meines Lebens zwischen den Stühlen. Aber ich sitze bequem.« Er räusperte sich und setzte dann hinzu: »Du lieber Himmel, ich fange an zu philosophieren. Vergessen Sie das einfach.«

»Ich hätte bei Ihnen Gott vermutet oder zumindest irgendein Geistwesen«, sagte Müller. »Was ist denn mit dem Vaterland?«

»Das ist ein ganz schwieriger Kandidat«, antwortete Krause schnell. »Aber man soll die Hoffnung nicht aufgeben, dass er eines Tages erwachsen wird. Nein, sagen wir so: Ich diene meinem Land in der Hoffnung, es zu erhalten. Le Carré hat seinen Agenten Smiley einmal sagen lassen, er schulde seinem Land Dank. So fühle ich auch. Jetzt ist es aber wirklich gut. Ihr wollt mich vorführen, ihr jungen Leute, ihr schrecklichen Halunken.«

Sie wussten, dass er nur mühsam seine Rührung verbergen konnte, und wandten diskret den Blick ab.

Der »erste positive Kontakt« wurde von Esser um 23.17 Uhr verzeichnet, und er reagierte so aufgeregt, dass er seinen Kamillentee vom Schreibtisch fegte.

Im Grunde war es gar nicht Esser, der diesen Kontakt zustande brachte, es war vielmehr Thomas Dehner. Auf dessen Apparat ging ein Anruf von draußen ein. Dehner hatte sich gerade nach über zwanzig nahezu gleichermaßen erfolglos verlaufenen Telefongesprächen verbittert gefragt: Was habe ich denn überhaupt mit dem verdammten Containerverkehr zu tun?

Es war Goldhändchen, der in seiner ausufernden Fantasie beschlossen hatte, ein von ihm sogenanntes Einheitsfax an die Chefs der großen Verladefirmen in den internationalen Häfen zu schicken, gleichzeitig aber auch alle Reeder anzufaxen, deren Adressen sie hatten. Nach Goldhändchens eigener Auskunft hatte er das Fax über einen Rechner an sechstausend Adressen gejagt, und man muss wohl annehmen, dass er die möglichen Konsequenzen nicht ausreichend bedacht hatte.

Selbstverständlich hatte das Schriftstück den Stempel STRENG GEHEIM bekommen, aber alles in allem war es der offenste Brief, der jemals aus der Bundesrepublik Deutschland und in ihrem Namen versandt wurde. Goldhändchen hatte ihn eine Stunde lang entworfen und dabei berücksichtigt, dass keiner der Adressaten etwas Längeres als eine Postkarte von Anfang bis Ende lesen würde. Es gab dieses Fax auf Deutsch, Englisch, Chinesisch, Japanisch, Französisch, Spanisch und Urdu.

An die Damen und Herren Leiter und Chefs!

Die Sicherheitsberater der Bundesrepublik Deutschland bemühen sich dringend um die Auffindung von insgesamt sechs Containern, die mit Motoren für Schnellfeuerkanonen gefüllt sind, Herkunft unbekannt, Ziel unbekannt. Krieg ist der Tod des Handels. Es ist sicher, dass einer dieser Container eine aus dem Rahmen fallende Bezeichnung trägt (wahrscheinlich an der Seite und auf dem Deckel). Es sind die Ziffern 1-0-8-0. Der Finder möge sich rasch melden. Er kassiert unseren Dank und selbstverständlich die eine oder andere gute Flasche! Anbei unsere Telefonnummern und die E-Mail-Adressen.

Niemand im Haus wusste vorher von dieser Aktion, Goldhändchen hatte selbstverständlich keinen seiner Kollegen eingeweiht. Nur seinem Lieblingsuntergebenen, einem blassen, dürren Jüngling von zwei Metern Größe hatte er anvertraut: »Die Botschaft muss so klar und eindeutig sein wie eine Urlaubskarte an Tante Erna.«

Die strikten Gegner Goldhändchens, die immer schon gewusst hatten, dass das nicht ewig gut gehen könne mit ihm, sahen vorübergehend einen goldenen Hoffnungsschimmer am Horizont, weil sie dachten: Das bricht ihm das Genick! Jetzt ist er fällig!

Stattdessen brach erst einmal jede Kommunikation zusammen, weil der Ansturm gewaltig war. Es gab eine Anhäufung von Fragen nach den genauen Maßen der Container, nach Gewichten, nach terminlichen Anhaltspunkten, nach Absender und Adressaten, nach Schifffahrtslinien, Bahnlinien und möglichem Truckverkehr, und man bot sofort und ohne Zögern Container an, auf denen alle möglichen zusätzlichen schriftlichen Botschaften von Mensch zu Mensch zu entdecken waren, so die mit schwarzer Farbe auf den Deckel eines lichtblauen Behälters gepinselte Botschaft: »Johnny! Du bist der Beste!«

Um 23.06 Uhr schrillte das Telefon auf Dehners Schreibtisch, und Goldhändchen sagte unterdrückt lachend: »Nimm den mal, Schätzchen!«

Ein tiefer Bass meldete sich mit: »Groom, Hanjin.« Es folgte etwas, was Dehner zunächst für Englisch hielt, dann jedoch zu dem Schluss kam, dass es eine Sprache war, die er noch nie zuvor gehört hatte. Es war ein geradezu verwirrendes Stakkato von Heullauten und kunstvoll über eine ganze Oktave schwingenden Tönen. Der Bass war anscheinend betrunken.

Dehner brüllte: »English, please! Und langsam, verdammt noch mal.«

»Uiihh!«, sagte der Bass. Und dann: »Groom hier, Hanjin Shipping. Hanjin kennst du doch, Junge, oder? Also, ich weiß mit Sicherheit, dass das Ding bei mir hier durchgekommen ist ...«

»Wo denn?«, wagte Dehner zu fragen.

»Na ja, Hanjin, Sydney, wo denn sonst? Und du kannst diesen Arschlöchern, die uns unser Geschäft mit ihren verdammten Waffen vermasseln, ruhig mal den Strick androhen! Meine Meinung! Das Ding kam hier durch, weil mein Büro genau über dem Verladekai liegt, und ich dachte noch: Was soll das denn?«

»Wann war das?«

»Kann ich nicht sagen. Aber ich schätze mal, das ist etliche Monate her. Vielleicht fünf oder so. Aber ich werde versuchen, das herauszubekommen. Und dann haben wir die Schweine.«

Dehner dachte: Sydney ist auf der anderen Seite des Planeten. Wieso dort? Dann fragte er nach Adresse und Handynummer des Anrufers und schrieb alles eifrig mit.

Als er gerade zur nächsten Frage übergehen wollte, fragte der Bass: »Und was ist in der Flasche?«

»Wieso Flasche?«, fragte Dehner verwirrt. »Können Sie sich erinnern, ob eine Firma auf dem Container angegeben war? Eine Reederei, ein Schifffahrtsunternehmen? Und welche Farbe hatte das Ding?«

Mister Groom hatte keine Antwort darauf.

Diese Nacht stellte insofern eine neue Situation für den BND dar, als Esser nichts anderes übrig blieb, als so viele Mitarbeiter aus dem Bett zu holen wie nur möglich. Selbstverständlich kam es zu Krisen, selbstverständlich rannte er irgendwann in der Nacht mit hochrotem Kopf, und ohne anzuklopfen, in Goldhändchens Operationszentrum und brüllte in die Dämmerung: »Was haben Sie da angerichtet? Wie kommen Sie dazu, die ganze Welt mit einem Fax

316

zu beglücken, das an naiver Struktur nicht mehr zu überbieten ist? Wir sind ein Geheimdienst, kein Versandhandel!«

Goldhändchen antwortete nicht, er war zutiefst beleidigt, stand auf und fing wortlos an, seine Pflanzen zu gießen.

Esser stürmte aus dem Zimmer, knallte die Tür hinter sich zu, blieb dann abrupt auf dem Flur stehen, fasste sich an den Kopf und dachte: Der Junge hat einfach blendende Ideen. Er ist zwar wahnsinnig, aber manchmal ist das äußerst hilfreich. Esser hatte eine kleine, geheime Liste im Schreibtisch. Er schrieb sich die Namen der Mitarbeiter auf, die besonders zu loben waren, wenn denn Lob einmal angesagt sein sollte. In dieser Nacht setzte er Goldhändchens Name auf die Liste.

Immerhin konnten sie schon innerhalb der ersten zehn Stunden anhand von sechzig direkten Anrufen und rund zweitausend E-Mails ein bestimmtes Muster erkennen, welchen Weg der Container genommen hatte. Danach war er irgendwie an die japanische Westküste geraten, in Ho-Chi-Minh-Stadt in Vietnam bemerkt worden, dann in den Inseln Indonesiens aufgetaucht, wobei er mit so romantisch klingenden wie Surabaya in Berührung kam. Brisbane meldete, er sei wohl bemerkt worden, man werde das prüfen. Pause. Zwei Monate später steht er in einer kleinen Hafenstadt bei Mumbai in Indien, läuft dann Aden an, befindet sich sechs Tage lang in Daressalam, ist dann acht Wochen später in Luanda, wobei nicht klar wird, ob er um die Südspitze des afrikanischen Kontinents herumgeschippert wird oder gar auf einem Truck oder per Eisenbahn den Kontinent durchquert. Dann scheint er verschwunden, taucht in Recife auf dem südamerikanischen Kontinent wieder auf. Und plötzlich Kuba.

»Er sollte irgendwie in die Vereinigten Staaten!«, jubelte Sowinski, obwohl niemand seinen Grund zur Freude nachvollziehen konnte.

Am zehnten Tag, morgens um sechs Uhr, holte Sowinski vollkommen übermüdet den besten Logistikfachmann aus dem Bett, den er kannte. Er sagte: »Wir wissen nicht weiter, wir brauchen Hilfe.«

»Ich bin auf Mallorca und mache Urlaub!«, kam es wütend aus dem Hörer.

»Das ist mir scheißegal«, entgegnete Sowinski hoheitsvoll.

Sie frühstückten um sieben Uhr. Keiner sprach.

Nur einmal fragte Müller: »Haben Sie ein bestimmtes Rezept?«

»Nein, ich habe kein Drehbuch«, entgegnete Krause. »Wir werden sehen, wie es läuft. Aber ich habe etwas für Sie, das Mut macht. Es gibt diesen Container tatsächlich, und er ist nichts weiter als eine dunkelrote, zerbeulte Kiste, uralt, die sich auf allen möglichen Schiffen langsam dem nordamerikanischen Kontinent näherte. Wo er jetzt ist, wissen wir nicht.« Dann langte er in seine schlichte dunkelbraune Ledermappe und legte jedem von ihnen einen kleinen Kasten neben den Teller, nicht größer als eine Streichholzschachtel. »Das ist ein Aufnahmegerät, das nicht geortet werden kann. Es hat eine Kapazität von acht Stunden. Neueste Technologie. Irgendwo an dem Ding ist ein roter Punkt. Wenn Sie den drücken, schaltet es sich ein.«

»Man kann inzwischen auch Handys als Wanzen benutzen«, bemerkte Müller.

Er war nervös, hatte nicht die geringste Vorstellung, wie diese Operation enden würde. Und weil er von Natur aus ein Skeptiker war, hatte er die ganze Nacht unangenehme Wachträume erlebt: das Scheitern, den grausamen Verlust aller Hoffnungen und dann letztlich die Katastrophe selbst: Verhaftung durch die Amerikaner. Er hatte sich nicht dagegen wehren können, obwohl Svenja ihn zärtlich geliebt hatte.

»Was Sie nicht sagen«, erwiderte Krause.

»Erzähl mal«, sagte Svenja begierig, die genauso nervös war wie Müller.

»Du betrittst einen Raum, triffst dort irgendjemanden, ihr setzt euch an einen Tisch, du legst dein Handy wie zufällig auf die Tischplatte. Es ist abgeschaltet. Jetzt kann es, ohne dass man irgendetwas sieht oder hört, aktiviert werden. Es funktioniert wie eine Wanze, nimmt alles auf und leitet es weiter an einen Empfänger. Die Hersteller haben Zeter und Mordio geschrien und behauptet, man könne Handys nicht manipulieren. Aber man kann.«

»Handys waren noch nie sicher«, bemerkte Svenja trocken.

Sie landeten um acht Uhr in einer viersitzigen Cessna auf dem Flugplatz der CIA in Langley, Virginia.

Der Empfang war sehr herzlich. Archie Goodwin kam in die Halle gelaufen wie das Sinnbild aller Siegreichen höchstpersönlich. Er trug zu einem grauen Anzug und einem blauen Hemd eine Krawatte mit kleinen Darstellungen des Stealth-Bombers.

»Nur schnell Guten Tag sagen«, betonte Krause. »Das hier ist Charlie, den deine Leute beinahe getötet hätten, und das hier – du hast sie schon mal gesehen – unsere mit Recht hoch geschätzte Svenja, die du ebenfalls beinahe auf dem Gewissen hättest, wenn sie nicht cleverer gewesen wäre als alle deine miesen Leute zusammen.«

»Ihr seid auf einem Rachefeldzug, stimmt's?«, strahlte Goodwin.

»Yep«, sagte Krause.

Sie gingen unter munterem Geplauder durch Korridore, fuhren mit verschiedenen Lifts hinauf und hinunter, drangen vor in immer stillere Regionen, bis sie zu einem Bereich kamen, in dem keine Glaswände mehr Einblicke in Sekretariate und Spezialräume gewährten. Hier war es dämmrig und still, alle Türen waren geschlossen, und an keiner von ihnen war ein Namensschild.

»Wie war es denn so im Chinesischen Meer?«, fragte Archie.

»Still, angenehm still«, antwortete Müller.

Archie lachte strahlend. Dann drückte er eine Tür auf und sagte etwas theatralisch: »Herzlich willkommen!«

Es war ein großer Raum mit einem großen, mächtigen Holzquader als Schreibtisch, dahinter eine amerikanische Flagge. In einer Sitzecke aus weißem Leder saßen eine Frau und ein Mann.

»Darf ich vorstellen: Blanche de Goodelang und Lars Young!«

Sie lachten sich an, sie meinten es zweifelsfrei herzlich, und sie wirkten einander erstaunlich zugetan und privat. Blanche alias Nancy ließ es sich nicht nehmen, ihnen Küsschen links und Küsschen rechts zu gewähren, und hauchte dabei: »Ich freue mich so.«

Dann setzten sie sich, und Archie berichtete mit jungenhaftem Eifer: »Wir haben eine Flasche aufgetrieben. Weißt du, woher? Champagne, mein Alter, etwas echt Perlendes.«

»Lieber keinen Alkohol«, sagte Krause und hob beide Hände zur Abwehr.

»Was treibt ihr hier?«, fragte Archie.

»Besuch beim Botschafter, die üblichen jährlichen Absprachen, nichts wirklich Wichtiges«, wich Krause aus.

Svenja beobachtete Nancy. Das Bild schien immer noch zu stimmen: Sie wirkte abgebrüht, hatte wie immer das Rouge zu dick aufgetragen, ihre Augen waren hart wie blassblaue Kiesel. Svenja hatte noch ihre Worte im Ohr: Vögeln können Sie doch, oder? Sie stellte sich einen Lidschlag lang vor, wie sie Nancys Schädel gegen die Wand knallen würde.

Müller besah sich Archie Goodwin sehr aufmerksam und dachte dabei an Krauses Worte, dass er ein Mann sei, von dem keine Erinnerung bleibe. Müller war da ganz anderer Meinung. Er dachte sofort: Den werde ich nicht vergessen. Er fand Archie Goodwin ölig.

Dann Silverman oder Lars Young, von dem sie am wenigsten wussten. Ein zur Dicklichkeit neigender Mann im hellgrauen Dreiteiler mit einer leuchtend blauen Krawatte und Haaren von unbestimmbarer Farbe, die auf einen Millimeter Länge getrimmt waren. Er schien sein Dauerlächeln nicht mehr ausknipsen zu können. Müller dachte: Ich mag dich nicht! Aber er wusste dabei natürlich, dass er voreingenommen war.

»Was machen wir denn mit der Bombe?«, fragte Archie.

»Na ja, man müsste sie erst mal haben, um etwas machen zu können«, antwortete Krause freundlich. »Habt ihr denn jetzt den Hauch einer Ahnung, wo sie stecken könnte?«

»Nein«, sagte Nancy. »Und was sagt Europa?«

»Wir wissen es leider auch nicht.« Krause setzte sich in seinem Sessel zurecht, wackelte dabei ein wenig hin und her.

Wenn er zum Angriff übergeht, hatte Svenja einmal bemerkt, dann muss er ein gutes Gefühl im Arsch haben, sonst läuft nichts.

»Es trifft sich gut, dass wir euch drei vor dem Lauf haben«, begann Krause gemütlich. »Natürlich haben wir uns Gedanken gemacht, wer denn, um Gottes willen, so eine Waffe kaufen könnte. Und vor allen Dingen, warum? Da sind wir auf die Idee gekommen, dass möglicherweise keine terroristische Gruppierung dahinterstecken könnte, sondern eher schon eine Gruppe sehr westlich denkender Geheimdienstleute, die ihrem Präsidenten mal zeigen wollten, wie erfolgreich man einen Schurkenstaat dazu überreden kann, eine solch furchtbare Waffe für einen Haufen Dollar oder Euro zu verscheuern.« Er lächelte seine Gastgeber an und wirkte dabei sogar ein klein wenig verlegen. »Was haltet ihr von dem Gedanken?«

»Eine interessante Idee«, sagte Lars Young mit völlig regloser Miene.

»Das ist ja noch naiver als Hollywood«, bemerkte Nancy abfällig.

»Das will ich hören, Krause-Darling«, strahlte Archie.

»Ja, ja.« Krause nickte bekümmert. »Anfangs stand ich ganz allein mit dieser Idee, und, ehrlich gesagt, traute ich mich nicht, irgendjemanden in meinem Haus darauf anzusetzen. Eigentlich begann alles damit, dass ihr drei hier Svenja nach Nordkorea getrieben habt, damit sie einen Mann herausholt, der etwas über das Atomprogramm der Nordkoreaner wissen konnte. Diese Operation schien darauf angelegt, Svenja zu opfern. Und der Nordkoreaner ist dann von einem eurer Hilfssheriffs in San Francisco getötet worden, vermutlich aus reiner Habgier. Diesmal sollte Charlie hier offensichtlich geopfert werden.« Er griff in seine braune Ledermappe und zog das Bild heraus, das Wu von seinem umfunktionierten Konferenztruck geschossen hatte. »Ich könnte mir die Mühe machen, euch das alles mit Daten und Orten und dergleichen zu belegen.« Er ließ das Bild auf den niedrigen Tisch segeln, sodass alle es sehen konnten.

»Ich will es kurz machen, denn sonst sitzen wir morgen noch hier: Ihr habt die Bombe gekauft, habt sie bezahlt mit einer Milliarde Euro. Die hat euch Glen Marshall gegeben, weil er seinem Präsidenten endlich mal zeigen wollte, wie ein kluger Mann Schurkenstaaten aufs Kreuz legt. Il Sung Choi hat das unglaubliche Ding für euch gedeichselt. Als er dann allerdings nicht wie verabredet auftauchte, hattet ihr ein riesiges Problem, denn er war der Einzige, der euch die Kennung des Containers mitteilen konnte. Dieses Wissen war schließlich seine Lebensversicherung. Hier ist übrigens noch ein hübsches Dokument von eurem Dreimonatstrip nach Peking.« Er legte Wus Fotografie auf den Tisch, die die drei in Peking beim Gottesdienst zeigte. Dann fuhr er mit einer fast melancholischen Stimme fort: »Und du, Archie, hast dieses Ding mit großer Begeisterung durchgezogen, weil du ganz fest an die glorreiche Stunde geglaubt hast, in der du deinem Präsidenten die Bombe zu Füßen legen konntest, um dann die reiche Ernte einzufahren und zum umjubelten Liebling des amerikanischen Volkes erhoben zu werden. Und du hast sicher von einem amerikanischen Präsidenten geträumt, der trunken vor Glück in die Kameras sagt, dass seine CIA eben doch der beste Geheimdienst der Welt ist, mit lauter genialen Leuten an Bord – und einem Obergenie. Und Sie, Nancy, würden todsicher mit einem hohen Orden belohnt und irgendwo in Malibu bis zu Ihrem

Tod residieren, bezahlt vom Volk, umgeben von jungen, gut gebauten Machos. Ihre Story wäre den Giganten des Kitschs todsicher eine Verfilmung wert. Besonders der Teil der Geschichte, in der Sie den Milliardär Marshall flachlegten, um Ihnen das Unternehmen zu finanzieren. Bei Ihnen, Mister Young, bin ich nicht sicher, was Sie für Ihre Zukunft geplant hatten. Vielleicht eine Insel in der Südsee? Jedenfalls können wir mit Datum und Uhrzeit beweisen, dass Sie Ben Wadi auf Mauritius getroffen haben. Um die banktechnische Seite des Deals klarzumachen, nicht wahr? Denn erst mussten ja die Gelder fließen.« Krause sah in die Runde, als wisse er nicht weiter.

Er provoziert sie, dachte Svenja starr. Er teilt ihnen mit, dass sie eigentlich schon tot sind. Sie haben es nur noch nicht bemerkt.

»Ich weiß nicht, ob ich mir den Scheiß noch weiter antun muss!«, sagte Nancy rau. »Ihr kommt doch sowieso nur in Handschellen hier raus.«

»Da bin ich vollkommen anderer Meinung«, sagte Svenja scharf. »Und du altes Miststück solltest endlich mal deinen Mund halten.« Das tat gut, das tat sehr gut.

»Keine Beleidigungen, bitte«, bemerkte Krause mit onkelhafter Güte.

Archie stand tatsächlich auf.

Müller griff blitzschnell seinen Arm und drückte ihn zurück. »Du bleibst hier, Junge.« Er lächelte in die Runde. »Alles, was hier gesagt wurde, haben wir natürlich schriftlich, auf Bändern, auf zahllosen digitalen Wunderwerken. Und in eurer Post findet ihr die komplette Dokumentation. Ihr könnt mit uns sprechen, aber mehr auch nicht. Ihr habt die Scheiße gebaut, jetzt müsst ihr auch die Konsequenzen tragen.«

»Ihr habt keine Beweise«, sagte Archie trocken, und seine Zunge fuhr über seine Lippen.

»Doch, doch, haben wir«, widersprach Krause ruhig. »Siehst du, mein Lieber, schließlich ist euch ja euer Hauptzeuge und Handelspartner verloren gegangen. Il Sung Choi sollte von meinem Charlie herausgeholt werden. Stattdessen hockte ein anderer Mann auf dem Inselchen im Chinesischen Meer. Und es war nicht schlecht geplant, dass Il Sung Choi tatsächlich der Einzige war, der den Suchcode des Containers mit der Bombe hatte. Fatal ist nur, dass euch dieser Mann abhandengekommen ist. Und wir wissen das nicht nur, wir können das sogar beweisen.« Dann sah er Archie Goodwin an. »Es sieht nicht gut aus.«

»Du hast den Nordkoreaner, stimmt's?«, fragte Goodwin.

»Ihr seid alle drei wirklich dämlich«, schloss Krause bitter, als habe er letzlich das Ganze zu verantworten. »Und jetzt wollen wir ungestört diesen Hort amerikanischer Geheimnisse verlassen. Kommt, Leute.« Er stand auf, ließ die beiden Fotos auf dem Tisch liegen, klemmte seine Ledermappe unter den Arm und ging zu Tür. Svenja und Müller folgten ihm, niemand sagte ein Wort.

Sie marschierten in aller Ruhe den ganzen Weg zurück, durchquerten die riesige Halle und traten dann hinaus in den Sonnenschein. Svenja wandte sich spontan zu Krause um, schlang die Arme um ihn und küsste ihn auf beide Wangen. »Mein Held!«, sagte sie lachend und registrierte dabei gerührt, wie er vor Verlegenheit am liebsten im Boden versunken wäre.

Wenige Stunden später waren sie zurück in ihrem Hotel in Washington, die kleinen Aufnahmegeräte waren inklusiv Gesprächsmitschnitt per Botschaftskurier bereits auf dem Weg nach Deutschland, und Krause rief Sowinski an, um nach Neuigkeiten zu fragen.

»Der Container ist in Anchorage, Alaska«, erklärte Sowinski lapidar. »Ihr müsst ein Hafenterminal Nummer sechs ausfindig machen. Der Container steht auf Feld siebzehn, ist rot und trägt die Aufschrift MAERSK. Das ist ein riesiges Unternehmen im Bereich Reederei, Transport und Logistik. An der Seite und auf seinem Deckel stehen die Ziffern.«

»Haben wir jemanden da, der uns begleiten kann?«

»Haben wir. Erwin Glaubrecht heißt der Mann. Freischaffend. Er wird am Flughafen sein. Wann fliegt ihr?«

»Jetzt«, sagte Krause.

Er rief die Piloten an und erklärte, sie möchten auftanken, der nächste Aufenthalt sei Anchorage, Alaska. Ob da, rein fliegerisch gesehen, irgendwelche Schwierigkeiten zu erwarten seien. Keine, versicherten die Piloten.

Im Anschluss an das Gespräch rief Krause seine Frau an und erzählte ihr, sie seien furchtbar müde, aber sehr erfolgreich, und er sei schon bald wieder zurück in Berlin, worauf sie erwiderte, das glaube sie erst, wenn er an ihrem Bett auftauche. Nein, sie habe keine

Schmerzen mehr, ja, es gehe ihr richtig gut. Und, ja, er möge sich beeilen, denn das Krankenhaus hänge ihr langsam zum Hals raus. Dann kam der Anruf, den er seit einer Stunde erwartete.

Sein zuverlässiger Zuträger aus Langley, Virginia, dem Dienst seit Jahren eng verbunden, sagte heiser vor Erregung, in der CIA sei die Hölle los. Natürlich könne er bis jetzt nur sagen, was im Haus geflüstert werde. Aber das sei so schlimm, dass er es selbst kaum glaube. Archie Goodwin sei in dem Ruheraum hinter seinem Büro gefunden worden. Er habe sich erschossen. Blanche de Goodelang habe ihren BMW bestiegen und sei an der Ausfahrt in Richtung Interstate mit Vollgas gegen eine Mauer geknallt. Es sei ihr nicht viel passiert, nur ein paar Knochenbrüche. Lars Young sei samt seinem Porsche spurlos verschwunden, nach ihm werde gefahndet. Niemand könne sich das alles erklären, die Leute seien sehr aufgeregt und verwirrt. Ja, und dann noch etwas ganz Unglaubliches: Es bestehe die Möglichkeit, dass eine kleine terroristische Gruppe den Weg zu Archie Goodwins Büro im Herzen der CIA gefunden habe. Aber das sei absolut unglaubwürdig, da laut Aussagen von überaus einflussreichen Persönlichkeiten in der CIA Goodwins Büro nicht mal in der Baubeschreibung vorhanden sei.

»Ich danke dir«, sagte Krause nachdenklich. »Bleib weiter dran und melde dich wieder.«

Dann rief er seine beiden Leute zu sich und beschloss die sofortige Abreise.

»Was ist, wenn die Vereinigten Staaten uns die Ausreise nicht genehmigen?«, fragte Svenja. Sie war nach wie vor sehr nervös, irritiert, weil sie einen Krause erlebt hatte, von dem sie nicht einmal geahnt hatte, dass er existierte. Er hatte kein Blatt mehr vor den Mund genommen, hatte diese Spitzenleute sogar noch dämlich genannt!

»Sie werden es nicht riskieren, uns aufzuhalten«, beruhigte sie Krause. »Damit riskieren sie, dass die Öffentlichkeit bereits zu einem sehr frühen Zeitpunkt informiert wird, wenn sie noch keine Strategie entwickelt haben, mit der sie die Lage erklären können. Sie werden meinen Erfahrungen nach unseren Besuch in Langley so lange wie möglich geheim halten. Und je mehr sie erfahren, umso schweigsamer werden sie sein. Uns hat es gar nicht gegeben. Dann kommen die *Washington Post* und der *Spiegel* und *Focus* und die *Süddeutsche* und *Bild* und ARD und ZDF und, und, und. Dann fängt Bob Woodward mit seinen Recherchen an, und die ganze Zeit steht CNN vor jeder wichtigen Tür. Es ist immer dasselbe, und nie will jemand geplappert haben.«

»Haben Sie die Möglichkeit erwogen, dass Goodwin so weit geht?«, fragte Svenja.

»Nein«, antwortete Krause sehr schnell. »Zuweilen ist unser Geschäft verdammt hart. Wenn ich in einer solchen Situation vorher überlegen würde, was so jemand wohl mit seinem Debakel anfängt, dann könnte ich meinen Beruf nicht ausüben.«

Aber Svenja bemerkte aufmerksam, dass seine Gesichtszüge sehr angespannt waren und dass seine Kieferknochen mahlten. Er schien einen trockenen Mund zu haben, dauernd fuhr er sich mit der Zungenspitze über die Lippen.

Sie hatten einen turbulenten Flug und landeten bei Nieselregen.

Der Freischaffende mit Namen Erwin Glaubrecht war ein Zweimetermann, der sie mit einem breiten Grinsen begrüßte, als hätten sie sich erst gestern getrennt. »Willkommen in der schönsten Stadt der Welt. Mein Name ist Erwin. Wir sollten erst mal was essen. Ich kenne nämlich die Leute von der Nachtschicht besser, und die fängt erst in drei Stunden an.« Glaubrecht hatte aschgraues Haar, das ihm in wilden Büscheln über die Ohren hing. Er trug Jeans zu einem dunkelblauen Pullover, darüber eine braune Lederjacke.

»Wieso Nachtschicht?«, fragte Müller.

»Weil wir doch auf den Terminal gehen wollen, zu den Frachten. Ich habe mir bei der Tagschicht die Erlaubnis besorgt, meinen eigenen Container anzuschauen, also euren. Ist ja nur eine kleine Mogelei mit meinen Kumpels vom Zoll. Ich komme also mit euch zum Terminal, und wir können das Ding öffnen …«

»Moment, Moment, Moment«, sagte Svenja. »Wenn ich das richtig verstehe, steht ein Zöllner daneben und passt genau auf, dass wir nichts klauen. Kokain, zum Beispiel, oder sechs Kisten Rolex-Uhren. Richtig?«

»Ja, logisch. Es ist doch gesagt worden, dass ihr nur nachschauen wollt, um festzustellen, dass drin ist, was drin ist.«

»Heiliger Bonifatius«, sagte Müller leise. »Und du weißt nicht, was drin ist. Richtig?«

»Richtig. Ich muss das ja auch nicht wissen, Kumpel. Oder?«
Glaubrecht hatte gütige blaue Augen in einem von tiefen Falten
zerfurchten Gesicht. Er machte den Eindruck, als gehöre er an das
Ufer des reißenden Yukon und nicht auf den Flughafen von Anchorage – und schon gar nicht auf einen Zollterminal.

»Jetzt haben wir ein Problem«, stellte Müller betrübt fest.

»Wieso? Habe ich was falsch gemacht?«, fragte der Riese unsicher. »Also Leute, dann müsst ihr mir das sagen. Dann bin ich weg,
so schnell könnt ihr gar nicht gucken.« Er lachte sie an und fuchtelte mit seinen riesigen Pranken in der Luft herum.

»Erst mal benötigen wir für uns und die beiden Piloten ein Hotel.
Und zwar ein gutes.«

Der Fuchs versucht Zeit zu gewinnen, dachte Müller.

»Das Hotel habe ich doch«, strahlte der Riese. »Na klar, dann fahren wir alle gemeinsam dorthin. Die können uns ja auch eine Klei-
nigkeit auf den Tisch stellen. Ich hole eure Jungs an Land, und dann
fahren wir in den Schuppen und essen was. Und meine Karre steht
genau vor der Tür.« Damit rannte er entschlossen los. Svenjas Blick
fiel dabei auf seine unheimlich großen Füße, die in Springerstiefeln
aus grünem Wildleder steckten.

»Old Shatterhand«, sagte sie fassungslos.

»Er ist sehr erheiternd«, fand Krause. »Aber er hat keine Ahnung,
und Sowinski fand das passend. Ich weiß nicht, ob ich das auch so
sehe.«

»Das ist ja generell nicht schlecht. Aber wie sollen wir das mit
dem Container drehen?« Müller schien ratlos, aber keineswegs resigniert.

»Das sollten wir überhaupt erst einmal analysieren«, schlug Krause vor, als handle es sich lediglich um ein kleines Problem. »Angenommen, wir kommen mit seiner Hilfe da rein. Dann öffnen wir
den Container und stehen vor der Bombe. Und was machen wir
dann?«

»Ist das nicht durchgespielt worden?«, fragte Svenja misstrauisch.

»Nicht mit mir«, sagte Krause zurückhaltend, dann lachte er leise.
»Mein Gott, jetzt schaut doch nicht so mutlos. Wie sollten wir das
durchspielen? Wir wussten nicht, wie Goodwin reagiert, wir wussten nicht, ob der Zahlencode stimmt, wir wussten nicht, in welchem
Land wir den Container finden. Wir wussten im Grunde gar nichts.

326

Das ist doch unser täglich Brot. Da kommt unser Waldläufer schon wieder, also fahren wir erst mal ins Hotel.«

Der wunderbare, unvergleichliche Erwin Glaubrecht fuhr einen nachtschwarzen Humvee, Sonderanfertigung, Achtsitzer, Achtzylinder, sechshundertdreißig PS. Die Piloten waren begeistert und umkreisten das Wunder erst ein paarmal, ehe sie einstiegen.

Etwas verlegen äußerte Erwin, er brauche das Ding, wenn er aufs Land fahre. Er könne darin auch schlafen und habe alles, was man so braucht: Fernsehen, Funk, Internetanschluss.

»Wahnsinn!«, sagte Müller begeistert. Und als Svenja ihn augenrollend anschaute, setzte er hinzu: »Perfekte Technik ist einfach was Feines, da kann man nicht gegen an.«

»Schnallen Sie sich an«, mahnte Krause. Aber es gab nichts zum Anschnallen.

Das Hotel hieß Blue Moon. Erwin erklärte sachlich, es sei ursprünglich mal ein florierender Puff gewesen, jetzt aber nur noch ein solides Hotel, mehr nicht. Der Bau wirkte vornehm-arrogant, und der Mann unter dem Baldachin trug eine Livree und kannte das Auto. Er verbeugte sich und krähte im Diskant: »Mister Glaubrecht, Sir, welche Ehre.«

»Sieh mal an«, brummte Krause.

Müller hauchte: »Dem gehört das Ding!«, und Svenja erwiderte flüsternd: »Das kann doch nicht wahr sein.«

Es war ein denkwürdiger Einzug. Von mehreren Seiten tauchten Männer auf, die sich mit freundlichem Lächeln das Gepäck unter die Arme klemmten und damit im Inneren des Hotels verschwanden. Glaubrecht stand abseits und strahlte vor Begeisterung. Sie betraten gemeinsam die Halle, und auch dort empfing sie das Personal mit strahlenden Gesichtern, als habe man bereits seit Monaten auf sie gewartet.

»Erst einmal in die Zimmer, um ein bisschen zur Ruhe zu kommen«, bestimmte Krause. »Essen in einer halben Stunde?« Er wandte sich an Glaubrecht. »Ist das recht?«

»Aber ja doch«, nickte der Riese begeistert.

Krause war in einer Suite untergebracht, was ihm peinlich war. Aber er konnte es Sowinski nicht ankreiden. Der hatte auch nur getan, was er immer tat: Er hatte sich gesorgt.

Krause rief Esser an und erwischte ihn zu Hause.

»Was mache ich, wenn ich gleich vor der Bombe stehe?«

»Interessante Frage. Also du bist in Anchorage und stehst gleich vor dem Container.« Esser klang verschlafen.

»Ich hoffe beinahe, dass nichts drin ist«, bemerkte Krause muffig.

»Nicht doch«, sagte Esser vorwurfsvoll.

»Ich bin hier auf amerikanischem Boden.«

»Ja, ja, ich begreife dein Problem durchaus. Solltest du nicht mit dem Präsidenten sprechen? Damit die Dinge klar geregelt werden können?«

»Gute Idee!«, sagte Krause. »Bis später.«

Er wählte die Nummer des Präsidenten und hoffte, dass der überhaupt mit ihm sprechen konnte.

»Krause hier. Ich habe ein kleines Problem. Der Container ist gefunden, er steht hier …«

»Das weiß ich alles. Wann machen Sie das Ding denn auf?«

»Ich denke, gegen zehn oder elf Uhr am Abend. Das lege ich noch fest.«

»Und? Die CIA kocht?«

»Die kocht. Wie gehe ich vor, wenn ich vor der Bombe stehe?«

»Krause ratlos? Das gibt es doch gar nicht.« Der Präsident lachte.

»Ich denke, wir sollten die Kanzlerin fragen«, sagte Krause trocken. »Wenn wir das Ding zweifelsfrei vor uns haben, sollte sie die Entscheidung treffen.«

Eine Weile herrschte Schweigen in der Leitung.

»Das ist zu erwägen«, stimmte der Präsident zu. »Also gut, ich treibe sie auf und bereite sie vor. Und Sie rufen mich an, wenn das Ding tatsächlich in dem Scheißcontainer steckt. Haben Sie denn Zweifel?«

Krause seufzte nur.

Nachdem er das Gespräch beendet hatte, rief er Sowinski an: »Wer ist denn dieser Glaubrecht überhaupt? Was hat der Dienst für eine Verbindung zu ihm, und wie kommst du überhaupt an den Kerl?«

»Der Mann ist aus Dortmund«, erklärte Sowinski mit einem spöttischen Unterton. »Er fing mit Schweinezucht in Kanada an, lief dann in Anchorage auf und übernahm ein paar Kneipen. Überaus erfolgreich und immer sehr privat. Heute sollen ihm weite Teile Alaskas gehören. Man sagt, er ist absolut sicher, er hat schon ein paarmal echte Hilfestellung geleistet. Er kennt Hinz und Kunz, und

328

das weiß er einzusetzen. Und er hat immer noch eine heimliche Sehnsucht nach Deutschland.«

»Wie pathetisch!«, brummelte Krause.

»In welchem Zustand befindet sich denn die CIA?«, fragte Sowinski.

»Archie Goodwin ist tot. Und nun wollen wir mal das Happy End angehen. Leb wohl. Äh, liegst du eigentlich im Bett?«

»Nein«, antwortete Sowinski. »Aber eigentlich sollte das schon seit zwei Tagen der Fall sein.«

Erwin Glaubrecht hatte den Roten Salon für sie reserviert. Sie saßen an einem ovalen Kirschholztisch, der mit kostbaren Intarsien verziert war. »Das hier war mal der Warteraum für bessere Kunden«, erklärte er. »Hier saß man, wenn die auserkorene Dame gerade nicht frei war. Ich habe Lamm bestellt und Hai, und ihr seid meine Gäste. Lamm und Hai können sie hier besonders gut.«

»Wann war denn der Terminal vorgesehen?«, fragte Krause.

»Mitternacht wäre gut«, erklärte Erwin. »Wenn euch das recht ist. Oder braucht ihr Tageslicht?«

»Nein, brauchen wir nicht«, sagte Svenja betont fröhlich und klammerte sich mit einer Hand an Müllers linkem Oberschenkel fest.

»Ich denke, ich muss Ihnen etwas erklären«, eröffnete Krause die Operation. »Es könnte sein, dass der Container eine äußerst schwierige Fracht enthält.«

»Oh«, reagierte Glaubrecht gelassen, »das juckt mich nicht. Ich helfe euch nur ein bisschen. Ich kann mir ja denken, dass es irgendwas Besonderes ist, wenn ihr hier extra einfliegt. Macht man ja nicht alle Tage.«

»Sie sollten aber wissen, was drin sein kann«, wandte Krause ein. »Uns wäre es jedenfalls lieber, Sie wüssten es.«

Glaubrecht sah Krause eindringlich an. Dann riss er unvermittelt die Augen auf und sagte verblüfft: »Das ist nicht wahr. Sag, dass das nicht wahr ist.«

»Doch, doch«, nickte Krause. »Wir sind natürlich nicht hundertprozentig sicher, aber wir können zumindest sagen, dass es verdammt gut möglich ist.«

»Heiland!«, seufzte Glaubrecht. »Und wie seid ihr dahintergekommen?«

»Wir haben einfach gesucht«, erklärte Krause, obwohl diese Antwort in jeder Beziehung lächerlich war.

»Das glaubt mir kein Mensch! Und ausgerechnet bei uns. Dann reicht Howard nicht, dann muss Bernie ran!«

»Wie bitte?«, fragten Svenja und Müller gleichzeitig.

»Na ja, ich wollte Howard mitnehmen, weil der mir hin und wieder schon mal einen Gefallen getan hat. Aber wenn es so sein sollte, wie ihr sagt, dann muss Bernie ran. Das ist der Chef vom Zoll. Sonst habe ich bei dem verschissen bis an mein Lebensende.«

»Klingt gut«, nickte Krause. »Dann machen wir das so.« Und nach einigen Sekunden setzte er hinzu: »Ich würde eigentlich gern aufbrechen, jetzt, meine ich. Wir können ja anschließend weiteressen.«

Sie saßen in Erwins Wundergefährt, und der spielte mit all seinen fabelhaften Kommunikationseinrichtungen. Dann schien er eine brauchbare Spur zu haben und röhrte: »Wo ist dein Chef, Maggie? Und sag mir nicht, er ist auf Hawaii.« Es entstand eine kleine Pause, dann sagte jemand: »Ja und?«

»Erwin hier. Ich muss dich treffen. Jetzt. Ich habe da einen Container, in dem was sein könnte, was die ganze Welt sucht.«

»Du bist verrückt!«

»Ja, kann sein. Aber es ist trotzdem so.«

»Haupteingang, zehn Minuten.«

»Ist recht«, sagte Erwin zufrieden.

»Ist das ein Bürokrat oder ein lebendes Wesen?«, fragte Müller.

»Er ist ein klasse Fliegenfischer«, gab Erwin Auskunft.

Der Zollhafen wirkte so verrammelt wie der Sicherheitsbereich in Fort Knox. Es nieselte noch immer, und die Bogenlampen warfen ein seichtes, gelbes Licht auf einen fast drei Meter hohen Gitterzaun. Die Leute in der gläsernen Kontrollkanzel waren kaum zu erkennen, und Erwin Glaubrecht fluchte: »Du glaubst es nicht. Die hocken hier auf ihren Ärschen, und gleich verlangen sie noch Eintritt.«

Plötzlich tauchte ein Mann in einem leuchtend gelben Friesennerz vor ihnen auf und brüllte: »Wenn da nix ist, Glaubrecht, polier ich dir die Fresse.«

»Die sind wohl alle etwas rustikal hier«, kicherte Svenja.

Der Friesennerz stieg ein, sah sie der Reihe nach an und befand: »Ich frage erst mal gar nicht, ich will lieber erst mal sehen, was an der Geschichte dran ist.«

»Feld siebzehn bitte«, sagte Krause. Er klang beinahe ein wenig schüchtern.

Sie fuhren an Türmen von Containern vorbei, die kein Ende nehmen wollten. Müller rutschte schon eine ganze Weile unruhig auf seinem Sitz herum, als Bernie plötzlich mit scharfer Stimme kommandierte: »Und jetzt links.«

Erwin bog ab und brachte den Wagen zum Stehen. Auf dem Asphalt vor ihnen befanden sich Container in allen Farben, die meisten von ihnen standen einzeln.

»Aussteigen!«, sagte Bernie im Befehlston.

»Ich habe hinten noch Ölzeug«, sagte Erwin.

Sie standen im Nieselregen und zogen dunkelgraue Plastikmäntel an, die sehr schwer waren.

»Er ist dunkelrot und er hat Beulen«, sagte Krause.

»Und wo kam er her?«

»Boston«, antwortete Erwin. »Das war die letzte Station.«

»Was ist die Ladung?« Bernie bellte jetzt beinahe.

»Wissen wir nicht«, sagte Krause ruhig. Er sah in dem Ölzeug wie ein Zwerg aus. »Was sind denn das hier überhaupt für Container?«

»Zwischenlager«, sagte Bernie. »Ein Teil der Fracht bleibt hier, der Rest geht weiter. Erwin, hast du eine Kennung?«

»Ja, habe ich. Moment mal.« Er fummelte einen Zettel heraus. »KJCUD. Dann: 5639800.«

»Der da hinten«, sagte Bernie.

Als sie vor dem Container standen, fanden sie ihn schäbig und irgendwie unangemessen.

»Und jetzt?«, fragte Erwin.

»Zollsiegel runter. Aufmachen«, sagte Bernie. Dann äußerte er misstrauisch: »Ich hoffe für euch, ihr habt eine gute Ausrede, wenn wir nichts finden.«

»So viel kann ich jetzt schon sagen«, erklärte Krause. »Wir haben keine.«

»Moment mal, ich hole den Werkzeugkasten«, sagte Erwin.

»Mir läuft schon das Wasser am Rücken runter«, sagte Svenja tonlos.

»Dann brauchst du nicht mehr zu duschen«, entgegnete Müller trocken.

»Diese verdammten Verschlussstangen«, fluchte Bernie. »Gib mir mal ein Brecheisen.«

Erwin reichte es ihm. Sie fummelten gemeinsam an dem Verschluss herum, stöhnten dabei ab und an. Dann drehte sich eine Stange, es quietschte grell und laut, sie zogen die Türen auf und starrten auf eine helle Wand aus Pappe.

»Das sind große Pappkartons«, sagte Erwin. »Jede Menge Pappkartons.«

»Raus damit«, entschied Bernie. »Wenn schon, dann richtig. Ich will jetzt auch wissen, was drin ist.«

Nach zehn Minuten hatten sie einen großen Karton herausgezogen, und Erwin schnitt mit einem Teppichmesser den Deckel auf. Krause stand ganz ruhig daneben und schaute zu. Müller hatte offenbar kein Interesse, er starrte auf irgendeinen Punkt in der Ferne und rieb sich dabei das Regenwasser aus dem Gesicht. Svenja dagegen war hellwach, ihre ganze Gestalt wirkte gespannt wie ein Bogen.

»Da sind Filzpantoffeln drin!«, verkündete Erwin verblüfft. »Diese uralten karierten Dinger, wie sie schon mein Großvater getragen hat.«

»Raus mit dem ganzen Scheiß!«, sagte Bernie verbissen.

Sie räumten den Container fast eine Stunde lang leer, die Pappkartons standen im Regen und quollen auf.

»Auf den Kartons ist nicht einmal der Produzent genannt, es gibt kein Herkunftsland und keinen Bestimmungsort, und ich wette, die zwei Tafeln mit den Codes geben auch keine Auskunft. Wieso ist das Ding hier gelandet?« Bernie klang hoffnungslos.

»Ich denke, das war beabsichtigt«, sagte Krause leise. »Irgendwo ist jede Reise zu Ende. Und es war keine schlechte Idee, sich ausgerechnet Alaska auszusuchen.«

Sie wühlten weiter und stießen schließlich auf eine Kiste, und Krause dachte an Esser, der erklärt hatte: Sie werden das Ding in einer Kiste haben, zwei mal zwei mal zwei Meter ungefähr …

»Es könnte da drin sein«, sagte er zögernd.

»Und das passt«, sagte Müller auf einmal sehr sicher. »Wenn sie das Ding um die Welt schicken, müssen sie verschleiern, was drin ist und wer es losschickte. Das passt alles wunderbar. Nur obendrauf die Ziffern, sonst Blendwerk.«

»Moment mal, Leute«, sagte Bernie. »Was haben wir denn jetzt in der Holzkiste?«

»Eine Atombombe«, sagte Krause sachlich und mit fester Stimme. »Meine Spezialisten sagen, dass die Bombe in einem Eisengestell aufgehängt ist. Darum ein Mantel aus Bleiblech, dann die Holzkiste.«

»Und wir liegen rum und sind tot.« Bernie wurde sarkastisch, seine Stimme war vor Anspannung ganz hoch.

»Nein, nein«, korrigierte ihn Krause sanft. »Das dürfen Sie mir glauben, Bernie, die Strahlung ist so gering, dass sie nicht mal einen Bogen Papier durchschlägt. Es besteht keinerlei Gefahr für uns.«

»Was ist, wenn die Bombe das nicht weiß?«, fragte Bernie aufgebracht. »Oh Scheiße, und das muss mir passieren.«

»Kann ich eine Hebebühne haben?«, fragte Krause laut und sachlich.

»Wieso Hebebühne?«, fragte Bernie. »Wir sollten, verdammt noch mal, die Kiste aufmachen.«

»Ich will zunächst die Zahlen auf dem Dach sehen«, bemerkte Krause, als sei das das Selbstverständlichste auf der Welt.

Bernie bellte etwas in sein Sprechgerät, und sie mussten etwa zehn Minuten warten. Dann kam eine Hebebühne angerollt, und Bernie tat so, als habe er sie aus dem Hut gezogen. »Jetzt können Sie Ihr Wunder besichtigen!«

»Danke«, sagte Krause. »Charlie und Svenja, dann wollen wir mal.«

Sie betraten die Hebebühne.

Der Mann am Steuer ließ die Plattform steigen, und Krause erklärte in vertraulichem Ton, was daran so wichtig war. »Wenn Sie Container vor sich haben, werden Sie sehen, dass niemals etwas auf dem Dach geschrieben steht. Keine Tafeln mit Codes, keine technischen Botschaften, schlicht nichts. Und hier auf dem alten roten Blechding stehen vier Ziffern in zwei Meter hohen schneeweißen Buchstaben: eins, null, acht, null, die Nummer des Grabes der Eltern auf dem Friedhof in Pjöngjang. Und es war klar, dass diese Kennung jedem Kranführer auffallen würde, der mit diesem Container jemals zu tun hatte.«

»Woher waren Sie so sicher?«, fragte Svenja.

»Aber ich war ja gar nicht sicher«, erklärte Krause lächelnd. »Ich bin auch jetzt noch nicht sicher. Goldhändchen hatte eine blendende Idee, Goldhändchen rekrutierte schlicht alle Chefs von Reedereien und Verladefirmen auf der ganzen Welt. Und die machten ihren Kranführern richtig Feuer unter dem Arsch, weil sie wussten, dass normalerweise niemals eine Botschaft auf dem Dach eines Containers steht. Goldhändchen hat ohne Absprache und Erlaubnis gehandelt, normalerweise ein Grund, ihn zu entlassen. Aber ich werde voraussichtlich für einen Orden plädieren.« Er gab ein Zeichen, dass man die Hebebühne wieder absenken sollte. Unten angekommen, säuselte er Bernie beruhigend zu: »Die Welt wird Sie kennenlernen, Bernie. Aber wir sollten jetzt wirklich nachsehen, was da drin ist. Mach dich ans Werk Charlie.«

Müller nickte. »Okay. Gib mir mal das Brecheisen, Erwin. Hast du auch Handschuhe? Und stell bitte dein Auto genau vor die Öffnung und richte die Scheinwerfer darauf.«

»Sagen Sie mal, woher kommen Sie eigentlich?«, fragte Bernie.

»Das erkläre ich Ihnen in Ruhe, wenn wir sehen, was in der Kiste ist«, antwortete Krause sehr freundlich.

»Sind Sie irgendwas Staatliches?«, fragte Bernie weiter.

»Das kann man so sagen«, bestätigte Krause.

Müller begann konzentriert zu arbeiten, und es war höllisch laut, weil der Container wie eine Trommel dröhnte. Er arbeitete abwechselnd mit dem Brecheisen und einem Zimmermannshammer, Latten brachen, Bretter spalteten sich auf. Hinter Müller stand geduldig Erwin Glaubrecht und nahm die Holzstücke entgegen.

Niemand sprach, nur Bernie trippelte ruhelos hin und her.

Dann sagte Müller plötzlich in die Stille hinein: »Ich habe hier ein Blech. Was jetzt?«

»Können Sie es lösen?«, fragte Krause.

»Ja, das geht. Es ist einfach nur angenagelt.«

Svenja ging ein Stück zur Seite, sie hatte Angst.

»Soll ich meinen Strahlemann holen? Wir haben so ein Gerät.«

»Das wäre jetzt hilfreich«, sagte Krause, und Bernie begann hektisch zu telefonieren.

Svenja stand immer noch abseits, den Blick angespannt auf die Kiste gerichtet. Krause ging zu ihr.

»Sie brauchen wirklich keine Angst zu haben«, sagte er beruhigend und legte dabei kurz seine Hand auf ihren Unterarm.

»Ich habe Angst um ihn. Wenn sich irgendjemand geirrt hat, ist er tot.«

»Ja«, nickte Krause. »Das verstehe ich.«

»So«, drang Müllers Stimme laut aus dem Container. »Ich nehme das Blech jetzt ab.«

Was sie zu sehen bekamen, war nicht sonderlich beeindruckend: ein graues Gestänge aus Stahlprofilen, in dessen Mitte ein sehr dicker, zylindrischer Körper von ungefähr anderthalb Metern Länge lagerte. Es sah nur hässlich aus, sonst nichts.

Ein Auto kam mit hoher Geschwindigkeit herangebraust, bremste scharf, ein Mann sprang heraus und lud einen schweren Kasten und etwas aus, das wie ein Besen geformt war.

»Lasst mich mal durch«, sagte er, obwohl ihm überhaupt niemand im Weg stand. Er stellte den Kasten in den Container, drehte an einigen Knöpfen, ein hoher Ton schwoll an und ebbte dann wieder ab. Der Mann nahm das besenähnliche Gerät und fuhr damit über das Eisengestänge. Er sagte: »Ja, das ist Alphastrahlung. Aber nichts Tödliches oder so.«

Krause entfernte sich ein Stück von der Gruppe und rief seinen Präsidenten an. Er sagte: »Es ist die Bombe, einwandfrei. Und jetzt?«

»Jetzt bleiben Sie dran, ich verbinde Sie. Und dann kommt ihr nach Hause.«

Es knackte ein paarmal in der Leitung, dann sagte die Kanzlerin: »Sie sind Krause, nicht wahr?«

»Ja«, sagte Krause.

»Und Sie sagen mir, dass Sie die Bombe haben. Und Sie sind in …«

»In Anchorage, Alaska, Frau Kanzlerin.«

»Herzlichen Glückwunsch – und danke schön«, sagte sie mit fester Stimme, offensichtlich erfreut. »Und was machen wir jetzt?«

Krause dachte: Eigentlich wollte ich, dass *du* mir das sagst.

»Ich bin dafür, dass wir jetzt hier verschwinden«, sagte er unumwunden. »Dann sind die Amerikaner unter sich und werden einen Riesenwirbel veranstalten, wie sie es mit allem machen.«

»Na schön, dann wollen wir ihnen den Riesenwirbel doch gönnen, oder? Wie gehen wir also vor?«

»Ich bin der Meinung, dass ein Anruf beim amerikanischen Präsidenten jetzt angebracht wäre. Sie sagen ihm, wo das Ding steht, und wir können endlich nach Hause.«

»Richtig, die Lorbeeren könnt ihr ja sowieso nie ernten.« Und dann lachte sie:»Oh Mann, das ist richtig gut. Kommen Sie heim.«

»Danke, Frau Kanzlerin«, sagte Krause.

Es war morgens um 5.30 Uhr Ortszeit Anchorage. Sie hatten ihre Sachen schon gepackt und wollten zum Flughafen fahren, als Erwin durch den Frühstücksraum brüllte:»CNN legt los. Das hältst du im Kopf nicht aus!«

Sie starrten gebannt auf den großen Bildschirm im Frühstücksraum und konnten ein perfekt inszeniertes Schauspiel verfolgen. Sie erkannten ihren Container und die ungeheuren Mengen von Filzpantoffeln in Kartons kaum wieder. Überall waren Scheinwerfer aufgestellt, und eine ganze Horde Männer in grünen Schutzanzügen und Plexiglashauben rannte aufgeregt herum, schrie sich gegenseitig etwas zu, machte sich geheimnisvolle Zeichen. Natürlich gab es auch eine Kompanie vermummter Krieger, die mit blau schimmernden Automatikwaffen vor der Brust reglos wie finstere Schatten dastanden. Und dann schwenkte die Kamera in das Containerinnere und zeigte, worauf die Welt gewartet hatte.

»Sic transit gloria mundi«, flüsterte Krause.

»Show mit Atombombe«, erklärte Müller angewidert.

Irgendwann schwebte ein Hubschrauber ein, und kurz darauf ging der amerikanische Präsident mit schnellen Schritten auf die Reporter zu und erklärte in die Kameras:»Wir können heute sagen, dass wir die Verbrecher erfolgreich gejagt, gestellt und überwältigt haben. Das amerikanische Volk kann beruhigt sein, wir haben die Bombe entdeckt, wir werden sie entschärfen, und niemand wird mehr in Gefahr sein. Meine Leute waren den skrupellosen Verbrechern hart auf den Fersen, haben keine Ruhe gegeben, bis wir heute Nacht endlich diese schrecklichste aller Waffen unschädlich machen konnten …«

»Da ist Bernie«, sagte Svenja.»Guckt euch den mal an!«

»Ja, er ist jetzt wer«, nickte Krause.»Können wir dann?«

»Es macht schon Spaß, mit dir so ein Ding durchzuziehen«, sagte sie träge und wälzte sich auf den Rücken. »Als du die verdammte Kiste zusammengeschlagen hast, habe ich gedacht: Gleich macht es klatsch, er fällt um und ist tot.«

»Also so was!«, wandte er gespielt vorwurfsvoll ein. »Das ist doch keine sachlich formulierte Aussage.«

»Meine Angst war auch nicht sachlich. Und du bist eben doch ein echter Macho und willst nur bewundert werden.«

»Will ich gar nicht«, sagte er. »Im Gegenteil: Du hast mich bis jetzt keine Minute schlafen lassen, und allmählich denke ich, du bist ganz schön rücksichtslos und denkst nur an deine eigenen Wünsche.«

»Im Augenblick denke ich an ein Leberwurstbrot«, sagte sie. »Und manchmal denke ich an Krause, wie er mit der Kanzlerin telefoniert hat. Und ich finde ...«

»Ich möchte endlich schlafen, und du redest von Krause und Leberwurstbroten.« Er rekelte sich.

Sie ließ sich vom Bett gleiten, zog sich ein T-Shirt über den Kopf und verschwand.

»Machst du mir auch ein Leberwurstbrot?«

»Liebst du mich?«, fragte sie von nebenan.

»Durchaus. Wenn du mich schlafen lässt. Ach, verdammt, ich bin noch so was von aufgedreht. Ich könnte glatt Kim besuchen.«

»Das hast du schon gesagt, als wir aus dem Flieger gestiegen sind. Läuft da irgendetwas, was ich wissen sollte? Willst du auch eine Gurke?«

»Nein, will ich nicht. Weißt du was, ich fahre hin, wecke ihn und verkünde: Wir haben das Scheißding gefunden.«

»Willst du Meerrettich drauf?«

»Igitt, doch nicht so was. Weißt du, ich glaube, ich sause einfach mal kurz los.«

»Verdammt, Müller. Wovor hast du denn Angst?«

»Vor seiner Angst.«

»Tja, dann musst du wohl hinfahren.«

Zehn Minuten später saß er in ihrem Wagen und fuhr durch die frühmorgendliche Stadt. Er fuhr langsam, dachte an die letzten Stunden zurück und lächelte.

Gegenüber von Kims Wohnhaus saß in einem hellgrünen älteren VW-Modell der diensthabende Sicherheitsbeamte, der zu Kims Schutz einbestellt worden war. Müller trat an das Auto, klopfte an die Scheibe, und nachdem diese heruntergelassen worden war, hielt er dem verschlafen wirkenden Beamten seinen Dienstausweis unter die Nase:»Dieser Einsatz ist beendet. Sie können für heute Schluss machen und sich aufs Ohr hauen.« Während Müller die Straße überquerte, sah er, wie der VW zügig davonfuhr. Schon als er den Schlüssel in die Haustür steckte und mit dem Lift nach oben fuhr, hatte er das Gefühl, dass Kim nicht da sein würde.

Kim hatte die Wohnung nahezu keimfrei zurückgelassen. Kein gebrauchtes Glas, kein schmutziger Teller, kein Besteck, alles gespült. Er hatte nicht einmal von den Salzstangen gegessen, die Müller ihm in den Einkaufswagen geworfen hatte. Seine neue Kleidung hing unangetastet im Schrank, Müller konnte sich also ungefähr vorstellen, was er trug.

Im Keller war er auch nicht.

Hatte er Panik bekommen, sich in ein Taxi geworfen und war in den Gardeschützenweg gefahren? Müller rief dort an, und der Beamte vom Dienst fragte entnervt:»Wissen Sie eigentlich, wie viel Uhr es ist? Vielleicht schauen Sie mal in seinem Bett nach.«

Also gut. Was habe ich ihm eingebläut? Wie sollte er sich entfernen? Bus, Bahn, am besten Taxi. U-Bahn auch noch. Müller rannte um die Ecke in die Fußgängerzone hinein. Dort standen zwei Taxis, es war die tote Zeit.

Auf seine Frage, ob er rein zufällig einen Koreaner gesehen hätte, antwortete der erste Taxifahrer:»Nein, wie sieht denn so einer überhaupt aus?«

Die Treppen hinunter zur U-Bahn. Im Schatten eines Häuschens für die Aufsicht lagen drei Penner nebeneinander auf Decken. Und dicht neben ihnen lag Kim. Er schnarchte.

»He, Mann«, sagte Müller erfreut und rüttelte Kim an der Schulter.»Was tust du denn hier?«

Kim kam nur langsam zu sich. Er stank nach Fusel.»Charlie, mein Freund Charlie!«

»Na komm, gehen wir mal nach Hause. Wie bist du denn hier gelandet?«

»Ich dachte, ich treffe mal Menschen. Das war ganz einfach.

Ich habe den Jungs da hundert Dollar gegeben, und sie haben den Schnaps besorgt.«

»Hundert Dollar?«

»Na ja, ich habe doch noch so viel aus Seoul.«

»Was ich nicht verstehe, da war doch jemand auf der Straße postiert, um ein Auge auf dich und die Wohnung zu haben.«

»Ach, der Mann in dem grünen Auto, ich habe einfach dafür gesorgt, dass er nicht mitkriegt, wie ich das Haus verlasse. Und weißt du, wir hatten eine Menge Spaß. Sie haben mich nicht verstanden, ich habe sie nicht verstanden, aber Brandy haben sie verstanden. Du bist wieder da, Charlie, das ist schön. Wie ist es denn gelaufen?«

»Ganz lustig«, sagte Müller. »Wir haben die Bombe gefunden.«

»Die Bombe. Das ist wirklich lustig.«

»Kim, bleib mal eben stehen und hör mir genau zu: Wenn dich die Bullen angehalten hätten, wärst du im Knast gelandet, kapierst du das nicht?«

»Aber warum denn, Charlie? Ich habe doch gar nichts getan.«

»Nein. Aber du hast noch keine Papiere, verstehst du? Dich gibt es gar nicht! Und jetzt hock dich da nicht auf die Mauer. Wir müssen nach Hause. Weißt du überhaupt, wie spät es ist?«

»Ich habe doch eine Uhr, Charlie. Es ist sehr früh am Morgen, und gleich geht die Sonne auf.«

»Kim, schau mich mal an. Hattest du wieder so eine Angst?«

»Ja, Charlie. Von diesen Pillen wird mir nur schwindelig, aber die Angst geht nicht weg.«

»Jetzt fang bloß nicht an zu heulen. Ich bringe dich jetzt ins Bett, und dann schläfst du gefälligst noch eine Runde!«

»Ja, Charlie.«

DIE ZEIT

KRIMI-ANALYSE VON
CHRISTIAN DENSO

ROMAN UND REALITÄT

Der neue »Oberste Führer« von Volk, Partei und Streitkräften Nordkoreas ist mit 29 Jahren gerade mal halb so alt wie die meisten hochdekorierten Generäle und Funktionäre in seiner Umgebung. Sein Land verfügt nach den Erkenntnissen westlicher Geheimdienste über acht bis zwölf Nuklearwaffen. Und es ist nicht einmal klar, ob er auch wirklich selbst die Hand über dem Knopf für ihren Einsatz hält. Seit dem Tod seines Vaters Kim Jong Il im vergangenen Dezember führt Kim Jong Un mit Nordkorea die »stalinistische Monarchie« in Ostasien. Das »Time Magazine« nannte das Land dieser Tage »den letzten Stolperdraht des Kalten Krieges in Asien« – ein Land, aus dem der Westen nur etwas erfährt, wenn seine Geheimdienste gut arbeiten: »Das einzig Sichere ist«, so »Time«, »dass Kim Jong Un der am wenigsten bekannte und verstandene Führer einer Atommacht ist.«

Die beunruhigenden Erkenntnisse aus dieser hermetisch abgeriegelten Welt werden auch beim Bundesnachrichtendienst (BND) mit großer Sorge verfolgt. Zwar liegen zwischen Berlin und Pjöngjang beinahe 8000 Kilometer, doch Nordkorea ist ein Cocktail aus hochgiftigen Zutaten: Es wird autokratisch und repressiv regiert und ist isoliert und verarmt. Der Verkauf einer Atombombe – ein durchaus zu befürchtendes Szenario – könnte die Welt erheblich verändern.

Wegen seiner Informationen und Einschätzungen über Nordkorea, dessen neuen Machthaber und seine Atombomben sollte der BND daher hierzulande eigentlich ein gefragter Gesprächspartner sein. Doch zumindest öffentlich ist der Dienst wegen anderer Themen im Gespräch: In kaum einem Land verengt sich der Blick, wenn es um die Geheimdienste geht, derart auf die Extreme, auf die Geheimen als dilettantische Schlapphüte oder aber als unkontrollierbare, außerhalb des Rechts agierende Spione.

Selten wird der Ruf eines Dienstes dabei seit Jahrzehnten auch vom eigenen Dienstherrn so gründlich ramponiert wie in Deutschland. Alt-Bundeskanzler Helmut Kohl schreibt man die Aussage zu, den BND brauche er nicht, dafür reiche ihm die Lektüre von »Neuer Züricher Zeitung« oder »FAZ«. Und auch, wenn das Gespräch mit Helmut Schmidt in der wöchentlichen ZEIT-

Redaktionskonferenz auf die Geheimen aus Pullach kommt, spricht der Altkanzler und ZEIT-Herausgeber mit unverhohlener Geringschätzung vom BND.

Der Bundesnachrichtendienst stellt entweder ein Ärgernis oder ein Amüsement dar, bisweilen angeblich gar eine Gefahr für die Demokratie, weil er kaum von Parlament oder Regierung zu kontrollieren sei. Aber trifft das wirklich zu?

Der BND ist einer von drei deutschen Geheimdiensten. Während sich der Verfassungsschutz um Bestrebungen gegen die freiheitlich-demokratische Grundordnung im Inland kümmern soll und der kleinere und ständig von seiner Abschaffung bedrohte Militärische Abschirmdienst die Bundeswehr im Blick hat, soll der BND die Republik vor Gefahren aus dem Ausland bewahren. 400 Millionen Euro kostet die Arbeit angeblich jährlich, eine kleine Summe, verglichen etwa mit den monströsen Geheimdienst-Ausgaben der USA, die sich 2010 nach offiziellen Angaben auf 80 Milliarden Dollar beliefen.

Seit Jahren besitzt der Auslandsgeheimdienst weder in der öffentlichen Meinung noch bei den politisch Verantwortlichen jenes Vertrauen, das für eine erfolgreiche Arbeit unerlässlich scheint. Kritiker haben dem Bundesnachrichtendienst seit dessen Gründung vor 56 Jahren wenig (oder alles) zugetraut, und dieser hat seine Gegner selten enttäuscht. Unglücksfälle und Affären stehen wie Synonyme für die Tätigkeit der Behörde – eine Chronik von Pleiten, Pech und Pannen, die schon mit dem sagenumwobenen ersten Präsidenten Reinhard Gehlen beginnt. Dieser, selbst ehemals hoher Militär in Hitlers Wehrmacht und Förderer vieler Altnazis innerhalb seiner Behörde, hatte die Unterwanderung des BND durch Gegenspione nicht wahrgenommen. Ein anderes bekanntes Beispiel ist die als »Plutonium-Affäre« bekannt gewordene Operation Hades: Um zu beweisen, wie leicht es sei, auf dem freien Markt waffenfähiges Plutonium zu erwerben, hatte der BND 1994 ohne Mitwissen der zuständigen Abteilung im Bundeskanzleramt die strahlende Fracht ungesichert in einer Lufthansa-Passagiermaschine aus Moskau nach Deutschland gebracht. Die Folge war ein für den Dienst peinlicher parlamentarischer Untersuchungsausschuss. In den Neunzigerjahren überwachte der BND dann kritische Journalisten, durchwühlte sogar deren Altpapier – und das, obwohl der Dienst im Inland gar nicht tätig werden darf. 2011 ging mit Ernst Uhrlau dann erstmals seit einem Vierteljahrhundert ein BND-Chef planmäßig in Rente. Doch auch Uhrlau war wie viele seiner Vorgänger während seiner Dienstzeit immer wieder von der außerplanmäßigen Ablösung bedroht. Das lag nicht nur am Bundeskanzleramt und an dessen notorischem Misstrauen, sondern auch an den eigenen Leuten, die am Chef vorbei agierten und seine Arbeit damit torpedierten. Der BND stand lange im Ruf, sich einer Modernisierung zu entziehen, ja sogar nicht modernisierbar zu sein.

Doch an der Erneuerung des deutschen Auslandsgeheimdienstes wird gegen alle Beharrungskräfte seit geraumer Zeit gearbeitet. Dazu traf das Sicherheitskabinett unter Kanzler Gerhard Schröder 2003 eine weitreichende Entscheidung: Der BND sollte zurück in die Hauptstadt, dorthin, von wo aus die Agenten einstmals die DDR ins Visier nahmen. Schröders Beschluss, dem Geheimdienst ein Haus in Berlin-Mitte zu bauen, wird den Steuerzahler bis 2014 zwar wohl mehr als 1,5 Milliarden Euro kosten und damit der teuerste Neubau einer Bundesbehörde seit der Wiedervereinigung werden. Doch der nüchtern-monumentale Bau des Architekten Josef Paul Kleihues soll auch ein Symbol für den Neuanfang des Dienstes sein. Der Umzug aus dem Münchner Süden nach Berlin wird allerdings kein vollständiger sein. Die Abteilung Technische Aufklärung – also Augen und Ohren der Geheimen – bleibt auf dem weitläufigen Areal in Pullach und wird von dort aus in die Welt hinausspähen. Jahrelang hat die bayerische CSU dafür politische Lobbyarbeit betrieben. Der Protest gegen den Umzug nach Berlin, der sich auch innerhalb des Dienstes regte, zeigt denn auch, wie viel Veränderungsunwillen und Beamtenmentalität der Behörde innewohnen. Jetzt droht »Alt« gegen »Neu«, eine Berliner Zentrale mit jung-dynamischen Mitarbeitern und eine bayerische Außenstelle mit den Älteren, die ihre Münchner Immobilien nicht aufgeben wollen. Und auch sonst unterscheidet den BND bisweilen nichts von anderen Bundesbehörden: Natürlich gibt es auch hier – wie in »Bruderdienst« – Liebesaffären untereinander, Mitarbeiter, die in kargen Wohnungen leben und kaum Privatleben kennen, oder solche, die ihren Status innerhalb der Organisation an der Zahl der Fensterachsen ihres Büros definieren. Die 007-Welt voller Legenden ist da ganz weit weg; Jacques Berndorf beschreibt diese nüchterne Realität sehr treffend.

Der Umzugsbeschluss sollte auch den geänderten Herausforderungen Rechnung tragen: Der Feind steht nicht mehr im Osten, der Kalte Krieg ist Geschichte. Gefahren drohen heute durch Islamisten, Rechts- und Cyberterroristen, wankende Atommächte wie Pakistan und Nordkorea, durch die Organisierte Kriminalität. Kann der BND angesichts dieser Herausforderungen den Anschluss an die mit viel mehr Macht und Kompetenzen ausgestatteten amerikanischen, israelischen, britischen oder arabischen Geheimdienste halten? Die Pullacher Behörde hatte nach dem Fall der Mauer über Jahre wie im Halbschlaf vor sich hin gedämmert. Die wichtigste Existenzberechtigung war entfallen, die Organisierte Kriminalität taugte als Bedrohung nicht wirklich dazu, ihren Platz einzunehmen. Erst die Terroranschläge vom 11. September 2001 machten klar, dass Deutschlands Auslandsgeheimdienst fortan anderes, Neues leisten müsste. Und die Voraussetzungen dazu sind gegeben: Unter Präsident Uhrlau wurde die jahrzehntealte interne Abschottung beendet. Die strikte Trennung von Informationsbeschaffern und Informationsauswertern gibt es nicht mehr; der einzelne Mitarbeiter erhält dadurch einen besseren Überblick und kann kompetenter urteilen. Und gerade in der Sparte der elektronischen Aufklärung (der sogenannten Signal Intelligence, im Gegensatz zur Human Intelligence) hat auch der BND in den vergangenen Jahren offensichtlich einen gewaltigen Sprung nach vorn gemacht: Die (schillernden) Experten beim BND, wie »Goldhändchen« in »Bruderdienst«, sind als Spezialisten für elektronische Recherche in der Lage, erstaunliche Informationen aus allen Erdteilen zu gewinnen. Funkaufklärung, Internetausspähung, Telefonüberwachung, Kontobewegungen, Texte in Blogs, Mails, Absprachen auf Homepages oder in Chats werden abgefangen, ausgehorcht, mitgelesen. Die Vernetzung über digitale Sende- und Empfangsmasten, über Satelliten und Drohnen, über Richtfunk, unterirdische Erdkabel und geheime Verbindungsknoten ist ein effizienter Entwicklungssprung. Mathematiker knacken weltweit die schwierigsten Codes; hochmoderne Computer, die mit Wortbanken – das sind Kombinationen von Wörtern – gespeist sind, selektieren Telefonate und Texte und übersetzen diese automatisch.

In der elektronischen Aufklärung gehört der Bundesnachrichtendienst inzwischen zur Weltspitze. Er hört und liest permanent in
vielen Ländern mit.

Wie soll der BND nun den neuen Anforderungen und Bedrohun-
gen gerecht werden? Häufig diskutiert werden in diesem Zusammenhang die Methoden, mit denen der Nachrichtendienst sein Ziel,
den Schutz Deutschlands, erreichen soll. Experten sagen, die Qualität eines Geheimdienstes stehe und falle mit ebendiesen Methoden.
Für den Bundesnachrichtendienst gilt: was er darf und was nicht,
ist streng durch das Gesetz geregelt. Eine Lizenz zum Töten wie das
Bundeswehr-Kommando Spezialkräfte (KSK) hat er nicht. Ein um
sich schießender Agent wie Karl Müller während seines Südkorea-
Einsatzes in »Bruderdienst« würde dem Dienst wohl über Monate
Schlagzeilen bescheren.

Agenten im Ausland und auch deren Quellen unterliegen den
Gesetzen des deutschen Rechtsstaats und dem BND-Gesetz im Besonderen. Und was ist mit den Grauzonen? Geheimdienste gehen
aufgrund ihrer professionellen Vertraulichkeit Wege, bei denen eine
Güterabwägung nicht immer einfach ist. Ein Agent braucht auch
eine »operative Freiheit«. Eine wirksame, durchgreifende Kontrolle
des Dienstes, der deutschen Geheimdienste generell, erscheint kaum
möglich, solange die parlamentarischen Kontrollgremien zwar Fragen stellen dürfen, aber nur schwer durchsetzen können, die vollständigen Antworten zu bekommen.

Das BND-Gesetz von 1990 zieht jedenfalls einen eindeutigen
Rahmen um die Arbeit der Auslandsgeheimen. Nicht erlaubt ist
es Agenten, Terroristen im Ausland anzugreifen oder zu eliminie-
ren. Auch dürfen Geständnisse nicht unter Folter erzwungen werden. Dies ist der eklatanteste Unterschied zu den Befugnissen von
Partnerdiensten wie der amerikanischen CIA und dem israelischen
Mossad.

Dass die Partnerdienste dabei nicht immer so »befreundet« sind,
wie sie genannt werden, zeigt der Umgang von Deutschen und
Amerikanern in der »Curveball-Affäre«: Der BND hatte Ende 1999
einen irakischen Ingenieur aufgetan, der in Deutschland Asyl be-
antragt hatte. Er berichtete Brisantes über das Raketenprogramm
des irakischen Diktators Saddam Hussein und über auf Lastwagen

montierte Kleinanlagen, in denen biologische Kampfmittel hergestellt würden. Die Quelle schien glaubwürdig, Restzweifel aber blieben.

»Curveball« wurde weltberühmt, als der amerikanische Außenminister Colin Powell seine Erkenntnisse im Februar 2003 vor dem UN-Sicherheitsrat als Beleg dafür anführte, dass der Irak Massenvernichtungswaffen besitze. Derartige Waffen wurden jedoch nie gefunden.

Im anschließenden Kampf um die Deutungshoheit, welcher Geheimdienst hier versagt habe, versuchten die amerikanischen Dienste, den deutschen »Partner« BND mit falschen Behauptungen und lancierten »Fakten« verantwortlich zu machen. Der aber hatte immer vor der mangelnden Glaubwürdigkeit seiner Quelle gewarnt. Dass die Amerikaner einen BND-Agenten (oder eine Agentin) derart missbrauchen wie in »Bruderdienst« geschildert, ist dann aber doch schwer vorzustellen – sie hätten das wohl auch nicht nötig.

Wird der Bundesnachrichtendienst aufgrund der restriktiven Gesetzeslage immer nur ein Juniorpartner der Big Player bleiben? Wohl schon, aber man kann es auch anders formulieren: die Stärke des BND sind seine guten Informationen. Und noch jede Geheimdienstarbeit ist zu einem Großteil die mühsame und unspektakuläre Auswertung und Einordnung von Informationen – und nur selten der Agenteneinsatz im Ausland wie der von Karl Müller in Südkorea.

Der deutsche Rechtsstaat hat die Bewegungsräume der Geheimdienste und Polizeibehörden so eng gefasst, dass schon der leiseste Verdacht eines Fehltritts öffentlichkeitswirksame Relevanz bekommt. Als etwa ruchbar wurde, dass deutsche Agenten 2003 in Bagdad im Informationsaustausch mit den amerikanischen Streitkräften standen, beantragten CDU/CSU und FDP einen Untersuchungsausschuss – obwohl sie sich als Opposition nicht explizit gegen eine Beteiligung Deutschlands am Irakkrieg ausgesprochen hatten.

Dabei verblasst bisweilen die eigentliche Leistung des BND vor dem Skandal. Als Präsident Uhrlau vor einigen Jahren einräumen musste, unzulässigerweise den Mailverkehr einer »Spiegel«-Redakteurin mit einem afghanischen Minister mitgelesen zu haben, zog das eine wochenlange Affäre nach sich, durchaus zu Recht. Dass es jedoch eigentlich ein Coup war, dass der BND überhaupt imstande war, in Afghanistan wichtige E-Mails abzuschöpfen, wurde dagegen nicht thematisiert.

Ähnliches war auch beim Ankauf von Datenträgern mit den Namen und Kontonummern von verdächtigen Steuerhinterziehern zu beobachten: Als BND-Agenten einem Informanten aus Liechtenstein fünf Millionen Euro dafür zahlten, hagelte es heftige Kritik aus allen politischen Lagern. Ein Auslandsgeheimdienst solle nicht illegal erworbene Daten ankaufen und einen Markt für kriminelle Taten bereiten. Mittlerweile wird der Dienst für diesen Einsatz jedoch auch gelobt. Die deutschen Finanzämter haben nach letzten Berichten 1,8 Milliarden Euro Mehreinnahmen von reuigen Steuersündern zu erwarten, die sich infolge drohender Enthüllung durch diese Banken-CD-ROMs selbst angezeigt haben.

Und gerade in arabischen Ländern verfügt der Bundesnachrichtendienst über mehr Quellen als die USA mit ihren vielen Geheimdiensten. So ist er der einzige Dienst, der ebenso erfolgreich zwischen Israel, Hamas und Hisbollah vermitteln wie heikle Missionen im arabischen Raum zu Ende bringen konnte. Mithilfe des BND-Agenten Gerhard Conrad etwa kehrte der israelische Soldat Gilat Schalit 2011 nach jahrelanger Gefangenschaft zurück in seine Heimat.

Das Verhältnis von Aufwand und Ertrag ist derzeit beim BND jedenfalls akzeptabel, im Rahmen seiner begrenzten Möglichkeiten als Geheimdienst eines Rechtsstaates. Ob der Umzug in die neue Zentrale, der voraussichtlich 2015 stattfinden wird, auch einen Anerkennungsschub mit sich bringen wird, einen Ansporn für die Agenten, besser zu werden? Nach Einschätzung von Kennern ist der Dienst immer noch Mittelmaß. Ehemalige Mitglieder wie auch kritische Beobachter bei den Medien äußern sich immer noch entsprechend. Braucht es also doch nur die »Neue Zürcher Zeitung«, und keinen BND? Er sei handwerklich besser geworden, auch weil sich dort mehr qualifizierte junge Leute bewerben, heißt es dann etwa. Die Hierarchie sei flacher als früher. Der Präsident habe, in der Theorie zumindest, mehr zu entscheiden als seine Vorgänger.

Und wenn es ernst würde, wenn Nordkorea etwa wirklich einmal eine Atombombe verkaufen sollte, dann würde die Berliner Regierung, die Kanzlerin voran, sicher sehr genau auf die Erkenntnisse und Ratschläge ihres Auslandsdienstes hören.

DIE ZEIT

POLITTHRILLER

1 Robert Harris
Ghost
ISBN 978-3-841-90162-0

2 Jacques Berndorf
Bruderdienst
ISBN 978-3-841-90163-7

3 Martin Cruz Smith
Treue Genossen
ISBN 978-3-841-90164-4

4 Robert Littell
Die kalte Legende
ISBN 978-3-841-90165-1

5 John le Carré
Agent in eigener Sache
ISBN 978-3-841-90166-8

6 Bernhard Jaumann
Die Stunde des Schakals
ISBN 978-3-841-90167-5

7 Brian Moore
Hetzjagd
ISBN 978-3-841-90168-2

8 Jenny Siler
Verschärftes Verhör
ISBN 978-3-841-90169-9

9 Eric Ambler
Anlass zur Unruhe
ISBN 978-3-841-90170-5

10 Graham Greene
Unser Mann in Havanna
ISBN 978-3-841-90171-2

11 Frederick Forsyth
Der Rächer
ISBN 978-3-841-90172-9

12 Ross Thomas
Am Rand der Welt
ISBN 978-3-841-90173-6

www.zeit.de/shop